THOMAS PREGL

Frankenhölle

FRANKEN KRIMI

emons:

Bibliografische Information der Deutschen Nationalbibliothek
Die Deutsche Nationalbibliothek verzeichnet diese Publikation in der Deutschen Nationalbibliografie; detaillierte bibliografische Daten sind im Internet über http://dnb.d-nb.de abrufbar.

FSC www.fsc.org MIX Papier aus verantwortungsvollen Quellen FSC® C083411

Umschlagmotiv: shutterstock.com/Andreas Zerndl
Umschlaggestaltung: Tobias Doetsch
Gestaltung Innenteil: César Satz & Grafik GmbH, Köln
Lektorat: Susanne Bartel
Druck und Bindung: CPI – Clausen & Bosse, Leck
Printed in Germany 2015
ISBN 978-3-95451-721-3
Franken Krimi
Originalausgabe

Dieser Roman wurde vermittelt durch Michael Genniges
vom Bamberger Buch- und Medienhaus Hübscher.

Gewidmet allen, die mich von Zeit zu Zeit vom Schreiben dieses Krimis abgehalten haben. Sie haben mir mehr meiner und vor allem ihre Zeit geschenkt.

Die handelnden Personen

Die Ermittler
Petra Stengl – Polizeirätin
Norbert Denzlein – Kriminalkommissar
Thomas Kurz – Kriminalkommissar
Bärbel Faun – Rechtsmedizinerin
Manfred Bonkowski – Profiler
Peter Flügel – Privatdetektiv

Die Glücksspielbranche
Karl Besser – Pressesprecher der »Sonnelach AG«
Michelle Besser – seine Frau
Johannes Sonnelach – Firmenchef der »Sonnelach AG«
Diana Sonnelach – seine Frau
Dr. Christiane Sonnelach – seine Tochter
Paul Münz – Automatenunternehmer
Hedwig Schuster – Sekretärin
Dr. Dr. Luuk van Dijk – Chef von »Enjoy the Game!«
Arie van Dijk – sein Sohn
der Major – Adlatus von Dr. Dr. Luuk van Dijk
Franz-Josef Warumgel – Aufsichtsratsvorsitzender
Karldieter Frohnacher – Sicherheitschef

Weitere Personen
Lena Besser – Tochter von Karl und Michelle Besser
Daniela Denzlein – Tochter von Norbert Denzlein
Mai Li (Reuter) – Zockerin und Domina
Gerd Reuter – ihr Mann
Michi Karl – Lkw-Fahrer
Klaus Stierig – Zocker (der Killer)
Andreas Reittaler – Journalist
Robert Förtsch – Journalist und Rocker

1

»Doch warn' ich dich, dem Glück zu trauen …«

Friedrich von Schiller, deutscher Dichter,
Historiker und Regimentsarzt (1759–1805)

»Da, der Killer!« Fast gehauchte Worte. Kaum zu verstehen.

Ehrfurchtsvoll folgten mehrere Augenpaare dem bulligen Mann in der schwarzen, an den Armen abgewetzten Lederjacke. Für einen Moment hatten sie die blinkenden Automaten vor sich vergessen. Mit einem wissenden Lächeln schob sich der Stammgast an der hübschen Kroatin, dem Lackierer im verschmierten Blaumann, der kleinen Asiatin im hellblauen Kostüm und mehreren Rentnern vorbei. Eine Schweißperle suchte sich ihren Weg über seine Halbglatze, touchierte kurz die Augenbraue, bevor sie auf den roten Teppichboden fiel.

Umständlich rutschte er auf einen Sessel. Dieser hinterste Winkel war sein Reich, hier wurde er von anderen Spielern nicht gestört, hier war er König. Nervös knetete er seine Hände, zog dann langsam eine Geldbörse aus der rechten Hintertasche seiner Markenjeans und fingerte einen zu einem Origami-Kranich gefalteten, wenngleich platten Zwanzig-Euro-Schein heraus. In Japan ein Glückssymbol. Wer tausend Kraniche gebastelt hatte, so hieß es in der Kultur, der hatte bei den Göttern einen Wunsch frei. Die schwulstigen, aber gepflegten Hände des Mannes entfalteten den Schein, streichelten ihn liebevoll glatt. Sein Ziel war der Schlitz. Rechts unter dem Monitor. Der Mann drückte den Schein gegen seine Lippen, küsste ihn. Das Ritual des Killers. Alle hier kannten es. Auch die hiesigen Sandler, wie die Nichtspieler im Szenejargon genannt wurden, die nur am Tresen saßen, Gratiskaffee schlürften und der Bedienung mit ihrem Blabla gewaltig auf die Nerven gingen.

Der Automat zog den Schein halb hinein, spuckte ihn dann halb wieder hinaus und verschluckte ihn schließlich doch. Er verschwand in seinem gierigen Schlund. Der Killer wählte im Programm ein Spiel aus. Das Spiel. Sein Spiel. Dafür berührte er mit dem Zeigefinger die Scheibe des Monitors. »Asian Treasure«. Kein Zocker spielte in diesen Zeiten etwas anderes, obwohl es Dutzende von Spielen gab. Doch »Asian Treasure« war das angesagteste. Im Internet konnte man es online spielen, auf YouTube fanden sich Filme, aufgenommen mit Handykameras, die minutenlang Spiele mit Gewinnen von mal zweihundert, mal tausend Euro zeigten. Durch das World Wide Web geisterten angeblich todsichere Tipps, wie »Asian Treasure« zu knacken sei.

Der Killer trieb mit der Risikotaste den Spieleinsatz hoch. Zehn oder zwanzig Cent, das war was für Weicheier, Gelegenheitsspieler, Touristen, die sich vom Bahnhof kommend zufällig in die nahe gelegene Spielhalle verliefen. Er spielte mit vollem Einsatz – zwei Euro für ein Sekundenspiel. Energisch drückte er die Starttaste. Die Maschine klackerte, ratterte, blinkte. Musikfetzen und Fanfaren ertönten – klassische Zockersinfonien. Die virtuellen Walzen drehten sich. Fünf Freiheitsstatuen waren das Ziel. Auf jeder Walze eine. Nur dann spuckte die Kiste den Höchstgewinn von insgesamt zehntausend Euro aus. Aber nicht auf einmal, sondern in einer Prozedur, die sich über zwanzig Stunden hinzog. Schwerstarbeit. So wollte es das Gesetz. Das deutsche Gesetz. Doch bei einem Stundenlohn von fünfhundert Euro eine Schwerstarbeit, die jeder der elf Zocker hier im »Nuevo« nur zu gerne zu leisten bereit gewesen wäre. Die Hoffnung darauf trieb sie her.

Der Killer, so hieß es, hatte die fünf Freiheitsstatuen schon mal geschafft. Drüben, bei der Konkurrenz, im »Clown«. Aber dort ging er nicht mehr hin. Der Inhaber lieh ihm kein Geld mehr. Eine Unverschämtheit. Und eine noch größere Unverschämtheit, dass er ihm hundert Euro in die Hand gedrückt hatte – mit der Auflage, nie mehr bei ihm zu spielen. Der Killer hatte die hundert Euro genommen und sich drei Tage an die Auflage dieses selbst ernannten Sozialpapstes gehalten. Dann war er wieder da gewesen. Hatte Geld leihen wollen, aber keins bekommen.

Also spielte der Killer seither hier. Fast jeden Tag. Pünktlich ab sechzehn Uhr für mehrere Stunden. An guten Tagen manchmal bis fünf Uhr morgens. Dann machte die Daddelhalle dicht, um eine Stunde später wieder zu öffnen. Für die Gelegenheitsspieler hatte er nicht mal ein müdes Lächeln übrig. Er war gnadenlos sich selbst und den Automaten gegenüber – was ihm seinen Namen eingebracht hatte. Der Killer. Keiner wusste, wie er richtig hieß. Vielleicht Klaus? Klausi? Konnte sein. Aber nur vielleicht. Der Killer hatte keinen Blick für die falschen Kristalllüster, die dem Laden in der Nähe des Bamberger Bahnhofs einen mondänen Las-Vegas-Touch verleihen sollten. Er hatte noch nicht mal einen Blick für die freundliche Vierhundert-Euro-Kraft, die ihm mit kokettem Augenaufschlag eine Tasse Kaffee servierte. Alle Getränke gingen auf Kosten des Hauses, aber deswegen kam der Killer nicht. Er kam allein wegen der fünf Freiheitsstatuen.

Der Killer schwitzte immer stärker. Sein rechter Zeigefinger trommelte auf die rote Risikotaste. Auf dem Monitor erschien ein Kartenspiel. Er musste sich entscheiden: Schwarz oder Rot? Tippte er die richtige Farbe, verdoppelte sich sein Gewinn. Er nahm Schwarz, es kam Rot. Mit zunehmender Nervosität verfolgte er seinen abnehmenden Kontostand in der Oberleiste des Apparats. Zahlen, Herzen und Rosen tanzten über den Monitor. Schatzkisten drehten sich um ihre eigenen Achsen. Mal zwei nebeneinander, mal drei. Manchmal ließ sich eine Freiheitsstatue sehen, manchmal auch zwei, aber nie mehr. Bei kleineren Gewinnen klickte die Maschine verheißungsvoll, der Kontostand erhöhte sich. In diesen Sekunden entspannte sich der Killer. Bei tausend Origami-Kranichen hatte man einen Wunsch frei. Der Killer wusste nicht, wie viele Zwanzig-Euro-Vögel er schon gefaltet hatte. Vielleicht war der im Apparat ja der tausendste und er hatte heute einen Wunsch frei? Fünf Freiheitsstatuen. Ein Goldbarren leuchtete auf – der Killer bekam weitere Freispiele.

Die hübsche Asiatin mit den streng nach hinten gekämmten schwarzen Haaren am Nachbargerät zuckte kurz auf und nickte ihm aufmunternd zu. Doch der Killer hatte keine Augen für sie. Für keine Frau. Ein-, zweimal hatte er sich in den vergangenen Monaten für ein paar Minuten mit ihr unterhalten. Zocker-

Small-Talk. Ihren Namen hatte er sich nur deshalb gemerkt, weil er so ähnlich klang wie ein exotischer, hochprozentiger Cocktail. Verluste und Gewinne glichen sich bei ihr aus, hatte Mai Li gesagt. Der Killer glaubte Mai Li kein Wort. Er wusste es besser. Die meisten Zocker redeten sich ihre Verluste schön. Er nicht. Er brauchte heute unbedingt die fünf Statuen. Die anderen Spieler hatten sich wieder ihrem eigenen Spiel hingegeben. Auch Mai Li. Keiner redete.

Gelangweilt blätterte sich die Spielhallenaufsicht hinter dem Tresen durch eine zerfledderte »Fränkische Nacht«, las die zahlreichen Kontaktanzeigen in dem ältesten und bekanntesten Stadtmagazin Bambergs. Vielleicht war ja diesmal der Richtige für sie dabei. Sie kam ja kaum noch vor die Tür. Dazu die laufende Scheidung. Das Kind zu Hause. Schulden. Hier in der Spielhalle war der Richtige jedenfalls nicht. Sie kannte sie alle. Wusste, wann sie kamen. Sie konnte sogar voraussagen, wann jeder von ihnen das stille Örtchen aufsuchen musste, und das geschah eher selten. Sie verkniffen es sich. Jeder Gang zur Toilette kostete Zeit. Zeit, die keiner von ihnen hatte. Sie mussten spielen, wollten sie die fünf Freiheitsstatuen irgendwann vor sich auftauchen sehen. Man durfte seinen Apparat nicht alleine lassen. Keine Minute, keine Sekunde.

Seit sie hier jobbte – seit auch schon wieder über einem Jahr –, hatte sie die fünf Freiheitsstatuen noch nie zu Gesicht bekommen. Bei der Weihnachtsfeier im »Pelikan« in der Oberen Sandstraße, bekannt für seine Wok-Küche und die gelegentlichen Schwofabende, hatte sie mal vorsichtig bei ihren Kolleginnen der anderen Spielhallen nachgefragt, ob sie denn schon einmal … Aber statt ihr zu antworten, hatten die nur energisch mit dem Kopf geschüttelt.

2

»Es gibt kein Verbrechen, keinen Kniff, keinen Trick, keinen Schwindel, kein Laster, das nicht von Geheimhaltung lebt. Bringt diese Heimlichkeiten ans Tageslicht, beschreibt sie, macht sie vor aller Augen lächerlich, und früher oder später wird die öffentliche Meinung sie hinwegfegen. Bekanntmachung allein genügt vielleicht nicht; aber es ist das einzige Mittel, ohne das alle anderen versagen.«

Joseph Pulitzer, ungarisch-amerikanischer Journalist
und Herausgeber (1847–1911)

IMA, Internationale Fachmesse für Unterhaltungs- und Warenautomaten, Düsseldorf. Anfang Dezember. Karl Besser hasste die Veranstaltung. Diese hektische Glitzerwelt von Spielautomaten, die nach zu viel schlechtem Parfüm riechenden Anzugträger und die aufgedonnerten Hostessen, die die Besucher mit Kuscheltieren, Würfelspielen, Kugelschreibern, Aschenbechern und Blöcken beluden. Diesen unerträglichen Gerüchtemüll zwischen Pils, Altbier und mittelmäßigem Prosecco. Diese auf Firmenkosten vollgestopften Leiber, diese von Senf und Fett triefenden Münder, die sich spätestens nach zwei Tagen Messe zu duzen begannen. Dieses Fußvolk der Branche – vom kriecherischen Lakaien bis zum Möchtegernreichen.

Zweihundert Aussteller aus zwanzig Ländern, dazu Tausende Fachbesucher. Und jeder nahm sich wichtig. Jedes Jahr. Dabei waren doch eigentlich nur sehr wenige wichtig. Genau genommen sogar nur einer: sein Chef. Nachdem er den alten »Automaten-Jupp« verdrängt und der sich in den Ruhestand verabschiedet hatte, dominierte der Boss den deutschen Glücksspielmarkt. Er war Gott, ihrer aller Gott. Ein alttestamentarischer Gott. Grausam, rachsüchtig, nie verzeihend, aber mehr als großzügig zu denen, die seine Gebote befolgten. Sein Wort war Gesetz. Für alle. Ausnahmslos. Gesetzesbrecher wurden mit unbarmherziger Härte verfolgt – bis sie erledigt waren. Geschächtet und ausgeblutet wie ein Lamm zum Opferfest. Finanziell am Boden, mit Prozessen überzogen und von Privatdetektiven verfolgt, die auch das schmutzigste Geheimnis ans Tageslicht zerrten.

Karl Besser mochte seinen Chef, aber als dessen Pressesprecher und Lobbyist hatte er ihn auch zu mögen. Dieses positive Gefühl wurde im Wesentlichen von zwei Dingen bestimmt: dem monatlichen Gehaltsscheck über einundvierzigtausend Euro und der Macht, die mit seiner Position einherging. Zu diesem »Mögen« gesellte sich zudem noch die Bewunderung für Johannes Sonnelach, der sich aus einfachsten Verhältnissen vom Elektromeister zum Multimilliardär emporgearbeitet hatte. Er hatte über viertausend Mitarbeiter, überwiegend in Deutschland, aber auch in den Nachbarstaaten, besaß Glücksspiellizenzen in Las Vegas, war Bundesverdienstkreuzträger, Ehrenbürger seiner kleinen Stadt Coburg in Franken, Sportmäzen des dortigen Handball-Zweitligisten, und ein ehemaliger Minister saß im Aufsichtsrat der AG. Und er, Karl Besser, war dabei, immer in seinem Schatten, der für Normalsterbliche aber noch hell genug leuchtete.

Eigentlich lief alles bestens. Eigentlich. Denn noch hatten Sonnelach und er kein Patentrezept gegen die auf den deutschen Markt drängenden Holländer gefunden, die durch die Übernahme eines schwäbischen Traditionsunternehmens inzwischen zum zweitgrößten Automatenproduzenten aufgestiegen waren. Nun ja, richtige Holländer waren das eigentlich sowieso nicht, nur der Chef war ein Käsekopf durch und durch. Ursprünglich war »Enjoy the Game!« zwar am Niederrhein, am Rande der Landeshauptstadt Düsseldorf, groß geworden, aber dann hatte es seinen Chef Dr. Dr. Luuk van Dijk wieder in seine holländische Heimat gezogen, und er hatte den Firmensitz vor ein paar Jahren ins malerische Grenzstädtchen Venlo verlagert. Wenn »Enjoy the Game!« weiter so expandierte wie in der vergangenen Zeit, würde die Firma im nächsten Jahr machtvoller als die von Sonnelach sein. Etwas musste unbedingt passieren, dachte Besser. So oder so.

Einige Insider munkelten bereits hinter vorgehaltener Hand, dass hinter den Grachtenkackern mit dem schönen Namen »Enjoy the Game!« in Wahrheit die albanische Mafia steckte. Besser hatte dafür zwar bisher keine Beweise finden können, doch ausschließen wollte er dieses Szenario nicht. Auf jeden Fall war die Firma nicht gewillt, sich an die von Sonnelach aufgestellten Spielregeln zu halten. Immer wieder düpierte sie seinen Chef mit unverfrorenen Forderungen, gezielten Nadelstichen, Drohungen und einer extrem aggressiven Geschäftspolitik. Bisher hatte die »Sonnelach AG« sämtliche Attacken und Abwerbeversuche von Top-Leuten aus der mittleren und höheren Managementebene noch ins Leere laufen lassen können, doch viele Automatenaufsteller hatten bereits die Fronten gewechselt und waren zu den Goudafressern übergelaufen. Eins war Besser klar: Wenn wirklich die albanische Mafia hinter »Enjoy the Game!« stehen sollte, würden sie über kurz oder lang nicht um ein wie auch immer geartetes Gentleman-Agreement mit diesen Halsabschneidern herumkommen. Lieber die Macht teilen, als irgendwann mit einem Loch im Kopf aufzuwachen. Leider war sein Chef nicht dieser Meinung. Aber er, Besser, würde ihn schon noch davon überzeugen.

Karl Besser ließ seinen langen, schlanken Körper in einen gepolsterten und mit rotem Plüsch überzogenen Sessel gleiten. Auf die sanfte Aufforderung einer dunkelhaarigen Studentin hin beugte er seinen verspannten Hals etwas nach vorne und ließ sich von den geschickten Händen der Teilzeitkraft massieren. Seit zwei Jahren war der mobile Massagetrupp fester und gern in Anspruch genommener Service der IMA.

Karl Besser schloss die Augen und blendete für einige Minuten das turbulente Geschehen um ihn herum aus. Völlig entspannen konnte er sich jedoch nicht. Ein Quäntchen Unruhe in ihm blieb. Er hatte im Vorfeld der wichtigsten Branchenmesse gute Arbeit geleistet, doch für seinen Chef – und damit auch für ihn – stand viel auf dem Spiel. In wenigen Minuten begann die Pressekonferenz.

Seit Jahren schon versuchten einige Spinner, seinem Chef an den Karren zu fahren. Lange Zeit hatte auch »Automaten-Jupp«, über Jahrzehnte die unangefochtene Nummer eins auf dem

Glücksspielmarkt, gegen die immer stärker werdende »Sonnelach AG« gekämpft. Jupp, der die Branche geprägt hatte wie kein anderer, wollte partout nicht einsehen, dass seine Zeit vorbei war. Wieder mal ein ganz Großer, der den Absprung verpasst und sich nur widerwillig und beleidigt auf sein Altenteil zurückgezogen hatte. Dabei bewunderte Besser immer noch aufrichtig die Lebensleistung von Jupp, der die Branche bei Politikern und in der Öffentlichkeit hoffähig gemacht hatte. Dennoch: Man musste wissen, wann Schluss war. Jupp war Vergangenheit. Er war Geschichte. Aber noch immer gab es die selbstständigen, kurz vor der Pleite stehenden Automatenaufsteller, die die Zeichen der Zeit ebenfalls noch nicht erkannt hatten beziehungsweise nicht erkennen wollten. Wie ein aufgeschreckter Hühnerhaufen liefen die Männer durch die Hallen, machten den Kratzfuß vor denen, bei denen sie noch etwas Geld vermuteten oder denen sie ebensolches schuldeten. Aus diesem Grund hatte Besser die IMA bei einer Gelegenheit als eine einzige große Schuldnerversammlung bezeichnet. Sein Chef hatte herzhaft gelacht. »So muss es sein!«, hatte er gesagt. »Irgendwann wachsen ihnen die Schulden über die Köpfe, und dann kriegen wir sie! Alle!«

Denn nicht den kleinen, nörgelnden Daddelunternehmern gehörte die Zukunft auf dem deutschen Glücksspielmarkt, sondern der »Sonnelach AG« mit ihren großen, ultramodernen Spielstätten auf der grünen Wiese. Sonnelachs Strategie war voll aufgegangen: Der ungekrönte Sonnenkönig der Spielautomatenbranche hatte zwischenzeitlich zwei Drittel des hiesigen Marktes beherrscht. Die kleinen und mittleren Automatenunternehmer mit ihren mickrigen Daddelhallen waren gezwungen gewesen, seine teuren Geräte zu kaufen und sich immer höher bei ihm zu verschulden. Sonnelach saugte sie aus, machte sie abhängig oder versetzte ihnen, wenn ihm danach war, den Todesstoß. Und als ob das nicht genug gewesen wäre, hatte er den wenigen Verbliebenen als Produzent der Maschinen auch noch Konkurrenz mit eigenen Spielhallen gemacht. Als Verbandsvorsitzender bestimmte er darüber hinaus die Richtlinien, Vorgehensweisen und Ziele des Glücksspielmarktes. Die Fachzeitschriften schrieben nur das, was Sonnelach ihnen in die Computertastatur diktierte, dafür bekamen sie im Gegenzug dicke Anzeigenaufträge – und durften manchmal, bei privaten Feiern für die Journalisten, die Nähe zur Macht spüren.

Karl Bessers Arbeit im Vorfeld war unerlässlich gewesen. Denn sein Chef konnte alles – außer Pressekonferenzen. Seine näselnde Stimme, seine manchmal verwirrenden Gedankensprünge und seine brachiale Art hatten schon des Öfteren den einen oder anderen Medienmenschen provoziert, doch mehr zu fragen und – vor allem – zu hinterfragen, als er ursprünglich vielleicht vorgehabt hatte. Und so hatte Karl Besser in den Tagen und Wochen vor der Pressekonferenz sein gesamtes PR-Programm abgespult. Die Boulevardzeitungen waren mit zweiseitigen Imageanzeigen ruhiggestellt worden, kritischen Magazinen gegenüber hatte Besser Fehler in der Vergangenheit eingeräumt und aufgezeigt, wie das Unternehmen aus diesen für die Zukunft gelernt habe. Die Kolleginnen und Kollegen der Tageszeitungen, des Rundfunks und des Fernsehens hatte er nebst Begleitung zu einer geselligen Schiffstour auf dem Rhein von Köln nach Düsseldorf eingeladen und sie zum krönenden Abschluss nach Düsseldorf-Kaiserswerth zu einem Fünf-Gänge-Menü im »Schiffchen« des Drei-Sterne-Kochs Jean-Claude Bourgeil gebeten. Vorgeschobener Anlass war die dortige Präsentation eines hochmodernen Automaten, eines sogenannten Multi-Gamblers mit unterschiedlichen und – wie immer wieder betont wurde – äußerst interessanten Spielmöglichkeiten auch für die neue Klientel der Spielautomatenbranche, die lange vernachlässigten Frauen. Karl Besser wusste, dass nicht alle Gäste nach dem Verzehr von Bruschetta, Jakobsmuscheln und schwarzen Trüffeln, Ravioli, King Prawns in Vanilleduft und geschmorter Schulter vom baskischen Milchlamm auf kritische Fragen bei der Pressekonferenz verzichten würden, aber vielleicht dämpfte die eine oder andere Spezialität den Hunger auf journalistische Sensationshappen wenigstens etwas.

Zwei wirklich widerliche Schreiberlinge hatten sich zu diesem Zeitpunkt noch allen Umgarnungskünsten widersetzt – sie waren quasi Sonnelach-resistent. Besser hasste solche Heckenschützen, solche Medien-Partisanen, die zwar nie einen Krieg gewinnen würden, aber dennoch für Unruhe an und vor allem hinter der Front sorgten. Partisanen konnte man nicht erziehen, Partisanen konnte man nur erschießen, das wusste Besser mittlerweile aus langjähriger Erfahrung. Den einen, Robert Förtsch, hatte er vor zwei Tagen abgeknallt. Er hatte sich mit ihm im »Uerige«, Düsseldorfs größter Altbier-Schwemme, zu einem vertraulichen Hintergrundgespräch getroffen, wohl wissend, dass der Kollege dem Alkohol nicht gerade abgeneigt war. Der dunkle obergärige Gerstensaft zeigte Wirkung: Nachdem der Köbes über zwanzig Striche an die kleine Schiefertafel über dem mächtigen Bierfass gemalt hatte, an dem sie beide hockten, waren sie beschwingt ins nächtliche Düsseldorf aufgebrochen, nicht ohne im gegenüberliegenden Killepitsch-Stübchen »Et Kabüffke« noch zwei samtig-ölige Kräuterliköre zu picheln. Und natürlich hatte Besser gewusst, wo er den Kollegen Förtsch in diesem Aggregatzustand abzuliefern hatte – in einem der exklusivsten Edelbordelle der Landeshauptstadt auf der Rethelstraße. Während er mit dem ihm seit Jahren bekannten Geschäftsführer an der Bar schwätzte, ihm heimlich einen Tausender rüberwachsen ließ und sich eine Cohiba gönnte, verschwand Förtsch heftig schwankend am Arm einer zierlichen Blondine aus der Ukraine mit Körbchengröße Doppel-D in die exklusive Dreihundert-Quadratmeter-Suite unterm Dach.

Die tausend Euro pro Stunde für das horizontale Vergnügen waren gut angelegt, denn nach diesen nächtlichen Eskapaden würde Förtsch gar nicht anders können, als ausgewogener und differenzierter über Sonnelach zu schreiben. Die werte Frau Gemahlin sollte doch sicherlich nichts von den anstrengenden Recherchen ihres Mannes in der Rethelstraße erfahren, oder? Mit diesem Szenario hatte er den unter einem mächtigen Kater leidenden Puffgänger am nächsten Tag am Telefon kalt erwischt. Auf eine zustimmende Reaktion hatte Besser großzügig verzichtet. Man war doch unter Männern. Freunde würden sie zwar nicht mehr werden, aber fortan würde sie die Erinnerung an einen schönen Abend in angenehmer Atmosphäre verbinden.

Beim Gedanken an diesen gelungenen Partisanen-Abschuss musste der Pressesprecher noch immer schmunzeln. Manchmal wurde es einem wirklich leicht gemacht. Ein zufriedenes Lächeln legte sich auf sein Gesicht. Dass er aus einiger Entfernung mit hasserfüllten Blicken beobachtet wurde, bemerkte Karl Besser nicht, aber Dr. Christiane Sonnelach, die einzige Tochter seines Chefs, war offiziell auch gar nicht in Düsseldorf, sondern auf Kurzurlaub in Kroatien.

Während die Studentin des mobilen Massageservices ihre kundigen Hände ein letztes Mal über seine verspannten Schultern gleiten ließ, verdunkelte sich der Blick von Karl Besser für einen kurzen Augenblick. Den zweiten Partisanen, einen Schmierfinken sondergleichen, hatte er noch nicht aus dem Weg räumen können. Bei einem – letztlich niedergeschlagenen – Gerichtsverfahren gegen einen »Sonnelach«-Manager vor einem Jahr hatten sie sich in einer Sitzungsunterbrechung ein böses Wortgefecht geliefert und waren beinahe handgreiflich geworden. Der Kerl warf ihm lautstark vor, ihn mit Privatdetektiven beschattet und dann noch für seine Entlassung gesorgt zu haben, sodass er nun als freier Journalist arbeiten musste. Besser hatte die Vorwürfe mit hochrotem Kopf dementiert – und ihn als Querulanten bezeichnet, der sich selbst zu wichtig nahm.

Nach diesem peinlichen und sehr persönlich verlaufenden Scharmützel hatte Besser lange nichts mehr von dem Widerling gehört, bis er vor einigen Tagen seinen Namen auf der Akkreditierungsliste der IMA las. Andreas Reittaler. Dieser Scheißkerl. Dieser verdammte Aasgeier. Der war wie ein Bullterrier, der wollte einfach nicht loslassen. Und irgendwie steckte dieser Schreibtischtäter auch mit Paul Münz unter einer Decke, jenem Augsburger Automatenaufsteller, der immer alles besser wusste. Noch so ein ekelhafter Querulant, der immer wieder versuchte, der »Sonnelach AG« mit Strafanzeigen wegen angeblichen Betrugs und Automatenmanipulation ans Bein zu pinkeln. Und der partout nicht die »Sonnelach«-Automaten kaufen wollte. Münz wurde sogar verdächtigt, der »Augsburg-Bomber« zu sein, der führende Manager eines geschlossenen Immobilienfonds in der

Fuggerstadt in die Luft gejagt hatte. Doch irgendwie war Münz aus dieser Nummer rausgekommen – wie ein glitschiger Aal, der sich einer undichten Reuse entwunden hatte. Zumindest offiziell. Besser war trotzdem überzeugt, dass Münz zumindest als Ideen- und Geldgeber hinter den widerlichen Bombenanschlägen stand. Bis jetzt konnte er das zwar nicht beweisen, arbeitete aber daran. Vorsichtshalber hatte er einen Rundum-Personenschutz für Sonnelach engagiert – man konnte ja nie wissen, zu welchen Taten dieser Münz noch fähig war.

Besser besaß Fotos von den beiden Widerlingen: Münz und Reittaler beim Bundesligaspiel des FC Augsburg gegen Bayern München im Stadion, Münz und Reittaler beim Edelitaliener am Autobahnsee, Münz und Reittaler beim Haxenessen im »König von Flandern« in der Augsburger Innenstadt. Als Münz und Reittaler begannen, auch noch die »Sonnelach«-Spielhallen gemeinsam zu inspizieren, hatte er seinem Chef vorgeschlagen, die Bilder der beiden in all seinen Spieltempeln auszuhängen und das Personal anzuweisen, sie sofort mit einem Hausverbot zu belegen, sollten die Männer dort erscheinen.

Wie groß die wirkliche Gefahr war, die von Reittaler ausging, war für Besser schwer auszumachen. Deshalb hatte er seinen Chef heute noch eine Stunde lang gebrieft, auf alle Fragen nur mit Standardsätzen zu antworten, und zwar so lange, bis Reittaler die Lust am Fragestellen verlor – oder von einem von Besser engagierten und bestens präparierten Pseudojournalisten mit angenehmeren Fragestellungen abgelöst wurde.

Besser erhob sich und verabschiedete sich mit einem freundlichen und ernst gemeinten »Danke schön!« von der Masseurin.

Im aufwendig dekorierten Presseraum der Düsseldorfer Messe hatte sich bereits ein Großteil der Pressemeute breitgemacht. Besser schlenderte lässig umher, begrüßte die wichtigsten Journalisten mit einem gewinnenden Lächeln und stellte sich bei den unbekannten kurz mit Visitenkarte vor. Höflich fragte er nach, ob denn auch alle das Redemanuskript von Herrn Sonnelach bekommen hätten. Und natürlich gelte das gesprochene Wort, versicherte er einer etwas aufgeregten, aber sehr aparten

Volontärin der »Rheinischen Post«. Verdammt hübsches Ding! Und nicht auf den Mund gefallen! Unwissentlich hatte sie mit ihrer Frage direkt auf den Eisberg zugesteuert, den sein Chef auf solchen Veranstaltungen so gerne und so unnachahmlich wie die Titanic zu rammen pflegte. Statt sich an das Skript zu halten, wich Sonnelach häufig durch sein ungezügeltes Temperament und durch nicht vorgesehene böse Fragen vom sicheren Kurs ab, Richtung Eisberg.

3

»Belohnt wird nicht, wer besonders moralisch, sondern wer besonders clever ist. Die Hemmschwelle zum unredlichen Handeln ist niedriger geworden.«

Prof. Dr. Michael Aßländer,
Wirtschaftsethiker (*1963 in Bamberg)

Firmenpatriarch Johannes Sonnelach, schon seit Jahren sechzig, strich sich nochmals über seinen kecken Schnurrbart im Kaiser-Wilhelm-Look, der unter seiner großen, spitzen Nase hervorguckte. Dieser wurde ebenso wie sein dichtes Haar in regelmäßigen Abständen gefärbt, um den grauen Ansatz zu überdecken. Sein kleines Bäuchlein kaschierte er durch einen perfekt sitzenden, weil maßgeschneiderten Anzug und eine etwas altmodisch anmutende Weste. Jetzt streckte Sonnelach seine langen, dürren Beine unter dem Podiumstisch aus, und ein leises Knacksen und ein leichtes Ziehen im Fußgelenk erinnerten ihn daran, dass es wieder mal Zeit war, zum Orthopäden zu gehen, um sich Spritzen gegen seine Arthrose geben zu lassen. Gegen den Rat des Arztes trug er enge, spitz zulaufende Schuhe aus sündhaft teurem Schlangenleder, die trotz ihres Preises prollig und wie ein Relikt aus einer längst vergangenen Zeit wirkten. Ihm das zu sagen wagte allerdings niemand, nicht einmal Besser.

Sonnelach konnte sich mit seinem Geld und seiner Macht alles leisten, nur das Milieu, aus dem er emporgestiegen war, hatte er nie ganz abschütteln können. Trotz seines inzwischen lang anhaltenden Erfolges war er ein Parvenü geblieben, dem jegliches Charisma fehlte, um Menschen für sich und seine Ideen zu begeistern. Doch Sonnelach gab sich keinen Illusionen hin, er war sich seines fehlenden Zaubers durchaus bewusst. Er war eben kein Franziskus, kein Luther, kein Michelangelo, kein Gandhi, kein Mandela, keine Mutter Teresa, kein Che Guevara, kein Muhammad Ali und auch kein Mick Jagger. Er hatte noch nicht einmal das Charisma eines über seine Doktorarbeit gestrauchelten Verteidigungsministers. Niemals würden die Menschen vor ihm Palmzweige ausbreiten, niemals erlösungsbereit an seinen Lippen hängen, niemals glückselig ihre Hände nach ihm ausstrecken, niemals aufgrund seiner Persönlichkeit für ihn durchs Feuer gehen. Also mussten Geld, Seilschaften und Macht die fehlende Ausstrahlung ersetzen.

Sonnelach räusperte sich, trank hastig einen Schluck Wasser aus einem vor ihm stehenden Weinglas, tippte zwei-, dreimal auf die vor ihm aufgebauten Mikrofone und begrüßte die schlagartig verstummte Pressemeute, indem er sich und seinen Stellvertreter im Verband kurz vorstellte. Anschließend überließ er diesem, wie vorher besprochen, die ersten Ausführungen.

Er ertrug die Wortkaskaden seines Vizes nur, indem er unruhig auf seinem Stuhl hin und her rutschte. Genervt schaute er in dessen seltenen Atempausen auf seine am Handgelenk funkelnde und mit Diamanten besetzte Rolex. Er hatte für seinen Stellvertreter nur Verachtung übrig. Seit Jahren schon taumelte dessen Unternehmen dem Abgrund entgegen, ohne jedoch hinunterzustürzen. Und jetzt hatte er sich auch noch ohne nennenswerte Gegenwehr und für kleines Geld von diesen Scheißholländern übernehmen lassen und durfte für sie den Pausenclown spielen. Was für ein Versager, was für ein Schwätzer, dachte Sonnelach. Will mit mir die erste Geige spielen – und beherrscht noch nicht einmal die einfachsten Tonleitern der Branche! Sein Vorgänger Jupp war aus einem ganz anderen Holz geschnitzt gewesen. Und doch brauchte er gerade solche Idioten, um Politikern und Öffentlichkeit die Unabhängigkeit und die Ausgewogenheit des Verbandes vorzugaukeln. Also ließ er den Kollegen von Zeit zu Zeit den großen Zampano spielen. Einen Zampano von seinen Gnaden.

Wäre man nach der Firmengröße und den Marktanteilen gegangen, so hätte eigentlich »Enjoy the Game!«-Chef Dr. Dr. Luuk van Dijk neben Sonnelach sitzen müssen. Aber vielleicht war es auch gut so, denn als Besser dem Pseudo-Grachtenkacker unter der Hand den Vizeposten angeboten hatte, war dieser so arrogant gewesen, ihm Bedingungen diktieren zu wollen. Sonnelach kochte noch immer bei dem Gedanken an den Emporkömmling, der entweder Chef oder gar nichts hatte sein wollen. Besser hatte daraufhin »Enjoy the Game!« in Pressemitteilungen scharf angegriffen und ihm genehme Journalisten mit Gerüchten zu dem angeblichen albanischen Mafia-Hintergrund der Firma versorgt. Vertraulich natürlich. Einige Medien hatten den Faden gerne aufgenommen, sodass »Enjoy the Game!« sich manch unangenehmer Frage stellen musste. Die Recherchen verliefen zwar im Sande, aber irgendetwas bleibt immer hängen, freute sich Sonnelach über die gelungene Intrige seines Pressesprechers. Als kleines Dankeschön sollte er Besser mal wieder ein paar Tage in seiner Villa in Marbella spendieren.

Sein Stellvertreter im Verband bemühte sich derweil, seriös wie ein Banker während eines weltweiten Wirtschaftscrashs zu wirken. Faselte etwas »von Finanzkrise gut überstanden«, »jetzt endlich fit für das zweite Jahrzehnt des 21. Jahrhunderts« und schien stolz darauf zu sein, den »unglaublichen Aderlass«, die Abschaffung von achtzigtausend sogenannten Fun-Games wegen der neuen Spieleverordnung, überlebt zu haben.

Sonnelach schwoll der Kamm: Dass sie die achtzigtausend Fun-Games, von Gerichten als illegales Glücksspiel diffamiert, hatten abschaffen müssen, war eine einzige große Scheiße gewesen. Nichts anderes. Mit den Dingern hatten sie eine Menge Geld gescheffelt. Legal oder illegal, das spielte nun wirklich keine Rolle. Genervt fixierte er einen imaginären Punkt im Presseraum, um den Schönschwätzer an seiner Seite nicht angucken zu müssen. Über seinen von zu viel gutem Bordeaux rot geäderten Wangen, genau unter dem Auge, zuckte unkontrolliert in unregelmäßigen Abständen ein kleiner Muskel. Wie lange musste er sich dieses Geschwätz eigentlich noch antun? Dieser Zampano von seinen Gnaden wollte einfach nicht aufhören und zuckerte Sekunde um Sekunde ein katastrophales Jahr, was die Gesetze und Einschränkungen für die Branche betraf, schön: Jetzt dürften statt zehn Spielautomaten zwölf in einer konzessionierten Spielhalle stehen, in Kneipen drei statt zwei, und dank einer breiteren und attraktiveren Gerätepalette würde nun auch der Frauenanteil unter den Gästen steigen.

Sonnelach konnte das Geschwafel nicht mehr hören. Die Zahlen waren gut, na klar, aber darum ging es nicht wirklich. Es ging darum, die lästige Konkurrenz, die sich in seinem Territorium dreist breitmachte, und ihre Hintermänner dahin zurückzujagen, woher sie gekommen waren – in die Schluchten des Balkans, in das Land der Skipetaren. Dreckspack. Scheißalbaner. Innerlich spuckte Sonnelach vor seiner Konkurrenz aus. Die wollten ihm drohen? Ihm Angst machen? Da kannten sie einen Sonnelach mit seinen über die Jahre aufgebauten politischen und juristischen Connections aber schlecht! Schon nächste Woche würde er mit dem bayerischen Innenminister im Gasthaus Hofmann im unterfränkischen Schindelsee speisen. Sonnelach liebte den verschwiegenen Ort im schönen Steigerwald, in der Nähe von Bamberg, wo sich schon seit Jahrhunderten ungestört Fuchs und Igel gute Nacht sagten. Hier war die Glücksspielmafia außen vor. Und die Speisen und Getränke waren exzellent. Zudem verstand Bettina Hofmann, die den Gasthof von ihren Eltern übernommen hatte, ihr Handwerk: Sie legte großen Wert auf fränkisch regionale Küche, natürlich unter der Verwendung von vielfältigen Produkten aus der Region und immer der Jahreszeit angepasst. Natürlich würde sein Anliegen nicht ganz billig werden. Das Preis-Leistungs-Verhältnis in seinem Lieblingsrestaurant stimmte zwar, aber der Innenminister wusste nur zu gut, was er für Sonnelach wert war. Mit einem Vier-Gänge-Menü – und war es auch das beste seiner Art in und um Bamberg herum – und einigen Flaschen exzellenten Weins war es da nicht getan. Zu den vierzehn Tagen Gran Canaria, die Sonnelach dem Minister jedes Jahr auf seinem dortigen Anwesen nebst Nutzung der Motoryacht und des Firmen-Benz spendierte, müssten wohl in diesem Jahr die notorisch klammen Parteikassen im Wahlkreis und im Land gefüllt werden. Und das Sommerfest der Staatsregierung konnte sicherlich auch mal wieder etwas Sponsoring vertragen.

Sonnelachs Blick ruhte auf seinem Pressesprecher, der dezent im Hintergrund die Pressemeute beobachtete. Karl Besser hatte diese Art von Sponsoring schon vor Jahren aufgebaut, zunächst in Berlin, dann aber auch in München. Gesponserte Sommerfeste mit »Sonnelach«-Spielautomaten, regelmäßige Kicker-, Schafkopf- und Skatturniere mit den wichtigsten Parlamentariern, Infoveranstaltungen und bis in den frühen Morgen sich hinziehende Hintergrundgespräche mit Volksvertretern aller Parteien bei den angesagten Italienern der Bundeshauptstadt, Einladungen zu Kunst- und Kulturevents im Hause Sonnelach, dazu offizielle und auch ein paar inoffizielle Parteispenden – die hervorragende Lobbyarbeit trug längst Früchte.

Ärgerlich war nur, dass die Politiker ihm von Zeit zu Zeit ihre Unabhängigkeit demonstrieren wollten. Meistens geschah das vor den Wahlen, wenn sie die Stimmen derer dringend benötigten, denen sie ihre gut gepolsterten Sitze im Reichstag zu verdanken hatten. Dann schwadronierten sie über »Spielhöllen« und »Spielsucht« und wie diese Probleme in den Griff zu bekommen seien.

Sonnelach verabscheute Politik und Politiker, durfte dies aber nie zeigen. Dieses Sammelsurium von mittelmäßigen Anwälten, Partei- und Gewerkschaftsfunktionären und Beamten, die meinten, Deutschland regieren zu müssen. Nein, noch schlimmer: die meinten, Deutschland regieren zu können! Einfach lächerlich. Gut, er brauchte diese angestaubten Sesselfurzer, diese eitlen Talkshow-Helden, diese nimmermüden Festbierfassanzapfer, um seine Ziele durchzusetzen, da war Sonnelach ganz Pragmatiker, doch manchmal war es an der Zeit, dieser Spezies Mensch ihre Grenzen aufzuzeigen. Zum Beispiel jetzt.

Ungeduldig berührte Sonnelach die Wade seines Stellvertreters unter dem Podiumstisch mit seinem linken Fuß. Sein Vize verstand den Fingerzeig des Sonnenkönigs zum Glück sofort und überließ diesem hastig die Mikrofone. Sonnelach grinste kurz. Es hatte nur noch der Kotau gefehlt, dann wären die Machtverhältnisse auf dieser Pressekonferenz auch rein optisch wieder zurechtgerückt gewesen.

»Wer im Glashaus sitzt, sollte nicht mit Steinen werfen!«, leitete Sonnelach seine Attacken gegen die Politik ein. Ihm war egal, dass der Wirtschaftsstaatssekretär, den er für die Eröffnungsansprache der Messe hatte gewinnen können, seine Stirn sofort in tiefe Falten legte. Einer musste doch mal Tacheles reden, verdammt noch mal! Mit dem von seinem Pressesprecher zusammengestellten Zahlen- und Statistikmaterial begann er, bei den Medienvertretern Punkt für Punkt gutzumachen. Nicht die Automatenbranche mit ihren fünftausend Automatenaufstellern, sondern der Staat sei doch der größte Glücksspieldealer auf dem deutschen Markt. Lotto, Toto, Oddset, Sportwetten und nicht zuletzt die Spielbanken würden doch aggressiv vom Staat beworben. Von der ursprünglichen Absicht, mit dem staatlichen Glücksspielmonopol die Spielsucht einzudämmen, könne also keine Rede sein. Im Gegenteil: Während in der freien Automatenbranche auf hunderttausend Euro Umsatz nur ein Problemspieler komme, verzeichne der Staat schon pro fünfundzwanzigtausend Euro einen Spielsüchtigen, trumpfte Sonnelach weiter auf, dann unterbrach er sein Statement für einen kurzen Moment, um seine Worte wirken zu lassen.

Er nahm Blickkontakt mit Besser auf, der das linke Auge anerkennend zusammenkniff und den Daumen hob. Die zwischen ihnen abgesprochene Dramaturgie der Pressekonferenz zeigte die gewünschte Wirkung. Gierig sogen die Journalisten die Worte Sonnelachs auf und kritzelten sie in ihre Notizbücher. Die Kamerateams zoomten den selbstbewusst auftretenden Branchenkönig heran, Großaufnahme.

An einem Spielautomaten der Automatenbranche könne ein Spieler in fünf Sekunden nur zwanzig Cent verlieren, fuhr Sonnelach fort, in den staatlichen Spielbanken hingegen gebe es kein Limit. Der Staat solle also endlich aufhören zu behaupten, die Automatenbranche fördere die Spielsucht. Er steigerte sich in die Schlussattacke hinein, seine Wangen glühten bordeauxrot. Wenn der Staat mit seinen Spielbanken im vergangenen Jahr einundzwanzig Prozent Minus gemacht habe, so zeige dies doch mehr als deutlich, dass der Staat und die ihn tragende Politik als Unternehmer nichts tauge. Für sein eigenes Versagen suche der Staat nun Schuldige, eine logische Reaktion, aber dies sei eben nicht die Automatenbranche.

Erschöpft, aber glücklich ließ sich Sonnelach in seinen Stuhl zurückfallen. Niemand fragte nach. Zum Glück. Er knetete seine Hände und streckte die Beine wieder genüsslich unter dem Tisch aus.

Auch Karl Besser atmete durch. Es war gut gelaufen, endlich einmal hatte sich der Firmenpatriarch an seine Regieanweisungen gehalten und nur das gesagt, was abgesprochen gewesen war. Einige Medienvertreter begannen bereits, ihre Sachen zusammenzupacken, Stühle wurden hin und her geschoben.

Karl Bessers Blick blieb an den Rundungen der »Rheinischen Post«-Volontärin hängen, die sich ihren verdammt kurzen Rock zurechtzupfte. Er könnte sie doch mal … Ach nein, lieber nicht. Liebschaften auf Messen kamen immer heraus, auch wenn es gemeinhin hieß, was auf der Messe geschah, blieb auf der Messe. Außerdem war er doch Familienvater. Ihm wurde warm ums Herz, als er an seine Tochter dachte. Lena war sein Sonnenschein.

»Herr Sonnelach, ich habe da noch ein paar Fragen, wenn Sie gestatten?«, meldete sich plötzlich eine scharfe Stimme zu Wort.

Karl Besser verfluchte seine Nachlässigkeit. Er hatte den widerlichen Schreibtischtäter nur kurz vor der Pressekonferenz gesehen, ihn dann aber aus den Augen verloren. Das war unverzeihlich. Jetzt war Schadensbegrenzung angesagt.

Unwirsch starrte der Angesprochene den aufgestandenen Journalisten mit den strubbligen Haaren an.

»Ach, entschuldigen Sie, Reittaler, Andreas Reittaler, freier Journalist.«

»Herr Reittaler, die PK ist zu Ende«, säuselte Karl Besser. »Aber Herr Sonnelach wird sich für ein persönliches Interview mit Ihnen bestimmt noch einige Minuten Zeit nehmen.«

Reittaler wirkte, als hätte er die Einladung nicht vernommen. Er schob seine leicht violett getönte John-Lennon-Brille auf seine dünnen Nasenflügel. »Also, Herr Sonnelach, stimmt es, dass Ihr Unternehmen die in seinen Spielautomaten installierte Software so manipuliert hat, dass Ihre Mitarbeiter in den Spielhallen eine beliebige Geldmenge aus den Automaten nehmen können, die von diesem dann als Jackpotauszahlung an einen Spieler verbucht wird?«

Sonnelach lief puterrot an, blähte seine Backen und holte tief Luft.

Karl Besser versuchte wild gestikulierend, seinen Chef zu bremsen. Wieder und wieder hatte er ihm eingebläut, bloß nichts zu diesem Thema zu sagen, doch Sonnelach war nicht zu bremsen.

»Was Sie behaupten, ist eine Unverschämtheit. Sie sind diesem Hamburger Nachrichtenmagazin auf den Leim gegangen, das eine angebliche Manipulation – und ich wiederhole: angebliche – schon mehrfach angedeutet hat. Aber die Staatsanwaltschaft hat alles geprüft, alles ist rechtens, an den Gerüchten ist nichts Wahres dran! Ich verspreche Ihnen, die können sich auf eine saftige Gegendarstellung gefasst machen!«

»Auch eine Gegendarstellung muss nicht der Wahrheit entsprechen«, düpierte der Journalist den Verbandschef vor der gesamten Pressemeute. Selbstbewusst steckte er die Daumen in die Seitentaschen seiner hellblauen Jeans und bewegte seinen Oberkörper wie ein Boxer hin und her. »Das muss ich Ihnen sicherlich nicht erklären, oder, Herr Sonnelach? Außerdem bin ich im Besitz von ganz anderen Informationen. Der Staatsanwaltschaft soll erneut eine Anzeige wegen manipulierter Software vorliegen. Sie betrügen Ihre Spieler und verschaffen sich einen Wettbewerbsvorteil gegenüber Ihren Kontrahenten, den kleinen und mittelgroßen Automatenunternehmern, die über keine manipulierte Software verfügen.«

»Unsinn. Kompletter Unsinn! Wenn Sie so etwas weiterhin behaupten, wird unsere Rechtsabteilung auf Sie zukommen. Niemand hat die Software manipuliert, wir betrügen nicht, Herr … Wie war noch mal Ihr Name?«, ereiferte sich Sonnelach.

Der von Karl Besser gebriefte und als Abfangjäger vorgesehene Pseudojournalist hatte keine Chance, das Wortduell zu unterbrechen. Sonnelach war zu sehr in Rage. Eisberg in Sicht.

»Reittaler – mit zwei t, wenn Sie sich das notieren wollen«, gab sich der Journalist cool. »Kann man also das Programm der Software hacken und manipulieren, ja oder nein?«

Verzweifelt versuchte Karl Besser, die drohende Katastrophe

zu verhindern, den Eisberg zu umschiffen. »Herr Sonnelach wird Ihre Fragen schriftlich beantworten. Er hat noch einen dringenden Termin und –«

»Wir haben die Software nicht manipuliert, verdammt noch mal!«, donnerte Sonnelach dazwischen.

Die kleinen Augen des Journalisten blitzten listig. Jetzt hatte er Sonnelach fast da, wo er ihn haben wollte. »Sie haben meine Frage nicht beantwortet. Kann man die Software hacken, ja oder nein?«

»Jede Software kann man hacken«, rutschte es Sonnelach heraus.

Reittaler lächelte, der Fisch hing am Haken. »Also auch Ihre?«

»Ja, auch unsere Software. Sie ist gehackt worden.«

»Im vergangenen Jahr?«

»Ja, aber das ist doch auch kein Kunststück. Wenn man halbwegs intelligent ist, schafft das doch fast ...« Sonnelachs Verteidigung klang müde, er beendete seinen Satz nicht.

»Danke für Ihre Ausführungen, Herr Sonnelach. Ich habe keine weiteren Fragen mehr.« Mit einem Siegerlächeln verließ Reittaler die Pressekonferenz. Sonnelach hatte indirekt zugegeben, dass man mit der werkseigenen Software den Jackpot aus den Automaten entnehmen konnte. Und er hatte zugegeben, dass es auch für andere Kriminelle möglich war, sich durch das Hacken der Software großzügig an den Automaten zu bedienen. Das roch nach einer großen Story. Einer ganz großen.

Karl Besser verstellte dem Journalisten den Weg und fasste ihn am Ärmel. »Wir können auch anders«, zischte er Reittaler wutentbrannt entgegen.

Reittaler schüttelte Bessers Hand an seinem schwarzen Jackett ab wie eine lästige Schmeißfliege. »Ich auch«, sagte er mit gefährlichem Funkeln in den Augen. »Und niemand, auch Sie nicht, wird mich daran hindern, meinen Job zu machen.«

4

»Man kennt sich, man hilft sich.«

Konrad Adenauer, Kölner Oberbürgermeister,
erster Bundeskanzler der Bundesrepublik Deutschland,
Erfinder der Sojawurst »mit Friedensgeschmack« (1876–1967)

Besser hatte einen anstrengenden Montag vor sich. Von Nürnberg aus wollte er schon um sieben Uhr fünfzehn morgens in die Bundeshauptstadt fliegen. Wegen des fast obligatorischen Staus auf der A 70, dem Frankenschnellweg, der wohl langsamsten Autobahn Deutschlands, hätte er die Maschine beinahe verpasst. Erst beim letzten Aufruf hechtete er durch die Flughafenhalle und entschuldigte sich hastig bei der Mitarbeiterin am Check-in für die Verspätung, um dann mit Laptop und Businesstasche in den Flieger zu stolpern.

Die rothaarige Stewardess, die ihm den Platz anwies, lächelte nachsichtig. Sie kannte das Problem mit den Frühmaschinen nach Berlin. Und sie kannte ihre Klientel. Fast nur Männer, wenige Frauen. Und fast alle im klassischen Dress. Schwarze Anzüge, weiße Hemden, unifarbene Krawatten, glänzende, handgefertigte Lederschuhe mit glatten Sohlen, über die Arme geworfene dünne Mäntel. Die Frauen überwiegend in grauen oder schwarzen Hosenanzügen, manchmal auch im dezenten Dunkelblau, häufiger Halbschuhe als Pumps tragend und mit der obligatorischen kleinen Diamantenuhr am Arm und dem schmalen Goldkettchen um den Hals. Kurze Röcke trugen sie nie. Wahrscheinlich, weil sie sich dann die Frage hätten gefallen lassen müssen, ob sie den Fummel in der Gürtelabteilung erstanden hatten. Die meisten Frauen, die in den letzten Jahren in die Führungsetagen eingezogen waren, versuchten, sich auch im Äußeren dem Dresscode der Managerklasse, ihrer Uniform, anzupassen. Über die Jahre hinweg waren Firmenchefs, Manager und Wirtschaftsführer – Charles Darwin, würde er noch leben, hätte seine Evolutionstheorie nachträglich auch im gesellschaftlichen Bereich bestätigt gesehen – zu androgynen, von Aussehen, Verhalten und Lebenseinstellung her fast austauschbaren Typen mutiert, die sich nur untereinander an Kleinigkeiten zu unterscheiden wussten: Waren die Knopflöcher am Ärmel offen, stammte das Jackett vom Maßschneider. Waren sie geschlossen, so war der Träger des Anzuges mehr Schein als Sein – und das angeblich edle Tuch von der Stange. Auf die Stewardess wirkten die Wichtigleute, wie sie sie insgeheim nannte, alle ein wenig gehetzt, wobei sie nicht ganz ausschließen wollte, dass auch das ein Erkennungsmerkmal der Business-Kaste war. Erst während des rund einstündigen Fluges schien sich ihre Berlin-Klientel bei einer Tasse heißem Kaffee und der Lektüre des »Spiegel« oder der »Süddeutschen Zeitung« etwas zu entspannen.

Am Flughafen Tegel stieg Besser in seinen dort geparkten Jubiläums-Porsche 911 50. Der »Sonnelach«-Sprecher hasste Taxis und deren geschwätzige Lenker mit ihren gebrochenen Lebensläufen, die sie jedem Fahrgast auf die Nase banden. Schlimm genug, dass man mit einer solchen Vita in Deutschland sogar Außenminister und Vizekanzler werden konnte! Besser hatte diesen Typen, der genau das fertiggebracht hatte, nach Ende dessen Ministerzeit mehrmals im Café Einstein gesehen, dem wichtigsten Kaffeehaus der Berliner Republik. Hier schlürften mit Akten beladene Abgeordnete, Journalisten, Minister, Ministeriale und Lobbyisten an kleinen Tischen und auf mit echtem Schuhleder bezogenen und etwas in die Zeit gekommenen Stühlen ihren Kaffee, schmierten ihre Brötchen mit der stets in Glastöpfchen auf dem Tisch stehenden Marillenmarmelade oder orderten eins der legendären Schnitzel.

Das »Café Einstein« war ein halb öffentlicher Ort, dessen Charme und Wichtigkeit einem Paradoxon entstammten: Einerseits wollte man sehen und gesehen werden – sonst gehörte man nicht dazu –, andererseits besprach man hier kurz vor den Ausschuss- und Plenarsitzungen auch vertrauliche Dinge miteinander, die so sicherlich nicht in die Öffentlichkeit gehörten.

Besser war Dauergast im »Café Einstein«, auch wenn er seine Abneigung gegenüber den meisten hier verkehrenden Gestalten immer verhehlen musste. Für ihn waren sie keine Politiker von altem Format, allenfalls nützliche Idioten. In diesem Land wunderte er sich über überhaupt nichts mehr. Die Demokratie, die seiner Meinung nach eine Lichtgestalt wie Franz Josef Strauß so energisch vorangetrieben hatte, drohte an schwulen, exotischen, türkischen, ostdeutschen, Rollstuhl fahrenden, zu kinderreichen, kinderlosen und vor allem mittelmäßigen Politikern vor die Hunde zu gehen. Damit hatte sein Chef recht: Die Diffamierung der Eliten, die Gleichmacherei und vor allem die Mittelmäßigkeit der politischen Kaste bedeuteten den Untergang jeder Gesellschaft. Und mit solchen allenfalls mittelmäßigen Gestalten, die, um gewählt zu werden, ständig ihr Fähnlein nach dem Wind des Volks-Mainstreams drehten, musste er sich im politischen Berlin Woche für Woche abplagen. Die schönen Wochenenden in Bamberg mit seiner Familie und der Porsche waren für sein Leben unverzichtbare Trostpflaster.

Für seine erfolgreiche Berliner Lobby- und Verbandsarbeit im vergangenen Jahr – er hatte mit vielen teuren Rotweinabenden erneut die von populistischen Politikern mal wieder geforderte Spieleinsatzsteuer verhindert – hatte sich Besser einen Wagen für sein verschwiegenes Hauptstadtgeschäft aussuchen dürfen. Die Wahl war ihm nicht schwergefallen: In Bamberg fuhr er seiner Frau und seiner Tochter zuliebe nur große, familienfreundliche Limousinen und einen schwarzen Cayenne, aber hier in der Bundeshauptstadt gönnte er sich den rassigen Sportwagen in den fränkischen Farben Rot und Weiß. Auch wenn er das vierhundert PS starke Geschoss in Berlin nie ausfahren konnte, so demonstrierte er mit dem Porsche doch seine Spitzenstellung im Heer der fast sechstausend Lobbyisten, die sich aufopferungsvoll um die rund sechshundertzwanzig Volksvertreter kümmerten und ihnen halfen, die sich vor ihnen türmenden Aktenberge abzubauen und die richtigen Gesetze zu verabschieden. Dass sich so im Schnitt fast zehn Lobbyisten um einen Bundestagsabgeordneten bemühten, empfand Besser als verhältnismäßig harmlos. Schließlich bedurften die Politiker bei ihren Entscheidungsfindungen unbedingt der Fachleute aus Industrie und Verbänden. Ohne die beratende Funktion der Lobbyisten war der enorme Arbeitsalltag in Berlin mit seinen immer komplexer werdenden politischen, technischen und wirtschaftlichen Entwicklungen doch überhaupt nicht zu bewältigen. Und dass zuweilen Lobbyisten und Auftragskanzleien an den Gesetzeswerken direkt mitschrieben, zeigte für Besser nur, dass sich zum Schluss doch Professionalität und Qualität und nicht die Meinung des dummen Volkes durchsetzten. Und letztlich diente das doch wieder nur dem Wohle aller, oder etwa nicht?

Auch Bessers Lobbyarbeit war nicht ganz billig. Einem Abgeordneten imponierte man mit fünfzigtausend Euro nicht besonders, da mussten schon höhere Beträge auf den Teller. Wenn das Entgegenkommen nicht direkt mit Barem vergolten werden sollte oder durfte, so konnten sich die Volksvertreter bei der »Sonnelach AG« auf Initiative von Besser hin während ihres Jobs in der Politik wenigstens mit gut dotierten Gastvorträgen, Gutachten, Schriften zur Firmengeschichte oder mit der jährlichen glanzvollen Auszeichnung »Botschafter des guten Spiels« ein bisschen was dazuverdienen. Nicht zuletzt der lukrative Wechsel aus der Politik ausscheidender Abgeordneter, Minister oder Staatssekretäre in die Lobbyarbeit des Konzerns oder des Automatenverbandes war eine Möglichkeit, ihre Berliner Arbeit nachträglich zu belohnen.

Sonnelach beschäftigte gerne solche Drehtür-Politiker. Sie brachten ihre alten Beziehungen mit ein, verfügten über profundes Insiderwissen und hatten immer noch Zugang zu ihren früheren Mitarbeitern und Kollegen in Parlament, Ausschüssen, Parteien und Ministerialbürokratie. Man kannte sich, man half sich. Als sehr nützlich hatte sich in diesem Zusammenhang der »Treff in der Brauerei« erwiesen, einem von seinem Verband arrangierten Treffen von Bundestagsabgeordneten, Bürgermeistern, Ministerienvertretern und Fachleuten von der Physikalisch-Technischen Prüfanstalt, kurz: PTB, die für die Zulassung von Geldspielautomaten zuständig war. Am ersten Mittwoch jeder Sitzungswoche des Bundestages gaben sich in der »Brauerei

Lemke«, direkt gegenüber dem Haus der Automatenindustrie, rund hundert Gäste zwanglos die Kante. Besser wusste, dass mit steigender Promillezahl die Hemmschwelle gegenüber den Anliegen der von seinem Chef angeführten Automatenindustrie sank. Beliebt waren auch die Sommerfeste seines Verbandes, auf denen sich die Spitzenpolitiker des Landes gerne tummelten. Und selbst die sportlichen Volksvertreter mussten auf den Genuss von Verbandsgeldern nicht verzichten: Besser ließ den »FC Bundestag« großzügig sponsern, eine Kickergemeinschaft mit Spielern aus allen Fraktionen, die unter anderem gegen Mannschaften anderer Firmen, aber auch gegen solche bestehend aus Staatsanwälten, Richtern und Polizeibeamten antrat. Die dritte Halbzeit diente stets dazu, neue Verbindungen zu knüpfen und bestehende zu erhalten oder sie zu vertiefen. Besser war begeisterter Anhänger des »FC Bundestag«. Da konnte er es auch locker verschmerzen, dass die von ihm angeführte Mannschaft des Automatenverbandes gegen die Volksvertreterkicker beim letzten Aufeinandertreffen mit 1 : 6 untergegangen war. Unter der Dusche und in der dritten Halbzeit waren alle wieder gleich gewesen – was sich noch auszahlen sollte, da Besser Zugang zu einem Parlamentarier gefunden hatte, der seinem Werben bisher skeptisch bis ablehnend gegenübergestanden hatte.

Besser trat das Gaspedal seines Porsche durch, um nach rund fünfundsiebzig Metern den Fuß auch schon wieder herunterzunehmen. Hinter ihm qualmten Gummispuren auf kaltem Teer. Den Kick hatte er heute Morgen gebraucht, um richtig wach zu werden. Anschließend rollte er gemächlich mit blubberndem Sechs-Zylinder-Motor durch das frühe Berlin, um sich im »Café Einstein« mit dem Staatssekretär für Wirtschaft zum Frühstück zu treffen.

Besser stellte seinen Wagen in einer verschwiegenen Seitenstraße ab, wo man immer einen Parkplatz fand. Er liebte es, bei gutem Wetter – und heute schien die Wintersonne Gefallen an Berlin zu finden – über die Prachtallee Unter den Linden, von Kritikern als »Straße unter den Lobbyisten« verspottet, zu flanieren. Dabei beobachtete er – wie ein Wissenschaftler seine

Ratten bei einem Experiment – die Polittouristen aus aller Welt mit ihren auf den Rücken geschnallten Jack-Wolfskin-Rucksäcken, die schicken, zur Arbeit in den Ministerien und Verbänden trippelnden Sekretärinnen und die verschlafenen Polizisten mit ihren Maschinenpistolen, deren Aufgabe es war, Ministerien und Reichstag zu schützen. Sie alle waren nur kleine, schmückende Mosaiksteinchen auf dem Boden am Fuße eines riesigen Monuments, das Hauptstadtflüsterer wie er in aller Stille im Sinne der »Sonnelach AG« zu formen hatten.

Doch Berlins zentrale Prachtstraße war für Besser auch unter historischem Aspekt interessant. Innerhalb weniger Wochen hatte es auf dieser zwei Attentate auf Kaiser Wilhelm I. gegeben. Besser beschäftigte sich schon seit Jahren mit der Geschichte von Attentaten, und aus dem anfänglichen Hobby war eine Passion geworden. Irgendwann, wenn er mal etwas mehr Zeit haben würde, wollte er ein Buch über deutsche Attentäter und ihre Motive verfassen, in dem die beiden Anschläge auf den Kaiser in Berlin eine wichtige Rolle spielen sollten.

Der Klempnergeselle Max Hödel hatte am 11. Mai 1878 den in einer offenen Kutsche an ihm vorbeifahrenden Wilhelm I. mit zwei Revolverschüssen weit verfehlt, war aber dennoch am 16. August desselben Jahres mit einem Beil enthauptet worden. Am 2. Juni 1878 versuchte erneut ein Attentäter, die preußische Majestät auf dem Boulevard Unter den Linden zu töten. Wilhelm I. wurde von dreißig Schrotkugeln getroffen, die Dr. Karl Eberhard Nobiling auf ihn abfeuerte. Der Monarch hatte aus dem ersten Attentat offenbar nichts gelernt, denn wieder war er in einer offenen Kutsche ein leichtes Ziel gewesen. Nur sein dicker Mantel und seine Pickelhaube hatten dem dennoch Schwerverletzten das Leben gerettet.

Karl Besser war während seiner Recherchen zu der Überzeugung gekommen, dass man kein Großer der Geschichte werden würde, ohne nicht mindestens einen Attentatsversuch überlebt zu haben. Hitler hatte zweiundvierzig überlebt.

Für Besser ergab sich aus den missglückten Anschlägen die Frage, wie zu allem entschlossene Attentäter mit ihren persönlichen Niederlagen umgegangen waren. Waren sie daran zerbrochen? Hatten sie sich Vorwürfe gemacht, nicht sorgfältig genug geplant zu haben? Waren sie vielleicht sogar froh gewesen, nicht zum Mörder geworden zu sein? Oder hatte das misslungene Attentat als Ansporn gedient, es ein zweites Mal zu versuchen, wenn sie nicht gefasst worden waren? Individuelle Attentate wurden meist auf hochrangige Personen verübt – Staatsoberhäupter, Militärs, Partei- und Religionsführer –, aber in den vergangenen Jahrzehnten waren mit dem Zerfall des Ostblocks, der sich ausbreitenden Globalisierung und der islamistischen Radikalisierung immer häufiger auch Journalisten, Schriftsteller und Wirtschaftsführer ins Fadenkreuz von Attentätern geraten. Besser war froh, Personenschutz für seinen Chef organisiert zu haben. Maß man den Gerüchten um dessen Kontrahenten Dr. Dr. Luuk van Dijk Bedeutung zu, so verfügte dieser über hervorragende Kontakte in die Balkanländer. Dort tummelten sich nach den entsetzlichen Bürgerkriegen menschliche Tötungsroboter, die froh über jeden neuen Job waren – so hieß es, und Besser konnte sich das bildhaft vorstellen.

An den zweiundzwanzig Sitzungswochen des Bundestages war das »Einstein« bereits ab sieben Uhr morgens brechend voll. Auch heute war das In-Café gut besucht, doch merkte man deutlich, dass es einige Politiker schon nach Hause in den Weihnachtsurlaub gezogen hatte.

Besser blickte sich um. Meist saßen zwei, selten drei oder vier Personen an den Tischen und tuschelten miteinander. Er nickte dem Chefredakteur einer Berliner Tageszeitung zu, der sich mit dem stellvertretenden Fraktionsvorsitzenden von Bündnis 90/Die Grünen unterhielt. Im Spiegel der Kaffeebar konnte er einige unbedeutende Hinterbänkler der CDU entdecken, die bereits am frühen Morgen an großen Rotweingläsern nippten und bester Laune schienen. Ihre Gruppe war die einzige, die für einen gewissen Lärmpegel sorgte. In einer Ecke, unter einem modernen Gemälde, entdeckte Besser den parlamentarischen Staatssekretär für Wirtschaft. In früheren Zeiten hatte Gerald Fleischmann zur Truppe eines anderen Automatenherstellers gehört. Als der ehemalige Branchenkönig zugunsten von Sonnelach abgedankt hatte, hatte er sich nach kurzem Zögern entschlossen, von nun an mit Bessers Chef zusammenzuarbeiten. Der König ist tot, es lebe der König!

Besser streckte dem rundlichen Politiker mit der altmodischen Nickelbrille auf der Nase kurz die Hand entgegen. »Bleiben Sie hocken und genießen Sie Ihr Frühstück, Herr Fleischmann!« Er setzte sich und überreichte dem grauhaarigen Staatssekretär einen schmalen Aktenordner. »Ich habe heute nicht viel Zeit«, entschuldigte er sich, »also mache ich es kurz: Ich habe eine gute Nachricht für Sie. Die ›Sonnelach AG‹ wird, natürlich nur, wenn es Ihnen weiterhin recht ist, Ihrem Ministerium auch im neuen Jahr einen Mitarbeiter zur Verfügung stellen, der Sie dabei unterstützt, die anstehende neue Spieleverordnung auszuarbeiten. Da kommt eine gewaltige Puzzlearbeit auf Sie zu. Natürlich kostet unser Mitarbeiter Sie und Ihre Partei keinen Cent. Nur den Schreibtisch müssen Sie natürlich immer noch stellen.« Besser lachte. »Von Möbeln verstehen wir nämlich nach wie vor nichts.«

Der Staatssekretär grinste und deutete auf den Aktenordner. »Wie ich Herrn Sonnelach kenne, hat Ihr Mitarbeiter schon einen ersten Gesetzesvorschlag erarbeitet?«

Besser nickte. »Angedacht, angedacht! Gut Ding will Weile haben, Herr Staatssekretär, und unser Unternehmen will weiter expandieren. Das bedeutet Sicherung und Schaffung neuer Arbeitsplätze und für den Staat natürlich höhere Steuereinnahmen. Der Einsatz pro Spiel muss erhöht werden, schließlich wollen wir auch die Gewinnmöglichkeiten steigern. Außerdem brauchen wir neue und große, rechtlich abgesicherte Spielhallen außerhalb der Städte, etwa an den Knotenpunkten der Autobahnen und in Gewerbegebieten. Damit würde Ihre Regierung gleich zwei Fliegen mit einer Klappe schlagen: höhere Steuereinnahmen durch ein attraktiveres Spiel für unsere Kunden sowie mehr Innenstädte ohne schmuddelige Spielhallen, die jeden Stadtplaner, Wirtschaftsreferenten und Touristen vergraulen.«

Der Staatssekretär schob sich noch ein mit mehreren Scheiben Schinken belegtes Brötchen in den Mund, putzte sich die fettigen

Finger dann an einer Stoffserviette ab und blätterte flüchtig den Aktenordner durch. »Klingt gut, Herr Besser. Sehr gut sogar. Zudem glaube ich, dass sich Ihr Ansatz auch politisch gut verkaufen lässt. Wir haben uns ja schon immer für mehr Sauberkeit und Transparenz in der Glücksspielbranche eingesetzt. Und wenn dann noch höhere Steuereinnahmen und mehr Arbeitsplätze aus Ihrem Vorschlag resultieren, dann müsste die Novellierung der Spieleverordnung doch wie ein heißes Messer durch Butter durch die zuständigen Ausschüsse und das Parlament gehen.«

Besser nickte. Auf Fleischmann war Verlass.

»Wann fängt Ihr Mitarbeiter bei uns an?«, wollte der Staatssekretär noch wissen.

»Ich habe die Woche nach Heilige Drei Könige ins Auge gefasst. Er wird telefonisch mit Ihnen Kontakt aufnehmen, dann könnten Sie sich mit iIhm, wenn gewünscht, vorher schon einmal treffen.« Besser überreichte dem Staatssekretär die Visitenkarte des neuen Mitarbeiters.

»Wunderbar. Ich muss mir dann nur noch Gedanken machen, in welcher offiziellen Funktion Ihr Neuer bei uns tätig werden darf. Sie wissen ja, dass diese blöde Verwaltungsrichtlinie eine solche Arbeit etwas einschränkt.«

»Das werden Sie schon hinkriegen, da bin ich mir ganz sicher. Sie sind doch Profi.« Besser stand auf und reichte dem Staatssekretär aufmunternd die Hand. Dann beugte er sich zu ihm hinunter und flüsterte: »Was wünschen Sie sich eigentlich zu Weihnachten, Herr Fleischmann? Bleibt es bei dem Perlencollier für Ihre Frau, oder soll es doch etwas anderes sein?«

Als er die Rechnung des Politikers bezahlte und kurz zu der Kellnerin aufschaute, glaubte Besser für einen kurzen Moment, draußen vor dem Fenster aus den Augenwinkeln Robert Förtsch, den aufmüpfigen Journalisten, den er im Düsseldorfer Edelpuff mit einer Ukrainerin ruhiggestellt hatte, gesehen zu haben. Sicher war er sich jedoch nicht.

Besser vergaß die Fata Morgana schnell und gab sich einem Zufriedenheitsgefühl hin. Das Gespräch mit dem Staatssekretär war gut verlaufen. Seit die Organisation »LobbyControl« die

Beschäftigung von über hundert Mitarbeitern, sämtliche bezahlt von Unternehmen und Verbänden, in den Bundesministerien aufgedeckt hatte, war es schwieriger denn je geworden, eine Frau oder einen Mann direkt an der Nahtstelle von Gesetzes- und Verordnungsentwürfen zu platzieren. Der Staatssekretär musste dem Kind, also dem ihm zur Verfügung gestellten »Sonnelach«-Mitarbeiter, infolgedessen einen neuen Namen geben. Doch Besser war zuversichtlich, dass dies für den mit allen Wassern gewaschenen Staatssekretär kein ernstes Problem darstellte. Wo es ein Gesetz oder eine Verordnung gab, da gab es auch immer ein Schlupfloch.

Den weiteren Tag verbrachte Besser unter anderem mit Gesprächen mit dem für die »Sonnelach AG« in Coburg zuständigen Bundestagsabgeordneten, einem knapp dreißigjährigen Politiker, dem man seine basisdemokratischen Flausen im Kopf noch austreiben musste, und im mondänen Sitz des Automatenverbandes. Dort speiste er zu Mittag Matjes nach Hausfrauenart mit Pellkartoffeln.

Anschließend fuhr er mit der U1 zum Wittenbergplatz. Im KaDeWe kaufte er für seine Frau Michelle und seine Tochter Lena einige kleinere, aber teurere Weihnachtsgeschenke, die er am späten Nachmittag auf der angedeuteten Rückbank seines immer noch in der Seitenstraße von Unter den Linden parkenden Porsche verstaute.

Nach einem kleinen Abendspaziergang durch das mittlerweile verschneite Regierungsviertel – die Sonne hatte sich nicht durchsetzen können – steuerte er fröhlich pfeifend gegen achtzehn Uhr dreißig die Rückseite des »Adlon Palais« an. Auf einem goldenen Schildchen, verziert mit zwei aufrecht stehenden schwarzen Bären und dem schlichten Logo »China Club«, drückte er einen kleinen Klingelknopf, der ihm gleich darauf die Tür zum Paradies öffnen sollte.

Innerhalb von dreißig Sekunden glitt er mit einem fast lautlosen Aufzug in den fünften Stock des Gebäudes, eine Fahrt in eine für Normalsterbliche verbotene Stadt über den Dächern von Berlin: Hier befand sich der exklusivste Business-Club der Bundeshauptstadt. Zwischen fünfzehn- und zwanzigtausend Euro betrug die Aufnahmegebühr für eine nahezu geschlossene Gesellschaft von Reichen, Hollywood-Größen, Wirtschaftsführern, Verlegern, Politikern und Lobbyisten. Hinzu kam noch ein Jahresbeitrag zwischen zwei- und zweitausendfünfhundert Euro. Für Sonnelach waren diese Summen Peanuts. Das Eintrittsticket in die Machtzentrale zahlte er seinem besten Mann gern – die Ausgabe amortisierte sich nicht nur, sie vervielfachte sich als Gewinn. Hinz und Kunz kamen in diesen Tempel der Verschwiegenheit und Diskretion gar nicht erst hinein, sie mussten draußen bleiben. Auf rund tausendfünfhundert Quadratmetern traf sich ausschließlich die finanzielle und politische Elite zum vertraulichen Tête-à-Tête in kleinen Räumen und Separees, die weder Augen noch Ohren hatten. Hier wurden Gesetze gezimmert, Absprachen getroffen, politische Allianzen und Intrigen geschmiedet, hier wurden Geschäfte gemacht und Minister ausgeguckt – oder ihr Sturz eingeleitet. Hier hatte sich auf einer Filmparty mit hundertfünfzig Leuten auch ein späterer Kurzzeit-Bundespräsident mit dem Filmfondsunternehmer angefreundet, der nachher mitverantwortlich für seinen medialen Niedergang und Rücktritt zeichnete. Hier wurden auch Sponsoren für die Sommerfeste der Bundespräsidenten angesprochen – denn die rund anderthalb Millionen Euro für ein solches Event wollten erst einmal gestemmt werden. Besser war stolz darauf, dass die »Sonnelach AG« sich in dieser Hinsicht stark engagierte. Denn ohne die Hilfe der Wirtschaft, das war klar, würden solch repräsentative Feste mit fünftausend geladenen Gästen längst der Vergangenheit angehören, es sei denn, sie würden aus Steuergeldertöpfen bezahlt. Und das konnte doch niemand ernsthaft wollen, oder? Gleiches galt für das sogenannte Verwaltungssponsoring. Vor einigen Jahren hatten Bundesregierung, Bundesrat und Bundespräsidialamt dreiundneunzig Millionen Euro an Sponsorengeldern verbucht. Im Jahr. Und die »Sonnelach AG« hatte ordentlich mitgeklotzt. An die zehn Millionen Euro, die die privaten Krankenversicherer für eine Alkoholpräventionskampagne des Bundesgesundheitsministeriums hatten springen lassen, war Bessers Arbeitgeber zwar nicht herangekommen, aber seine Summe war deutlich höher gewesen als der Gegenwert von dreihundert Sitzsäcken, die eine Möbelfirma dem Kanzleramt zur Verfügung gestellt hatte. Und für die notwendige Weichenstellung für ein solches Sponsoring waren Männer wie Besser zuständig.

Für viele der Reichen und Mächtigen war der »China Club« die eigentliche Regierungs- und Machtzentrale der Berliner Republik. Nur wer ein Mitglied kannte und persönlich eingeladen wurde, hatte als Nichtmitglied die Chance, in dem erlauchten Kreise für einige Stunden zu verkehren und von der wunderschönen und großzügig dimensionierten Dachterrasse aus seinen Blick über Reichstag, Brandenburger Tor, Potsdamer Platz und das Holocaust-Denkmal schweifen zu lassen.

Als sich die Tür des Fahrstuhls öffnete, lächelte Besser ein grünliches Bild von Mao mit knallrotem Kussmund entgegen. Der »Sonnelach AG«-Sprecher musste immer schmunzeln, wenn er diese geheimnisvolle Welt des »China Club« betrat. Er fühlte sich in das China der Kolonialzeit versetzt – überall handbemalte Tapeten, rote Lampions, antike asiatische Holzmöbel, Wandbespannungen aus Seide, eine erlesene Bibliothek, wertvolle Bilder und Dekorationen, über Jahre fachmännisch zusammengetragen. Selbst ein Konkubinen-Salon fehlte nicht. Der Kolonialstil wurde immer wieder von avantgardistischen Kunstwerken der postmaoistischen Zeit durchbrochen. Quietschbunte Porzellanstatuen, etwa Soldaten, Kinder und Bauern in grellbunten Uniformen, ein Oberkörper in Mao-Jacke, dem der Kopf fehlte – im »China Club« gaben sich alte Meisterwerke und zeitgenössische Kunst, Pop-Art und Ironie, künstlerische Schwere und Leichtigkeit wie selbstverständlich die Hand.

Besser steuerte einen der privaten Speiseräume des Clubs an. Auch wenn es ein Pflichtprogramm war, freute er sich auf diesen Abend. Zu dem Kreis der Auserlesenen zu gehören, den Takt der Politik mitzubestimmen, Einfluss zu nehmen, das alles war für Besser ein Genuss. Der noch gesteigert wurde durch die Vorfreude auf die kulinarischen Köstlichkeiten, die er seinen zwei Gästen und sich heute Abend auftischen lassen wollte – mit Meeresfrüchten gefüllte Dim Sums, gebackene Riesengarnelen in Zitronen-Wasabi-Mayonnaise, sautierte Jakobsmuscheln an grünem Spargel und natürlich eine traditionell zubereitete Pekingente. Vielleicht konnte er seine Gesprächspartner auch mit einer sündhaft teuren Flasche Bordeaux Château Pétrus, Jahrgang 1982, überzeugen? Was waren schon dreitausendzweihundert Euro für einen Franzosen, wenn es galt, einen möglichen Gesetzesentwurf frühzeitig zu ersticken?

Besser beherrschte die drei Arbeitsformen eines engagierten Lobbyisten – Prävention, Reaktion und Aktion – wie ein virtuoser Klavierspieler seine Tasten. Im »China Club« ging es heute nicht darum, auf ein störendes Gesetzesvorhaben zu reagieren oder ein Gesetzesvorhaben aktiv auf den Weg zu bringen, nein, heute Abend war die hohe Kunst des Lobbyismus gefragt – ein mögliches Thema für eine Gesetzesinitiative musste schon im Vorfeld verhindert werden. Besser wusste ganz genau: Wenn dieser beschissene Journalist Reittaler und dieser verdammte Augsburger Automatenunternehmer Münz erst mal Gehör fanden mit ihren weinerlichen Rufen nach einer permanenten Kontrolle der Geldspielautomaten, um Manipulationen kategorisch auszuschließen, dann würde es sicherlich nicht mehr lange dauern, bis einige Politdeppen gesetzgeberischen Handlungsbedarf fordern würden. Und dann würde es mit den fetten Zusatzverdiensten für die »Sonnelach AG« vorbei sein. Das galt es unbedingt zu verhindern.

Seine beiden Gesprächspartner – der Fraktionsführer der Mehrheitspartei und der Vorsitzende im Wirtschaftsausschuss – mussten unbedingt davon überzeugt werden, dass die bestehenden Gesetze und Verordnungen vollkommen ausreichten und eine ständige Kontrolle der Geldspielautomaten wegen zu hohem technischen und finanziellen Aufwand für die Behörden, und damit ja auch für den Steuerzahler, eine unzumutbare Belastung darstellen würde.

Die Begrüßung fiel überaus herzlich aus. Zwar standen beide Volksvertreter nicht direkt auf der Einkaufsliste von Bessers Chef, doch nach vielen gemeinsam verbrachten Abenden war zwischen ihnen und Besser eine Art Vertrauensverhältnis entstanden. Auch die ungezwungene Freigebigkeit, mit der die »Sonnelach AG« Parteitage und Parteifeste finanzierte, trug zum guten Klima bei. Zudem war beiden Volksvertretern, obwohl aus begüterten, humanistischen Elternhäusern stammend, bewusst, dass solche exklusiven Abende ganz besondere Auszeichnungen ihres politischen Schaffens darstellten, die ihr eigenes Budget bei Weitem überstiegen.

Während einer kleinen Gesprächspause beobachtete Besser verstohlen die Politiker, wie sie sich die vom Meisterkoch zubereiteten und in kleinen Bambuskörbchen servierten Dim Sums schmecken ließen.

»Dim Sum heißt wörtlich übersetzt in etwa ›das Herz berühren‹«, schmeichelte Besser. »Ich hoffe, dass ich mit meinem Anliegen nicht nur Ihr Herz berühre, sondern auch auf Ihren politischen Sachverstand bauen kann. Bei einer permanenten Überprüfung der Geldspielautomaten gäbe es nur Verlierer. Weder wir als Unternehmen noch der Staat könnten ein solches Gesetz in der Praxis umsetzen. Bürokratische Hemmnisse wie Vorschriften dieser Art behindern nur die soziale Marktwirtschaft, kosten unnötig Geld und gefährden Arbeitsplätze, die wir alle doch so dringend brauchen.«

Beschwichtigend legte der Fraktionsführer seine Hand auf den Arm von Besser. Nach einigen exquisiten Tropfen Weißwein glaubte er, sich diese kleine Vertraulichkeit leisten zu können. Aber der Höhepunkt des Abends stand noch aus: Der Bordeaux Château Pétrus, Jahrgang 1982, war bereits von Besser geordert worden. »Machen Sie sich diesbezüglich keine Sorgen, Herr Besser. Niemand in meiner Fraktion hat die Absicht, ein solch unsinniges Gesetzesvorhaben auch nur anzudenken. Ich habe meinen Laden im Griff. Sagen Sie das bitte auch Ihrem Chef.«

Besser ballte unter dem Tisch kurz die Becker-Faust. Durch seinen Körper schoss pures Adrenalin. Er war auf dem richtigen Weg. Und wenn die beiden Herren später auch noch den teuren Bordeaux in sich reinschütten würden, den kluge Eltern ihren

Kindern eher als Kapitalanlage denn als Genussmittel empfahlen, dann konnte von dieser Seite nichts mehr schiefgehen. Schnell wechselte Besser das Thema, bei heiklen Unterhaltungen dieser Art durfte man den Bogen nicht überspannen. Die Gesprächspartner mussten immer das Gefühl haben, ihr Gesicht wahren und ihren Anstand retten zu können. »Schon witzig, dass es hier den einzigen Küchenchef in Deutschland gibt, der die Lizenz zum Töten besitzt«, bemerkte Besser darum lächelnd.

Der Fraktionschef nickte zustimmend und schob sich schweigend weitere Dim Sums in den Mund. Sein Kollege vom Wirtschaftsausschuss, zum ersten Mal im »China Club«, glaubte hingegen, sich verhört zu haben. »Lizenz zum Töten? Wie James Bond? Habe ich Sie richtig verstanden?«

»Unser aus Singapur abgeworbener Meisterkoch wunderte sich in den ersten Tagen in Deutschland sehr, dass er hier keine lebenden Fische verarbeiten kann. Doch mit ein bisschen Vitamin B, gutem Zureden und der Mahnung, dass Berlin ja auch kulinarisch mit anderen Hauptstädten der Welt mithalten müsse, hat er schließlich eine behördliche Genehmigung für ein Aquarium in seiner Küche erhalten – und damit die Lizenz zum Töten der Aquarium-Bewohner. So frisch wie hier kommt nirgendwo anders in Deutschland Fisch auf den Tisch.«

»›Mord im China Club‹, kein schlechter Titel für einen Krimi«, kalauerte der Vorsitzende des Wirtschaftsausschusses.

»Und wir sind die Auftraggeber«, konterte Besser und machte dem Kellner ein dezentes Zeichen. Es war Zeit für den Bordeaux.

Vorsichtig, als hielte er das Jesuskind in seinen Händen, trug der Kellner die Kostbarkeit herein. Wie eine Hostie zeigte er den drei Herren das Etikett und murmelte dabei ehrfurchtsvoll: »Der Pétrus, Jahrgang 1982.«

Als er das Entkorken zelebrieren wollte, läutete das Handy von Besser leise, aber bestimmt. Entschuldigend und mit einem gequälten Gesichtsausdruck blickte der »Sonnelach AG«-Sprecher seine Gäste an. »Meine Frau«, warb er um Verständnis. Michelle und er hatten vereinbart, dass sie nur in äußerst dringenden Fällen bei ihm anrufen sollte. Was konnte also so dringend sein, dass sie ihn bei einem seiner größten Triumphe in diesem Jahr zu stören wagte? »Ja? Was gibt's so Wichtiges?«, bellte er ungehalten in sein Handy.

»Schatz, Entschuldigung. Es tut mir wirklich leid«, meldete sich Michelle Besser. »Ich will dich nicht stören, aber die Berliner Kripo hat mich gerade zu Hause angerufen: Dein Wagen brennt!«

Besser zuckte zusammen. »Verdammte Sauerei!« Wütend sprang er auf und stieß dabei mit dem linken Ellbogen gegen den Arm des Kellners, dem die Flasche aus den Händen glitt.

Wie ein taumelndes Raumschiff schien der Bordeaux einen Moment zu schweben, angstvoll beobachtet von vier Augenpaaren, besann sich dann aber doch der Erdanziehungskraft. Der Angestellte des »China Club« versuchte, nach der Flasche zu fischen, berührte sie sogar noch leicht, machte mit seinem Rettungsversuch aber alles noch viel schlimmer. Der Flaschenhals schlug unkontrolliert und mit voller Wucht auf den Tropenholztisch und zerbarst in mehrere Einzelteile. Spritzer edelsten Weins klatschten wie Kuhfladen auf die Tischdecke, der Rest des 1982ers ergoss sich über den dem Tisch vorgelagerten Seidenteppich aus irgendeiner Min- oder Mao-Dynastie. Kreidebleich starrte der Kellner seine Gäste an.

Besser versuchte, seine Wut und seinen Ärger zu zügeln. »Pétrus 1982 *reloaded*«, zischte er dem Kellner gekünstelt lachend zu.

Der schaute verdattert. *»Reloaded?«*, fragte er zaghaft.

»Stellen Sie sich nicht schon wieder so blöd an, Mann. Noch eine Flasche von dem Zeug für die beiden Herren, aber dalli! Und schreiben Sie alles auf meine Rechnung!« Dann wandte er sich den Politikern zu. »Machen Sie sich noch einen schönen Abend. Es tut mir schrecklich leid, aber ich muss dringend weg. Mein Auto brennt.«

An der Brandstelle konnte Besser nichts mehr für seinen Wagen tun. Von dem Porsche war nur noch ein Skelett übrig. Es stank nach verbranntem Gummi, Benzin und Kunststoff. Irgendwie erinnerte Besser das Wrack an Pferdekadaver und verblichene Büffelschädel in amerikanischen Westernfilmen. Das Feuer hatte den Schnee um das nur noch auf den Felgen stehende Fahrzeug geschmolzen, hässliche schwarzbraune Flecken markierten die größten Brandherde. Diskutierend standen Feuerwehrmänner und Polizisten herum, die Blaulichter ihrer Fahrzeuge tauchten die Szene in unwirkliches Licht.

»Wer ist hier zuständig?«, wandte sich Besser forsch an eine aparte Polizistin mit relativ vielen Pickeln auf ihren Schulterklappen.

»Ich, Polizeihauptkommissarin Brigitte Teulner«, stellte sich die dunkelhaarige Schönheit mit selbstbewusster Stimme vor. »Darf ich fragen, wer Sie sind?«

»Mein Name ist Besser. Karl Besser. Mir gehört der Wagen. Sie haben meine Frau verständigt?«

»Ja, über die Halterfeststellung und Telefonauskunft. Tut mir leid, Herr Besser. Das ist ein Totalschaden. In Berlin sollte man heutzutage keinen Wagen dieser Klasse auf der Straße stehen lassen. Das ist brandgefährlich.«

»Ach, jetzt bin ich also auch noch schuld daran, dass irgendein Idiot mein Auto angezündet hat!«, empörte sich Besser. »Wer ist Ihr Vorgesetzter, Frau Hauptkommissarin Teulner?«

»So habe ich es nicht gemeint, Entschuldigung. Aber Sie müssen verstehen, auch bei uns liegen die Nerven blank. Das ist jetzt schon der siebenhundertdreiundvierzigste Brandanschlag auf ein Auto in diesem Jahr. Scheint in zu sein, Autos abzufackeln. Wir tun das Menschenmöglichste. Sonderkommissionen, verstärkte Streifentätigkeit, hohe Belohnungen für sachdienliche Hinweise. Und jede Nacht kreist ein Hubschrauber mit Wärmebildkamera über Berlin. Gefasst haben wir bisher aber nur ein paar Trittbrettfahrer.«

Besser nickte. Er begann den Frust der Beamtin zu begreifen. »Verdammte Sauerei! Wer macht so was?«

»Unser Innensenator meint, dass rund zwanzig bis dreißig Prozent der Täter aus der linksradikalen Szene kommen. Sie proben an teuren Autos den Klassenkampf. Wenn Sie mich fragen: Den meisten Tätern ist die Automarke egal, Hauptsache, es brennt. Das sind Chaoten, Randalierer, Pyromanen, vielleicht auch einige Trittbrettfahrer, die ich schon angesprochen habe. Die haben schnell kapiert, dass man mit wenigen Handgriffen Gesetz und Ordnung aushebeln kann. Das verschafft ihnen den Kick und die Aufmerksamkeit, die sie sonst nicht bekommen.«

»Und natürlich hat niemand etwas gesehen?«, fragte Besser resigniert.

Die schlanke Hauptkommissarin schüttelte ihr schulterlanges Haar. »Hier läuft um die Zeit keiner mehr herum. Und die befragten Anwohner haben Fernsehen geguckt.«

»Wie hat …?« Doch eigentlich wollte Besser die Antwort gar nicht wissen. Er war schon bedient genug. Sein schönes Auto!

»Bei Ihrem Porsche ist der Täter besonders gründlich vorgegangen. Hat vermutlich Pattex auf alle vier Reifen geschmiert, Feuer drangehalten, fertig. Normalerweise wird nur ein Reifen angesteckt, und dann heißt's nix wie weg, bevor es richtig lodert. Aber bei Ihrem Wagen hat sich der Zündler relativ viel Zeit gelassen, so als wolle er ganz sichergehen, dass ein hoher Schaden entsteht. Das ist ungewöhnlich. Denken Sie, es ist etwas Persönliches?«

Besser verneinte.

»Ungewöhnlich ist auch die Tatzeit, Herr Besser. Die meisten Täter schlagen erst ab zweiundzwanzig Uhr dreißig zu. Das sagt zumindest unsere Statistik. Aber jetzt ist es noch nicht mal einundzwanzig Uhr, und –«

Die Ausführungen der Polizistin wurden jäh durch einen jungen, pausbäckigen Feuerwehrmann unterbrochen. »Darf ich mal stören? Ich weiß ja nicht, ob es wichtig ist, aber da vorne an dem Baum ist so ein komisches Bild angetackert. Kommen Sie, ich zeige es Ihnen.«

Die Polizeihauptkommissarin und Besser stapften dem jungen Mann durch die von den Räumfahrzeugen aufgeworfenen Schneeberge längs der Straße hinterher. Besser fluchte leise vor sich hin. Erst brannte sein Wagen, dann platzten die dreitausendzweihundert Euro teure Rotweinflasche und, noch wichtiger, sein Meeting mit den beiden Politikern. Und nun versaute er sich auch noch seine Schuhe und die Anzughose in diesem Schneedreck. Kälte und Nässe krochen sein Beinkleid empor. Er fröstelte und schloss die Kragenknöpfe seines eleganten Kaschmirmantels.

Der Feuerwehrmann stoppte vor einer Linde und zeigte auf ein Stück Papier in DIN-A4-Größe, das an den Baumstamm geheftet war. Auf dem Blatt war eine mittelalterliche Gerichtsszene zu sehen: Ein Mann hielt einen Geldbeutel fest umklammert, während sich der Richter von einem anderen, hinter ihm stehenden Mann heimlich Geld zustecken ließ. Unter der Szene stand das Wort »avaritia«.

Die Polizeihauptkommissarin zuckte mit ihren Schultern. »Können Sie damit etwas anfangen, Herr Besser?«

Besser schüttelte den Kopf, dachte aber zeitgleich nach. Innerhalb von Sekunden lief der bisherige Tag vor seinem geistigen Auge ab: sein Treffen mit dem Staatssekretär, die Unterredung mit dem Bundestagsabgeordneten, das Essen mit dem Fraktionschef und dem Vorsitzenden des Wirtschaftsausschusses. Und hatte er sich nicht eingebildet, diesen Journalisten Förtsch vor dem »Café Einstein« gesehen zu haben? Waren die dargestellte Gerichtsszene mit der Bestechung und das Wort »avaritia«, was seinen Lateinkenntnissen zufolge so viel wie »Habgier« bedeutete, auf ihn gemünzt? War der Brandanschlag auf seinen Porsche ein ganz gezielter Akt gewesen? Besser wusste es nicht, aber plötzlich schien ihm alles möglich. Doch das würde er der Polizistin nicht auf die Nase binden. Er brauchte Zeit. Und Ruhe zum Nachdenken. Beides würde er nur in Bamberg finden.

5

»Ich schlage Ihnen einen Deal vor. Sie hören auf, Lügen über mich zu erzählen, und ich höre auf, die Wahrheit über Sie zu erzählen.«

Gordon Gekko (Michael Douglas) in »Wall Street 2«

»Das mit Düsseldorf nehme ich Ihnen nicht übel«, begann Robert Förtsch sein Gespräch mit Karl Besser ziemlich direkt. »Das ist halt Ihr Geschäft, ein schmutziges, aber nun gut. Dafür bezahlt Sie Sonnelach ja auch ganz ordentlich. Oder?«

Der Pressesprecher und PR-Manager der »Sonnelach AG« stutzte. Was kam jetzt? Warum hatte Förtsch um dieses Treffen gebeten? Der war doch eigentlich mit dem von ihm arrangierten Puffbesuch auf der Rethelstraße aus dem Rennen. Hatte der den Gong nicht mitgekriegt? Aber der war doch eigentlich unüberhörbar gewesen: Sollte Förtsch weiter so negativ über die »Sonnelach AG« schreiben, würde seine Frau von dem teuren Besuch im Düsseldorfer Edelbordell erfahren. Besser horchte in sich hinein. Hatte er etwas falsch gemacht? Irgendetwas übersehen? Nein, versuchte er sich zu beruhigen. Bisher hatte die Strategie, mit Puffbesuchen lästige Kritiker auszuschalten oder Ordnungsbeamte und Kripo-Leute zu korrumpieren, immer funktioniert. Sie war nicht neu, sie war uralt. Vermutlich mit der Geburt des ältesten Gewerbes der Welt entstanden. Was also wollte dieser Medien-Partisan mit seiner Bierwampe, die er unter einem weiten, braun-weiß gestreiften Pullover zu verstecken versuchte, noch von ihm, von der »Sonnelach AG«? Es war doch alles gesagt.

Die beiden Männer saßen in der mit dunklem Holz vertäfelten Gaststube der »Spezial-Brauerei« in der Oberen Königstraße in Bamberg. Der grüne Kachelofen strahlte gemütliche Wärme aus, während auf den Straßen ein eisiger Schneesturm tobte und die Temperaturen auf minus fünfundzwanzig Grad sanken. Keine

Seltenheit in Bamberg. Schon mehrmals hatte die Stadt an der Regnitz den Kälterekord für Deutschland aufgestellt. Unruhig rutschte Besser auf dem flachen, schon verblassten und durchgesessenen Kissen, das die harten Holzbänke etwas polstern sollte, hin und her. Förtsch wischte sich mit dem Handrücken über seine schweißnasse Stirn, dann schob er die Ärmel seines Pullovers bis über seine Ellbogen nach oben, wo sie schwulstige Ringe bildeten. Angewidert betrachtete Besser die Tätowierungen auf den muskulösen Oberarmen seines Gegenübers – auf dem rechten blickte ihm ein Adlerkopf mit gelbrotem Schnabel und stahlblauen aggressiven Augen entgegen. Die ausgefahrenen Krallen schienen dem Betrachter das Gesicht zerkratzen zu wollen, das über dem Adlerkopf gestochene Harley-Davidson-Logo wurde von einer böse züngelnden giftgrünen Schlange umrankt. Auf Förtschs linkem Oberarm prangte in einem farblich undefinierbaren Feld neben zahlreichen Motiven auch ein großes rotes Herz, durchstochen von einem mächtigen Dolch, darunter ein Frauenkopf mit einem Datum. Besser versuchte, seinen Blick abzuwenden. Er würde nie verstehen, warum Menschen ihren Körper bis an ihr Lebensende so verunstalteten.

Förtsch missdeutete die Blicke des »Sonnelach«-Mannes. »Geil, ne? Ich war schon immer Harley-Fan, und so eine Tätowierung ist wie ein Glaubensbekenntnis, ein Harley-Unser! Einmal Harley, immer Harley. Und jetzt im Alter«, der Journalist lachte etwas gekünstelt, »also, jetzt im Alter kann ich sie mir auch leisten.«

»Was kostet so eine Maschine?«, heuchelte Besser Interesse.

»Das ist schwer zu sagen. Mein Bock wird wohl über vierzigtausend Euro wert sein. An dem ist aber fast nichts mehr original. Jeder Harley-Fahrer bastelt ununterbrochen an seiner Maschine herum, keine darf so sein wie eine andere. Wir legen großen Wert auf Individualität.«

»Sind Sie Mitglied in einem Motorradclub?«, fragte Besser nach, um den Schein der Höflichkeit zu wahren. Ihm stank das Treffen mit dieser Unperson, diesem Möchtegernrocker, gewaltig.

»Versteht sich doch von selbst. Ich bin bei den ›Niederrhein Snakes‹. Darum auch die Schlange.« Förtsch zeigte stolz auf seinen

Oberarm, dessen Bizeps tanzte. »Und hier«, der Journalist holte eine Kette mit einem silbernen Anhänger aus seinem Pulloverausschnitt, »hab ich noch eine. Die ist sehr gefährlich. Für ganz besondere Fälle!«

Besser zog es vor, das Biker-Gequatsche nicht weiter zu nähren. »Von Mopeds verstehe ich leider nichts«, sagte er trocken.

»Nichts für ungut.« Förtsch prostete seinem Gesprächspartner fröhlich zu, und beide nahmen einen tiefen Schluck des bernsteinfarbenen Getränks aus den vor ihnen stehenden Weißbiergläsern. Förtsch wischte sich mit seinem haarigen Handrücken den Schaum von seinen schwulstigen Lippen. »Was ist das für ein Bier?«

»Ein Rauchweizen, nicht schlecht, oder?« Wenn der Bamberger »nicht schlecht« sagte, dann war das die höchste Anerkennung, und er meinte eigentlich »sehr gut«. Schwieg er, so lag die Beurteilung immer noch im Zweier- oder Dreier-Bereich. Trotz der angespannten Situation musste Besser bei dem Gedanken schmunzeln. Er konnte seine Heimat und ihre Sprache nicht verleugnen, auch wenn er auf der großen nationalen Bühne mitspielte.

»Wat heißt he net schleit, dat Bier ist saujutt«, protestierte Förtsch energisch in rheinischem Singsang. »Was empfehlen Sie als feste Grundlage dazu?«, verfiel der Journalist wieder ins Hochdeutsche. Er strich sich durch seinen schwarzen Schnauzer, der seine lange Nase zu begrenzen schien. »Irgendetwas typisch Fränkisches sollte es schon sein.«

Besser versuchte, höflich zu bleiben. Er wollte den Gegner erst einmal ausloten. Niemand arrangierte ein vertrauliches Treffen und vertraute sich bei diesem Scheißwetter für vierhundertneunzig Kilometer der Deutschen Bundesbahn an, um sich mit Bamberger Bierspezialitäten vollzudröhnen. »Wie wär's mit Blauen Zipfeln? Es gibt auch hausgemachten Presssack – mit oder ohne Musik. Oder Sie nehmen einen Gerupften.«

Förtsch guckte Besser einen Augenblick abwägend an, dann prustete er los: »Das klingt alles irgendwie nach Geschlechtskrankheit!« Einige Speicheltröpfchen trafen Bessers Gesicht.

Besser lachte gequält mit. Den Witz hatte er schon von einigen fränkischen Kabarettisten gehört, unter anderem von Mäc Härder, dem bekanntesten Bamberger Lästermaul. Dass auch ein Rheinländer die heimischen Gerichte sofort mit Krankheiten assoziierte, wunderte ihn als geborenen Bamberger jedoch sehr. War das dermaßen offensichtlich? »Nehmen Sie die Blauen Zipfel, das sind in Essig- und Zwiebelsud gekochte Bratwürste.«

Förtsch nickte und winkte die flinke Kellnerin im dunkelblauen Dirndl herbei. »Und Sie?«, fragte er.

»Ich habe zu Hause gegessen«, erwiderte Besser, schon etwas angefressen wegen der guten Laune, die Förtsch permanent zu verbreiten suchte.

»Wie gesagt, das mit Düsseldorf nehme ich Ihnen nicht übel. Die kleine Ukrainerin mit den dicken Möpsen war sogar richtig gut, soweit ich mich noch erinnern kann«, grinste der Journalist den »Sonnelach«-Pressesprecher verschwörerisch an. »Danke für die Einladung. Und um meine Frau brauchen Sie sich auch keine Sorgen mehr zu machen, sie hat nämlich die Scheidung eingereicht. Hat wohl einen anderen Hacker gefunden. Ein Arbeitskollege oder so. Ist auch nicht so wichtig, bei uns kriselte es schon seit Jahren. Mein Ehering kam mir immer mehr vor wie ein Verwundetenabzeichen.«

Besser spielte nervös an einem vor ihm liegenden Bierdeckel herum, hastig nahm er noch einen Schluck. War das jetzt der richtige Zeitpunkt, um die Deckung zu verlassen? Er wusste es nicht. Die Eröffnungsrochade seines Gegenübers hatte ihn doch sichtlich überrascht. Und stimmte das Beziehungsgelaber von Förtsch, dann hatte er gegen den Journalisten derzeit nichts mehr in der Hand. Aber auch das könnte man wieder ändern, beruhigte Besser seine angespannten Nerven. Was ihn jedoch am meisten irritierte, war die ungebrochene Lockerheit und Fröhlichkeit, mit der Förtsch auftrat.

»Ihr Franken seid schon ein komisches Völkchen, ihr macht die Striche auf der Unterseite, so als ob niemand wissen darf, was ihr schon getrunken habt.« Förtsch zeigte auf den Bierdeckel, den Besser jetzt zwischen seinen Fingern hin- und herrollte.

»Was wollen Sie?«, quetschte Besser genervt und auch etwas verunsichert heraus.

Mit energischen Schnitten zerteilte Förtsch die Blauen Zipfel und schob sie Stück für Stück in seinen Mund. »Einen Augenblick noch!«, mampfte er. »Einfach köstlich. Gute Empfehlung, Herr Besser!« Liebevoll streichelte der Journalist seine Wampe und zupfte sich seinen Pullover zurecht, um die nackten Fleischwülste zu verdecken. Förtsch bemerkte den missbilligenden Blick seines Gegenübers. »Wissen Sie, Herr Besser, ich bin nicht fett, ich bin nur authentisch!« Wieder prustete er los.

Besser war nicht zum Lachen zumute. Dieser wiehernde Kartoffelsack stahl ihm immer mehr von seiner kostbaren Zeit. »Meine Zeit ist begrenzt, Herr Förtsch. Ich muss noch –«, versuchte Besser, Druck zu machen.

»Ich weiß, ich weiß, als Sonnelachs Adlatus hat man nie wirklich frei. Und dann müssen Sie sich auch noch um Ihren abgefackelten Wagen kümmern! Advent, Advent, ein Porsche brennt. Erst einer, dann zwei, dann drei, dann vier, dann steht das Christkind vor der Tür.«

»Woher wissen Sie das mit meinem Porsche?«

Über das Gesicht des Journalisten huschte ein triumphierendes Lächeln. »Man hat da so seine Quellen, Herr Besser. Hat die Polizei schon einen Verdacht, wer das Feuerwerk veranstaltet hat?«

Besser wiegelte ab. Diesem Idioten würde er nie und nimmer erzählen, wen er für den Brandstifter hielt. Immerhin war er sich jetzt fast sicher, Förtsch tatsächlich in Berlin gesehen zu haben. »Lassen wir doch den blöden Small Talk, schließlich sind wir beide Profis. Kommen Sie endlich zur Sache.«

»Also, Herr Besser, Sie haben mich bekämpft, ich habe Sie bekämpft. Das war so weit in Ordnung, es war unser Job. Wir sind Profis, wie Sie so schön gesagt haben.«

»Ja, verdammte Scheiße: Und das sollten wir auch bleiben!«, wütete Besser dazwischen.

»Contenance, Herr Besser, Contenance. Wo bleibt denn Ihre gute Kinderstube? Etwa alles für'n Arsch? Nicht doch, nicht doch. Aber die Zeiten ändern sich – und mit ihnen auch die Menschen.«

»Verdammt noch mal, was wollen Sie?«

»Keine Atempause, Geschichte wird gemacht, es geht voran«, intonierte Förtsch die Kulthymne der Düsseldorfer Band Fehlfarben.

Besser war nicht nach Singen zumute. »Was wollen Sie?«, schnauzte er Förtsch erneut an.

»Wie Sie sicherlich wissen, arbeite ich hauptsächlich für die ›VDI-Nachrichten‹. Die konzentrieren sich auf Technik- und Ingenieur-Themen. Auf die ›Sonnelach AG‹ bin ich eher zufällig gestoßen. Ein Technik-Gutachter gab mir den Tipp. Ich weiß seit Längerem, dass Ihre Firma ihre Spielautomaten tunt, andere sagen sogar, sie würde die Software manipulieren. Vielleicht ist Tuning tatsächlich nicht das passende Wort, aber den richtigen Sprachgebrauch werden sicherlich die Gerichte klären. Sie lassen Ihre Mitarbeiter nachts mittels einer präparierten Karte den Automaten Geld entnehmen. Die Summen werden nicht als Entnahme, sondern als Spielergewinne deklariert. Und Sie, mein Bester, hängen da ganz schön mit drin.«

»Jetzt machen Sie mal einen Punkt, sonst hören Sie von unseren Rechtsanwälten, und dann –«

»Und dann was?«, fragte Förtsch und kramte aus seinem neben ihm liegenden Rucksack einen grünen Hefter hervor. »Sehen Sie? Interner Schriftverkehr, vertrauliche Dokumente, die belegen, dass führende Manager Ihres Konzerns die Softwaremanipulation an den Geräten leugnen oder schönreden sollen. Und der Autor dieser Papiere, nennen wir sie mal ›Dienstanweisungen‹, sind Sie.«

Besser starrte entsetzt auf die Blätter. Ihm schwindelte. »Woher haben Sie …?«

»Das spielt nun doch wirklich keine Rolle. Ich habe sie eben.«

»Sie werden Ihnen wenig nutzen«, versuchte Besser zu kontern. »Die Physikalisch-Technische Bundesanstalt hat sämtliche Geräte geprüft und abgenommen, auch die Software der Maschinen. Überall ist deren Aufkleber drauf!«

»Mein lieber Herr Besser, ich darf Sie doch so nennen? Sie

sollten mich nicht unterschätzen. Selbstverständlich hat die PTB die Geräte abgenommen. Ich weiß allerdings auch, warum. Zum einen ist die Software so komplex geworden, dass sie fast nicht mehr ernsthaft zu kontrollieren ist. Und zum anderen bin ich im Besitz von Unterlagen, die belegen, wie Sie, wohl im Auftrag von Herrn Sonnelach, führende Männer der PTB mit viel Geld, teuren Geschenken und Reisen beeinflusst haben. Wie sagt man so schön? Doppelt gemoppelt hält besser. Sie wollen wohl nichts dem Zufall überlassen. War nicht sogar einer der zuständigen Leiter für die Prüfung der Geräte zu den Geburtstagsfeiern von Ihnen und Ihrem Chef ins »Schloss Seehof« hier in der Nähe von Bamberg eingeladen?«

Besser fing sich ein wenig. Dass Förtsch die Papiere noch nicht der Polizei übergeben oder veröffentlicht hatte, musste etwas bedeuten. Zumindest gab es ihm Zeit. »Was wollen Sie von mir? Sie sind doch nicht hergekommen, nur um mir das zu erzählen?«

»Gut kombiniert, Respekt, Herr Besser. Ich sehe zwei Möglichkeiten für Sie: Entweder wandern Sie mit großer Wahrscheinlichkeit wegen Betruges und Bestechung in den Knast. Es wird entsprechende Schlagzeilen geben, mit dem schönen Leben und der Karriere ist es dann wohl für immer vorbei, oder …«

»Oder?«, versuchte Besser, den Strohhalm zu suchen, an den er sich klammern konnte.

»Oder Sie arbeiten mit mir zusammen.«

Besser schluckte nervös. Sein Hals war staubtrocken. »Und wie soll diese Zusammenarbeit aussehen?«

»Gegen Herrn Sonnelach wurde immer mal wieder ermittelt: wegen Betrug, Manipulation, Wettbewerbsverstoß, Bestechung und, und, und … Man hat ihn jedoch nie drangekriegt. Alle Verfahren wurden eingestellt, Sonnelach hat immer noch eine weiße Weste. Wurde es mal etwas enger, hat er zu Bauernopfern gegriffen, die die Schuld auf sich nahmen oder nehmen mussten. Johann Meyer, Bert Schiefbahn, Martina Brücker. Sie kennen die Leute.«

Besser nickte. Die ehemaligen »Sonnelach«-Mitarbeiter waren zum Teil zu hohen Freiheitsstrafen verurteilt worden.

»Wenn ich diese Papiere veröffentliche, werden Sie sein Bauernopfer sein. Ein hohes, für Sonnelach vermutlich auch ein sehr schmerzliches. Aber er wird wieder seinen Kopf aus der Schlinge ziehen. Mein Problem ist, dass ich noch nicht den allerletzten bautechnischen Beweis gegen Sonnelach habe.«

»Und den soll ich Ihnen liefern«, folgerte Besser. Mit seinem Seidentaschentuch tupfte er sich einige Schweißperlen von der Stirn, um anschließend auch seine feuchten Hände zu trocknen. »Aber wenn ich gegen Sonnelach aussage und die entsprechenden Beweise liefere, bekomme ich allerhöchstens Strafmilderung, keine Strafverschonung.«

Förtsch blickte Besser triumphierend an, dann neigte er seinen Kopf verschwörerisch nach vorne. »Sie sind ja ein ganz cleveres Kerlchen! Aber wer hat gesagt, dass Sie aussagen sollen? Wenn man eine goldene Kuh hat, die voll in der Scheiße steckt, dann sollte man sie melken.«

»Sie meinen, wir sollten Sonnelach –«

»Vorsichtig, nicht so laut. Fünfzig Prozent für mich, fünfzig Prozent für Sie. Einverstanden?« Förtsch streckte Besser seine Hand entgegen. »Freunde fürs Leben werden wir beide sicherlich nicht mehr werden, Herr Besser, aber eine lukrative Partnerschaft hat doch auch ihren emotionalen Reiz. Schlagen Sie ein, eine andere Wahl haben Sie nicht.«

6

»›Nun sind wir wohl erwacht‹«, sagt Albertine, ›für lange.‹«

In: »Traumnovelle«. Arthur Schnitzler,
österreichischer Dramatiker (1862–1931)

Jauchzend warf sich Lena in seine Arme. »Papa, noch mal Windmühle, bitte!« Dem quengelnden Charme des kindlichen, lang gezogenen »Bitte!« konnte Karl Besser einfach nicht widerstehen. Auch wenn er es eilig hatte. Er packte die Vierjährige an Arm und Beinchen und wirbelte sie ein paarmal um seine Achse. Über sein ovales, vornehm gebräuntes Gesicht mit den ausgeprägten Wangenknochen huschte ein sanftes Lächeln. Bevor ihm schwindelig wurde, ließ Karl Besser seine Tochter sachte zu Boden gleiten. Liebevoll strich er Lena durch ihr dickes blondes Haar, das sie von seiner Frau hatte. In ihren großen Kinderaugen spiegelte sich der Glanz der Weihnachtskerzen, die die alte, wertvolle Tonkrippe in warmes, flackerndes Licht tauchte.

»Muss du wirklich gehen?«, fragte ihn seine zierliche Frau. Sie zupfte ihm liebevoll ein braunes Haar von seinem eleganten, seidig grau schimmernden Anzug. »Es ist doch Weihnachten. Wer arbeitet schon am zweiten Weihnachtstag?«

Karl Besser antwortete nicht. Der Geruch von Hirschbraten in Rotwein-Wacholdersoße, selbst gemachten Zimtsternen, Vanillekipferln und mit Rum aromatisiertem Christstollen zog durch sein mondänes Haus im Bamberger Nobelviertel im Berggebiet an der Grenze zu Wildensorg. Aus der Stereoanlage klang leise »Wham!« mit »Last Christmas«. Der Traum von der weißen Weihnacht war dieses Jahr in Erfüllung gegangen. Gut zehn Zentimeter hoher Puderschnee hatte sich wie eine weiße Zuckerschicht über die Sieben-Hügel-Stadt, das fränkische Rom, gelegt. Auch hier oben, über Bamberg, war das werbende Läuten des Domes für die abendliche Weihnachtsmesse am zweiten Feiertag noch zu vernehmen. Karl Besser liebte die traditionelle deutsche Weihnacht, die Melancholie, das Beisammensein mit der Familie, das erwartungsvolle Freuen auf die Geschenke. Und doch … er musste gehen.

Ich bin glücklich, dachte er. Mit seinen dreiundvierzig Jahren hatte er viel erreicht. Nachdenklich sah er seine hübsche Frau an. Erwartete sie wirklich eine Antwort auf ihre Frage? Er wusste es nicht. Auch nach all den Jahren, die sie zusammen waren, gab es in ihrer Beziehung noch immer Geheimnisse. Doch es war kaum möglich, einen anderen Menschen ganz zu verstehen, und deshalb würde sie es auch nie verstehen, warum er nun gehen musste. Das Glück war verdammt kurz für ein Menschenleben. Manchmal wurde es wie aus einem Füllhorn über einem ausgegossen, und man hatte keine Ahnung, wie man dazu kam. Bestimmt gab es irgendwo einen außerirdischen Zufallsgenerator, der auch die sechs Richtigen mit Zusatzzahl im Lotto, die klickende Kugel beim Roulette und den Tsunami beeinflusste, der eine Touristenfamilie in den Tod riss, die andere aber am Leben ließ. Oder war es doch ein Gott, der willkürlich den einen Gläubigen mit Wohlstand, Gesundheit und langem Leben segnete, den anderen aber in tiefstes Elend stieß, auch wenn dieser noch so sehr für ein anderes Leben betete?

Karl Besser hatte sich schon immer gern mit solchen Fragen beschäftigt. Sie waren für ihn von existenzieller Bedeutung. Während andere Lehrer geworden waren, weil sie zu feige waren, einen anderen Beruf zu ergreifen als den, den sie in ihrer Schulzeit jahrelang vorgelebt bekommen hatten, hatte er bewusst neben Deutsch Katholische Religion und Geschichte auf Lehramt studiert. Woher kommen wir? Wohin gehen wir? Was kann man aus der Vergangenheit für die Gegenwart lernen, damit man seine Zukunft glücklich gestaltet? Das waren die Fragen gewesen, deren Beantwortung er sich durch das Studium erhofft hatte. Die Antworten hatte er an seine Schüler weitergeben wollen.

Doch schon im Referendariat kamen ihm ernste Zweifel an der richtigen Berufswahl. Nebenbei schrieb er für den »Fränkischen Tag«, die örtliche Tageszeitung, und das kostenlos verteilte Szene-Magazin »Fränkische Nacht«. Als politisch interessierter

Mensch mit starkem Durchsetzungswillen verstärkte er zudem sein frühes Engagement im Ortsverein seiner Partei. Als jüngster Fraktionsvorsitzender in Franken fiel Karl Besser dem damaligen bayerischen Justizminister auf. Dieser protegierte ihn – und machte ihn schließlich zu seinem Sprecher. Als der Minister nach seiner Amtszeit Vorstandsvorsitzender des weltbekannten Spielautomatenherstellers »Sonnelach AG« wurde, installierte er kurzerhand Karl Besser als Pressesprecher und Lobbyist des Konzerns. Ein märchenhafter Aufstieg, der mit jeder Menge Macht und vor allem mit Geld verbunden war.

Seither hatte Karl Besser nicht jede Initiative des Konzerns gebilligt, doch er war stets loyal und dem allmächtigen und patriarchalisch auftretenden Firmenchef Johannes Sonnelach treu ergeben gewesen. Die Hand, die einen fütterte, biss man nicht, besonders dann nicht, wenn das »Manager-Magazin« diese Hand unter den zweihundert reichsten Deutschen auflistete. Und so vertrat Karl Besser des Öfteren mit Eloquenz der Öffentlichkeit gegenüber Dinge, für die er sein Gewissen manchmal so lange treten musste, bis es endlich schwieg. Jeder Aufstieg hatte eben seinen Preis. Nur mit ehrlicher Arbeit war noch nie jemand reich geworden, und das Gewissen war in keinem Businessplan vorgesehen. Wohl aber das Glück. Denn das musste man sich wie er hart erarbeiten. Jeder war seines Glückes Schmied. Und wer schon mal einen Schmiedehammer auf ein glühendes Metallstück geschlagen hatte, wusste um die wortwörtliche Schwere der Aufgabe, sich sein persönliches Stück Glück zu formen.

Das zufällige Glück hatte er immer gerne mitgenommen, doch Karl Besser vertraute dabei weder auf einen Zufallsgenerator noch auf irgendeinen Gott. Glücklichsein ohne eigenes Dazutun oder eigenes Talent – das würde nie von Dauer sein.

An diesem Weihnachtsabend hatte er noch keine konkrete Strategie, wie er sein Glück bewahren sollte. Förtsch hatte seinen bisher voll aufgegangenen Glücksplan durchkreuzt. Den Mann zu erpressen, dem er so viel verdankte, konnte das gut gehen? Die Hand, die einen fütterte, biss man nicht. Eigentlich.

Das Wort Glück, das hatte er im Studium gelernt, stammte

ursprünglich von dem mittelniederdeutschen »Gelucke« und beschrieb die Art, wie etwas gut ausgeht. Und damit etwas gut ausging, musste man einzelne, schon erfolgreiche Trampelpfade zum Glück immer wieder nutzen und beschreiten. Glück erarbeitete man sich nur durch Wiederholung, denn nur so wurden aus Trampelpfaden schließlich sichere und schnelle Autobahnen zum Glück. Karl Besser hasste die naturwissenschaftliche Vorstellung, dass Glücklichsein vor allem durch vom Gehirn freigesetzte Botenstoffe wie Endorphine, Oxytocin, Dopamin oder Serotonin bestimmt wurde. Ganz vom Tisch wischen konnte und wollte er als gebildeter Mensch des 21. Jahrhunderts diese Glücksdefinition zwar nicht, doch dass Gefühle wie Hoffnung, Glaube, Liebe, Ekstase, Erfüllung oder Harmonie allein durch einen Chemiecocktail im Kopf zustande kamen, widersprach seinem Naturell. Besser baute lieber Autobahnen.

Außerdem war er zutiefst davon überzeugt, dass Glück sich messen ließ. Materiell an dem Stand seines Kontos, der Anzahl der Aktien, den drei teuren Autos in der Garage, der ansehnlichen Villa, den Luxusurlauben in Asien und Gstaad, dem erfüllenden und prestigeträchtigen Job bei einem Unternehmen mit Milliardenumsätzen und über viertausend Mitarbeitern. Und auch auf persönlicher Ebene: an seinem großen Freundeskreis, an seiner über alles geliebten Tochter und – ja – auch an seiner Frau.

Michelle hatte er auf einer Klausurtagung seiner Partei im Kloster Banz kennengelernt. Sie jobbte dort als Kellnerin, um ihr Medizinstudium zu finanzieren, und stammte aus einer der damals noch so zahlreichen Bamberger Gärtnereibetriebe. Zwischen ihnen hatte es sofort gefunkt. »Meine kleine Zwiebeltreterin«, so hatte er sie gemäß der alten Bamberger Gärtnersitte genannt, das sprießende Zwiebelkraut mit an den Füßen befestigten Holzbrettchen niederzutreten, damit die Knollen die zum Wachstum wichtigen Nährstoffe aufsaugen konnten.

Die Schmetterlinge im Bauch hatten sich dermaßen vermehrt, dass er Michelle schon zwei Monate später zum Traualtar führte. Doch bald drehten die Schmetterlinge nur noch gelegentlich ihre Runden und stellten, als Lena geboren wurde, ihren Flugverkehr komplett ein. Vielleicht hatte der spanische Religionsphilosoph Ortega y Gasset doch recht, wenn er das Verliebtsein als eine Art vorübergehenden Schwachsinn bezeichnete. Den meisten Paaren in seinem Bekanntenkreis ging es ähnlich. Sie trösteten sich in dieser Phase mit der Erkenntnis, dass der Verliebtheit die Liebe folgte.

Michelle tat alles, um ihn glücklich zu machen: Sie hatte ihr Medizinstudium und auch ihr großes Hobby – die Schauspielerei im Ensemble des »Fränkischen Theatersommer e. V.« – aufgegeben, um sich ganz der Familie zu widmen. Dabei war die Festanstellung bei der Landesbühne Oberfranken in greifbarer Nähe gewesen. Sie konnte wunderbar kochen, hatte ein sicheres Händchen für Stil und Mode, alle mochten ihre Warmherzigkeit. Mit ihr konnte man sich überall sehen lassen – auf den Kellern und in den Biergärten rund um Bamberg genauso wie auf den Empfängen und Kongressen der Spielautomatenindustrie oder beim gemeinsamen Abendessen mit den wichtigen Politikern der Republik. Gerade über Letzteres war Karl Besser glücklich. Hätte man ihn gefragt, er hätte kein Problem damit gehabt, seine Ehe als harmonisch und intakt zu bezeichnen. Einziges Manko war der fehlende Kick. Doch Karl Besser war gerne bereit, auf die Schmetterlinge im Bauch zu verzichten. Liebschaften mit anderen Frauen konnten seine Ehe, seinen Status, seine Familie, kurz: sein Glück gefährden. Und doch brauchte er den Kick, die Aufregung. Weshalb er gehen musste. Auch an diesem schönen Weihnachtstag.

Zärtlich küsste er seine Frau. »Die Arbeit ruft …«, sagte er und versuchte, einen entschuldigenden Ton zu treffen. »Warte nicht auf mich, es kann spät werden.«

7

»Wer A sagt, muss nicht B sagen. Er kann auch erkennen, dass A falsch war.«

Bertolt Brecht, deutscher Dramatiker, Lyriker,
Regisseur und Kommunist (1898–1956)

Der Killer ließ es sich schmecken. In den Monaten mit einem r im Namen verfiel ganz Bamberg und Umgebung kollektiv einem nicht besonders attraktiven, aber dafür umso schmackhafteren Fisch. Karpfen gab es gekocht, gebraten, frittiert, mit Pfeffer oder Meerrettich, in Essig-Zwiebel-Sud, als Hälfte oder als Filet. Kaum eine Gaststätte, die etwas auf fränkische Küche hielt, wagte es, den Karpfen nicht auf die Speisekarte zu setzen, und natürlich hatte jeder Fischliebhaber sein besonderes Karpfen-Restaurant, in dem der Fisch noch pfeffriger oder besser schmeckte, noch größer oder billiger war als bei der Konkurrenz. Die Gespräche über den besten Karpfen arteten unter dem Einfluss von ein paar Seidla, wie der halbe Liter Bier im Tonkrug genannt wurde, bisweilen in regelrechte Glaubenskriege aus. Für einen guten Karpfen war der Bamberger durchaus bereit, einige Kilometer zu fahren, und einige Kilometer konnten leicht Wegstrecken von zwanzig bis fünfundzwanzig Kilometern bedeuten.

Der Killer hatte Reittaler die »Gaststätte Fischer« in Rothensand empfohlen, und der Journalist hatte dem Vorschlag zugestimmt. Hier, etwa zehn Kilometer vor den Toren Bambergs, würde kaum jemand den Killer kennen – und wenn doch, dann sicherlich nicht aus den Spielhallen der Stadt.

Reittaler versuchte, mit gewagten Schnitten die Bäckchen aus seinem Pfefferkarpfen zu lösen, der Killer knabberte an der knusprigen Schwanzflosse. »Wir in Oberfranken haben so etwas wie eine K.-u.-k-Monarchie: Im Winter essen wir Karpfen, im Sommer gehen wir auf den Keller.«

»In den Keller«, verbesserte ihn der Journalist.

»Nein, auf den Keller. Eine lange Tradition. Früher wurde das Bier in den warmen Jahreszeiten in tiefen Stollen gelagert, die man in die Berge trieb. Holten die Brauer oder die Kunden das Bier dann ab, so genehmigte man sich einen Probetrunk, indem man sich an Tischen über diesen Kellern zusammenhockte und sich auch noch eine mitgebrachte Brotzeit schmecken ließ. Aus dieser Tradition entstanden die Biergärten über den Kellern. Auf den meisten Kellern darf man heute noch sein Essen mitbringen.«

»Habe ich nicht gewusst«, staunte Reittaler. »Schöne Gewohnheit. Ich komme ursprünglich aus dem Ruhrpott. Da gibt es so was nicht. Würde da einer sein Essen mitbringen, würde der Wirt sofort die kräftigen Männer mit den weißen Jacken holen, und es ginge ab in die Klapse.« Während der Killer den Fisch säuberlich filetierte, studierte der Journalist sorgfältig die Speisekarte durch seine runde Brille. »Verdammt günstige Preise, da lohnt es sich ja fast nicht mehr, zu Hause zu kochen. Wie macht der Wirt das nur?«

Der Killer schüttelte verständnislos den Kopf. »Wieso der Wirt? Essen ist in der Gegend überall so günstig. Hier packt noch die ganze Familie an, die Gaststätten gehören noch den Wirten und Brauern, ruinöse Pachtverträge entfallen, und es gibt über zweihundert eigenständige Brauereien in und um Bamberg. Jeder säuft noch sein ganz spezielles Dorfbier, große Industriebiere sind verpönt. Laut ›Guinness-Buch der Rekorde‹ hat Franken die größte Brauereidichte der Welt!«

»Na dann, gut Schluck«, prostete der Journalist dem Killer zu, und beide Männer stießen mit den Krügen an.

»Schmeckt es Ihnen, passt alles?«, fragte der schlanke Wirt mit den graublonden Haaren und wandte sich den Gästen zu.

»Passt schon«, sagte der Killer.

»Absolut. Ganz vorzüglich«, antwortete der Journalist. »Aber ganz schön scharf, da kriegt man richtig Durst.«

»So soll es ja auch sein. Wir füttern die Karpfen schon im Teich mit Pfeffer.«

Reittaler nickte verdutzt und schaltete erst im letzten Moment sein Gehirn ein. »Das war ein Witz?«, fragte er nur ein ganz wenig zweifelnd.

Der Wirt lachte laut auf, und auch der Killer schmunzelte. »Die meisten neuen Gäste nehmen das mit dem Pfeffer für bare Münze …« Der Kneipier stellte die leeren Bierkrüge auf ein Tablett. »Noch zwei Kellerbier?«

Reittaler nickte.

Lächelnd drehte der Wirt ab und verschwand hinter dem Tresen.

Der Killer setzte sein Pokergesicht auf. Kurz streifte sein Blick die Metallskulptur eines an der Angel hängenden Karpfens, der auf einer Leiste über der Küchentür Wache hielt. »Genug geblödelt. Also, was wollen Sie von mir? Butter bei die Fische!«

Auch Reittaler wurde wieder ernst. »Nach meinen Recherchen sind Sie in Bamberg ein stadtbekannter Zocker, Herr Stierig. Weil Sie ohne sichtbare Regung spielen, nennt man Sie auch den Killer. Sie verbringen mehrere Stunden in der Spielhalle in der Nähe vom Bahnhof und spielen ausschließlich ›Asian Treasure‹. Früher haben Sie mal ›Book of Ra‹ gespielt. Genauso intensiv. Aber dieses Spiel ist längst Geschichte und war auch von einer anderen Firma, richtig?«

Stierig nickte stumm und verzog keine Miene. Vielleicht war es besser, den Journalisten kommen zu lassen.

»Bei ›Asian Treasure‹ geht es darum, alle fünf Freiheitsstatuen gleichzeitig zu haben. Dann spuckt der Apparat zehntausend Euro aus, verteilt über einen ganzen Tag. Sie haben immense Verluste, Herr Stierig. Haus weg, Frau weg, Ihr Gehalt wird gepfändet.«

»Was geht Sie das an?«, brauste der Killer auf. »Das ist ganz allein mein Ding. Und irgendwann werde ich noch mal richtig dicke absahnen.«

»Das glaube ich nicht. Sie werden nämlich verarscht – so wie alle anderen Gambler.«

»Wie meinen Sie das? Warum sollte ich verarscht werden? Ja, ich verliere Geld, aber das muss ich riskieren. Ich werde nicht beschissen.«

»Doch, das werden Sie. Sie können noch Ihr ganzes Leben

›Asian Treasure‹ spielen, aber die fünf Freiheitsstatuen werden Sie nie zu Gesicht bekommen.«

Der Killer lachte über die Dämlichkeit des Journalisten kurz auf. Nichtspieler würden das Zocken und die Maschinen nie begreifen. »›Asian Treasure‹ ist ein reines Glücksspiel, Herr Reittaler. Ein Zufallsgenerator bestimmt über Gewinn und Verlust. Ich kann das Risiko mit Tasten selbst bestimmen, aber das Spielgeschehen nicht beeinflussen, auch wenn es überall rattert und blinkt. Wäre das Ganze nicht so, dann wäre das Spiel ein Geschicklichkeits- oder Könnerspiel wie Kicker, Schafkopf oder Darts.«

»Sie haben Ihre Hausaufgaben gemacht, Herr Stierig. Die meisten Spieler wissen das nicht. Kompliment.«

Der Killer lächelte zufrieden und zog seinen letzten Trumpf. »Nur zu Ihrer Information: Ich hatte schon mal die fünf Freiheitsstatuen, habe den Jackpot geknackt.«

Der Journalist zeigte sich nicht beeindruckt. »Ich weiß. Im ›Clown‹, vor genau vierhundertneunundachtzig Tagen, zehn Stunden«, Reittaler blickte auf seine modische Lab-Uhr am Handgelenk, »und fünfunddreißig Minuten.«

Der Killer schluckte. Was wollte der Kerl von ihm? »Dann wissen Sie also, dass man die fünf Statuen doch …?«, sagte er vorsichtig.

Reittaler schob sich seine getönte Brille wieder höher auf den Nasenrücken und sah Stierig mit offenem Blick an. »Ja, aber nur im ›Clown‹. Nie bei ›Enjoy the Game!‹«

»Wie meinen Sie das?«

»Bei ›Enjoy the Game!‹ wird getrickst. In all deren Maschinen ist eine Platine eingebaut. Durch die sind alle Spielhallen der Firma mit einer Zentrale vernetzt, die die fünf Freiheitsstatuen blockieren kann. Oder anders ausgedrückt: Die Holländer können zu jeder Zeit die Auszahlungsquote der Geldspielgeräte verändern.«

»Aber die Maschine zeigt doch –«

»Auszahlungen an. Ja, das tut sie. Sie verbucht Gewinnausschüttungen, damit die Zocker nichts merken, aber die Gewinnausschüttungen hat es niemals gegeben.«

»Das ist ja Betrug!«, ereiferte sich der Killer. »Diese Typen, die dafür verantwortlich sind, gehören alle an die Wand gestellt!« Mit der rechten Hand formte er einen Revolver. »Peng, peng, peng!«

Der Journalist nahm einen tiefen Schluck aus dem grauen Tonkrug mit blauem Muster und lehnte sich zurück. »Ja, vielleicht ist das Betrug. Oder Trickserei, so gerade am Rande der Legalität. Ich bin kein Jurist. Auf jeden Fall ist es eine Riesensauerei. Spieler, also Stammkunden wie Sie, werden von ›Enjoy the Game!‹ gnadenlos wie ein Tanzbär an einem Ring in der Nase durch die Manege geführt.«

Stierig blickte sein Gegenüber bewundernd an. Er hatte den Mann eindeutig unterschätzt. Das passte so gar nicht zu dem Bild, das er von sich selbst so gerne hatte. Er, der coole Killer, der gewiefte Zocker, der Menschenkenner – der unterschätzte doch niemanden. »Aber wenn das wahr ist, was Sie sagen, werden auch andere geschädigt.«

»Noch andere?«

»In den ›Clown‹-Spielhallen werden die Quoten doch voll ausgezahlt, also wird auch die Konkurrenz von ›Enjoy the Game!‹ geschwächt. Die zahlt die zehntausend Euro aus, während ›Enjoy the Game!‹ dies nicht tut. Ein klarer Wettbewerbsnachteil.«

»Damit haben Sie recht, Herr Stierig. Das kann man durchaus so sehen. Doch der Wettbewerbsnachteil wird zumindest von der ›Sonnelach AG‹ wieder kompensiert. Auch deren Automaten sind von Hause aus speziell eingestellt, auch sie steuern die Gewinnausschüttungen, auch sie enthalten den Spielern die fetten Quoten vor. Es gibt sogar Hinweise darauf, dass ›Sonnelach‹-Mitarbeiter auf Anweisungen von ganz oben mitten in der Nacht mit einem codierten Schlüssel den Automaten Gelder entnehmen. Diese Entnahmen werden aber nicht als Entnahmen, sondern als Spielergewinne angezeigt.«

»Und das geht seit wann so?«

»Auch schon einige Jahre.«

Stierig stocherte wütend in den Fischresten herum. Der verbliebene Karpfen sah aus wie das Schlachtfeld von Verdun. Der Appetit war ihm sichtlich vergangen. So eine Sauerei konnte man mit ihm nicht machen, mit ihm nicht! Bevor er »Asian Treasure« für sich entdeckt hatte, war er Stammgast in den Spielhallen der »Sonnelach AG« gewesen. Leuchtende Buchstaben-Dioden in den Schaufenstern zeigten dort noch immer die Höhe des Jackpots an – der Faszination hatte er sich als Spieler nicht entziehen können. Eins hatte ihm Reittaler allerdings noch nicht beantwortet. »Und welche Rolle spiele ich in der Sache? Warum erzählen Sie mir das alles?«

Der Journalist hatte die Frage erwartet. »Ich will daraus eine große Geschichte machen, vielleicht für den ›Spiegel‹ oder fürs Fernsehen. Aber im Moment habe ich von Besser, diesem Schwein, eine Unterlassungs- und Schadensersatzklage am Hals. Ich darf nicht behaupten, dass das Vorgehen Betrug ist. Erst mal muss ich die Klagen aus dem Weg räumen. Finanziell ist es nicht so einfach, wenn man freier Journalist ist, aber irgendwie werde ich das schon schaffen. Sie wissen ja: recht haben und recht bekommen, das sind zwei Paar Stiefel.« Der Journalist machte ein besorgtes Gesicht und fuhr fort: »Ich will die Story an zwei, drei Protagonisten aufhängen. An Ihnen als jahrelangem Zocker an ›Enjoy the Game!‹- und ›Sonnelach AG‹-Maschinen, der von beiden Unternehmen um seinen möglichen Gewinn gebracht wird. Und an Karl Besser, dem Pressesprecher der ›Sonnelach AG‹, der wie Sie hier in Bamberg wohnt. Zwei Bamberger, deren Lebenslinien nicht unterschiedlicher sein könnten: auf der einen Seite der reiche ›Sonnelach‹-Angestellte mit seiner feinen Villa, seiner schönen Frau und seinen teuren Autos. Auf der anderen Sie – ein Zocker, geschieden, verarmt, gepfändet –, dem Besser im Grunde seinen ganzen Wohlstand verdankt. Und der Ihnen seinen Aufstieg lohnt, indem er die Schweinereien seines Chefs deckt und schönredet.«

»Und wer soll die dritte Hauptperson sein?«

»Ich denke da an Warumgel, den Vorstandsvorsitzenden der deutschen ›Enjoy the Game!‹.«

»War der nicht mal in irgendeinem Bundesland Wirtschafts- oder Finanzminister?«

»Finanzminister. Jetzt hat er die Seiten gewechselt und nutzt seine politischen Kanäle dafür, dass sein Unternehmen mit betrügerischen Methoden neue Umsatzhäfen anlaufen kann.«

»Und warum schreiten die Behörden nicht ein?«

Reittaler lachte bitter auf. »Ordnungsämter und Polizei blicken nicht durch – in diesem Bereich sind die chronisch unterbesetzt, außerdem technisch bei Weitem nicht auf dem neuesten Stand. Hinzu kommt, dass einige Stellen wie auch einige Politiker geschmiert werden. Und die PTB –«

»PTB?«

»Entschuldigung, die Physikalisch-Technische Bundesanstalt prüft die Geldspielautomaten. Aber entweder haben deren Mitarbeiter auch keinen Durchblick, oder auch dort wird mit Geldspritzen ein wenig nachgeholfen. Immerhin war der zuständige Kollege auf den Geburtstagen von Sonnelach und Besser eingeladen. Besser hat mit hundert Leuten im Schloss ›Seehof‹ in Memmelsdorf gefeiert und den PTB-Mann für drei Tage im Luxushotel ›Residenz‹ untergebracht.«

»Nobel, nobel«, sagte der Zocker mehr zu sich selbst als zu Reittaler. »Und keiner kann diese Schweine und Abzocker stoppen?«

»Doch, Herr Stierig. Wir können sie stoppen. Vielleicht. Aber dafür brauche ich Ihre Hilfe. Zunächst nehmen wir uns mal diesen Besser vor.«

Der Killer nickte.

8

»Was unsere Seele am schnellsten und am schlimmsten abnützt, ist: verzeihen, ohne zu vergessen.«

Arthur Schnitzler, österreichischer Schriftsteller und Tabubrecher (1862–1931)

Er war nackt. Zitternd vor Lust genoss Karl Besser die ersten Peitschenhiebe im gedimmten Licht. Sie waren die schönsten. Schon bevor sie auf sein Fleisch knallten und die gewünschten leicht rötlichen Striemen hinterließen, spürte er ihren zischenden Luftzug. Er atmete schwer. Mai Li, die aparte Thailänderin mit den streng nach hinten gekämmten schwarzen Haaren, verstand ihr Handwerk. In ihren glänzenden Schaftstiefeln aus Lack und mit hohen Plateauabsätzen wirkte sie größer, als sie tatsächlich war. Besser hob den Kopf, um einen scheuen Blick auf die schwarze Korsage zu riskieren, die die Brüste der Domina nur zum Teil verbarg.

»Senk den Kopf, Sklave!«, herrschte Mai Li ihren Kunden an.

»Ja, Herrin«, murmelte Karl Besser.

Erneut klatschte die Peitsche mit den langen Gummistriemen auf den unbehaarten Oberkörper des stöhnenden PR-Managers.

Das Studio von Mai Li am Rande der Bamberger Altstadt war von außen nicht als ein solches zu erkennen. Im Gegenteil: In einer beleuchteten Fassadennische des Gebäudes wachte eine Marienstatue aus bemaltem Kalksandstein über das Wohl und Wehe der Hausbewohner. Nichts deutete auf Lust und Leidenschaft hin.

Mit dem horizontalen Gewerbe tat sich die stark katholisch geprägte Domstadt traditionell schwer. Jeder neue Club füllte sofort die Leserbriefspalten des »Fränkischen Tag«. Fast hämisch waren die Startschwierigkeiten und das vorzeitige Ende von »Frankens größtem Bordell«, einem »FKK-Club« in der Jäckstraße, gefeiert worden. Als »Sodom und Gomorrha, aber zivilisiert«, so hatte der

Besitzer das tausendfünfhundert Quadratmeter große Etablissement angekündigt, das in mehreren Ausschusssitzungen – unter Ausschluss der Öffentlichkeit – genehmigt worden war. Doch manchem Bamberger wäre es verdammt lieb gewesen, hätte der Club nach einigen Monaten nicht nur zugemacht, sondern ein ähnliches Schicksal wie die alttestamentarischen Städte erlitten, die Gott wegen ihrer Sünden mit einem Regen aus Feuer und Schwefel bestrafte.

Auch vor diesem Hintergrund liebten und praktizierten Mai Li und ihre Kunden äußerste Diskretion. Die erfahrene Domina aus dem thailändischen Pattaya bediente eine auserwählte und vor allem zahlungskräftige Klientel. Nur mit einem Passwort, das sich monatlich änderte und das man in die Gegensprechanlage flüstern musste, öffnete sich die Tür zu ihrem erotischen Paradies.

Karl Besser fühlte sich von dieser Vorsichtsmaßnahme stets an eine Szene aus seinem Lieblingsbuch »Traumnovelle« von Arthur Schnitzler erinnert, in der sich der Held Fridolin mit dem ihm verratenen Passwort »Dänemark« Zutritt zu einer geheimen Orgie in einer herrschaftlichen Villa verschafft. Auch wenn die Verfilmung der »Traumnovelle« durch Stanley Kubrick nicht ganz an die literarische Vorlage herankam, so gehörte »Eyes Wide Shut« mit seinen verwirrenden sexuellen Verlockungen, die die Ehe und das Leben des von Tom Cruise gespielten Arztes Bill Harford bedrohen, zu Karl Bessers DVD-Schätzchen, die er in seinem privaten Filmraum aufbewahrte. Einmal hatte er den Film mit Michelle angesehen, doch seine Frau schien seine Begeisterung für das letzte Hollywood-Opus des zwei Tage nach Vollendung des Schnittes verstorbenen Starregisseurs nicht zu teilen.

Manchmal, wenn er sich bei Mai Li so gekonnt quälen ließ, fragte er sich, ob Michelle keine sexuellen Bedürfnisse mehr verspürte. Vermutlich nicht, wischte er aufkommende Schuldgefühle fort. Schließlich hatte sie an ihm einen zuvorkommenden und fürsorglichen Ehemann und Vater. Michelle schien an ihrer zugegebenermaßen antiquierten Frauenrolle immer mehr Gefallen zu finden. Und er verehrte seine Frau, trotz seiner Obsession würde er sie nie verlassen. Niemals.

Mai Li legte die Peitsche leise zur Seite. Karl Besser konnte das Finale kaum noch erwarten. Aus Lautsprechern erklang die Tannhäuser-Ouvertüre von Richard Wagner. Mit seinen Nüstern sog er das schwere Parfüm seiner Herrin auf. Seine Nasenflügel bebten. Der kurze Moment des Ungehorsams wurde sofort bestraft. Mai Li drückte seinen Kopf energisch herunter und verband seine flackernden Augen mit einem schwarzen, blickdichten Seidenschal. Dann zog sie seine angeketteten Hände mit einer Winde nach oben auseinander, sodass sein Körper in eine Art Kreuzigungsstellung gebracht wurde. Nur mit den Zehenspitzen berührte Karl Besser noch den Boden. Er spannte seine Muskeln an. Das Gefühl des vollständigen Ausgeliefertseins ließ seinen schweißnassen Körper erzittern, wohlige Schauer liefen über seine Haut. Er hatte zu Mai Li absolutes Vertrauen. Anders als die landläufige Meinung zeichnete sich für ihn der Sadomasochismus eben nicht durch unkontrollierte Gewalt und Aggression aus. Nein, es gab feste Regeln und Bedingungen. Nur wenn diese allgemein akzeptiert wurden, unterwarf sich ein Mensch wie er einem anderen. Für Karl Besser war diese sexuelle Spielart ein erregender Ausnahmezustand mit einem klaren Anfang und einem eindeutigen Ende, den er dank Mai Li bis an seine sexuellen Grenzen auskosten konnte.

Für einen kurzen Moment meinte Karl Besser, einen Lufthauch zu verspüren, als wäre eine Tür geöffnet worden. Als ihm die Plastiktüte über den Kopf gezogen und unterhalb des Kinnes fest zusammengedrückt wurde, versteifte sich sein Glied zu einer fast schmerzhaften Erektion. Karl Besser rang um Luft, sog das Plastik in seinen Mund und stieß es wieder aus. Er röchelte. Atmen! Atmen! Sein Puls schlug immer schneller, sein Blutdruck explodierte wie ein Autokühler, der sich am Berg aufgekocht hatte. Nur noch ein paar Sekunden, bitte noch ein paar Sekunden, flehte er innerlich um Erlösung. Atmen! Atmen! Sein Brustkorb weitete sich. Sein aufgerissener Mund suchte gierig nach Sauerstoff. »Merkur«, stöhnte er Mai Li das vereinbarte Codewort zu.

Doch nichts geschah.

Wild warf Karl Besser seinen Kopf hin und her. So schön war es bisher noch nie gewesen, aber er brauchte Luft. »Merkur …«

Mai Li reagierte nicht.

»Mer…«, verstummte der letzte Hilfeschrei auf seinen Lippen. Seinen Körper bäumte sich auf, dann war Karl Besser tot. An seinen Beinen tröpfelte Urin zum Boden, bildete eine unanständige gelbe Lache rund um seine pedikürten Zehen.

9

»Die Phantasie der Männer reicht bei Weitem nicht aus, um die Realität Frau zu begreifen.«

Anna Magnani, italienische Filmschauspielerin (1908–1973)

»Wer hat die Leiche gefunden?«, bellte Petra Stengl zwei Bamberger Streifenbeamte an. Sofort tat der dunkelhaarigen Polizeirätin ihr Tonfall leid. Ein Rückfall in alte Tage. Verflucht, sie wollte doch ein paar Dinge in ihrem Leben ändern. Das hatte sie sich nach den skandalösen Ermittlungen gegen den »Augsburg-Bomber« vorgenommen, der gleich drei Manager eines geschlossenen Immobilienfonds in die Luft gesprengt und Stengl an der Nase herumgeführt hatte. Ihr Augsburger Polizeipräsident hatte sie nach Aufklärung des Falles aus der Schusslinie genommen und – unter Einsatz jeder Menge Vitamin B – nach langem Zögern im Frühherbst nach Bamberg »verliehen«.

Ein ungewöhnlicher und wohl einmaliger Vorgang, der auch unter ihren neuen Bamberger Kolleginnen und Kollegen ein zwiespältiges Echo hervorgerufen hatte. Zum einen war man froh gewesen, dass die chronisch unterbesetzte Kriminalpolizei – unter den über siebenhundert Polizeibeamten in der Domstadt waren nur rund siebzig Kriminaler – mit Petra Stengl eine erfahrene Ermittlerin bekam, die in ihrer Dienstzeit – mit Ausnahme der Ermittlungen zum »Augsburg-Bomber« – beachtliche Fahndungserfolge vorweisen konnte. Andererseits gefiel vielen im Polizeigebäude auf der Schildstraße ihre Sonderstellung nicht, auch wenn sie als »ausgeliehene« Polizeirätin in Bamberg nur Funktionen einer Kriminalhauptkommissarin wahrnehmen durfte. Keiner wagte es, es ihr ins Gesicht zu sagen, aber ihr eilte ein Ruf als Flittchen voraus, weil publik geworden war, dass sie in einem Swingerclub mit zwei späteren Opfern des »Augsburg-Bombers« verkehrt hatte. Ein Kollege hatte bei ihrem

Dienstbeginn im K1 sogar einen entsprechenden Zeitungsartikel ans Schwarze Brett geheftet.

Petra Stengl war der Vorfall gut im Gedächtnis geblieben. Erst hatte sie den Artikel abreißen wollen, ließ ihn dann aber hängen. Ihre Vergangenheit konnte sie nicht verheimlichen, schon gar nicht bei der Kriminalpolizei. Am nächsten Tag war der Artikel weg gewesen.

»Die Putzfrau. Sie wollte gegen sieben Uhr hier sauber machen«, beantwortete ihr jetzt einer der beiden Polizisten ihre Frage. »Die ist völlig durch den Wind und heult in einer Tour.«

Petra Stengl schlug einen anderen Tonfall an. »Wurde hier etwas angefasst oder verändert?« Die Polizeirätin sah sich in dem in Schwarz-Rot gehaltenen Spiegelzimmer um. An den Wänden hingen unterschiedlich große Peitschen, Klatschen, Knebel, Ketten und Fesselgeräte. In der Raummitte standen eine mit schwarzem Leder überzogene Streckbank und ein gut anderthalb Meter hoher Bock. In die rechte Seitenwand des Studios war ein Käfig eingelassen. Ein weiteres Interieur des Zimmers war ein dreieckiger Pranger mit einem in Silber eingefassten Kopfloch. An der gegenüberliegenden Wand hing die Leiche in Kreuzstellung. Vor ihr flackerten sieben rote Grablichter.

»Natürlich nicht. Die Putzfrau hat nur die Türklinke angefasst, ist dann nach draußen gelaufen und hat uns mit ihrem Handy angerufen.«

»Gibt es Zeugen? Hat irgendjemand etwas gesehen oder gehört?«

»Bisher nicht. Die Personalien der Putzfrau haben wir bereits aufgenommen. Sie ist übrigens auch Thailänderin.«

»Was heißt auch?«

»Die Besitzerin des Studios ist eine gewisse Mai Li aus Pattaya, verheiratet mit einem Deutschen. Eigentlich heißt sie Mai Reuter.«

»Und wo ist diese Mai Li oder Mai Reuter?«

»Auf jeden Fall nicht hier. Die Putzfrau sagt, dass dies ungewöhnlich sei. Normalerweise würde sie mit Mai Li immer noch einen Tee trinken, bevor sie zu putzen anfängt.«

»Was ist mit der Tür? Wurde sie aufgebrochen?«

Die Beamten schüttelten den Kopf. »Bisher haben die Kriminaltechniker keine diesbezüglichen Spuren gefunden.«

»Gute Arbeit, Kollegen«, schmeichelte Petra Stengl den beiden Streifenpolizisten. »Weiter so.«

Beide freuten sich sichtlich über das Lob.

Wie leicht Menschen doch glücklich zu machen sind, wunderte sich die Polizeirätin über den Effekt einfachster Psychologie. Sie strich sich durch ihre Löwenmähne, zwei Locken fielen ihr vorwitzig über die Augen, ein wissendes Lächeln huschte über ihr ovales Gesicht und betonte ihre südländisch anmutenden Wangenknochen. Das enge schwarze Kostüm betonte ihre weiblichen Formen, die nach ihren katastrophalen Ermittlungen in Augsburg jedes Gramm Hüftgold entbehrten. Ärger und Kummer waren die beste Diät. Petra Stengl wandte sich an ihren neben ihr stehenden Kollegen. »Checkst du mal ab, ob einer weiß, wo diese Mai Li steckt? Sprich mit ihrem Mann, der Nachbarschaft, ihren Freundinnen. Das ganze Programm.«

Kriminalkommissar Norbert Denzlein brummte etwas, das man mit Wohlwollen als »Na klar« verstehen konnte.

Petra Stengl musterte ihren Kollegen unwirsch, der in einem abgewetzten Kleidungsstück steckte, das früher mal ein teurer Ledermantel gewesen sein könnte, sagte aber nichts.

Denzlein oder Nobby, wie ihn seine Freunde nannten, hatte gerade seinen fünfzigsten Geburtstag gefeiert. Mit jeder Menge Bockbier und vielen Kumpanen. »Stärk antrinken«, so nannten die Bamberger solch ein Gelage. Eigentlich wurde die Stärke für das neue Jahr, ein eigens gebrautes helles Bockbier mit rund sieben Komma fünf Prozent Alkohol und einer Stammwürze von sechzehn Prozent, erst am fünften und sechsten Januar, zum Feiertag der Heiligen Drei Könige, eingenommen. Doch Denzleins Stammwirt in der Oberen Sandstraße nahm es mit der oberfränkischen Tradition nicht so genau, sodass Nobby und seine Freunde sich schon am zweiten Weihnachtstag mit dem Stärkungsmittel gegen jede Art von Unbill, die das kommende Jahr bringen würde, hatten wappnen können. Die so gewonnene

Stärke hatte sich nach dem weihnachtlichen Gelage jedoch bald in einen jämmerlicher Kater verwandelt, der mit viel Aspirin, scharfem Tomatensaft und einer eiskalten Dusche gestreichelt werden musste.

Denzlein versuchte, seinen noch immer angeschlagenen Zustand vor der neuen Kollegin zu verbergen. Es gelang ihm leidlich, denn auch ohne Bockbier-Nachwehen wirkte Denzlein trotz seiner Größe von eins neunzig immer ein wenig wie ein Ritter von der traurigen Gestalt. Mit seinen eingezogenen Schultern, auf denen das Leid der ganzen Welt zu liegen schien, seiner lichter werdenden, ins Aschblonde übergehenden Günter-Netzer-Fan-Frisur und seinem für sein schmales Gesicht viel zu üppig wuchernden Fu-Manchu-Bart, in gewissen Szenen auch Mongolen- oder Zuhälterbart genannt, sah er immer etwas älter aus, als er tatsächlich war. Daran änderten auch sein breites Kreuz und seine muskulösen Oberarme nichts, die er sich mühsam in einer Flatrate-Muckibude und in einem EMS-Studio unterhalb der Brose Arena antrainiert hatte. Karriere würde Denzlein bei der Polizei nicht mehr machen. Vor einigen Jahren war er nach dem Besuch der Sandkerwa, dem größten Volksfest und Kollektivbesäufnis in Bamberg, auf der Kettenbrücke Fahrrad fahrend mit eins Komma neun Promille erwischt worden. Und da Denzlein zunächst die Blutprobe verweigert und sich mit drastischen Worten darüber aufgeregt hatte, dass unbescholtene Radfahrer ins Röhrchen pusten sollten, blieb er zwar nach bestandenem Idiotentest und einjähriger Alkoholabstinenz im Dienst, aber für immer ein einfacher Kommissar. Dabei schätzten Kollegen und Vorgesetzte seine analytischen Fähigkeiten. Es gab kaum einen in der Bamberger Kriminalpolizeiinspektion, der ihm nicht einen beruflichen Aufstieg gegönnt hätte. Jetzt trollte sich Denzlein ein wenig eingeschnappt zum Telefonieren in die Diele.

Petra Stengl sah sich die Leiche genauer an. »Und?«, fragte sie den Bereitschaftsarzt scharf.

»Ich will das Untersuchungsergebnis natürlich nicht vorwegnehmen, aber der Mann wurde meiner Meinung nach erstickt. Todeseintritt durch Sauerstoffmangel, um genau zu sein.« Der

Mediziner zeigte auf die Plastiktüte, die wie ein schlaffer Ballon über dem Kopf des Toten hing. »Normales Raumklima, die Fenster sind geschlossen. Betrachtet man unter diesen Voraussetzungen die Körpertemperatur, so dürfte die Todeszeit so zwischen neun und zehn Uhr abends liegen.«

»Können wir einen Unfall ausschließen?« Petra Stengl dachte an einige spektakuläre Fälle, bei denen Promis unfreiwillige Opfer ähnlicher Sexualpraktiken geworden waren. Halb Hollywood schien inzwischen Gefallen daran zu finden, ab und an nackt an einem Kleiderhaken in einem Schlafzimmerschrank zu baumeln. Manchmal war dies der letzte große Auftritt der Leinwandhelden.

Der Arzt zögerte einen Moment mit der Antwort. »Schwer zu sagen. Letztlich wird das die Gerichtsmedizin in Erlangen klären. Wenn einer so erstickt, muss das nicht unbedingt Mord sein. Geschlechtsverkehr ist in Deutschland noch kein Kapitalverbrechen. Bei der Todesursache könnte es sich auch um sexuelle Asphyxie handeln. Dabei wird ein Überorgasmus durch Atmungsbehinderung angestrebt. Aber sehen Sie die Hämatome am Hals? Keine klassische Drosselmarke, trotzdem hat einer die Tüte mit aller Kraft zugedrückt.«

»Einer?«, fragte die Polizeirätin.

»Na gut, dann eben jemand. Es kann auch eine Frau gewesen sein. Der schöne Nackte konnte sich in dieser Stellung ja eh nicht wehren.«

»Da habe ich wohl wieder einmal eine sexuelle Revolution verschlafen: Kamasutra war gestern, jetzt ist die Tütennummer angesagt, oder was?« Petra Stengl warf einen neugierigen Blick auf die nackte Leiche und die Grablichter.

Sie war gewiss nicht prüde, aber dass sie Gefallen an einer solch bizarren Sexpraxis finden könnte, hielt sie für ausgeschlossen. Gehörten die Kerzen mit zum SM-Ritual, oder hatte sie der Mörder nachträglich aufgestellt? Sie hatte ganz vergessen zu fragen, wer der Mann war, der vor ihr hing. »Wissen Sie schon, wer –«

»Vermutlich Karl Besser«, unterbrach sie ihr Assistent beflissen. Seine Stimme klang so tief und lang wie ein Ruf in einer Tropfsteinhöhle in der Fränkischen Schweiz. »Ich habe draußen im

Spind seine Sachen und seine Briefmappe gefunden.« Denzlein hielt seiner Chefin mit spitzen Fingern den Personalausweis des Toten entgegen.

»Besser? Karl Besser?« Petra Stengl hörte etwas läuten.

»Besser ist, ähm, war Pressesprecher der ›Sonnelach AG‹«, kam ihr Denzlein erneut zu Hilfe. »Schau – hier ist auch seine Visitenkarte.«

»Besser. Na klar, ›Sonnelach AG‹. Karl Besser hat uns doch vor zwei oder drei Monaten zu einem Seminar nach Coburg in die Firmenzentrale eingeladen. Ich war die Einzige von uns, die hingegangen ist. Es ging um illegales Glücksspiel.«

»Stimmt, muss so Mitte September gewesen sein«, brummte Denzlein. »Ich konnte nicht mit, weil ich mir beim Altherrenturnier in Wildensorg den Fuß verstaucht hatte. Und der Kollege vom Glücksspieldezernat hatte Urlaub.«

Die Polizeirätin grinste. »Fußballspielen sollte man auch lieber denen überlassen, die es können. Wie ein neuer Özil, Reus oder Götze wirkst du nun nicht gerade, Nobby. Bei allem Respekt, hast du es schon mal mit Schafkopf versucht? Da ist die Verletzungsgefahr etwas geringer. Aber vermutlich brichst du dir selbst beim Internet-Scrabble die Finger.«

Denzlein lachte gezwungen. »Guter Witz, Petra. Aber ich war mal richtig gut, in der Jugend habe ich beim FC Bamberg gespielt.« Auf seine Fußballerehre ließ Denzlein nichts kommen. Sehr zur Freude seiner jüngeren Kollegen, die ihn mit seinen historischen fußballerischen Heldentaten immer wieder aufzogen. »Übrigens haben wir bei Besser kein Handy gefunden. Ungewöhnlich für einen Mann in seiner Position, oder?«

»In seiner Position«, Petra Stengl betrachtete die nackte Leiche am Andreaskreuz, »braucht er auch kein Handy. Da stört so ein Ding wohl eher.«

Denzlein rang sich erneut ein gequältes Lächeln ab. Die Kollegin aus Augsburg hatte schon einen sonderbaren Humor. Oder meinte sie das etwa ernst?

»Das war ein Witz, Leute, ein Witz!«, betrieb die Ermittlerin Aufklärungsarbeit in eigener Sache. Nach dem Desaster in Augsburg hatte sie sich vorgenommen, sich in ihrem neuen Umfeld etwas lockerer und nicht so unnahbar und arrogant zu geben. Aber was machten die Bamberger? Sie verstanden sie nicht. Besonders die Männer. »Alles prima, Nobby, ich weiß, was du meinst. So einer wie Besser hat immer ein Handy dabei. Und wenn das weg ist, dann hat das sicherlich etwas zu bedeuten. Da will wohl jemand mögliche Spuren verwischen, oder das Ding wurde einfach geklaut.«

»Dann wäre doch auch sicher die Brieftasche fort – und die fette Breitling«, gab Denzlein zu bedenken. »Nach einem Raubmord sieht das hier ganz und gar nicht aus.«

»Wo du recht hast, hast du recht«, stimmte Petra Stengl zu. »Manchmal führt nicht die Tatwaffe, sondern ein Handy auf die Spur des Täters.« Sie wandte sich an die Kollegen der Spurensicherung. »Seid ihr endlich mit dem Knipsen fertig, oder braucht ihr noch einen weiteren Drehtag für euren Hollywood-Streifen?« Das devote Kopfnicken der ganz in Weiß gekleideten Truppe wertete sie als Ja für den ersten Teil ihrer Frage. Der Franke an sich ist wirklich nicht besonders gesprächig, schmunzelte sie in sich hinein, da muss man sich schon mal mit einem Nicken zufriedengeben. Sie nestelte ein Paar Gummihandschuhe aus ihrer im Leopardenlook gehaltenen und mit silbernen Nieten verzierten Handtasche und streifte es über. Vorsichtig zog sie dem Toten die Tüte vom Kopf. Auch wenn das Gesicht deutliche Erstickungsspuren zeigte, war es doch eindeutig das von Karl Besser. Petra versuchte ihren Ärger zu unterdrücken. Immer musste sie Leichen finden, die sie kannte. Eine leichte Röte huschte über ihre aparten Züge. In Augsburg hatte sie die Opfer sogar gut gekannt. Zu gut. Zum Glück hatte sie mit Besser kein intimes Verhältnis gehabt. Bis auf ein bisschen Small Talk am Seminarabend an der Bar war nichts passiert. Sie hatte aber auch nicht den Eindruck gehabt, dass er an ihr interessiert gewesen wäre. Er hatte überwiegend von seiner Frau und seiner kleinen Tochter gesprochen. Wenn sie ehrlich war, war sie über sein Desinteresse sogar etwas enttäuscht gewesen. Normalerweise hinterließ sie bei den Herren der Schöpfung einen nachhaltigeren Eindruck. Und dieser brave Mann hing nun tot, die Gliedmaßen gespreizt, in dem teuersten Domina-Studio der Stadt.

Petra Stengl atmete tief durch. Karl Besser würde ihr sicherlich nicht die Karriere versauen! Die Versetzung von Augsburg nach Bamberg nagte immer noch an ihr. Auch wenn Bamberg ihrer Meinung nach eine wunderbare, wenn nicht sogar die schönste Stadt Deutschlands war. Eine Stadt mit höchstem Kuschelfaktor, Hauptstadt der Romantiker. Doch auch hier durfte sie sich keinen Fehler mehr leisten, wollte sie ihre Funktion als Polizeirätin irgendwann wieder ausüben. Petra Stengl wischte sich über die Stirn. Schluss mit den schweren Gedanken, ermahnte sie sich. Sie wollte sich schon abwenden, da fiel ihr etwas Dunkles im weit geöffneten Mund des Opfers auf. »Hat jemand eine Pinzette für mich?«, fragte sie die Kriminaltechniker.

Einer von ihnen bejahte und reichte ihr das Instrument.

Vorsichtig zupfte die Ermittlerin ein Stück Papier aus der Mundhöhle des Toten, es hatte fast im Rachen gesteckt, und strich es glatt. Darauf war ein Gemälde abgebildet: eine Frau mit einer Art Eimer über dem Kopf, die sich, dem Betrachter ihren Rücken zudrehend, in einem Spiegel bewunderte. Darunter stand das Wort »superbia«. Petra Stengl steckte das Bildchen vorsichtig in eine kleine Plastiktüte und reichte sie ihrem Kollegen. »Weiß du, was das darstellen soll?«

Denzlein schüttelte den Kopf. »Das Wort könnte Latein sein. Aber bis auf ein paar Standardbrocken und -sprüche habe ich trotz großem Latinum keinen blassen Schimmer mehr davon.«

»Geht mir auch so. *Mea culpa, mea culpa, mea maxima culpa!* Aber wofür gibt es Lexika und Internet? Auf jeden Fall will uns der Mörder etwas sagen.«

»Oder dem Opfer und weiteren Feinden. Als Drohung oder Warnung.«

Die Ermittlerin nickte zustimmend. »Was ist mit dieser Mai Li oder Mai Reuter? Was rausgefunden?«

Denzlein verneinte. »Wie vom Erdboden verschluckt. Ist nicht zum Schlafen nach Hause gekommen. Sagt zumindest ihr Mann.«

»Weiß der was von ihrer dominanten Tätigkeit?«, setzte Petra Stengl nach.

Denzlein errötete. »Das habe ich jetzt nicht gefragt. Ich hatte den Mann doch nur am Telefon.«

Die Polizeirätin wollte schon aufbrausen, zügelte sich aber im letzten Moment. »Okay, Nobby, ist schon gut. Dann statten wir dem Pattaya-Liebhaber eben gemeinsam einen Besuch ab.«

10

»Doch an der Braut, die der Mann sich erwählt, lässt gleich sich erkennen, welches Geistes er ist und ob er sich eigenen Wert fühlt.«

Johann Wolfgang von Goethe, Weimarer Finanzminister und deutscher Dichter (1749–1832)

Gerd Reuter machte einen verschlafenen, aber dennoch unruhigen Eindruck, als Petra Stengl und ihr Stellvertreter Denzlein bei ihm in der Wunderburg, einem Bamberger Stadtteil, klingelten. Eine säuerliche Alkoholfahne wehte den beiden Ermittlern entgegen. Die ihm hingehaltenen Polizeiausweise beachtete der Mann nicht. Am Pinnbrett im Flur hingen mehrere Lottoscheine und zwei Eintrittskarten für Mario Barth in der Brose Arena.

»Was ist mit meiner Frau?«, wandte sich Reuter barsch an Petra Stengl. »Wo ist sie?«

»Genau das wollen wir von Ihnen wissen. Aber eins nach dem anderen, Herr Reuter.«

Dass der Stadtteil Wunderburg nicht als die beste Adresse in Bamberg galt, entzog sich noch immer Petra Stengls Verständnis. Mit Mahrs und Keesmann hatten hier immerhin zwei der ältesten und besten Brauereien und Wirtshäuser der Sieben-Hügel-Stadt ihren Sitz. Die Innenstadt war leicht und schnell zu erreichen, und der Bahnhof war auch nicht weit. Zwar beherbergten die Nebenstraßen einige illegale Prostituierte, sehr zum Ärger der legalen Puffbetreiber, die sich in einem viel kommentierten Interview mit dem »Fränkischen Tag« über den unliebsamen Wildwuchs der horizontalen Konkurrenz beschwert hatten. Aber bis auf vereinzelte Ruhestörungen war die Wunderburg kriminalistisch nicht besonders auffällig. Auf der Kerwa gab es immer mal ein paar kleine Raufereien, die aber vom Sicherheitsdienst schnell geschlichtet wurden. Einfache, ehrliche Leute prägten das Mieterbild. Arbeiter, kleine Angestellte, alleinerziehende Mütter, junge Pärchen, die sich teurere Wohnungen in der ständig unter Wohnraummangel leidenden Studentenstadt nicht leisten konnten.

Reuter passte in dieses Bild. Er war Boschler, wie er mit Stolz in der Stimme sagte. »Schon seit siebenundzwanzig Jahren!«

»Dann haben Sie vor einiger Zeit auch fünfzig Euro pro Arbeitsjahr als Sonderprämie bekommen?«, fragte Petra Stengl.

Reuter nickte. Weil der alte Bosch hundertfünfzig Jahre alt geworden wäre und das Unternehmen hundertfünfundzwanzig Jahre bestand, hatte jeder Angestellte vor einigen Jahren eine Extrazahlung erhalten.

Die Polizeirätin hatte ihre Befragung ganz bewusst unverfänglich begonnen. Vertraulichkeit schaffen – und dann blitzschnell zustechen: Das war ihre Taktik. Bosch und Michelin waren die beiden größten Arbeitgeber vor den Toren Bambergs. Petra Stengl kam es manchmal so vor, als würden alle Bamberger, die nicht im Tourismus beschäftigt waren, bei den beiden Unternehmen in Hallstadt arbeiten. Jetzt übernahm sie das Kommando. Wenn sie ermittelte, umgab sie immer ein Hauch des Kalten Krieges. »Als Boschler verdienen Sie doch mit den dicken Extrazulagen für Nacht- und Schichtdienst ganz gut. Warum betreibt Ihre Frau dann noch das Domina-Studio? Ist doch sicherlich kein tolles Gefühl für einen gestandenen Mann wie Sie, wenn die geliebte Ehefrau halb nackt geile Kerle auspeitscht und ihnen die Brustwarzen quetscht?«

Reuter zupfte sich unsicher seinen abgetragenen Morgenmantel zurecht. Unter ihm wölbte sich ein beachtlicher Bierbauch, der im krassen Gegensatz zu seinen dünnen weißen Beinen stand. Mit der linken Hand fuhr er sich nervös durch seine angedeutete Elvis-Presley-Tolle, sein von Akne verunstaltetes, fahles Gesicht rötete sich vor Zorn. »Meinen Sie etwa, das wäre meine Idee gewesen? Ein Scheiß war das! Natürlich reicht mein Lohn für uns beide aus. Das habe ich Mai auch immer wieder gesagt und vorgerechnet, aber nein, das genügt ihr ja nicht!«, ereiferte er sich.

»Aber Sie dulden die Tätigkeit Ihrer Frau?«, stichelte Denzlein weiter. »Warum?«

»Weil ich sie liebe, verdammt noch mal! Ich habe mich bei

meinem ersten Urlaub in Pattaya total in sie verknallt, habe sie rübergeholt, ihr den teuren Sprachtest beim Goethe-Institut bezahlt. Alles war prima, bis wir verheiratet waren. Dann wurde plötzlich ihre Mutter krank, der Ochse verreckte, und ihr Sohn, den sie in Pattaya zurückgelassen hatte, brauchte unbedingt ein Moped. Ich sollte immer nur zahlen, zahlen, zahlen.«

»So viel Geld, wie Ihre Frau brauchte, hatten Sie als Boschler dann also doch nicht?«, stichelte Petra Stengl.

Reuter atmete tief durch und schüttelte den Kopf. »Wir haben sogar Schulden. Neues Auto, Flachbildfernseher, alles auf Raten, Sie kennen das sicherlich.«

Petra Stengl wusste nicht, ob sie für Reuter Mitleid oder Verachtung empfinden sollte. Von ihrem vorletzten Urlaub, den sie zufällig auch in Pattaya verbracht hatte, und aus Reportagen wusste sie, wie solche Ehen normalerweise zustande kamen. Australier, Amerikaner und Europäer stolperten, obwohl sie vorgewarnt waren und es eigentlich besser wissen sollten, immer wieder in die südostasiatische Liebesfalle. Auf der Suche nach Abenteuer und billigem Sex steuerten die unverbesserlichen Trottel Abend für Abend die Bars, Striptease-Shows und Massagesalons an, wo zierliche, lächelnde Mädchen mit dezent geschminkten Mandelaugen die »Farangs«, die weißhäutigen Ausländer, anhimmelten. Und obwohl wegen der schlechten Englischkenntnisse der Damen kaum eine verbale Kommunikation möglich war, erlagen die Herren deren Charme mittels einiger Chang- oder Singha-Biere binnen Minuten. Ein paar Baaht Ablöse für den Barbesitzer, ein paar Baaht für den Taxifahrer und ein paar Baaht Bestechungsgeld für den Hotelportier, und schon wurde das billige Sexvergnügen – umgerechnet zahlten sie nur zehn bis fünfzehn Euro für eine ganze Nacht – Wirklichkeit.

»Wo haben Sie Ihre Frau kennengelernt?« Eigentlich hätte sie sich die Frage sparen können. Die Antwort kannte sie bereits.

»Mai Li hat in der Gastronomie gearbeitet«, erwiderte Reuter treuherzig. »Es war Liebe auf den ersten Blick.«

Petra Stengl verdrehte für einen Moment ihre Augen. Warum verdrängten Männer immer die Realität? Ihren Vorstellungen nach arbeiteten alle Prostituierten in Pattaya in der Gastronomie. Mit dem deutschen Kellnerinnen-Dasein hatte dieser Arbeitsalltag jedoch nicht das Geringste zu tun. Petra Stengl hatte während ihres Urlaubs oft beobachten können, wie Männer wie Reuter nach der ersten Nacht mit einer »Gastronomie«-Dame völlig den Bezug zur Wirklichkeit verloren. Wie aus der billigen Prostituierten über Nacht die ganz große Liebe wurde. Wie Gockel stolzierten die Freier dann Hand in Hand mit ihren Eroberungen zum Frühstücksbüfett, führten sie zum Essen aus und behängten sie mit üppigen Goldketten und Armreifen, die sie im chinesischen Schmuckladen an der Ecke großzügig mit ihrer Visa-Karte bezahlten. Und die Frauen dankten ihren Farangs deren Großzügigkeit: Nach ein paar Tagen Liebesglück durften die Männer sie zu ihren weitverzweigten Familien begleiten und wurden dort – trotz aller Armut und Schlichtheit – herzlich empfangen. Auch in die Probleme der Familien, meist finanzieller Natur, wurden die Männer eingeweiht, schließlich gehörten sie jetzt dazu. Die Kombination aus Helfersyndrom und weißem Überlegenheitsgefühl ließ schnell erste nennenswerte Spenden sprudeln, um den Familien der Geliebten die Sorgen zu nehmen.

Die Pattaya-Liebesdienerinnen verfolgten dabei eine gänzlich andere Strategie als die hiesigen Prostituierten. Während in Deutschland die leichten Mädchen tunlichst darauf bedacht waren, ihre Freier nach möglichst kurzem Liebesdienst für möglichst viel Geld wieder loszuwerden, versuchten die dortigen Mädels, ihre Eroberungen so lange wie möglich an sich zu binden. Mindestens für die zwei Wochen Urlaub ihres Liebsten, am besten aber für das ganze Leben. Dass diese »Pretty Woman«-Beziehungen nichts mit Gefühlen, sondern fast ausschließlich mit finanzieller Absicherung zu tun hatten, schnallten nur wenige der verliebten Gockel. Und wenn sie es irgendwann kapierten, dann war es meist zu spät, wusste Petra Stengl aus Erzählungen einer Bekannten von der Sitte. Dem Mann blieben nur abgeräumte Konten, Schulden und jede Menge häuslicher Ärger. Rund achtzig Prozent der Frauen prostituierten sich auch in Deutschland, meist ohne Wissen des

Ehemanns, hatte ihr die Kollegin erzählt. Außerdem zockten die meisten um hohe Geldsummen. Viele in den Hinterzimmern der Asia-Geschäfte oder Kebab-Buden. Auch wenn Petra Stengl die gehörten Zahlen in ihren Dimensionen anzweifelte, ganz ausschließen wollte sie sie nicht.

»Haben Sie eine Ahnung, wo sich Ihre Frau gerade befindet? Wir hätten ein paar Fragen an sie«, wandte sich Petra Stengl wieder Reuter zu.

Dieser fühlte sich angegriffen. »Ich habe doch schon am Telefon zu Ihrem Kollegen gesagt, dass Mai nichts mit dem Mord zu tun hat. Mai ist eine liebe Frau. So etwas würde sie nie tun, und –«

»So lieb kann sie nun auch wieder nicht sein, wenn sie für dickes Geld andere auspeitscht«, unterbrach Denzlein Reuters Verteidigungsrede.

Petra Stengl nickte zustimmend und grinste in sich hinein.

Reuter war kurz davor, zu explodieren. Mühsam versuchte er, sich zu beherrschen. »Hören Sie«, stieß er lauter werdend hervor, »dass Mai so ein Studio betreibt, das geht nur mich etwas an. Hören Sie gefälligst mit Ihren Scheißunterstellungen auf!«

»Das würden wir ja gerne, Herr Reuter, nur zu gerne«, flötete die Polizeirätin süffisant, »aber Sie haben uns immer noch nicht verraten, wo sich Ihre werte Frau Gemahlin aufhält.«

»Das weiß ich nicht, und das spielt auch keine Rolle! Mai hat diesen Besser auf keinen Fall umgebracht!«

»Das sagen Sie«, setzte Denzlein nach. »Aber man kann das auch anders sehen: Ihre Frau bringt Besser um, aus welchem Grund auch immer, und macht dann den Abflug. Vielleicht in ihre Heimat nach Pattaya? Wir sind schon dabei, die Passagierlisten der in Frage kommenden Flüge zu prüfen.«

Petra Stengl schaute Nobby Denzlein anerkennend an. Ganz schön fix, der Junge, dachte sie. Sie hatte Denzlein wohl unterschätzt. Oder vielleicht doch nicht? Sie nahm ihren Kollegen zur Seite. »Hast du im Telefongespräch mit Reuter den Namen des Opfers erwähnt?«

Denzlein überlegte kurz und zog die Stirn in kleine Falten.

»Ähm, nein?«, antwortete er mit unsicherer Stimme. »Warum fragst du?«

Petra Stengl wandte sich ab. »Herr Reuter, woher wissen Sie, dass das Mordopfer Besser heißt? Kennen Sie den Mann?«

Reuter schluckte schwer, sein Kehlkopf rollte hoch und runter. Er versuchte, dem Blick der Polizeirätin standzuhalten. Vergeblich.

Der Schuss saß. Treffer versenkt, dachte Petra Stengl.

»Also, ich habe … ich meine … also, ich … Mai hat mir gesagt, dass sie heute einen Typen mit Namen Besser empfängt. Und daraus habe ich geschlossen –«

»Dass das Mordopfer ebendieser Besser ist«, vollendete Denzlein den Satz.

Dankbar schaute Reuter den Kommissar an. »Sie sagen es. Genau so war es.« Der Boschler ließ sich erleichtert in die schon deutlich aus der Mode gekommene Stoffcouch zurücksinken, griff sich ein Plätzchen aus der vor ihm stehenden Schale mit Weihnachtsgebäck und zerbiss es unter leisem Knirschen.

»Und die Erde ist eine Scheibe, Putin ein lupenreiner Demokrat, Greuther Fürth wird Deutscher Fußballmeister, und der 1. FC Nürnberg gewinnt die Champions League«, höhnte Petra Stengl. »Herr Reuter, ich glaube, Sie verarschen uns! Und zwar ganz gewaltig! Fragen wir doch mal anders: Wo waren Sie in der Mordnacht, speziell gestern Abend zwischen einundzwanzig und zweiundzwanzig Uhr?«

Reuter machte erneut heftige Schluckbewegungen. Sieht fast so aus wie ein fetter Karpfen in der Badewanne, kurz bevor er zum Weihnachtsfest geschlachtet wird, dachte Petra Stengl.

Das krümelige Gebäck schien in Reuters Speiseröhre zu kratzen, er hustete. Dann stotterte er die Antwort heraus. »I… I… Ich habe Bru… Bruce Willis, ähm, also, ähm, ich hab ›Stirb langsam 3‹ gesehen. Solche Filme laufen immer nur zu Weihnachten. Und dann bin ich ins Bett gegangen.«

»Und das kann natürlich nicht nur Bruce Willis bezeugen?« Die Polizeirätin verzog keine Miene.

Reuter reagierte verstört. »Wie, Bruce Willis? Ja, nein. Ach, ich verstehe, das war ein Witz.«

»Ich mache während einer Befragung keine Witze, Herr Reuter, oder sehen Sie ein Grinsen in meinem Gesicht? Also, haben Sie nun ein Alibi oder nicht? Kann jemand bezeugen, dass Sie den ganzen Weihnachtsabend zu Hause waren? Jemand außer Bruce Willis?«

»Nein, natürlich nicht. Oder haben Sie immer einen Zeugen dabei, wenn Sie fernsehen oder im Bett liegen, Frau Kommissarin?« Reuter versuchte zu kontern. Er sah Petra Stengl tapfer in die Augen, aber schon nach einer Zehntelsekunde begann sein Blick zu flackern.

»Polizeirätin, Herr Reuter, für Sie immer noch Polizeirätin! Und damit wir uns recht verstehen: Im Gegensatz zu Ihnen brauche ich kein Alibi. Schließlich stehe ich nicht unter Verdacht, jemanden ermordet zu haben.«

»Aber ich habe diesen Besser nicht ermordet«, sagte Reuter müde.

»Besitzen Sie eigentlich einen Zweitschlüssel für das Studio Ihrer Frau?«, setzte Petra Stengl einen weiteren Nadelstich.

»Nein, ich meine natürlich ja«, stammelte Reuter. »Aber das heißt doch nicht …«

Petra Stengl nestelte eine Visitenkarte aus ihrer Handtasche und reichte sie Reuter mit einer gezierten Verbeugung. »Rufen Sie mich an, wenn sich Ihre Frau melden sollte oder Ihnen jemand einfällt, der Ihnen ein Alibi geben kann. Vielleicht erinnern sich Ihre grauen Gehirnzellen ja auch plötzlich daran, woher Sie Besser in Wirklichkeit kennen. Wir werden auf jeden Fall früher oder später auf Sie zurückkommen.«

»Sie halten mich doch nicht für den Mörder?«

»Nein? Und für wen sollte ich Sie Ihrer Meinung nach sonst halten?«

Denzlein grinste breit. Er fand zunehmend Gefallen an dem Vorgehen seiner Kollegin. Sie war nicht nur ein heißer Feger, sondern auch eine toughe Ermittlerin. Mittlerweile bedauerte er zutiefst, dass er den Zeitungsartikel über ihre amourösen Abenteuer ans Schwarze Brett geheftet hatte. Er sollte sie mal auf ein Bier einladen. Vielleicht ins »Schlenkerla«, die älteste Rauchbierbrauerei der Welt? Aber möglicherweise mochte die Polizeirätin kein Rauchbier. Wie so viele. Böse Zungen behaupteten ja, dass die Bamberger ihr Rauchbier nur für die Touristen, speziell für die Japaner, erfunden hätten, es selbst aber nicht trinken würden. Sein Kumpel Dirk, ein eingewanderter Rheinländer, ging sogar noch weiter. Er sagte immer: »Wer Rauchbier säuft, der frisst auch Menschenfleisch.« Denzlein hingegen trank das Schlenkerla – und nach dem dritten Seidla schmeckte es ihm sogar richtig gut. Es war »a Stöffla für Kenna«, wie er zu sagen pflegte. Trotzdem beschloss Denzlein, die Einladung ins »Schlenkerla« noch mal zu überdenken.

11

»Da erschien ein anderes Pferd, das war feuerrot. Und der, der auf ihm saß, wurde ermächtigt, der Welt den Frieden zu nehmen, damit die Menschen sich gegenseitig abschlachteten. Und es wurde ihm ein großes Schwert gegeben.«

Offenbarung des Johannes, Kapitel 6

Der Major wusste nicht, warum ihm die wöchentlichen Konferenzen am Dienstagmorgen immer noch in der Nacht davor den Schlaf raubten. Sein messerscharfer Verstand sagte ihm, dass zur Beunruhigung kein Grund bestand, sein Körper allerdings verhielt sich anders. Normalerweise war er mit einem tiefen Schlaf gesegnet, doch Montagnacht kam er ohne Schlaftabletten, am besten mit einer Pulle Amarone Della Valpolicella runtergespült, einfach nicht zur Ruhe. Der Major war einer der wichtigsten Mitarbeiter von »DD«, dem Doppeldoktor. Und DD war der erfolgreichste Unternehmer des Landes, auch wenn ihn lange Zeit kaum jemand gekannt hatte. Dr. Dr. Luuk van Dijk war der neue Tycoon der europäischen Automatenindustrie. Zweitausendfünfhundert Mitarbeiter in den Niederlanden und in Deutschland, weltweit bereits über sechzehntausend. Milliardenumsätze jedes Jahr. Tochterfirmen, Beteiligungen, Niederlassungen in Russland, den baltischen Staaten, Polen, Albanien, Slowenien, Österreich, der Schweiz und in Belgien. Nicht zu vergessen auch in Deutschland, das er mit der Übernahme des zweitgrößten Automatenproduzenten vor einiger Zeit inzwischen aufrollte. Für den symbolischen Preis von einem Euro elf hatte er das hoch verschuldete Unternehmen gekauft und wieder auf Erfolgsspur gebracht. Er hatte zum Überholmanöver angesetzt, um den bisherigen Marktführer, die »Sonnelach AG«, zu überflügeln: Die meisten der rund zweihundertsechzigtausend in Deutschland auf dem Markt befindlichen Spielautomaten entstammten inzwischen seiner Produktion. Wenn man es auf den Punkt brachte, gab es nur noch zwei Unternehmen, die den gesamten Markt beherrschten. Und eigentlich konnte es in Zukunft, da war sich der Major angesichts des bisherigen rabiaten Vorgehens seines Chefs hundertprozentig sicher, nur noch einen geben, der Highlander ließ grüßen.

»›Enjoy the Game!‹ regiert Europa, und ich regiere ›Enjoy the Game!‹«, sagte Luuk van Dijk immer, wenn er wieder ein Unternehmen geschluckt hatte – fünfzig waren es in den vergangenen vier Jahren gewesen – oder dem hässlichen alten Mann an der Spitze der »Sonnelach AG« kräftig auf die proletenhaften Schlangenlederschuhe gestiegen war.

Der Major war Luuk van Dijks Mädchen für alles: Er reservierte Plätze in den teuersten und besten Restaurants, fuhr den Wagen vor, kümmerte sich um die umfangreiche Oldtimer-Sammlung seines Chefs, organisierte die viel zu seltenen Urlaube oder holte für ihn die Cohibas aus dem Humidor. Und nicht zu vergessen: Er kannte alle Termine, begleitete seinen Chef auf den zahlreichen Flugreisen im firmeneigenen Jet und plante die wöchentlichen Lagebesprechungen im Führerbunker, wie der fensterlose Besprechungsraum im siebten Stock der Firmenzentrale im malerischen Grenzstädtchen Venlo genannt wurde. Auf den Aufzugknöpfen suchte man den geheimnisvollen siebten Stock vergeblich. Nur wer zum inneren Zirkel des Global Players gehörte, besaß einen von Luuk van Dijk persönlich übergebenen, mit Gold überzogenen Schlüssel, der in einen Schlitz geschoben werden musste, um den Lift im siebten Stock anzuhalten. DD schätzte Diskretion, und dies gerade dann, wenn es um richtungsweisende Entscheidungen ging. Und um die ging es fast jeden Dienstagmorgen.

Der Major konnte es sich zugutehalten, dass er es geschafft hatte, die Dienstbesprechungen von ursprünglich Montag auf Dienstag zu verschieben. Denn gerade am Wochenende, wenn nicht alle Ansprechpartner aus Politik und Firmenmanagement, den oberen Polizeiführungen, Behördenapparaten oder auch den Staatsanwaltschaften zu erreichen waren, sammelte sich bei

Luuk van Dijk, der nach außen hin aufgrund seiner Leibesfülle und demonstrierten Freundlichkeit wie der tapsige Bär aus dem »Dschungelbuch« wirken konnte, eine geballte Ladung Jähzorn an, die nur so nach Entladung schrie. Die Montagskonferenzen waren im Hause gefürchtet, die Explosionen von DD legendär gewesen. Mit der Verlegung auf Dienstag hatte der Major manch tickende Bombe entschärfen können – manchmal regelten sich die Dinge im Laufe des Montags –, dennoch lebten er und alle anderen Mitarbeiter noch immer mit einer Mordsangst vor dem immer wiederkehrenden Jüngsten Gericht ihres Übervaters. Doch wer an der Macht schnuppern und von ihr profitieren will, so machte sich der Major manche schauerliche Montagnacht Mut, der muss auch die Eier haben, sich dem Armageddon zu stellen.

Das Licht des Aufzuges blinkte, geräuschlos öffnete sich die Tür. Mit festem Schritt stürmte Dr. Dr. Luuk van Dijk in den Führerbunker, ein schwerer Teppichboden schluckte die Schritte des Selfmade-Milliardärs. Trotz seiner Leibesfülle machte DD wie immer eine gute Figur. Dafür war im Wesentlichen sein schwarzer Armani-Anzug verantwortlich, dessen dunkel glänzende Streifen auffallend elegant wirkten. Nur seine orangefarbene Krawatte fiel heute eine winzige Idee zu spießig aus. Sie war zu schmal und schien seinen fleischigen Hals von dem großen Kopf abzuschneiden. Sein getrimmter Schnauzer, die locker auf seiner Nase sitzende viereckige Lesebrille, über die hinweg er mit zwei wachen Äuglein die Dienstagsrunde begutachtete, und sein strohgelber voller Haarschopf, sorgfältig nach hinten gegelt, gaben ihm einen listigen, forschen Touch.

An diesem ersten Dienstag nach Weihnachten hatten sich nur vier Personen im siebten Stock eingefunden: der Major, Franz-Josef Warumgel, ein früherer deutscher Landesfinanzminister und derzeitiger Aufsichtsratsvorsitzender des von Luuk van Dijk übernommenen deutschen Automatenherstellers, Karldieter Frohnacher, der Sicherheitschef des Hauses, und Arie van Dijk, DDs ältester Sohn. Er war für die technische Seele des Unternehmens zuständig, die Forschungs- und Entwicklungsabteilung von »Enjoy the Game!«, die in einer Art Hochsicherheitstrakt untergebracht war. Arie van Dijk wurde bereits als Thronfolger gehandelt. Das Getuschel schmeichelte ihm, und er widersprach ihm nicht, obwohl noch nichts entschieden war.

Die vier Wartenden wollten sich von ihren Designerstühle erheben, um ihren strahlenden Chef zu begrüßen.

»Bleiben Sie sitzen, meine Herren«, winkte DD ab. »Bleiben Sie doch sitzen und machen Sie es sich bequem. Es gibt was zu feiern!« Dr. Dr. Luuk van Dijk wies den Major an, bei der Chefsekretärin eine Flasche Schampus zu besorgen.

Erwartungsvoll sah die Truppe DD an, niemand wagte sich aus der Deckung, obwohl jeder auf die erfreuliche Neuigkeit gespannt war wie ein Flitzebogen.

Luuk van Dijk ließ es sich nicht nehmen, den Champagner eigenhändig zu öffnen. Mit einem lauten Knall flog der Korken an die Decke, knapp vorbei am Gesicht des früheren deutschen Finanzministers. Der zuckte kurz zusammen und strich sich dann die grauen Haare aus der Stirn.

»Das war knapp, mein Lieber. Fast hätten wir damit den zweiten Todesfall innerhalb von vierundzwanzig Stunden produziert«, lachte Luuk van Dijk den immer noch etwas erschreckt guckenden Warumgel an. »Und dabei hat der Tag gerade erst begonnen.« Bevor einer der Anwesenden nachfragen konnte, was der Chef mit einem zweiten Todesfall meinte, trompetete van Dijk fröhlich drauflos: »Die Sau ist tot, die kann uns nicht mehr gefährlich werden. Da hat jemand verdammt gute Arbeit geleistet!« Anerkennend blickte er seinen Sicherheitschef an.

»Aber ich habe doch nicht …«, versuchte Frohnacher sich vor der Runde, die ihn fragend ansah, zu rechtfertigen.

»Natürlich haben Sie nicht, ist doch klar.« Van Dijk zwinkerte seinem Sicherheitschef zu. »Ich will auch gar nicht mehr wissen. Wichtig ist nur, dass dieser Besser, dieser elendige Mistkerl, tot ist. Prost, meine Herren!«

Zögerlich stießen die Männer mit DD an.

»Nun seid mal nicht so empfindsam, ihr habt dem doch alle die Pest an seinen gierigen Hals gewünscht, oder etwa nicht?«

Wenn Luuk van Dijk begann, seine deutschen Untergebenen zu duzen, war höchste Vorsicht angesagt.

»Woher …? Wann ist …?«, versuchte der Major, Näheres zu erfahren.

»Ich habe da meine Quellen, auch in Bamberg. Ein kleines Vöglein hat mir – natürlich unter dem Siegel der Verschwiegenheit – gezwitschert, dass unser lieber Herr Besser mit einer Lidl-Tüte über seinem Kopf splitterfasernackt in einem SM-Studio aufgefunden wurde. Übrigens, Frohnacher, Sie hatten recht mit Ihrer Recherche in Bamberg: Es handelt sich tatsächlich um das Studio von dieser Asiatin, wirklich gute Arbeit.«

»Ich weiß nicht, ob man sich über den Tod eines Menschen freuen sollte, auch wenn der ein Arschloch war«, gab Warumgel zu bedenken. »Ich will mit der ganzen Sache nichts zu tun haben.«

»Zwickt Sie jetzt Ihr Parteigewissen oder Ihre katholische Erziehung, Warumgel? Machen Sie sich nicht lächerlich, über den Tod von Hitler und Bin Laden haben sich die Menschen auch gefreut, oder? Und Besser fiel doch fast in die Kategorie Taliban, er war ein verkappter Al-Qaida-Terrorist unserer Automatenbranche! Der hat in seinem Leben genügend Zündschnüre gelegt.«

Warumgel ging wieder in Deckung. Schon zu seiner Zeit als Finanzminister hatte er die ganz großen Gefechte lieber vermieden. Jahrelang hatte er versucht, die Automatenbranche höher zu besteuern. Doch als die Gerichte nicht mehr mitspielten und ihm der Wind kräftig entgegenblies, hatte er schnell die Seiten gewechselt und den lukrativen Job als Aufsichtsratsvorsitzender eines schwäbischen Automatenherstellers angenommen. Luuk van Dijk hatte dann das Unternehmen übernommen, Warumgel durfte bleiben, sogar mit ein paar Euro mehr vergoldet. »Vermutlich haben Sie ja recht. Nein, natürlich haben Sie recht«, ruderte Warumgel schnell zurück.

Dr. Dr. van Dijk lächelte. »Dann also noch mal: *Proost! Op uw gezondheid!*«

Die Männer stießen wieder an.

»Jetzt müssen wir uns strategisch neu ausrichten«, ergriff der Chef erneut das Wort. »Mit Besser hat dieser alte Sack von Sonnelach seinen besten Mann verloren, das wird ihn angreifbar machen, oder wie sehen Sie das, meine Herren?«

»Ich bin ganz deiner Meinung, Vater«, brachte sich van Dijks Sohn in Erinnerung. »Wir sollten die mittelständischen Automatenunternehmer in Deutschland endlich unter unsere Fittiche nehmen, die müssen dringend vor Sonnelach geschützt werden.«

Die Runde grinste. Jeder wusste, was gemeint war. »Enjoy the Game!« und die »Sonnelach AG« versuchten schon seit Jahren – meist erfolgreich –, die kleinen und mittelständischen Spielhallenbesitzer von sich abhängig zu machen – oder zu vernichten. Allerdings mit zum Teil sehr unterschiedlichen Strategien. Beide Branchenriesen bedrängten mit immer neuen, riesigen Spielhallen vor den Toren der Städte oder an Autobahnabfahrten die alten, seit Jahrzehnten bestehenden Spielstätten der kleinen Automatenunternehmer in den Gemeinden und Städten. Und die waren auch noch gezwungen, ihre Automaten bei »Enjoy the Game!« oder »Sonnelach« zu bestellen, weil es auf dem deutschen Markt keine anderen Geräte gab. »Enjoy the Game!« nutzte diese Abhängigkeit und verlieh seine Spielautomaten zu horrenden Preisen, ihr Kontrahent setzte stattdessen auf ihren Verkauf.

»Richtig, mein Junge. Es geht jetzt nicht mehr darum, den Markt aufzuteilen. Das war einmal. Ich habe keine Lust mehr, den heiligen St. Martin zu spielen und mit dem Sonnelach-Lump den Mantel zu teilen. Warumgel, wer ist in Deutschland die Nummer eins?«

Warumgel räusperte sich. Bloß keinen Fehler machen! »Also, im Moment wir.«

»*Godverdomme!*«, fluchte DD in seiner Muttersprache, um dann wieder ins Deutsche zu wechseln. »Was heißt das, Warumgel?«

Der Angesprochene schien in seinem Sessel versinken zu wollen. »Nun, das ändert sich jeden Monat. Mal hat ›Enjoy the Game!‹, dann wieder die ›Sonnelach AG‹ die Nase vorn. Aber in den vergangenen Wochen haben wir deutlich zugelegt. Derzeit sind wir bei sechsundvierzig Prozent Marktanteil, ›Sonnelach‹ nur bei vierundvierzig. Der Rest ist Kleinzeug.«

Luuk van Dijk erwiderte nichts, auf seiner Stirn erschienen allerdings feine Zornesfalten. Diese Moffen, diese Deutschen! In Holland, aber auch in Ländern wie Österreich, der Schweiz und der Tschechischen Republik hatte er den Spielmarkt eindeutiger unter Kontrolle. Über Jahre hatte er dort ein enges Netz aus Politik, Behörden und Polizei gestrickt. Wer aufmuckte, wurde eingekauft oder mit Strafanzeigen ruhiggestellt. Auch parlamentarische Anfragen zu seinem Geschäftsgebaren waren im Sande verlaufen. In den vergangenen Monaten und Jahren hatte er sein Image deutlich verbessern können. Dank geschickter PR war er inzwischen ein hoch angesehener Unternehmer, mit dem sich auf den zahlreichen Charity-Veranstaltungen jeder gerne sehen ließ. Bei der letzten TV-Gala im deutschen Fernsehen hatte er sogar eine Million Euro für arme, hungernde Kinder in Afrika gespendet. Die großzügige Geste und seine fast zeitgleiche Heirat mit einer bekannten deutschen Filmschauspielerin, abonniert auf Rollen von schwachen Frauen, die in Krisensituationen Stärke zeigen, hatten ihn sogar auf den roten Teppich der Glitzer-und Glamour-Welt und auf die Titelseiten der Yellow Press gebeamt.

DD war klar, dass ihn seine dritte Frau nicht wegen seines Aussehens, seines Charmes oder wegen seines Charakters geheiratet hatte. In einem Interview war er so ehrlich gewesen zu bekennen, dass er ohne seine Millionen gesellschaftlich wahrscheinlich nicht einmal in die Nähe seiner blonden Traumfrau gekommen wäre. Angesichts ihrer üppigen Proportionen und der großen Anerkennung, die diese wegen ihres schauspielerischen Talentes in den Medien genoss, war es ihm jedoch letztlich egal, ob sie ihn nur wegen seines Kontostandes liebte. Schönheit und Geld hatten sich schon immer angezogen. Ihre Liaison war ein permanentes Medienereignis, das seinen, DDs, Ruf nicht nur beim niederen Volk, sondern auch in den besseren Kreisen enorm aufwertete, zu denen er, sah man einmal von seinen Politiker-Kontakten ab, schwer Zugang fand. Bei gemeinsamen Auftritten mit seiner Herzensdame wirkte er im Blitzlichtgewitter immer etwas linkisch und unsicher, was aber gerade bei der Damenwelt gut anzukommen schien. DD tat sich zwar schwer, solche Aufmerksamkeiten wirklich zu genießen, doch er wusste auch, wie wichtig diese seiner jungen Frau waren. In den letzten Monaten war es wieder etwas stiller um ihn geworden. Und das war auch gut so, weil besser für die Geschäfte.

Luuk van Dijk durchbrach die gespenstische Stille im Führerbunker: »Warumgel, Sie legen mir in einer Woche eine ausführliche Analyse des deutschen Marktes vor. Mit sämtlichen Adressen und Schwachstellen der noch von der ›Sonnelach AG‹ abhängigen Automatenunternehmer. Frohnacher soll Ihnen helfen. Und aktivieren Sie endlich Ihre Parteifreunde, damit wir auch die staatlichen Spielbanken übernehmen können. Das kann doch nicht so schwierig sein, die meisten wirtschaften eh in den roten Zahlen.«

Warumgel nickte beflissen. »Jawohl. Wird gemacht, Herr Doktor.«

Zufrieden wandte sich Luuk van Dijk seinem Sohn zu. »Hat ›Sonnelach‹ in absehbarer Zeit ein ähnliches Gerät auf Lager wie wir mit ›Asian Treasure‹?«

Arie van Dijk schwoll vor Stolz die Brust. »Nein, Papa, so ein Jahrhundertspiel kriegen nur wir hin. In unserer Forschungs- und Entwicklungsabteilung arbeiten wir gerade daran, das Spiel noch bunter und aufregender zu machen. Das ist wie bei einem guten Hollywood-Thriller: Je mehr Höhepunkte der Film hat, umso erfolgreicher wird er.«

DD brauchte die überflüssigen Belehrungen seines Sohnes nicht. Das alles wusste jeder, der in der Branche arbeitete. Er wollte Arie schon zurechtstutzen, aber als er die leuchtenden Augen seines Sohnes sah, wechselte er schnell das Thema. »Wie weit bist du mit der Vernetzung unserer Spielgeräte?«

»Das Pentagon könnte nicht besser vernetzt sein«, lobte Arie van Dijk sich selbst. »Damit kommt jede Menge zusätzliches Geld rein.«

Luuk van Dijk warf seinem Sohn einen warnenden Blick zu.

So eine Plaudertasche, ärgerte er sich erneut. Statt einfach den technischen Stand anzugeben, musste er auch noch mit dem Zusatzgewinn prahlen. Und das vor einem früheren deutschen Finanzminister! DD machte es kurz: »Okay, Männer, die Besprechung ist hiermit beendet.«

12

»Wie kann man einen Menschen beweinen, der gestorben ist? Diejenigen sind zu beklagen, die ihn geliebt und verloren haben.«

Helmuth Karl Bernhard von Moltke,
preußischer Generalfeldmarschall (1800–1891)

»I'm on the highway to hell«, dröhnte AC/DC aus dem Autoradio. Denzlein grölte laut mit, sagte dann: »Die machen echt gute Musik, die von Radio Bamberg.«

»Erst muss ich zwischen Weihnachten und Neujahr arbeiten, dann schenkt mir das Christkind nachträglich eine nackte Leiche mit Tüte über dem Kopf, und dann singst du auch noch, Nobby! Muss das wirklich sein? Eine Katastrophe jagt die nächste. Dabei machen die wirklich gute Musik – aber vielleicht solltest du sie dabei nicht stören.«

Denzlein stierte verärgert geradeaus. Sofort meldete sich sein Kater wieder, der sich jetzt unter seinen Schläfen festkrallte, nachdem er es sich davor lange Zeit im Hinterkopf gemütlich gemacht hatte. Auch darum versuchte er, friedlich zu bleiben. Schmerzvermeidungsstrategie. »Wie hast du eigentlich die Weihnachtstage verbracht?«

Über die Augen der Polizeirätin legte sich ein feuchter Schimmer, den Denzlein nicht bemerkte. Es waren einsame Weihnachtstage gewesen. Ihr früherer Freund, der Planungsreferent der Stadt Augsburg, saß noch wegen Korruption und Vorteilsnahme im Knast. Nicht dass sie diesen korrupten Arsch wieder zurückhaben wollte. Nur: Er war ihre längste Beziehung gewesen, seit sie die Frauen-Trauma-Grenze von vierzig Jahren überschritten hatte. Und neue Ritter hatten bisher ihr Herz nicht erobern können. Petra Stengl war nach dem »Augsburg-Bomber« und dem Bekanntwerden ihrer amourösen Touren durch einen stadtbekannten Swingerclub vorsichtig geworden. Interessenten hatte es in den paar Monaten, die sie ihren Dienst jetzt schon in Bamberg versah, genug gegeben. Im Gegensatz zu einigen Bekannten brauchte sie weder Facebook noch Friendscout, um potenzielle Partner zu treffen. Doch zum ersten Mal in ihrem Leben blockte sie die Avancen der Männer ganz bewusst ab.

»Gebranntes Kind scheut wohl das Feuer«, neckte sie ihre Freundin Bärbel Faun, Rechtsmedizinerin aus München, stets, wenn ihre Telefongespräche auf das Thema Nummer eins kamen. Bärbel, die sie nach einigen Gläsern Wein zum Pärchenclub-Besuch überredet hatte, hatte den »Sexskandal im Polizeipräsidium«, wie die Augsburger Zeitungen titelten, längst verdaut. »Ich komme jetzt in ein Alter, in dem sich frau schlechten Sex und langweilige Männer nicht mehr leisten kann«, postulierte sie ihr neues Lebensgefühl.

Im Geheimen gab Petra Stengl ihr sogar recht. Doch noch war sie für eine Beziehung nicht wieder bereit. Weder für eine kurze noch für eine lange. Die Weihnachtstage hatte sie allein in ihrer schicken Drei-Zimmer-Wohnung in der Pödeldorfer Straße verbracht.

An Heiligabend hatte sich Bärbel hörbar beschwipst am Telefon gemeldet. Im Briefkasten hatte sie eine kitschige Weihnachtskarte mit ein paar aufmunternden Worten vom Augsburger Polizeipräsidenten gefunden – auf der Vorderseite zwei kleine, nur spärlich bekleidete Engel, die einen reich verzierten Goldschlitten durch eine tief verschneite Winterlandschaft zogen. Vermutlich fand ihr alter Mentor, der im Augsburger Polizeiskandal lange Zeit seine schützende Hand über sie gehalten hatte, die Karte tatsächlich weihnachtlich. Trotzdem hatte Petra Stengl den leisen Verdacht gehegt, dass die beiden nackten Engel eine Anspielung auf Bärbel und sie sein sollten, die nach ihren Swingerclub-Besuchen nun den Schlitten, sprich: den Karren aus dem Dreck ziehen mussten. Doch zu einer so perfiden Ironie war ihr früherer Polizeipräsident nicht fähig – oder doch? Auch ihre Mutter hatte ihr schon eine Woche zuvor Weihnachtspost geschickt. Über die herzliche Einladung, die Festtage bei ihr in Augsburg zu verbringen, hatte Petra Stengl sich sehr gefreut, sie aber mit dem Hinweis auf ihren angeblichen Bereitschaftsdienst ausgeschlagen. Sie hätte ihrer Mutter zu viel erklären müssen. Ihren Frust hatte sie sich am Heiligabend im »Pelikan« von der Seele zu tanzen versucht.

»Ich hab nichts Besonderes gemacht, war im ›Pelikan‹ und auf ein paar Seidla im ›Abseits‹, die restliche Zeit hab ich auf der Couch vor dem Fernseher verbracht … Ist nicht das Schlechteste, oder?«

»Und dein Freund?«, versuchte Denzlein, seine Chancen auszuloten.

»Ich habe keinen.« Ärgerlich über die Frage gab Petra Stengl so viel Gas, dass sie an der nächsten Ampel abrupt abbremsen musste. Auf der schneebedeckten Fahrbahn kam der Wagen leicht ins Rutschen.

»Entschuldigung, ich wollte dir nicht zu nahe treten«, versuchte Denzlein, die Situation noch irgendwie zu retten. Um dann erneut ins Fettnäpfchen zu treten: »Was noch nicht ist, kann ja noch werden. Du hast doch sicherlich jede Menge Möglichkeiten.« Denzlein betrachtete seine Kollegin mit Wohlwollen und einem warmen Gefühl in der Magengrube. Ein verdammt hübsches Weib! So ganz anders als seine geschiedene Frau. Schon seit Jahren tat er sich schwer mit dem anderen Geschlecht. Während sich andere in seinem Alter ohne jeden Skrupel deutlich jüngere Lebensabschnittsgefährtinnen zulegten, gaben ihm die sporadischen, über »Sie sucht ihn«-Kleinanzeigen in der »Fränkischen Nacht« zustande gekommenen Kontakte zu Frauen um die vierzig fast schon das Gefühl, pädophil veranlagt zu sein.

Die Polizeirätin sah ihn mit ihren dunklen Augen böse an. »Mein Privatleben geht dich gar nichts an. Auch wenn es in allen Zeitungen ausgebreitet wurde.«

Denzleins Gesichtsfarbe wechselte von einer ungesunden Blässe ins Puterrote. »Äh, wie meinst du …?«

»Jetzt tu halt nicht so scheinheilig. Ihr habt euch doch alle an dem Zeitungsartikel über mich ergötzt, den irgendein blödes Kollegenschwein ans Schwarze Brett gepinnt hat.«

»Ich nicht, ich habe –«

Petra Stengl drückte auf die Hupe. »Gib Gas, du Arsch!«, schrie sie dem vor ihr an der Ampel stehenden Wagenfahrer entgegen, der sich alle Mühe gab, die Grünphase auf dem Berliner Ring mit seinem alten Mercedes zu verpassen. »Dem fehlt nur noch der Hut und ein gehäkelter Klopapierschützer auf der Heckablage zu seinem Winterglück«, schimpfte die Polizistin weiter. »Ich weiß doch, dass ihr alle über mich quatscht. Dabei habt ihr sicherlich selber genug Dreck am Stecken.«

Denzlein zog es vor, zu schweigen. So eine arrogante Kuh! Und vor gut einer Stunde hatte er noch vorgehabt, sie auf ein Schlenkerla einzuladen. Aber hübsch sah sie schon aus, wenn sie sich so aufregte.

Auch Petra Stengl sagte kein Wort mehr. Sie versuchte, die in ihr aufsteigende Wut irgendwie zu kontrollieren und wieder abklingen zu lassen. An der nächsten Ampel, kurz vor der Abzweigung auf den Münchner Ring in Richtung Wildensorg, kramte sie nervös in ihrer Tasche, bis sie ihren Lippenstift fand. Sie drehte den Innenspiegel in ihre Richtung und trug die extravagante Farbe auf, indem sie zuerst ihre Lippen weit öffnete, um sie anschließend zu einem Kussmund zu spitzen.

Denzlein sah ihr fasziniert mit großen Augen zu.

»Chanel Rouge Noir Nr. 18«, hauchte sie in einem französisch-deutschen Sprachgemisch ihrem Kollegen aus dem neuen, sinnlichen Kunstwerk entgegen.

Denzler verstand nur Bahnhof. »Aber das ist jetzt nicht die Adresse von Bessers Ehefrau, oder?«

Über das Gesicht seiner Vorgesetzten huschte ein mitleidiges Lächeln. Da rüstete man sich für die Männer auf, und diese hatten selbst von einer so teuren Waffengattung wie Lippenstift keine Ahnung!

»Sie haben Ihr Ziel erreicht. Das Ziel liegt rechts vor Ihnen«, meldete sich die dominante Frauenstimme des Navis.

Denzlein zeigte auf eine mondäne weiße Villa. »Das muss die Hütte von Besser sein.« Ein schmiedeeiserner Zaun begrenzte das riesige Grundstück in der Wildensorger Straße, das silberweiße Gartentor schmückte ein großer Adventskranz mit roten

Schleifen. Ein fast zwei Meter hoher Schneemann funkelte die beiden Kripobeamten aus kohlschwarzen Augen an, übermütig streckte sich seine rotgelbe Möhrennase in die winterlich kalte Luft. Die beiden Ermittler gingen vorsichtig auf dem anfrierenden Neuschnee auf dem breiten, von winterharten Palmen gesäumten Einfahrtsweg zur Haustür. Beide ruderten mit den Armen, um nicht auszurutschen.

»Verdammt glatt, sei vorsichtig, Nobby! Hier müsste mal wieder gestreut werden.«

Am herrschaftlichen vierstufigen Treppenportal traten sich beide ihre Füße auf einer dicken Bastmatte mit der Aufschrift »Carpe Diem« ab, bevor Denzlein auf die bronzene Klingel drückte.

»Dann wollen wir die Witwe mal kräftig schütteln«, ließ Petra Stengl noch einmal Luft ab.

Denzlein fand die Bemerkung im Journalistenjargon unpassend, sagte aber nichts. Mit seiner Chefin war heute nicht gut Kirschen essen.

Eine aparte, schlanke Frau, Mitte dreißig, mit einer modernen blonden Kurzhaarfrisur, in engen Designerjeans und einer einfach geschnittenen, aber teuren Bluse mit Animal-Print öffnete die schwere Haustür. In ihren Armen ein hübsches Mädchen mit blonden Locken, das sie fragend mit großen Kulleraugen ansah.

Petra Stengl zeigte kurz ihre Dienstmarke. »Guten Morgen, entschuldigen Sie die Störung. Wir sind von der Kripo. Polizeirätin Stengl, das ist mein Kollege Denzlein, Kriminalkommissar. Sind Sie Frau Besser? Die Frau von Karl Besser?«

»Ja, Michelle Besser. Sie haben ihn verhaftet, habe ich recht?« Ihr offenes, freundliches Gesicht verdüsterte sich.

Petra Stengl und Denzlein sahen sich überrascht an. »Wen sollen wir verhaftet haben?«, fragte Stengl.

»Na, doch wohl meinen Mann. Ich habe ihn immer gewarnt und …«

»Und was?« Mühsam versuchte Petra Stengl, angemessenen auf die unerwartete Situation zu reagieren.

»Nichts«, machte Michelle Besser schnell einen Rückzieher.

Sie ließ ihre Tochter auf das glänzende Parkett gleiten und küsste sie zärtlich auf den Kopf. »Geh bitte nach oben in dein Zimmer, Lena. Das Christkind hat dir doch so tolle Geschenke gebracht, mit denen kannst du spielen.«

Lena zog eine Schnute, trollte sich dann aber artig davon, nicht ohne den Ermittlern noch ein fröhliches, lang gezogenes »Tschüüüüs!« zuzurufen.

»Warum glauben Sie, dass wir Ihren Mann verhaftet haben?«

»Kommen Sie erst mal rein. Hier ist es ungemütlich und kalt. Bitte da entlang, da ist das Wohnzimmer. Möchten Sie Kaffee?« Frau Besser zeigte auf die auf dem Tisch stehende Kaffeekanne. Ohne die Antwort abzuwarten, nahm sie aus einem antiken Schrank zwei weitere Versace-Tassen und goss den Beamten ein. »Zucker und Milch stehen da, bedienen Sie sich bitte selber. Die Plätzchen sind selbst gebacken, altes Familienrezept. Lena hat mir beim Backen geholfen.« Der feudale Kaminofen knisterte leise vor sich hin und verströmte eine behagliche Wärme. »Nehmen Sie doch Platz.« Frau Besser wies auf die zeitlose weiße Ledergruppe, die den Raum dominierte, aber nicht erschlug.

Petra Stengl schaute sich um. Überall Antiquitäten, die geschickt mit modernen Möbeln kombiniert worden waren. An den Wänden große abstrakte Gemälde, zwei von Winfried Schmitz-Linkweiler, einem vor Kurzem verstorbenen Künstler aus Meerbusch. Auf einer aus der Biedermeierzeit stammenden Kommode standen silberne Bilderrahmen mit den Porträts der Familienmitglieder. An dem Weihnachtsbaum in der Ecke baumelten filigrane Kristallkugeln, die im Licht echter Kerzen funkelten. Der süße Geruch von Bienenwachs lag in der Luft. Unter dem Baum erstreckte sich eine Krippenlandschaft mit vermutlich sündhaft teuren Tonfiguren. In der dargestellten Szene waren die Hirten schon herbeigeeilt, um dem Christuskind zu huldigen. In einiger Entfernung nahten die Heiligen Drei Könige mit riesigem Gefolge. Nichts in dem Raum wirkte übertrieben, nichts aufgesetzt, nichts kitschig. Alles harmonierte. Das Zimmer hatte Stil, musste Petra Stengl neidlos anerkennen. Und wenn sie Frau Besser in ihrer schlichten Eleganz betrachtete, so lag die

Vermutung nicht fern, dass sie es war, die den Räumlichkeiten der Villa ihren Stempel aufgedrückt hatte. An ihr war zweifellos eine Innenarchitektin verloren gegangen.

Petra Stengl ließ ihren Blick auf Michelle Besser ruhen, die mit ihren Händen ihre Ohrringe streichelte, in Gold eingefasste Diamanten in Orchideen-Form. Sie schienen an ihren kleinen Ohren zu schweben.

Michelle Besser bemerkte die Aufmerksamkeit der Polizeirätin. »Die hat mir mein Mann ...« Sie hielt mitten im Satz inne, hatte ihre Tochter entdeckt, die auf einer oberen Treppenstufe sitzend versuchte, etwas vom Gespräch der Erwachsenen aufzuschnappen. »Ich meine natürlich, das Christkind hat sie mir zu Weihnachten gebracht.« Ihre Augen glänzten, über ihr Gesicht huschte ein glückliches Lächeln. »Schön, nicht wahr?«

»Wunderschön«, bestätigte die Polizeirätin. Bei jeder Begegnung entschieden hauptsächlich die ersten Sekunden darüber, ob man einen Menschen sympathisch fand oder nicht. Petra Stengl fand Frau Besser sympathisch. Dass diese sich verplappert hatte und jetzt versuchte, elegant aus der Nummer, auch im Interesse ihres Ehemannes, herauszukommen, war nur zu verständlich. Doch Sympathie war eine schlechte Basis für solide Polizeiarbeit. »Warum sollten wir also Ihren Mann verhaftet haben, Frau Besser? Sie sind uns noch eine Antwort schuldig«, lächelte Petra Stengl die Hausherrin an.

»Das war nur so eine Ahnung, nicht wirklich wichtig. Mein Mann arbeitet in der Automatenbranche, er ist Pressesprecher und PR-Manager der ›Sonnelach AG‹. Zuweilen wird da mit harten Bandagen gekämpft. Manchmal am Rande der Legalität. Richtig ekelhaft sind die Leute von der Konkurrenzfirma ›Enjoy the Game!‹. Sie wollen mit allen Mitteln den deutschen Markt dominieren. Karl hat mir gegenüber sogar angedeutet, dass hinter ›Enjoy the Game!‹ die albanische Mafia steckt. Stellen Sie sich das mal vor! Die Mafia! Ich sage meinem Mann immer, dass er auf der Hut sein soll, sonst würgen die ihm noch irgendeine Beschuldigung rein nach dem Motto: Irgendwas wird schon hängen bleiben. Und auch abgesehen von ›Enjoy the Game!‹ gab und gibt es in der Branche so einige schwarze Schafe. Vor allem viele Neider, die einem Mann in Karls Position möglichst oft ans Bein pinkeln wollen. Entschuldigen Sie die Ausdrucksweise, aber so empfinde ich die vielen unberechtigten Attacken gegen Karl und seinen Chef. Immer wieder kommt es zu Anzeigen, Ermittlungen und Strafverfahren, die aber bisher alle eingestellt wurden. Karl hat sich nichts zuschulden kommen lassen. Als Sie beide plötzlich vor der Tür standen, habe ich einfach nur einen gewaltigen Schreck bekommen.«

Petra Stengl nahm Michelle Besser ihre Erklärung nicht ganz ab. Als sie an der Tür die Vermutung geäußert hatte, ihr Mann sei verhaftet worden, hatte die Polizeirätin den Eindruck gehabt, dass sie einen ganz konkreten Grund im Auge hatte und sich nicht auf die branchenüblichen Scharmützel bezog. Michelle Besser, davon war die Ermittlerin überzeugt, flunkerte gehörig, weil sie wie eine Löwin für ihren Mann kämpfte. Aber die Raubtierzähne würde sie ihr noch ziehen. Vielleicht nicht heute, aber ganz gewiss in nächster Zeit. Vielleicht wenn sie vom Tod ihres Mannes erfuhr.

»Sie werden sehen, Frau Stengl, auch diesmal wird sich alles in Luft auflösen. Ist sein Anwalt schon informiert? Wann kann ich Karl sehen?«

Denzlein sah seine Vorgesetzte gequält an, presste seine Lippen fest aufeinander. Irgendwie hatte er das Gefühl, dass er den Todesboten spielen musste, nachdem seine Kollegin das Überbringen der traurigen Botschaft so lange hinauszögerte. Denzlein fluchte still vor sich hin. Gestorben wurde gemeinhin nur im Fernsehen, hinter der Mattscheibe. In anderen, weit entfernten Ländern. In den Nachrichten. In Krimis. Schlimmstenfalls nebenan. Dass der Tod einen persönlich treffen konnte, wurde verdrängt. Dabei gehörte der Tod zum Leben. Jedes Jahr starben in Deutschland rund achthundertachtundfünfzigtausend Menschen. Das waren im Schnitt zweitausenddreihundertfünfzig pro Tag, achtundneunzig pro Stunde oder etwas mehr als anderthalb Menschen pro Minute. Denzlein hatte das mal in einer stillen Minute ausgerechnet. Und dennoch wurde so getan, als fände der Tod nicht statt. Denzlein kannte die Zahlen, seitdem er sich mit dem »Klever Modell« beschäftigt hatte, das Polizeibeamte befähigen sollte, Todesnachrichten den Hinterbliebenen angemessen zu übermitteln. Und obwohl es fast zur Routine eines Polizisten gehörte, den Todesboten zu spielen, fühlte Denzlein sich unwohl, denn er war für die Aufgabe nicht nach Klever Modell ausgebildet worden.

Rund zweitausendzweihundert Menschen wurden in Deutschland jedes Jahr Opfer von Mord und Totschlag, über zehntausend nahmen sich das Leben, dreitausendsechshundert starben bei Verkehrsunfällen und rund tausendzweihundert durch illegale Drogen. Und meist waren es normale Polizisten wie er, die die Angehörigen über ihren Verlust informieren mussten. Das Überbringen der Todesnachricht war für Denzlein auch nach über zwanzig Dienstjahren immer noch der beschissenste Teil einer Mordermittlung. Allerdings oft auch der aufschlussreichste. Wie reagierten die Hinterbliebenen? Hatten sie die Nachricht bereits erwartet, wussten sie mehr, als sie zugaben? Waren sie möglicherweise Auftraggeber oder Täter? Oder standen sie unter Schock? Es war unmöglich, die Reaktion der Hinterbliebenen vorauszuahnen. Sie konnte von Apathie und Verständnislosigkeit über Zusammenbruch bis hin zur offenen Aggression reichen.

»Frau Besser«, räusperte sich Denzlein jetzt verlegen, »wir müssen Ihnen eine traurige Mitteilung machen. Ihr Mann ist tot, er wurde vermutlich ermordet.« Klappernd setzte er seine Kaffeetasse ab.

Für einige quälend lange Sekunden herrschte gespenstische Ruhe. Nur ein leichter Wind fuhr an den Fensterscheiben vorbei. Im Kamin brach ein Holzscheit knisternd auseinander. Die wenigen Worte schienen das schmucke Wohnzimmer in eine Hölle der Trostlosigkeit, der zerstörten Hoffnungen zu verwandeln.

Michelle Besser starrte die beiden Kripobeamten ungläubig an, als wolle sie ein Zeichen in ihren Gesichtern finden, dass die Nachricht ein Witz war. Erst als Petra Stengl bestätigend nickte, füllten sich ihre Augen langsam mit Tränen. »Das kann nicht sein!«, schrie sie plötzlich. »Er wollte doch nur ... Neeeein, neeein, nein!« Mit jedem Nein, das durch das Haus hallte, wurde ihre Stimme leiser. Schließlich verstummte Michelle Besser und sackte auf dem Sofa zusammen. Ihr Oberkörper fiel nach vorn, Weinkrämpfe schüttelten sie.

Lena rannte mit einer Puppe in der Hand auf ihre Mutter zu. »Mama!«, brüllte sie. »Was hast du?«

Mechanisch umschlossen Michelle Bessers Arme den kleinen, zitternden Körper ihrer Tochter und drückten immer fester zu.

»Du tust mir weh«, kreischte Lena. »Du tust mir weh!«

Petra Stengl beugte sich über die Witwe und löste Lena behutsam aus der Umklammerung.

Mit leeren Augen blickte Michelle Besser auf. »Wer, wie ...?«, stammelte sie, um erneut von einem Weinkrampf überwältigt zu werden.

»Ihr Mann wurde vermutlich mit einer Tüte in einem Domina-Studio erstickt«, versuchte Petra Stengl, eine erste Light-Version des Mordes zu liefern. »Nobby, bring die Kleine auf ihr Zimmer.«

»Tüte? Erstickt? Domina?«, fragte Michelle Besser verwirrt und wirkte so, als wolle sie im Moment keine weiteren Details hören. »Aber mein Mann würde doch nie in ...« Mitten im Satz brach sie ab.

Denzlein kam aus dem Kinderzimmer zurück. Leise wendete er sich an die frischgebackene Witwe: »Wir hätten da noch ein paar Fragen. Ich weiß, das ist jetzt unpassend, aber leider gehört das zur Routine.« Er machte eine kurze Pause. »Wer hätte ein Interesse daran haben können, Ihren Mann zu ermorden?«, fragte er etwas gestelzt.

Frau Besser zog die Nase hoch, nestelte dann ein Taschentuch aus ihrer Jeans und schnäuzte sich. »Er hatte viele Feinde«, erwiderte sie. »Verdammt viele. Das hab ich Ihnen doch schon gesagt. Erst letztens haben die ihm in Berlin sogar seinen Porsche abgefackelt.«

»Wann war das?«, fragte Petra Stengl.

»So Mitte Dezember«, wimmerte Michelle Besser. »Bestimmt war das schon die albanische Mafia. Und jetzt haben ihn die Banditen auch noch umgebracht.« Ganze Tränenflüsse rannen der Witwe über ihr hübsches Gesicht.

»Kennen Sie eine gewisse Mai Li oder Mai Reuter?«

»Wer soll das sein?«

»Wann haben Sie Ihren Mann zuletzt gesehen?« Petra Stengl ignorierte die Frage und bemühte sich um einen sachlichen Tonfall.

Frau Besser starrte die beiden Ermittler mit leerem Blick an. »Gestern Abend, so um acht Uhr. Es könnte später werden, hat er noch gesagt.«

»Und Sie haben sich keine Sorgen gemacht, als Sie bemerkten, dass Ihr Mann nicht nach Hause gekommen ist?«

Frau Besser schüttelte den Kopf. Noch immer liefen ihr dicke Tränen das Gesicht herunter. »Ich glaube, er wollte nach Coburg zu seinem Chef, Herrn Sonnelach. Wenn es spät wurde und er mit ihm noch ein, zwei Gläser Wein trank, dann hat er sich schon mal ein Zimmer genommen – oder in dessen Gästezimmer übernachtet.«

»Frau Besser, auch für uns ist das eine unangenehme Situation, aber wir müssen Sie das fragen: Wo waren Sie gestern zwischen einundzwanzig und zweiundzwanzig Uhr?«

»Ist um diese Zeit …?« Michelle Besser schnäuzte sich in ein Taschentuch. Sie versuchte, sich zu konzentrieren. »Ich war zu Hause. Mit Lena. Wir haben zusammen gespielt.«

»Kann das jemand –« Petra Stengl wurde von der Witwe unterbrochen.

»Bitte gehen Sie jetzt«, flehte sie die Ermittler an. Ihr fragiler Körper wurde erneut von Krämpfen geschüttelt. »Ich muss mich um Lena kümmern.«

Petra Stengl griff nach ihrem Handy. »Ich rufe jetzt einen Arzt. Er wird gleich kommen und Ihnen etwas zur Beruhigung geben. Haben Sie Freunde oder Verwandte, die sich um Sie kümmern können?«

Doch Michelle Besser schien sie nicht mehr zu hören. Apathisch kauerte sie sich in das Sofa, ein schwarzes Seidenkissen vor ihr Gesicht gepresst.

Als der Arzt läutete, legte Petra Stengl ihre Visitenkarte auf den Tisch. »Rufen Sie uns bitte an, wenn Sie sich etwas gefangen haben.«

13

»Wer sich als Alleinherrscher erhebt und Brutus nicht tötet oder wer einen Freistaat gründet und die Söhne des Brutus nicht hinrichten lässt, wird sich nicht lange halten.«

Niccolò Machiavelli, italienischer Staatsmann und Schriftsteller (1469–1527)

Sonnelach durchpflügte seinen mit Goldüberläufen eingefassten Swimmingpool mit kräftigen Kraulzügen. Die Wintersonne blitzte durch die großen Glasscheiben und erzeugte bizarre, sich ständig verändernde, achteckige Spiegelungen im Wasser. Der Firmenpatriarch schnaubte, fühlte sich aber noch gut. Es galt, seinem kleinen Winterbäuchlein, das er zu viel gutem Wein und dem deftigen fränkischen Essen verdankte, Einhalt zu gebieten. Selbst die Kraulwende bekam er leidlich hin. Kräftig stieß er sich mit den Füßen ab, tauchte einige Meter, um dann wieder an die Oberfläche zu kommen. Keine Frage: Sonnelach war für sein Alter noch verdammt fit. Einen fünfundvierzigjährigen Hauptstadt-Journalisten, mit dem er vor einem halben Jahr um eine Kiste Champagner gewettet hatte, hatte er über hundert Meter Kraul locker geschlagen. Seit der Arzt Arthrose bei ihm festgestellt hatte, hatte er das Tennisspielen aufgegeben und spulte stattdessen täglich rund einen Kilometer im Wasser herunter. Damit frönte er jenem Sport, in dem er in der Jugend deutscher Vizemeister geworden war. In der Einsamkeit im Becken konnte er sich bestens entspannen – und nachdenken.

Sonnelach war angefressen. Seit Jahren hatte er den deutschen Markt mehr oder weniger alleine beherrscht. Die großen Fußstapfen, die der ehrenwerte Automaten-Jupp hinterlassen hatte, hatte er mehr als ausgefüllt. In allen Krisen – als solche bezeichnete er ausschließlich rückgängige Umsätze seines eigenen Milliarden-Unternehmens – hatte er die richtige Antwort gefunden. 1994 hatte eine Entscheidung des Europäischen Gerichtshofs nicht nur ihn, sondern auch viele andere Automatenunternehmer vor dem finanziellen Kollaps gerettet. Ausgerechnet seine Kritiker hatten den Mehrwertsteuer-Prozess geführt und ihm und Automaten-Jupp mehrere hundert Millionen Mark in die leeren Kassen gespült. Manchmal musste man seine Gegner für sich arbeiten lassen. Ob diese Erkenntnis aus der »Kunst des Krieges« von Sunzi stammte oder seine eigene war, war Sonnelach egal. Um den Markt nicht nur als Automatenhersteller zu beherrschen, hatte er ganz Deutschland mit eigenen Spielhallen überzogen und die von ihm abhängige Konkurrenz jahrelang gezwungen, mindestens zwei Drittel aller Daddelmaschinen bei ihm zu kaufen. Wer nicht spurte, dem stellte Sonnelach eine eigene, besser ausgestattete Spielhalle als Konkurrenz direkt vor die Tür. In den Verbänden war er die uneingeschränkte Nummer eins. Wollten Politiker an der Spieleverordnung oder der Vergnügungssteuer, deren Höhe jede Kommune nach ihrem Gusto festsetzen konnte, etwas verändern, so war er ihr erster Ansprechpartner. Und obwohl er nur seine eigenen Ziele verfolgte, verstand er es geschickt, den Eindruck zu vermitteln, er spreche für die ganze Branche. Die Zahl seiner Kritiker hatte er dramatisch reduziert. Einige hatte er eingekauft, andere mit Pöstchen im Verband belohnt, andere mit Prozessen überzogen, bis sie pleite waren. Einen aufmüpfigen oberbayerischen Automatenaufsteller hatte er sogar von Detektiven überwachen lassen. Der Erfolg hatte sich schon nach zwei Tagen eingestellt: Der Mann war fremdgegangen, hatte sich aber keine Scheidung leisten können, weil seine Frau als Eigentümerin seiner drei Spielhallen eingetragen war.

In einem kurzen, aber sehr persönlichen Gespräch konnte der Oberbayer von Besser davon überzeugt werden, dass es für ihn nur noch einen Gott gab – nämlich Sonnelach. Ein kleines Häuflein von Ketzern wagte es allerdings weiterhin, zu opponieren – unter ihnen der Augsburger Automatenaufsteller Paul Münz. Fast hätte Sonnelach auch über diesen Kerl triumphiert. Münz hatte wegen Mordverdacht zeitweise sogar im Knast gesessen, und inzwischen gehörten ihm nur noch zwei Spielhallen, die mäßigen Profit abwarfen. Etwas erfolgreicher lief leider seine

Wirtschaftsdetektei, die Sonnelach in regelmäßigen Abständen mit neuen Enthüllungen, Vermutungen und Anzeigen ärgerte. Irgendwie hatte Münz herausgefunden, dass er in den vergangenen fünf Jahren rund zwei Millionen Euro an die im Bundestag vertretenen Parteien gespendet hatte. Die teuren Anzeigen in den Parteizeitungen waren in der Summe noch nicht einmal mit eingerechnet gewesen.

Diese Art der politischen Landschaftspflege hatte ein gewaltiges Presseecho ausgelöst. Er und Besser hatten noch immer alle Hände voll zu tun, Anfragen zu beantworten, Interviews zu geben und die Sache richtigzustellen. Die finanzielle Unterstützung von Parteien war eigentlich nichts Anrüchiges, wurde sogar gewünscht. Allerdings musste bei Spenden über zehntausend Euro der Name des Spenders in den Rechenschaftsberichten der Parteien angegeben werden. Dieser Name wurde dann veröffentlicht. Sonnelach wiederum sah solche namentlichen Spenden nicht als besonders förderlich für sein Unternehmen an. Spenden brachten nur dann den gewünschten Erfolg, wenn Spender und Spende ausschließlich dem Empfänger bekannt waren. Aus diesem Grund hatte er seine Manager angewiesen, für den Fortbestand der Demokratie und für den Erhalt ihrer Arbeitsplätze stets Beträge unter zehntausend Euro zu spenden. Natürlich freiwillig, wie er immer wieder betonte. Dass er diese Summen über die Zeit irgendwann ausgleichen würde, brauchte er ja niemandem zu verraten. Seine Manager gingen natürlich davon aus. Peinlich war nur, dass ein interner Aktenvermerk von ihm an die Öffentlichkeit gelangt war, worin er es als seine selbstverständliche Pflicht als loyaler Staatsbürger bezeichnet hatte, den Volksvertretern bei der Begleichung ihrer Wahlkampfkosten zu helfen.

Kurz vor Weihnachten war die Staatsanwaltschaft mit der Polizei angerückt und hatte in seiner Firmenzentrale wie auch in seiner mondänen Coburger Villa in der Festungsstraße Computer und Akten beschlagnahmt. Ein ärgerliches Vorkommnis, aber nicht weiter beunruhigend. Diese Schmutzfinken würden nichts finden, geheimes Material hatte er auf Anraten Bessers

»zwischengelagert«. Und seine Spitzenmanager würden schon ihr Maul halten, sonst könnten sie die fetten Provisionen zum Jahresende für immer abschreiben.

Sonnelach wollte gerade zu einer weiteren Kraulwende ansetzen, da berührte ihn etwas zärtlich am Kopf. Er sah auf.

Seine Frau Diana blickte ihn sorgenvoll an und deutete auf das Handy in ihrer Hand. »Für dich, ich fürchte, es gibt schlechte Nachrichten. Es ist Frau Besser.«

»Moment, ich trockne mich erst ab«, blieb Sonnelach ruhig. Mit einem kräftigen Schwung schwang er seinen Körper aus dem Becken und rieb sich Hände und Gesicht an einem großen dunkelblauen Joop!-Tuch ab, das ihm seine Gattin entgegenhielt. »Schlechte Nachrichten?«

Seine Frau nickte.

»Was uns nicht tötet, macht uns härter«, sagte Sonnelach, als er am Telefon bereits lautes Schluchzen hörte. »Frau Besser, sind Sie es? Ich kann Sie kaum verstehen, die Verbindung ist so schlecht ...« Im Handy knisterte es, dann vernahm er die Stimme immer deutlicher.

»Karl ist tot, ermordet, die Kripo war gerade bei mir und ...« Sie brach ab.

Sonnelach schwieg einen Moment lang. »Das ist ja schrecklich«, sagte er dann. »Mein aufrichtiges Beileid. Wann, wo ...?« Gelassen hörte er der fragmentarischen Schilderung der Witwe zu. Ab und zu fragte er nach. »Weiß die Polizei schon, wer der Mörder ist? Hat sie einen Verdacht?«

Erneutes Schluchzen war die Antwort. »Ich glaube nicht, ich bin noch ganz durcheinander.«

»Das verstehe ich. Ich bin selber total geschockt. Ihr Mann war eine Säule des Unternehmens und einer meiner engsten Vertrauten. Ich weiß, dass dies Sie nicht wirklich trösten kann, aber ich versichere Ihnen, dass Sie von uns jegliche erdenkliche Hilfe bekommen werden, wenn Sie das wünschen.«

»Danke, Herr Sonnelach«, weinte Frau Besser ins Telefon, »ich weiß Ihr Angebot zu schätzen.«

Der Firmenpatriarch drückte auf die rote Austaste. »*Game over, rien ne vas plus*, das war's dann mit unserem lieben Karl.« Er gab seiner Frau das Handy zurück.

»Du nimmst das aber locker.« Sie blickte ihn fassungslos an.

»Meine Liebe, ich sage dir jetzt was: Unser geliebter Herr Besser war nicht der, für den wir ihn gehalten haben. Karl Besser war ein Schwein!«

»Ein Schwein, aber ...?«

»Nichts aber.«

Diana Sonnelach sah ihren Mann fragend an. »Du willst es mir nicht erklären?«

»Schatz, kümmere du dich um dein Make-up und den heutigen Fondueabend, und ich kümmere mich ums Geschäft und den passenden Wein. Und beides geht dich nichts an, es ist sogar besser, wenn du manche Dinge nicht weißt. Damit sind wir bisher doch gut gefahren, nicht wahr?« Sonnelach lächelte seine Frau an und tätschelte ihr zärtlich den strammen Hintern. Für ihre zweiundfünfzig Jahre sah sie noch ganz gut aus, musste er sich eingestehen. Ihre langen blonden Haare glänzten im Sonnenlicht, an ihrer durchtrainierten Figur machte sich dank teurem Personal Trainer und Zumba-Kursen kein Gramm Fett breit, und auch ihre Silikonbrüste waren durchaus noch ansehnlich. Gut, manchmal quasselte sie zu viel, wollte alles wissen und alles bis ins kleinste Detail ausdiskutieren, aber waren nicht alle Frauen so? Sonnelach schleuderte ihr das Handtuch entgegen und drehte sich brüsk um, um wieder ins Becken zu springen.

»Johannes!«, wagte Diana noch einen Versuch. »Besser ist ermordet worden, verdammt noch mal. Hast du denn keine Angst? Seine Feinde sind schließlich auch deine Feinde. Wie kannst du nur so ruhig bleiben?« Sie packte ihren Mann an der Schulter. »Besser hat dir sogar ein paar Gorillas zum Schutz besorgt, die sich draußen bei diesem Mistwetter den Arsch abfrieren, weil er um deine Sicherheit fürchtete.«

Ärgerlich und mit einem gefährlichen Blitzen in seinen Augen schüttelte Sonnelach ihre Hand ab. »Es ist alles gesagt. Ein Sonnelach hat niemals Angst, merk dir das, basta! Bessers Affenbande werde ich heute noch entlassen und eigene Muskelmänner engagieren. Ich traue denen nicht mehr über den Weg.«

Diana warf das Handtuch wütend auf den Marmorboden und dackelte eingeschnappt auf ihren Pumps davon. Ihre birnenförmigen Pobacken zeichneten sich unter ihrem seidenen Morgenrock deutlich ab. Sonnelach grinste. Kein schlechter Tag heute. Eigentlich ein richtig guter für ihn. Und ein nicht so guter für Besser. Er griff nach einer Flasche Berlucchi '61 Brut im mit Eiswürfeln gefüllten Champagnerkübel, der neben dem Pool auf einem filigranen Marmortisch stand, und goss sich ein Glas des italienischen Schaumweins ein. Fröhlich sang er halblaut ein paar Takte des Frankenliedes, das bei offiziellen Anlässen oft nach der Nationalhymne gespielt wurde. »Du heil'ger Veit von Staffelstein, verzeih mir Durst und Sünde. Valerie, valera, valerie, valera. Verzeih mir Durst und Sünde.« Dann kippte Sonnelach das Edelgesöff ins sich hinein und sprang beschwingt in den Pool. Er hatte später noch einiges zu regeln.

14

»Jeder ist ein Mond und hat eine dunkle Seite, die er niemandem zeigt.«

Mark Twain, Schriftsetzer, Steuermann, Goldgräber
und amerikanischer Schriftsteller (1835–1910)

Denzlein saß an seinem Computer in einem der schlichten, zweckmäßig eingerichteten Zimmer im Bamberger Polizeigebäude. Von den Wänden grüßten mehrere Poster der Brose Baskets, dem mehrmaligen Deutschen Basketball-Meister und Pokalsieger der vergangenen Jahre. Die Mannschaft war der Stolz der ganzen Stadt und prägte die Art der Sportbegeisterung in und um Bamberg. Statt Toren oder Torwänden, die im Garten aufgestellt wurden, hingen an den Garagen der Einfamilienhäuser Basketballkörbe, die Kinder mit mehr oder weniger großem Erfolg, aber unermüdlich bewarfen. Bei Heimspielen war die Sportarena mit sechstausendneunhundert Zuschauern stets zum Bersten voll. Ein unerträglicher, fast schon gesundheitsgefährdender Lärmpegel hatte zu ihrer Bezeichnung »Frankenhölle« geführt. Einhundertsiebenundzwanzig Dezibel wurden in Deutschlands lautester Halle schon gemessen. Damit war die Frankenhölle lauter als ein startender Düsenjäger mit seinen einhundertfünfundzwanzig. Sportjournalisten erhielten vom Einlasspersonal deshalb vorsichtshalber Ohrstöpsel gegen den Lärm. Und obwohl Denzlein mit Fußball groß geworden war, trug er voller Stolz einen rot-weißen Hoodie mit dem Aufdruck »Freak-City«, wie sich die basketballverrückte Stadt wegen ihrer durchgeknallten Fans nannte.

Denzlein scrollte mit der Maus durchs Internet, im Radio dudelten Oldies. Das leise »Hallo?« seiner Kollegin hörte er nicht. Als Petra Stengl ihre Hände fest auf seine Schultern legte, zuckte er zusammen.

»Na, auf Fleischbeschau? Machst du wieder fünf gegen Willi?«

Hastig versuchte Denzlein, die anrüchigen Seiten auf seinem Monitor zu schließen, doch der Computer war nicht der schnellste. »Das, das …«, begann er zu stottern, »das ist nur Recherche!«

Petra Stengl lachte auf. »Oswald Kolle hat doch recht gehabt.«

»Womit?«, fragte Denzlein etwas hilflos. Endlich war die Pornoseite verschwunden, die rote Schattierung wich langsam aus seinem Gesicht.

»Er hat gesagt, dass wir uns auf dem Weg zu einer Masturbationsgesellschaft befinden. Bald werden die Herren der Schöpfung bei dieser Auswahl«, die Ermittlerin zeigte auf den Computerschirm, auf dem sich nur noch das schlichte und unschuldige Polizeilogo von Bamberg drehte, »uns Frauen nicht mehr brauchen.«

»Aber ich habe doch gar nicht –«

»Das sagen alle. Dreiundneunzig Prozent aller Deutschen geben an, das Internet noch nie nach sexuellen Inhalten durchforstet zu haben. Dabei bezieht sich laut Emnid ein Viertel aller Suchanfragen auf Sex. Die enorme Nachfrage bedient das Netz mit sechsundzwanzig Millionen Schmuddelseiten. Du bist also nicht allein, lieber Nobby, sondern Teil einer großen Gemeinschaft.«

»Aber ich wollte doch wirklich nur recherchieren, wie das Tätigkeitsfeld einer Domina wie Mai Li aussieht.«

Petra Stengl schenkte den Worten ihres Kollegen keinen Glauben. Unbeirrt fuhr sie fort: »Und sicherer als realer Geschlechtsverkehr ist dein Internetsex auch: kein Aids, keine ungewollten Schwangerschaften, keine Widerworte zickiger Frauen.«

Denzlein schluckte. Er wusste nicht, was er sagen sollte.

Elegant umkurvte die Beamtin ihren düpierten Kollegen, nahm an ihrem Schreibtisch Platz und zupfte sich ihren blauen Rock zurecht. »Also, was haben wir?«, fragte sie wieder ganz sachlich, während ihre dunkelrot lackierten Fingernägel die vor ihr liegenden Akten streichelten.

Denzlein atmete auf. Der Sturm war vorüber. Er nahm einen tiefen Schluck aus seiner Kaffeetasse, auf der das Meisterschaftslogo der Brose Baskets aus dem Jahr 2011 schon etwas verblasste. »Ich fange lieber damit an, was wir nicht haben. Bessers Handy ist noch immer verschwunden. Eine Ortung hat nichts ergeben. Vermutlich wurde es ausgeschaltet oder die SIM-Karte entfernt. Da will wohl einer auf Nummer sicher gehen. Dafür haben wir ein Bildchen, das uns der Mörder hinterlassen hat.«

»›Die Sieben Todsünden‹ von Hieronymus Bosch.«

»Genau genommen nur einen Ausschnitt aus dem Gemälde.«

»*Superbia*, der Hochmut! Bosch hat in seinen Bildern oft symbolhafte Gegenstände oder Tiere dargestellt. Der umgestülpte Trichter, den wir für einen Eimer gehalten haben, steht in Wirklichkeit für die Todsünde des Hochmuts. Der eitlen Dame auf dem Bild lächelt im Spiegel der Teufel entgegen. Ich frage dich: Wer hat sich an Bessers Hochmut so gestört, dass er ihn deswegen umgebracht hat?«

Denzlein zuckte mit den Schultern. »Keine Ahnung. Aber der Trichter über dem Kopf der Dame weckt Assoziationen zur Plastiktüte, mit der Besser erstickt wurde. Und jede Menge Spiegel sind im Domina-Zimmer auch vorhanden. Aber wenn ich ganz ehrlich bin, hätte ich angesichts des nackten Besser eher ein Todsündenmotiv mit Wollust erwartet.«

Petra Stengl dachte nach. »*Luxuria*, die Wollust«, murmelte sie leise. »Hat Bosch auch gezeichnet. Aber es wird schon einen Grund haben, warum der Mörder Besser ausgerechnet wegen seines Hochmuts in die Hölle geschickt hat.«

»Auch das Bosch-Bild, das neben seinem ausgebrannten Porsche in Berlin an einem Baum hing, dürfen wir nicht vergessen. *Avaritia*, das bedeutet so viel wie Habgier, Habsucht oder Geiz. Ebenfalls eine der Todsünden.«

»Mhm«, nickte die Polizeirätin nachdenklich. »Irgendjemand scheint unseren lieben Herrn Besser ganz besonders ins Herz geschlossen zu haben.«

»*Cui bono?* Wem nutzt der Mord?«

»Ja, mein lieber Nobby, das ist die Mutter aller Fragen. Finden wir das Motiv, dann stehen wir dem Mörder so gut wie auf den Zehen.«

»Die Bildausschnitte von Hieronymus Bosch und die lateinischen Wörter könnten darauf hindeuten, dass wir es mit einem gebildeten Täter zu tun haben«, sagte Denzlein. »Mit Abitur und Hochschulabschluss. Vielleicht sogar Kunststudium?«

»Das habe ich mir auch schon gedacht. Aber solche Informationen findest du heute ganz leicht im Internet. Um so was zu wissen, braucht man keine hohe Bildung mehr, sondern nur noch ein paar Mausklicks. Vielleicht will uns der Täter mit seinem Bosch-Bildchen auch nur auf eine falsche Fährte locken. Was haben wir noch?«

»Eine wie vom Erdboden verschluckte Thai-Domina. Mai Li, offiziell Mai Reuter, ist übrigens vorbestraft wegen Diebstahls und Körperverletzung. Einem Freund ihres Mannes hat sie fast die Augen ausgekratzt, als dieser behauptete, sie in einer illegalen Spielhalle gesehen zu haben. Die KTU hat ihre Fingerabdrücke auf der Tüte gefunden. Und die Gerichtsmedizin hat bestätigt, dass Besser zunächst kräftig ausgepeitscht und dann mit der Tüte erstickt wurde. Erst anschließend wurde ihm das Bildchen in den Rachen gestopft. Auch auf dem Papier und den Grablichtern finden sich übrigens nur Fingerspuren von Mai Li. Die Fahndung nach ihr läuft. Wir haben alle Passagierlisten kontrolliert, aber nichts. Vermutlich hält sie sich noch in Deutschland auf. Ihr werter Ehemann hat weiterhin nur ein Alibi von Bruce Willis, dafür aber ein Motiv, denn er scheint die Tätigkeit seiner Frau zu verabscheuen. Außerdem könnte es doch sein, dass da zwischen Besser und Mai Li mehr lief als nur SM-Spielchen am Andreaskreuz.«

»Und wie könnte die verschwundene Mai Li in die Mördertheorie passen?«

Denzlein presste skeptisch die Lippen aufeinander. »Mhm«, antwortete er nach einigem Überlegen, »Reuter bringt zuerst den Liebhaber oder Freier seiner Frau um und dann sie. Einen Zweitschlüssel, um in das Studio zu kommen, hatte er jedenfalls.«

»Mord aus Eifersucht?«

»Und/oder wegen der finanziellen Probleme, die die beiden haben. Es wäre nicht das erste Ehedrama, das so endet. Ganz auszuschließen ist das nicht. Immerhin sind laut Statistik mehr als neunzig Prozent aller Morde sogenannte Beziehungstaten.«

»Nobby, bitte! Jetzt langweile mich doch nicht mit Statistiken.

Wobei, laut Statistik sollen wir in Oberfranken die beste Aufklärungsquote aller bayerischen Regierungsbezirke haben – und das schon zum siebten Mal in Folge. In Bamberg klären wir siebenundsechzig Komma fünf Prozent aller Straftaten auf – laut Statistik, dass ich nicht lache! Wo tauchen denn die Straftaten, die wir nicht angezeigt bekommen, in den Statistiken auf? Oder die wir nicht bemerken, weil wir zu wenig Leute sind? ›Traue keiner Statistik, die du nicht selber gefälscht hast‹, soll Churchill mal gesagt haben, und ich stimme ihm vollkommen zu.«

»Aber um noch mal darauf zurückzukommen, bei Mord spielen Beziehungstaten doch wirklich –«, versuchte Denzlein ein letztes Mal, seine Zahlen zu verteidigen.

»Nichts aber«, unterbrach ihn Petra Stengl barsch. »Wenn du auf ein fliehendes Reh anlegst und einmal rechts und einmal links vorbeischießt, dann ist das Reh statistisch, wenn man den Mittelwert betrachtet, tot. Und trotzdem brutzelt es nicht in einem leckeren Rotweinfond in deinem Ofen, sondern springt noch immer quietschlebendig durch den Wald.«

Denzlein blieb nichts anderes übrig, als zu nicken. Die Frau war einfach ein Vulkan. Und einen ausbrechenden Vulkan hatte seiner Kenntnis nach bisher noch kein Mensch stoppen können. Er schaute seine Kollegin an, seufzte tief.

»Und jetzt wieder zurück zu unserem Fall«, fuhr die Polizeirätin fort. »Wir stochern mit unseren Theorien noch immer im fränkischen Nebel herum, da helfen uns auch keine Statistiken. Aber natürlich können und dürfen wir eine mögliche Beziehungstat nicht ausschließen. Statistik hin oder her – wir müssen den Fall lösen. Basta.« Sie reckte ihr Kinn energisch nach vorne und fixierte ihren Kollegen mit festem Blick.

Denzlein versuchte, ihm standzuhalten. Albernes Alphatiergehabe, dachte er und schlug dann nickend die Augen nieder. »Absolut. Es gibt immer eine Lösung. Dass wir sie noch nicht kennen, heißt doch nur, dass wir noch nicht genug wissen.«

»Genau, da stimme ich dir zu. Also: Reuter kannte das Mordopfer. Zumindest seinen Namen. Er hat kein Alibi, dafür aber ziemlich gute Motive.«

»Kann man so sehen. Die Nachbarn haben ausgesagt, dass sich das Ehepaar in letzter Zeit häufig und laut gestritten hat. Als ihr Mann mal besoffen in einem Animierschuppen auf der Nürnberger Straße am Tresen hing, hat Mai Li sogar seinen DVD-Schrank samt Inhalt aus dem Fenster geworfen. Ein zufällig unten stehender Nachbar wurde nur knapp verfehlt.«

»Du tippst also auf Mai Li?«

»Was heißt schon tippen? Ich ermittle halt ergebnisoffen, wie das so schön in unserem Beamtendeutsch heißt.«

Über Petra Stengls Gesicht huschte ein feines Lächeln. Nobby konnte tatsächlich witzig sein! »Dieses zarte Persönchen scheint ja über eine ganze Menge Kraft zu verfügen, wenn es gereizt wird. Trotzdem fehlt mir noch ihr Motiv für den Mord an Besser. Warum hätte sie einen zahlungskräftigen Kunden umbringen sollen?«

Denzlein sah seine Kollegin lange an. Sie gefiel ihm immer besser. Nur mit ihren Sticheleien konnte er schlecht umgehen, weil er nicht so schlagfertig und spontan war wie sie. »Vielleicht hat er sie beleidigt oder wollte nicht zahlen?«

Petra Stengl hatte den eindringlichen Blick des Kommissars bemerkt. Sie kannte solche Blicke. Du meine Güte, dachte sie, jetzt fängt der auch noch an! Noch vor einigen Monaten hätte sie solche Situationen eiskalt ausgenutzt, um Denzlein nach ihrem Willen zu steuern. Und auch jetzt war die Versuchung groß, es zu tun. Denn allzu viele Freunde hatte sie sich bei der Bamberger Polizei mit ihrer selbstbewussten, fast an Arroganz grenzenden Art bisher nicht gemacht. Es wäre sicherlich nicht verkehrt, einen willfährigen Verehrer an ihrer Seite zu wissen. Und eigentlich war Nobby Denzlein ja ganz nett, auch wenn er vom Aussehen her überhaupt nicht in ihr Beuteschema passte. Aber sie begann ihn zu mögen, das musste sie sich eingestehen. »Na ja«, murmelte sie nicht sonderlich überzeugt, »vielleicht. Und was ist mit Bessers Witwe?«

»Die Witwe hat ein Alibi durch ihre Tochter. Lena hat gesagt, dass die Mutti den ganzen Abend mit ihr gespielt hat. Ein Nachbar, der immer im Rollstuhl am Fenster sitzt, hat in dem angenommenen Zeitfenster Karl Besser wegfahren sehen, nicht aber seine Frau Michelle.«

»Und eine Freundin hat ausgesagt, sie habe mit Michelle Besser um die fragliche Tatzeit herum auf dem Festnetz telefoniert, sie hätten sich zum Pfefferhähnchen-Essen beim ›Hoh‹ in Köttensdorf verabredet«, fasste Petra Stengl weitere, wie sie zugeben musste, dürftige Ermittlungsergebnisse zusammen.

Bei der Erwähnung von Pfefferhähnchen lief Denzlein das Wasser im Mund zusammen. Die einfache Bauernkneipe mit den rustikalen Holztischen in der Nähe des Städtchens Scheßlitz war durch ihre scharfen Hähnchen Kult geworden. Vielleicht sollte er Petra nicht zum Schlenkerla, sondern zum Pfefferhähnchen und auf ein paar Seidla einladen? Und danach zu einem Streitberger Pilgertropfen oder einem Ratzeputz. Würde bestimmt ein netter Abend werden. Vielleicht sogar ein ergebnisoffener. So wie es aussah, kannte sie die Brauereigaststätte nicht. »Die Nachricht vom Tode ihres Mannes hat sie sehr geschockt«, warf Denzlein ein. »Frau Besser ist momentan in psychiatrischer Behandlung in St. Getreu.«

»In der Klapse? Woher weißt du das?«

Denzlein druckste herum. Konnte und durfte man seiner Vorgesetzten nach einer so kurzen Zeit des Zusammenarbeitens schon Privates erzählen? Er wagte den Versuch. Was hatte er schon zu verlieren? »Meine Tochter ist zurzeit auch dort in Behandlung – beginnende Psychose. Ich habe Daniela gestern besucht und dabei Frau Besser im Aufenthaltsraum gesehen und mit ihr gesprochen.«

»Beginnende Psychose?« In Petra Stengl regte sich etwas Ähnliches wie Mitgefühl.

»Scheiß-Drogen! Erst kifft sich Daniela um den Verstand, jetzt ist sie auf Crystal Meth!«

»Crystal Meth?« Petra Stengl hatte bisher nur dunkel von dem Zeug gehört. Irgend so ein Aufputschmittel.

»Die neue Modedroge in Bamberg und Oberfranken. Die kleinen Kristalle sind billiger als Kokain, schädigen die Gehirnzellen aber stärker als Heroin. Vor allem ist Crystal Meth wesentlich einfacher herzustellen – Anleitungen gibt es im Internet, die Zutaten kommen aus der Apotheke. Das Teufelszeug wird hauptsächlich in der Tschechischen Republik zusammengekocht und an der Ostgrenze Deutschlands vertickt, also in Bayern, Sachsen und zum Teil auch in Thüringen.«

»Und das Zeug ist so gefährlich, dass man als Konsument in die Klapse kommt? Entschuldige, war nicht so gemeint.«

»Schon gut«, lächelte Denzlein traurig. »Bis vor Kurzem hätte ich mich genauso ausgedrückt. Wer denkt schon daran, dass sein eigenes Kind da mal landet.«

»Und warum ist Crystal so gefährlich?«

»Schon ein Gramm reicht für einen mehrtägigen Rausch. Zunächst bist du gut drauf. Du meinst, du wärst der Größte. Kannst tagelang feiern, ohne zu schlafen, empfindest keine Schmerzen. Du laberst ohne Pause, dein sexueller Appetit wächst, du kannst tierisch lange, aber irgendwann beginnt deine sexuelle Leistungsfähigkeit rapide zu sinken. Letztlich zerstört das Zeug deine Gehirnzellen, es reißt dir regelrechte Löcher ins Hirn. Die Menschen, die süchtig sind, werden zu Zombies, magern extrem ab. Sie leiden unter Schlaflosigkeit, Verfolgungswahn und Halluzinationen und werden aggressiv. In einem Satz: Das Scheißzeug verändert die ganze Persönlichkeit.«

»Und wie geht es deiner Tochter?«

»Die Ärzte meinen, die Klinik wäre ihre letzte Chance. Ihr Körper fängt schon an zu zerfallen. Daniela sieht aus, als wäre sie innerhalb mehrerer Monate um Jahre gealtert. Im Internet gibt es grauenhafte Bilder von Menschen vor und nach dem Dauerkonsum von Crystal. Ich hoffe, meine Tochter packt es, aber die Rückfallquote ist enorm hoch.«

»Ich drücke euch die Daumen.« Petra Stengl stand auf, ging um den Bürotisch herum und klopfte ihrem Kollegen tröstend auf die Schultern. Sie war über sich selbst überrascht. Sie hatte nicht gewusst, dass sie zu einem solchen Zeichen des Mitgefühls fähig war.

Denzleins Augen füllten sich mit Tränen. Umständlich nestelte er ein Taschentuch aus seiner Hose und schnäuzte sich.

Die Polizeikommissarin fühlte sich unwohl. Männer und Tränen? Wenn Männer weinten, dann doch meist nur im Zusammenhang mit Fußball.

»Danke, Petra. Aber wenn ich ehrlich bin, habe ich nicht viel Hoffnung. Daniela will sich nicht nur nicht therapieren lassen, sondern verteidigt die Droge auch noch. Die Ärzte sagen, ich soll sie fallen lassen. Erst wenn ein Süchtiger vollkommen am Boden ist, hätte er die Chance, sich nochmals zu berappeln. Aber welcher Vater bringt das schon über sich – die eigene Tochter fallen zu lassen wie eine heiße Kartoffel?« Denzlein schnäuzte sich erneut.

»Und deine Frau? Was sagt die?«

»Ich habe das dir noch nie so deutlich gesagt, aber ich bin schon seit Jahren geschieden. Meine Exfrau hat sich vom Acker gemacht, wohnt jetzt mit ihrem neuen Mann, so einem windigen Anlageberater, in Hamburg. Die will mit ihrer Tochter nicht mehr allzu viel zu tun haben. Jeder sei für sich und sein Leben selbst verantwortlich, sagt sie.«

Petra Stengl streichelte schüchtern die Schultern ihres Kollegen.

»Du hast ein gutes Herz«, bedankte sich Denzlein für die unerwartete Geste.

»Das sagt mein Kardiologe auch«, versuchte Petra Stengl, die Situation nicht noch emotionaler werden zu lassen.

Denzlein lächelte müde über den Witz.

Sie ging zu ihrem Schreibtisch zurück. Sie musste sich wieder auf den Fall konzentrieren. Vielleicht würde sich ja mal eine passendere Gelegenheit ergeben, mit Nobby länger über seine Tochter zu reden. Natürlich nur, wenn er es wollte. »Dass Frau Besser in psychiatrischer Behandlung in St. Getreu ist, wusste ich jedenfalls bisher noch nicht. Andererseits: Wenn mein Partner nackt mit einer Tüte über dem Kopf in einem Domina-Studio gefunden werden würde, bräuchte ich vermutlich auch einen Seelenklempner.« Petra Stengl biss sich auf die Zunge. Nach ihren Ermittlungen in Augsburg hatte sie kurz davorgestanden, sich eine Auszeit zu nehmen. Immer wieder war in ihrem Kopfkino – und das zu völlig unpassenden Zeiten – ein Horrorfilm gelaufen, der sie nach unten zog. Ihre Hausärztin hatte ihr dringend zu einer »Psycho-Reha« geraten. Tagelang hatte sie mit dem Gedanken gespielt, ihre Depressionen stationär behandeln zu lassen, sich schließlich aber dagegen entschieden. Depressionen würden ihr sicherlich als Schwäche ausgelegt werden und ihrer Karriere schaden. Sie beließ es bei ein paar Besuchen bei einer Psychologin und einigen Pillen. Beides hatte sie jetzt nicht mehr nötig, redete sie sich ein. Ein guter Schluck Rotwein oder eine Pulle Bier tat es auch, wenn mal Not am Mann war.

»Hübsche und intelligente Frau, nettes Kind, Villa in bester Lage, super bezahlter Job, genug auf dem Konto, fette Autos, Luxusurlaube, gern gesehener Ehrengast beim Ball des Sports, VIP-Lounge bei den Brose Baskets. Was treibt einen solchen vom Glück geküssten Mann wie Karl Besser nur in ein Domina-Studio?«, fragte Denzlein. »Für mich wäre das nichts – sich für Geld den Arsch versohlen zu lassen. Das ist doch krank, oder?«

»Viele mächtige Männer haben anscheinend eine hyperaktive Libido. Ich habe unseren Polizeipsychologen danach gefragt. Er hat gesagt, dass wir in unserer heutigen abgesicherten Welt immer mehr Kicks bräuchten. Viele suchen den Nervenkitzel in Extremsportarten, einige«, Petra schaute ihren Kollegen traurig an, »nehmen Drogen, andere finden ihn beim Sex. Rollenspiele sind dabei häufig. Bei ihnen scheint zu gelten: Je höher ein Mann die Karriereleiter hinaufgeklettert ist, je mehr Geld er verdient, umso ausgefallener werden seine sexuellen Wünsche nach Erniedrigung und Bestrafung durch eine Herrin.«

»Dagegen bin ich ja zum Glück für alle Zeiten immun. Ich kann in unserem Schnüffelverein keine Karriere mehr machen – und viel Geld habe ich auch nicht. Immerhin ein Vorteil.«

Petra Stengl lächelte.

»Von seinen Domina-Besuchen scheint niemand etwas gewusst zu haben«, fuhr Denzlein fort. »Wie Frau Besser fielen alle seine Freunde, Verwandten, Bekannten und Nachbarn aus allen Wolken, als ich danach gefragt habe. Das hätten sie Besser nicht zugetraut, haben sie ausgesagt. Na ja, jeder von uns hat schließlich ein dunkles Geheimnis. Der eine geht heimlich zur Domina, der andere ...« Der Kommissar konnte sich gerade noch stoppen. Er durfte seine Kollegin auf keinen Fall mit seinem Dunkle-Seiten-Geschwafel brüskieren und damit direkt oder indirekt auf ihre Swingerclub-Affäre anspielen, wenn er bei ihr am Ball bleiben wollte. Und er wollte. »Wie auch immer, jedenfalls gibt es da noch die sogenannten Feinde, die ein Mann wie Karl Besser im Laufe seines Berufslebens wie Briefmarken sammelt«, redete er schnell weiter.

Petra Stengl schreckte aus ihren Gedanken auf. Hatte Nobby mit den dunklen Seiten etwa auf sie angespielt? Sie wischte den Verdacht schnell weg. Solche Anzüglichkeiten würde er nie wagen. Oder etwa doch? Egal. »An diesem Punkt müssen wir ansetzen«, führte die Polizeirätin den Gedankengang ihres Kollegen fort. »Frau Besser weiß diesbezüglich mehr, als sie bisher gesagt hat. Sie will ihren toten Mann noch immer schützen. Da scheint eine große Sauerei gelaufen zu sein, sonst hätte sie uns bei unserem Besuch nicht so direkt gefragt, ob wir ihren Mann verhaftet haben.«

»Du meinst, Besser war in etwas Illegales verstrickt?«

»Warum nicht? Oder er hat zu viel Druck auf gewisse Leute ausgeübt. Vielleicht hat er auch nach noch Höherem gestrebt und ist dabei jemandem in die Quere gekommen? Hochmut kommt bekanntlich vor dem Fall. So ein Szenario würde auch gut zu dem Bosch-Bild passen. *Superbia.* Vielleicht wollte Besser ja zur Konkurrenz wechseln, das käme in manchen Augen einem Vaterlandsverrat gleich.«

»Oder die Konkurrenz hat ihn umbringen lassen. Vielleicht mit Hilfe der albanischen Mafia, wie Frau Besser meinte. Ich habe mal recherchiert. ›Enjoy the Game!‹ macht sich auf dem deutschen Markt immer breiter und jagt der ›Sonnelach AG‹ immer mehr Marktanteile ab. Da kann so ein Top-Mann wie Besser durchaus stören.«

»Auch möglich«, überlegte Petra Stengl, »aber wie passt das zum Verschwinden von Mai Li?«

»Frau Dr. Kimble auf der Flucht ...«

»Du meinst, sie ist aus Angst vor dem Mörder abgehauen?

Oder weil sie Angst davor hat, dass wir sie fälschlicherweise für die Mörderin halten?«

»Wer weiß das schon? Aber ich will es nicht hoffen, denn dann wäre sie verdammt lange auf der Flucht. Dr. Kimble konnte seine Unschuld erst nach vier Staffeln und hundertzwanzig Folgen beweisen.«

Petra Stengl grinste. Noch so ein Anflug von feinem Humor! Auch wenn ihrem Kollegen immer wieder Humorlosigkeit vorgeworfen wurde, war er, das hatte Petra Stengl mit zunehmender Zeit immer häufiger registriert, durchaus zu Humor fähig. Und das als Franke! »Wir suchen zum Glück ja keinen einarmigen Mörder. Nachdem wir das persönliche Umfeld des Opfers durchleuchtet haben, sollten wir jetzt auch das berufliche unter die Lupe nehmen, vielleicht haben wir da mehr Erfolg«, beendete sie, wie sie selbst bemerkte, ein wenig zu professionell die Dr.-Kimble-Fachsimpelei.

Denzlein schien es ihr nicht übel zu nehmen. Er nickte zustimmend. »Ich weiß sogar jemanden, der uns dabei unterstützen kann: Thomas Kurz vom für Glücksspiel zuständigen Fachkommissariat. Als er gestern von unserem Fall gehört hat, hat er sofort seine Hilfe angeboten. Thomas kommt ursprünglich von der Bochumer Kripo, und die Bochumer sind ganz scharfe Hunde, was illegales Glücksspiel und solche Dinge betrifft.«

»Und warum ist dein Thomas jetzt hier?«, fragte Petra Stengl neugierig. »Doch nicht wegen der zehn Brauereien in der Stadt? Im Ruhrpott kann der doch schneller Karriere machen als im verträumten Bamberg.«

»Die Liebe, Petra, die Liebe. Er hat vor zwei Jahren bei der jährlichen Altherrentour seines Fußballvereins eine Bambergerin kennengelernt. Ist ein ganz tolles Geschoss, sagt er zumindest. Ich hab sie bisher noch nicht kennenlernen dürfen.«

Petra Stengl runzelte die Stirn. Männersprache und Männerphantasien – manchmal lagen da Welten zwischen Anspruch und Wirklichkeit.

Denzlein errötete leicht. »Scheint aber eine etwas schwierigere Beziehungskiste zu sein. Die Herzdame ist noch verheiratet.«

»Na dann.« Die Polizeirätin hatte keine Lust auf weitere Interna über ihren Glücksspielkollegen. »Ich werde mich jedenfalls mit Paul Münz treffen, der kennt sich in den Zockerkreisen auch bestens aus.«

Von irgendwoher kam Denzlein der Name Münz bekannt vor. Dann erinnerte er sich daran, ihn gelesen zu haben, als er den Zeitungsartikel über die Swingerclub-Affäre ans Schwarze Brett geheftet hatte.

Als seine Kollegin den Raum verließ, um auf die Toilette zu gehen, googelte der Kommissar den Namen Paul Münz. »Augsburg-Bomber gefasst!«, sprang es ihm entgegen. Denzlein nahm einen tiefen Schluck aus der Kaffeetasse. Das kann ja heiter werden, dachte er.

15

»Aber es ist mit dem Menschen wie mit dem Baume. Je mehr er hinauf in die Höhe und Helle will, umso stärker streben seine Wurzeln erdwärts, abwärts, ins Dunkle, Tiefe – ins Böse.«

Friedrich Wilhelm Nietzsche, Professor, deutscher Philosoph und geschäftsunfähiger Pflegefall (1844–1900)

Petra Stengl fröstelte. Ein kalter, feuchter Wind tobte durch die engen Gässchen der Bamberger Altstadt und entwickelte sich am mitten in der Regnitz gelegenen historischen Rathaus zu einem mittelschweren Sturm. Schneeflöckchen führten wilde Tänze auf, bevor sie von dem rauschenden Fluss gierig verschluckt wurden. Die Polizeirätin lehnte sich über die Brüstung der Oberen Brücke und bestaunte nicht zum ersten Mal die Freskenmalerei mit dem frech aus dem Gemäuer ragenden Puttenbein des erstmals 1387 erwähnten Gebäudes. Der Sage nach hatten die Bamberger Bürger einfach Pflöcke in die Regnitz gerammt und so eine künstliche Insel für ihr Rathaus errichtet, weil der Bischof ihnen Grund und Boden verweigerte. Petra Stengl hatte keine Ahnung, was an der Sage dran war. Auf jeden Fall, das hatte ihr Denzlein versichert, war einst am Rathaus über der Regnitz die Herrschaftsgrenze zwischen dem bischöflichen Bamberg und der bürgerlichen Innenstadt verlaufen.

Petra Stengl zog sich ihre Mütze über die angefrorenen Ohren und schlug den Kragen ihres eleganten Wollmantels hoch. Wippend versuchte sie, ihre Füße zu wärmen, die in für diese Jahreszeit mehr als unpassenden Stöckelschuhen steckten. Wer schön sein will, muss leiden, sprach sie sich Mut zu, den winterlichen Gegebenheiten zu trotzen. Vermutlich war die Obere Brücke, auf der sie stand, die einzige Brücke der Domstadt, die in den vergangenen Jahren nicht in die Schlagzeilen geraten war. Sämtliche Renovierungs- und Erneuerungsarbeiten an den Bamberger Brücken hatten sich zu zeitlichen und finanziellen Katastrophen entwickelt, die Millionen von Euro verschlangen. Böse Zungen in der Sieben-Hügel-Stadt lästerten bereits über die »Teflon-Verwaltung«, die einen Brücken-Skandal nach dem anderen ungerührt von sich abperlen ließ.

»Frau Stengl?« Die Polizeirätin zuckte zusammen. Sie hatte den mittelgroßen Mann in der sportlichen Winterjacke, der wie aus dem Nichts plötzlich vor ihr stand, nicht kommen hören.

Paul Münz war gealtert, seit sie ihn das letzte Mal in Augsburg gesehen hatte. Zwei Sorgenfalten hatten sich tief über seiner Nasenwurzel in seine Stirn gefressen. In der linken Hand, an deren Gelenk eine goldene Uhr baumelte, hielt der zweiundsechzigjährige Automatenunternehmer eine riesige Plastiktüte, aus der zwei Leitz-Ordner hervorschauten. Münz sah ihren Blick. »Ich habe Ihnen die Kopien meiner Originalunterlagen mitgebracht«, erklärte er leise, fast nuschelnd. »Sie mögen ja keine E-Mails.« Seine wachen Augen warteten auf ihre Reaktion. Münz war berüchtigt dafür, Presse, Polizeistellen oder Staatsanwaltschaften mit E-Mails zu überfluten, wenn die von ihm Informationen über die Umtriebe der Automatenbranche anforderten.

»Schön, dass Sie gekommen sind!« Petra Stengl bemühte sich, freundlich zu sein. Sie brauchte den Mann.

»Und das da drüben ist also Klein-Venedig?« Münz zeigte auf eine Reihe dicht stehender Fachwerkhäuser am östlichen Regnitz-Ufer, unter deren schneebedeckten und etwas windschiefen Dächern rote Ziegel vorwitzig hervorblitzten. Aus den schmalen Fenstern drang warmes Licht, vor den kleinen Gärten dümpelten an den Anlegestellen einige Selchen im schnell dahinfließenden Wasser.

»Sie haben sich gut informiert. Ja, das da drüben ist Klein-Venedig, eine Fischersiedlung aus dem 17. Jahrhundert«, ließ sich die Polizeirätin und Neu-Bambergerin auf den Small Talk ein. »Und am anderen Ufer liegt in der Sandstraße die alte Justizstrafanstalt Bamberg. Mit exklusivem Fünf-Sterne-Blick für die rund zweihundert Gefangenen auf die Regnitz und eben schon genanntes Klein-Venedig. Die Eingeborenen nennen sie wegen ihrer einzigartigen Lage ›Café Sandbad‹. Witzig, nicht?«

»Mmh«, ließ sich Münz entlocken. Er lächelte nicht.

Beide belauerten sich wie zwei Kampfhunde, die nicht genau wussten, wie es um die Stärke und Geschicklichkeit des jeweils anderen bestellt war.

»Sie haben sicherlich Hunger? Meine beiden Kollegen sind bereits im ›Pelikan‹. Ich hoffe, Thai-Küche ist okay?« Petra Stengl wartete eine Antwort nicht ab und wandte sich um.

Mit raschen Schritten durchquerten die beiden die engen Gassen der Bamberger Altstadt, des größten unversehrt gebliebenen historischen Stadtkerns Deutschlands. Den zahlreichen pittoresken Antiquitätengeschäften, Kunst- und Andenkenläden schenkten sie kaum Aufmerksamkeit. Aus dem »Schlenkerla« drang bierseliger Lärm nach außen. Die vielen Szenekneipen, Weinstuben und Restaurants begannen sich um diese Uhrzeit zu füllen. Auf dem Weg zum »Pelikan« in der Oberen Sandstraße versuchte Petra Stengl, die angespannte Atmosphäre zwischen ihr und dem Augsburger Automatenunternehmer mit ein paar weiteren touristischen Floskeln aufzulockern, doch Paul Münz ging nicht darauf ein.

Nach gut zehn Minuten Fußweg erreichten sie den »Pelikan«, von dessen halbseidener Historie nur Insider oder Gäste wussten. Vor über sechshundert Jahren war die Lokalität Bambergs erstes »Frauenhaus« gewesen, wie die Wirtshausgeschichte auf der Speisekarte verriet.

Petra Stengl steuerte auf einen kleinen braunen Tisch auf der hinteren Empore zu und stellte Paul Münz kurz ihre beiden Kollegen vor – Denzlein und Thomas Kurz vom Fachkommissariat für Glücksspiel. Kurz war trotz seiner einundvierzig Jahre ein noch jugendlich aussehender Kriminaler, groß gewachsen, mit halblangen, dichten braunen Haaren, die seine Ohren bedeckten und ihm bis in den Nacken reichten. Sein durchtrainierter Körper steckte in einem schwarzen Poloshirt und grauen Trussardi-Jeans, den roten Armani-Pullover hatte er locker über die Schulter geworfen. Sein Gesicht, häufig verschmitzt lächelnd und noch braun gebrannt vom letzten Kuba-Urlaub, zierte ein sorgfältig gestutzter Sieben-Tage-Bart, der seine Individualität und sein

Selbstbewusstsein unterstrich. Ein richtiger Charmebolzen, dachte Petra Stengl bei seinem Anblick. Solche Männer konnten ihr gefährlich werden.

Thomas Kurz hatte die Musterung durch die Polizeirätin breit lächelnd zur Kenntnis genommen. Dann checkte er mit wachen rehbraunen Augen unverhohlen den merkwürdigen Gast aus der Fuggerstadt ab, der wie die anderen auch auf Denzleins Empfehlung hin eine Tom-Kha-Gai-Suppe und ein Keesmann-Pils bestellte.

Petra Stengl legte ihre Fingerspitzen aneinander. Als ranghöchste Polizistin begann sie nach dem Begrüßungsgeplänkel das Gespräch. »Wir sind hier zusammengekommen, weil mit Karl Besser einer der führenden Männer der Automatenbranche in einem Domina-Studio ermordet wurde und wir bei der Suche nach dem Mörder noch im Dunkeln tappen. Nach dem jetzigen Ermittlungsstand ist nicht auszuschließen, dass das Motiv für den Mord im beruflichen Umfeld des Toten zu suchen ist. Mit der verschwundenen Studio-Besitzerin haben wir eine Hauptverdächtige, deren Motiv uns allerdings noch unklar ist. Zudem hatte Besser jede Menge Feinde. Vielleicht kann uns Herr Münz später mehr zu diesem Punkt sagen?«

Paul Münz nickte.

»Seine Ehefrau Michelle hat Andeutungen gemacht, dass ihr Mann in dunkle Geschäfte verstrickt gewesen sein könnte. Als wir sie dazu weiter befragten, begann sie zu mauern. Anscheinend will sie das Ansehen ihres verstorbenen Mannes nicht beflecken.«

»Das ist doch schon befleckt«, unterbrach Paul Münz unwirsch Stengls Darlegungen. »Mehr kann man das doch gar nicht mehr beschmutzen!«

»Wie meinen Sie das?«, wollte Thomas Kurz wissen.

»Karl Besser war der Abfangjäger von Sonnelach. Die Bezeichnung ist fast wörtlich zu verstehen: Er hat alles abgeschossen, was sich dem Unternehmen in den Weg stellte. Ein eiskalter PR- und Medienprofi, der über Leichen ging und mit seiner Arbeit für Sonnelach selbst jede Menge davon im Keller hatte.«

»Zum Beispiel?«

»Vor einigen Jahren stand der Verdacht im Raum, dass Zehntausende ›Sonnelach‹-Automaten untereinander und mit der Zentrale vernetzt sind. Mittels Spielchip, der an die Spieler ausgegeben und in den Schlitz der Automaten gesteckt wurde, konnten sämtliche Spielerdaten, also Name, Zeit, Dauer des Spiels, Höhe des Einsatzes, des Gewinns und der Verluste, gespeichert und ausgewertet werden. Anstatt die Jackpotauszahlung dem Zufallsprinzip zu überlassen, wurde sie von der Zentrale gesteuert, um Vielspieler zu belohnen und sie bei Laune zu halten. Andere dagegen gingen leer aus.«

»Und? Kommen Sie auf den Punkt!«, unterbrach Denzlein die Ausführungen von Münz.

Die kleinen Augen des Automatenunternehmers blitzten gefährlich. »Wenn das Zufallsprinzip nicht mehr greift, handelt es sich nicht mehr um Glücksspiel. Als Polizist müssten Sie das eigentlich wissen! Stellen Sie sich nur mal vor, beim Lottospielen würden nur diejenigen Spieler belohnt, die immer und mit hohen Einsätzen an den Ziehungen teilnehmen. Das alte, arme Mütterchen aus Dresden, das nur gelegentlich eine Sechserreihe ankreuzt, hätte somit noch nicht einmal die Chance auf einen Millionengewinn.«

»Ich kann mich an den Verdacht erinnern«, stimmte Kurz dem Automatenaufsteller zu. »Als ich noch bei der Kripo in Bochum war, gingen diesbezügliche Anzeigen bei uns ein. Bei einer Razzia haben wir einige Automaten sichergestellt.«

»Wie ist die Sache ausgegangen?«, fragte Petra Stengl.

»Die ›Sonnelach AG‹ musste sechstausend Euro an ein Kinderheim zahlen, Manipulations- und Betrugsvorwürfe waren damit vom Tisch. Sonnelach und Besser, der mit einer riesigen Medienkampagne gut Wetter für seinen Chef machte, kamen ungestraft davon.«

»Aber wie ist das möglich? Da wird an Tausenden Automaten rumgetrickst, es gibt Strafanzeigen, sichergestellte Automaten und ein Strafverfahren – und die ›Sonnelach AG‹ kommt mit ein paar Peanuts davon!«, empörte sich die Polizeirätin. »In was für einem Staat leben wir eigentlich?«

»Sonnelach und sein Abfangjäger Besser haben ganze Arbeit geleistet, um Gericht, Öffentlichkeit und letztlich die Staatsanwaltschaft auf ihre Seite zu ziehen«, stellte Kurz sachlich fest. »An der einen oder anderen Stelle soll mit Zahlungen nachgeholfen worden sein, aber das konnten wir nie beweisen.«

Petra Stengl schüttelte den Kopf. »Dabei hat mich die ›Sonnlach AG‹ noch vor einigen Monaten zu einem Seminar geladen. Thema waren die Tricks der Automatenbetrüger.«

»Damit haben die aber ganz bestimmt nicht ihr eigenes Vorgehen gemeint«, grinste Münz in die Runde. »Seminare, zu denen Besser persönlich einlud, hatten bei der ›Sonnelach AG‹ Methode. Hochrangigen Kripo-Menschen, Pressevertretern und Ordnungsdezernenten der Städte sollte dabei verklickert werden, wie sehr der Firma die Bekämpfung der Automatenmanipulation am Herzen liegt. Dabei geht es natürlich nur um die Manipulation, die die Zocker an den ›Sonnelach‹-Maschinen vornehmen … Verdammt ist das scharf!« Münz hustete ein paarmal und legte kurz den Löffel auf den Teller. »Wie heißt die Suppe noch mal?«

»Tom Kha Gai. Oder auf gut Deutsch: Hühnersuppe mit Kokosmilch und Zitronengras«, lachte Denzlein. »Ein Schluck Bier und ein bisschen Reis helfen gegen die Schärfe.«

Münz nahm den Ratschlag dankend an. »Schmeckt prima, leicht säuerlich, dann wieder süßlich von der Kokosmilch, aufregende Geschmacksexplosion. Kannte ich vorher noch nicht. Nur an das Feuer muss man sich erst mal gewöhnen. Also, wo war ich? Ach ja, bei den Seminaren. Sonnelach und Besser haben immer versucht, die Firma und sich als Saubermänner darzustellen, die energisch gegen jegliche Kriminalität in der Branche vorgehen. Auf den Seminaren wurde eine Art Gehirnwäsche betrieben: hier die Braven von der ›Sonnelach AG‹, die mit Hinweisschildchen an ihren Automaten vor den Gefahren der Spielsucht warnen. Und auf der anderen Seite die Bösen, die mit allen möglichen Tricks Automaten manipulieren, um an das darin schlummernde Geld zu kommen.«

»Sie könnten mit Ihren Vorwürfen recht haben, Herr Münz.

Dennoch gebe ich zu bedenken: Im vergangenen Jahr haben Trickbetrüger die ›Sonnelach AG‹ um einige hunderttausend Euro betrogen, indem sie einen Draht in den Geldschlitz der Spielautomaten gesteckt haben, der mit einem kleinen Steuerungsgerät verbunden war. Mit diesem konnte man den Spieleinsatz von fünf Euro auf fünfzig Euro erhöhen und sich sofort ausbezahlen lassen.«

»Mir kommen gleich die Tränen!« Münz war aufgebracht. »Zocker haben immer schon versucht, und oft sehr erfolgreich, die Automaten illegal zu melken. Als die Geldspielgeräte noch mechanisch funktionierten, mit Federn und Zahnrädern, zogen Betrüger das eingeworfene Geldstück mittels eines daran befestigten Fadens wieder heraus, und als dann die Daddelautomaten auf elektronischen Betrieb umgestellt wurden, wollten die Gauner mit elektrischen Ofenanzündern die Stopptaste für die Walzen beeinflussen. Im Computerzeitalter wird eben mit Drähten und Steuerungsgeräten gearbeitet. Aber ich frage Sie allen Ernstes: Was sind ein paar hunderttausend Euro und eine Handvoll Abzocker gegen die Machenschaften von der ›Sonnelach AG‹ und ›Enjoy the Game!‹? Nichts! Hier geht es um über fünf Milliarden Euro, die die Branche jedes Jahr umsetzt – und die sich die beiden Firmen unbedingt sichern wollen. Mit allen erlaubten und unerlaubten Mitteln.«

»Sie fahren schweres juristisches Geschütz auf, Herr Münz«, ermahnte Petra Stengl den Automatenunternehmer. »Aber bewiesen ist bisher noch gar nichts, aus was für Gründen auch immer. In Deutschland gilt immer noch die Unschuldsvermutung, ein Grundsatz, mit dem unser Staat bis heute nicht schlecht gefahren ist. Und selbst Sie haben eben festgestellt: Alle Beschuldigungen gegen Sonnelach und seinen Verein haben sich mehr oder weniger in Luft aufgelöst.«

Münz' Augen funkelten böse. »Glücksspiel heißt Glücksspiel, weil allein das Glück – oder nennen Sie es von mir aus auch den Zufall – am Automaten entscheidet, oder etwa nicht?«

Die drei Kriminalbeamten nickten einträchtig.

»Doch einmal am Tag, meist gegen fünf Uhr dreißig«, fuhr

der Automatenaufsteller erregt fort, »wird das Glück einfach mal ausgetrickst.«

»Wie meinen Sie das? Ich kann Ihnen im Moment nicht folgen.« Die Polizeirätin wollte Näheres wissen.

»Wie würden Sie es denn bezeichnen, wenn Sonnelach jede Nacht Mitarbeitern den Befehl gibt, aus den mit der Zentrale verbundenen Spielautomaten mittels eigens präparierter Chipkarte, der sogenannten Silver Card, hohe Geldbeträge zu entnehmen? Diese Beträge, sagen wir mal pro Automat hundert Euro, werden jedoch nicht als Entnahme, sondern als Gewinne für Spieler abgerechnet.«

»Das kann doch nicht sein«, entfuhr es Petra Stengl. »Das heißt, die entnommenen Gelder hätten eigentlich den Spielern zur Verfügung stehen sollen?«

»Genau«, antwortete Münz. »Doch es kommt noch schlimmer: Wenn Sie als Kellnerin hundert Euro aus einer Thekenkasse klauen, fällt dem Wirt der Fehlbetrag irgendwann auf. Bei diesem Zwischenkassieren am Spielautomaten, auch Melken genannt, bekommt niemand etwas von dem entnommenen Betrag mit, da die entnommenen hundert Euro ja als Gewinn, als Jackpotauszahlung, an einen Spieler deklariert werden. Wenn Sie dann den Kassenstand im Automaten errechnen – mit Gewinnen und Verlusten –, sind die hundert Euro einfach verschwunden, als wären sie nie da gewesen. Und es gibt Tausende Spielautomaten. Die ›Sonnelach‹-Mitarbeiter fahren Morgen für Morgen das eigentlich für die glücklichen Zocker bestimmte Geld mit der Schubkarre weg.«

»Und die Spieler merken nichts davon?«, wunderte sich die Polizeirätin.

»Wie denn?«

»Und die Mitarbeiter?«, setzte die Polizeirätin nach.

»Den lieben Mitarbeitern ist ihr widerrechtliches Tun nicht bewusst, sie verstehen den ganzen Ablauf nicht. Nachdem sie den Automaten am frühen Morgen gemolken haben, füllen sie einen Münzwechsler mit dem entnommenen Geld auf. Ein paar Stunden später strömen die Zocker in die Spielhalle und wechseln ihre Scheine am Münzwechsler gegen das dort geparkte Hartgeld, um spielen zu können. So verwandelt sich das gemolkene Geld in wunderschöne Euroscheine. Noch sind die Scheine nicht in der Firmenzentrale, aber auch dazu bedarf es keiner großen Zauberei. Ein Security-Mitarbeiter entnimmt dem Münzwechsler auf Befehl der Zentrale die Scheine, und das war es auch schon mit der Melkerei. Also, Frau Polizeirätin, wie würden Sie ein solches Vorgehen bezeichnen?«

»Wenn das stimmt, was Sie sagen, dann wäre das –«

»Genau! Auf solche Art und Weise kommen Millionen von Euro zusammen, mit denen die ›Sonnelach AG‹ ihre ohnehin marktbeherrschende Stellung in Richtung Monopol ausbaut. Von ihr sind rund zehntausend Spielautomaten in ihren eigenen Hallen im Einsatz. Wenn aus jedem dieser Automaten pro Nacht hundert Euro gemolken werden, dann kommt man nach Adam Riese auf eine Entnahme von einer Million Euro. Täglich! Multipliziert man diesen Betrag mit dreihundertfünfundsechzig, so macht ›Sonnelach‹ mit dem System dreihundertfünfundsechzig Millionen Euro im Jahr! Doch der absolute Clou kommt noch: Die entnommenen Gelder verbucht er als Gewinne und steckt sie wieder in sein Unternehmen, er versteuert sie sogar. So kann er wieder völlig legal neue Glitzerpaläste an Autobahnkreuzen und in Gewerbegebieten bauen.«

»Das ist ja ein ganz ausgeklügeltes System«, bemerkte Denzlein.

»Das ist es, Herr Denzlein. Ein System, das kaum jemand durchschaut oder durchschauen will. Dumm nur für ›Sonnelach‹, dass auch ›Enjoy the Game!‹ das Ziel der Marktbeherrschung verfolgt. Die holländische Firma geht dabei anders vor. Sie blockiert die Auszahlung möglicher Höchstgewinne über eine eigens eingebaute Platine, mit der alle Automaten zentral vernetzt sind. Droht etwa bei dem derzeitigen In-Spiel ›Asian Treasure‹ die fünfte Freiheitsstatue, also der Höchstgewinn von zehntausend Euro, dann wird dies mittels eingebauter Programmierung verhindert.«

Für einen Moment schwiegen die drei Kripobeamten. Jeder

hing seinen eigenen Gedanken nach und ließ das Gehörte auf sich wirken.

Zufrieden durchbrach Münz die Stille, um ein weiteres Keesmann-Pils zu ordern. Er war sicher, dass er die Runde beeindruckt und in sein Boot geholt hatte.

»Ich hätte da noch zwei Fragen, Herr Münz«, meldete sich Kurz zu Wort und blinzelte listig. »Was Sie uns gerade erzählt haben, ist wirklich spannend, aber doch wohl nur eine Vermutung. Oder haben Sie dafür Beweise?«

Münz verzog seine Mundwinkel. »Beweise! Beweise!«, schimpfte er. »Das braucht seine Zeit – und mutige Kriminaler, die nicht beim kleinsten Pups ihres Vorgesetzten zurückschrecken.«

Kurz ließ nicht locker: »Wenn es aber so verhältnismäßig einfach ist, den Spielern ihren Jackpot wegzunehmen, warum machen Sie das nicht auch?«

Münz hatte die Provokation erwartet, er blieb ruhig. »Ganz einfach: Selbst wenn ich es wollte, könnte ich es nicht. Alle Geldspielautomaten werden von der Physikalisch-Technischen Bundesanstalt geprüft. Bei der Abnahme muss eine Erklärung der Gerätehersteller, also von der ›Sonnelach AG‹ oder ›Enjoy the Game!‹, vorgelegt werden, dass bei längerem Spiel kein höherer Betrag als dreiunddreißig Euro je Stunde als Kasseninhalt beim Automatenaufsteller verbleibt. Aufgrund dieser Erklärung und einer technischen Prüfung bekommt das Gerät seine Zulassung. Diese Zulassungsvoraussetzungen unterlaufen ›Sonnelach‹ und ›Enjoy the Game!‹ in der Praxis aber mit der von ihnen vorgenommenen Programmierung. Wenn das Gerät erst einmal in der Spielhalle steht, wird nämlich nicht mehr kontrolliert. Außerdem ist die Software wegen ihrer Komplexität nicht mehr zu prüfen. Manchmal wünsche ich mir wirklich die Zeiten zurück, in denen unsere Kisten noch elektromechanisch liefen und Bildschirme den Zockern nicht Walzen vortäuschten, die es gar nicht gibt. Ich bin der geborene Bildschirmhasser.«

»Verstehe«, murmelte Kurz. »Aber Sie haben meine Frage nicht beantwortet. Warum verfahren Sie nicht auch so wie die beiden, wenn doch in den Hallen nicht kontrolliert wird? Aus meiner Bochumer Zeit weiß ich, dass die ›Sonnelach AG‹ und ›Enjoy the Game!‹ ihre Geräte nicht nur in ihren eigenen Spielstätten aufstellen, sondern sie auch an kleine und mittelständische Automatenunternehmer, also auch an die Konkurrenz, verkaufen beziehungsweise vermieten. Was hindert diese also daran, sich aus dem eigentlich für die Zocker vorgesehenen Jackpottopf genauso dreist zu bedienen?«

Münz bekam ein ungutes Gefühl. Irgendwie lief das Gespräch langsam, aber sicher aus dem Ruder. Er riss sich zusammen, aber in ihm brodelte es wie Fett in einer Fritteuse. »Die Geräte sehen zwar alle gleich aus, egal, ob sie bei Sonnelach oder bei mir stehen. Doch sie sind nicht baugleich. Ich habe keine Silver Card und auch nicht die Möglichkeit, das Gerät neu zu programmieren. Die Leute von ›Enjoy the Game!‹ sind hingegen auf einen neuen Trick gestoßen, um den Markt in ihrem Sinne zu bereinigen«, begann er. »Die Glücksspielautomaten, die die Firma an uns verleiht, bergen ein dunkles Geheimnis in ihrem Inneren: einen Hold in unterschiedlicher Höhe.«

»Einen Hold? Was ist denn das schon wieder? Bitte kein Fachchinesisch, Herr Münz«, drängte die Polizeirätin schroff auf Klarheit.

Münz schüttelte genervt den Kopf. »Lassen Sie mich doch ausreden. Dieser Hold ist das, was dem Automatenaufsteller in der Kasse übrig bleibt. Mit diesem Hold müssen wir kleinen und mittleren Automatenunternehmer unsere Kosten für das legale Glücksspiel bestreiten und Gewinne erzielen. Bei Freunden des Branchenriesen oder etwa in den Spielhallen von ›Enjoy the Game!‹ liegt dieser Hold bei dreißig Prozent, bei anderen Kunden wie mir nur bei zehn Prozent. Leider ließe sich der unterschiedliche Hold nur durch eine Langzeitstudie nachweisen, denn in die Automaten reinschauen dürfen wir als Kunden nicht. Sie sind ja geliehen und damit Eigentum von ›Enjoy the Game!‹.«

Petra Stengl war schnell klar, worauf Münz hinauswollte: Wer Maschinen mit einem niedrigen Hold benutzen musste wie er, dessen Existenz war akut gefährdet.

Wer Maschinen mit hohem Hold in seiner Halle stehen hatte, der konnte kräftig absahnen.

»Wir haben keine Möglichkeit, die Geräte neu zu programmieren«, fuhr Münz fort, »und somit klare Wettbewerbsnachteile. Oder lassen Sie es mich anders ausdrücken: Wir angeln brav mit Angelschein und Rute, Sonnelach und van Dijk jedoch mit Dynamit. Und nun raten Sie mal, wer mehr Fische aus dem Wasser holt.«

»Bei einer solchen Ungerechtigkeit bekommt man doch sicher einen dicken Hals?«, provozierte Kurz weiter. »Die Großen kassieren groß ab, die Kleinen verrecken, und niemand unternimmt etwas.«

»Genau, eine Riesensauerei! Denn der Umsatz der Glücksspielbranche ist in den vergangenen Jahren in etwa gleich geblieben. Der Markt ist gesättigt. Und trotzdem ziehen Sonnelach & Co einen Spieltempel nach dem anderen hoch.«

»Was beschweren Sie sich eigentlich?«, warf Kurz ein. »Das ist eben Marktwirtschaft. Konkurrenz belebt das Geschäft.«

»Wenn es ein knallharter, aber fairer Wettbewerb wäre, würde ich ja nichts sagen. Aber die ›Sonnelach AG‹ und ›Enjoy The Game!‹ benutzen kriminelle Methoden, um uns kleine Automatenaufsteller auszuschalten. Ich lasse Gutachten über Gutachten erstellen, zeige die Schweine immer wieder an, verliere immer mehr Geld, mir steht das Wasser bis zum Hals – aber Leute wie Sie, Herr Kurz, die eigentlich dafür zuständig wären, unternehmen nichts! Oder besser: Sie dürfen nichts unternehmen, weil dann ja öffentlich würde, dass hochrangige Beamte und Staatsanwaltschaften schon seit Jahren von dem Problem wissen, aber nicht handeln.«

Kurz lehnte sich in seinem Stuhl zurück. »Da kann man schnell zum Mörder werden und Besser eine Plastiktüte über den Kopf ziehen. Selbstjustiz liegt nahe, wenn die Polizei versagt, oder?«

Die Halsschlagadern des Automatenaufstellers vibrierten wie Presslufthämmer. Sein Herz raste. Er hatte sich nicht mehr unter Kontrolle. Wütend griff er nach seiner neben ihm liegenden Jacke und stieß dabei das Bierglas um, das scheppernd zu Boden fiel und zerbrach. Der Inhalt ergoss sich über die braune Cordhose von Denzlein, der überrascht aufsprang und das Bier abwischte. »Zahlen!«, schrie Münz.

»Jetzt beruhigen Sie sich doch, mein Kollege hat das sicherlich nicht so gemeint!« Die Polizeirätin hätte sich ohrfeigen können, weil sie das Gespräch laufen gelassen hatte, ohne moderierend einzugreifen. Ein Fehler, ein großer Fehler. Da wollte sie mal nicht die Polizeirätin und Vorgesetzte raushängen lassen – und dann diese Katastrophe!

»Na klar hat er das so gemeint«, ereiferte sich Münz weiter. »Ich komme euch doch wie gerufen, weil ihr zu blöd seid, einen Mörder zu finden! Kommt Ihnen das nicht bekannt vor, Frau Polizeirätin? Wenn ich mich recht erinnere, waren Sie es doch, die mich vor einiger Zeit unschuldig ins Gefängnis gesteckt hat – als den angeblichen Bomber von Augsburg. Seither bin ich finanziell fast am Ende, reicht Ihnen das immer noch nicht?« Münz knallte der erschrockenen Kellnerin einen Zweihundert-Euro-Schein hin. »Stimmt so, die Rechnung geht auf mich. Danke für das angenehme Gespräch – und auf Nimmerwiedersehen!«, polterte er.

»Herr Münz, jetzt bleiben Sie doch …«, versuchte Petra Stengl erneut, die Wogen zu glätten.

Doch Münz war nicht zu halten. Als er an der Theke vorbeirauschte, rief ihm Denzlein lauthals nach: »Wo waren Sie eigentlich am Abend des zweiten Weihnachtsfeiertages zwischen neun Uhr und zehn Uhr?«

Für einen Moment erlosch das Kneipengemurmel und Besteckgeklapper, alle Gäste unterbrachen ihr Essen. Selbst der ausgestopfte Pelikan über dem hölzernen Eingangsportal schien seinen Kopf in Richtung der Polizeibeamten zu drehen.

»Was glotzen denn alle so blöd?« Denzlein setzte sich wieder hin und tupfte seine Hose weiter mit einer Serviette ab.

Münz schob den Vorhang des Windfanges zur Seite und stürzte hinaus in die fränkische Kälte.

»Na prima, meine Herren. Das war ja mal ein wahres Glanzstück polizeilicher Ermittlungsarbeit«, ätzte Petra Stengl ihre

Kollegen an. »Den habt ihr verbrannt, der sagt uns nichts mehr. Ihr habt ein Feingefühl wie Kampfpanzer, also echt!«

Die beiden schwiegen betroffen.

Petra Stengls Fuß stieß gegen einen Gegenstand, und ein feines Lächeln umspielte die Mundwinkel der Polizeirätin. In der Aufregung hatte Münz seine Aktenordner vergessen.

16

»Verrat und Mord, sie hielten stets zusammen wie ein Gespann von einverstand'nen Teufeln.«

William Shakespeare, englischer Dramatiker, Schauspieler und Geschäftsmann (1564 getauft–1616)

Sonnelach goss sich ein Glas Rotwein ein, schwenkte es und hielt es gegen das Licht der Schreibtischlampe. Er liebte es, in den späten Abendstunden zu arbeiten. Das lag weniger daran, dass er dann seine Ruhe hatte, da seine Frau ihn nicht belästigte, wenn er sich in sein Arbeitszimmer hinter seinen großen Schreibtisch zurückzog und dort Stunden verbrachte. Vielmehr war er von Natur aus ein Nachtmensch, der in den dunklen Stunden wesentlich produktiver und effektiver arbeiten konnte als am frühen Morgen. Meist machte er gegen Mitternacht einen Gang in der hauseigenen Sauna. Auch für heute hatte er sie schon anstellen lassen.

Als er noch Elektrolehrling gewesen war, hätte er die Ausbildung beinahe geschmissen, weil er das frühe Aufstehen noch mehr gehasst hatte als seinen inkompetenten und sadistischen Chef. Nun war er sein eigener Boss – und er war es, der alle, auch zeitlich, nach seiner Pfeife tanzen lassen konnte. Um den Tanz zu dirigieren, hatte er die drei Ks seiner Bundeswehrzeit verinnerlicht: kommandieren, korrigieren und, vor allem, kontrollieren.

Sonnelach nahm einen tiefen Schluck aus dem Riedel-Kelch und ließ den Wein schlürfend über die Zunge gleiten. Ein Dingac Potomje aus Kroatien, nicht schlecht! Seine Tochter hatte ihn von ihrer letzten Istrien-Tour mitgebracht. Bei dem Gedanken an Christina wurde ihm ganz warm ums Herz. Sonnelach hielt das Weinglas erneut gegen das Licht seiner Schreibtischlampe. Manchmal schmeckten auch schon Weine zwischen zehn und zwanzig Euro richtig gut. Natürlich konnte der Tropfen nicht mit einem Romanée-Conti, einem Château Lafite-Rothschild oder einem Château Latour mithalten, die in seinem Weinkeller reiften, das waren perfekte Weine, dafür kostete eine Flasche von ihnen aber auch zwischen eintausendzweihundert und achttausendfünfhundert Euro. Mit Flaschen in dieser Preislage konnte Sonnelach auch dem früheren Ministerpräsidenten und dem ehemaligen Bundeskanzler imponieren, wenn er zur jährlichen Weinverkostung in seinen Coburger Weinkeller einlud.

Er konzentrierte sich wieder auf das Wesentliche. Er musste seine Bataillone neu aufstellen. Unruhig lief er in dem großen Zimmer mit der eindrucksvollen Bibliothek, vor allem mit Werken großer Philosophen bestückt, hin und her. Bis auf Karl Poppers »Die offene Gesellschaft und ihre Feinde«, das ihm ein befreundeter Modeunternehmer aus Düsseldorf vor einiger Zeit empfohlen hatte, hatte Sonnelach in kein einziges hineingeschaut. Bücher, wenn sie nicht gerade Geschäftsberichte enthielten, waren für ihn Zeitverschwendung. Selbst eine von ihm in Auftrag gegebene Biografie hatte er nur kapitelweise gelesen, obwohl seine Frau das Buch gelobt hatte. Ihm war es egal gewesen, ob es gut oder schlecht war. Mit dem hohen Honorar für die Auftragsarbeit war ein aufmüpfiger Journalist zum Schweigen gebracht worden. Und nur das war gut!

Sonnelach warf einen kurzen Blick aus dem Fenster seiner herrschaftlichen Villa in der Festungsstraße, die er vor einigen Jahren als Ruine gekauft und dann aufwendig hatte restaurieren lassen. Draußen konnte er zwei der von ihm engagierten Sicherheitsleute erspähen, die in einem dunkelblauen VW Passat sitzend sein Haus bewachten. Dem Security-Personal von Besser hatte er nicht mehr vertraut und es zwei Tage nach dessen Tod entlassen. Die Straßenlaternen warfen ein warmes Licht auf den Asphalt; wann immer der Vollmond hinter den Wolken hervorblitzte, war die Silhouette von Coburg zu erahnen. Sonnelach fühlte sich wohl hier. Hier war er aufgewachsen und zur Schule gegangen. Die Standortnachteile für sein Unternehmen, dem nach HUK-Coburg zweitgrößtem Arbeitgeber der Mohrenstadt, hatte er immer gerne in Kauf genommen. Wenn er durch die historische

Altstadt mit ihren schmalen Gässchen bummelte, auf dem Marktplatz eine über Kiefernzapfen gegrillte Bratwurst aß oder durch den Hofgarten zur Veste Coburg, der zweitgrößten erhaltenen Burganlage Deutschlands, emporstieg, dann pfiff er auf einen größeren Flughafen oder eine direkte Intercity-Anbindung.

Nach dem Fall der Mauer hatte sich der geografische Standortnachteil sogar zu einem Vorteil ausgewachsen – Coburg lag, so empfand es zumindest Sonnelach, plötzlich in der Mitte Deutschlands. Von hier hatte er seinen Siegeszug durch die neuen Bundesländer angetreten, die nun direkt vor seinen Fabriktüren lagen. Sein Engagement für den örtlichen Sport, sein Sponsoring von Kultur- und Kunsttagen hatten ihm vor einigen Jahren sogar die Ehrenbürgerschaft der Stadt eingebracht, eine Auszeichnung, auf die er stolz war. Sein Dank dafür war die großzügige finanzielle Unterstützung des seit 1992 stattfindenden Samba-Festivals, das jedes Jahr rund zweihunderttausend Festbesucher und dreitausend Sambistas an die Itz zog. Schon Anfang Herbst hatte er mit den Verantwortlichen des bunten Festivals gesprochen und auch für die nächste Veranstaltung seine Unterstützung avisiert. Er, Sonnelach, war eine ganz große Nummer in Coburg. Möglicherweise liebten ihn die Menschen nicht, aber sie brauchten und respektierten ihn. Und das reichte ihm.

Er wandte sich vom Fenster ab und setzte sich wieder hinter seinen Schreibtisch. Nachdenklich runzelte er die Stirn. Besser war also aus dem Rennen. Der sah sich von nun an die Radieschen von unten an. Gut so. Er hatte sich als wahrer Scheißkerl entpuppt. Sonnelach hatte keine Ahnung, warum er versucht hatte, ihn zu erpressen. Schließlich hatte er ihn wie einen Sohn behandelt und ihm tiefe Einblicke in die Geschäftspolitik gewährt. Wäre er nicht schon verheiratet gewesen, hätte er sich Besser sogar als Ehemann für seine Christiane vorstellen können. Wie hatte er sich in dem Menschen nur so täuschen können? Jetzt brauchte er für seinen ermordeten Sprecher einen gleichwertigen Ersatz. Besser hatte ihm immer den Eindruck vermitteln wollen, nicht ersetzbar zu sein, doch Sonnelach wusste aus seiner langjährigen Berufserfahrung, dass jeder ersetzbar war. Nun gut, er selber vielleicht nicht. Darum hatte er das Unternehmen auch nicht, wie es viele erwarteten, schon frühzeitig in die Hände seiner Tochter Christiane gegeben, obwohl er sein einziges Kind abgöttisch liebte. Christiane war ohne Zweifel eine toughe und intelligente Frau. Nach ihrem Journalistikstudium hatte sie auch ihr BWL-Studium in Bayreuth mit Bestnoten abgeschlossen. Und vor zwei Jahren ihren Doktortitel mit »summa cum laude« gemacht. Alle Zitate in ihrer Abschlussarbeit waren kenntlich gemacht, alle Quellen genannt worden. Ihre Untersuchung zur wirtschaftlichen Bedeutung des menschlichen Spieltriebs hatte in Fachkreisen und in Magazinen größte Anerkennung gefunden. Der Versuch des Augsburger Automatenunternehmers Paul Münz, ihr mittels einer Internet-Datenbank Plagiate nachzuweisen, war kläglich gescheitert. Sonnelach hatte der Angriff auf seine geliebte Tochter tief getroffen. Er hatte Münz wegen übler Nachrede verklagen lassen und in erster Instanz gewonnen. Den Erfolg hatte er allein mit seiner Tochter im Coburger Sternerestaurant »Goldene Traube« ausgiebig gefeiert.

Trotz Christianes akademischer Erfolge war Sonnelach nicht bereit, ihr in nächster Zeit die Führung des gesamten Unternehmens anzuvertrauen. Vielmehr sollte und musste sie sich erst einmal ihre Sporen als Vize-Chefin einer kleinen Tochterfirma verdienen. Auch von einer öffentlichkeitswirksamen Verbandstätigkeit hatte sie Sonnelach bis jetzt ferngehalten. Christiane war wie ein sehr guter Wein, der reifen musste, bevor man ihn entkorkt. Obwohl seine Tochter es verstand, ihre Gefühle vor ihm zu verbergen, wusste er doch, wie sehr es sie immer gekränkt hatte, dass er Karl Besser ihr vorgezogen hatte. Christiane hatte Besser dafür gehasst – nicht ihn, ihren Vater.

Er merkte, dass er mit seinen Gedanken schon wieder vom eigentlichen Thema abschweifte. Er musste Besser ersetzen – und hatte sich die richtige Frau dafür schon ausgeguckt. Väterlicher Stolz erfüllte seine Brust, als er an seine Tochter dachte. Die Zeit war reif, er würde es jetzt mit ihr versuchen.

Und warum auch nicht? Christiane genoss sein absolutes Vertrauen. Auf dieser Position konnte sie beweisen, dass sie eine echte Sonnelach war, dass sie aus dem gleichen Holz geschnitzt war wie er. Er freute sich schon auf ihr überraschtes Gesicht, wenn er ihr seine Entscheidung mitteilen würde. Vielleicht berief er sie auch in seinen achtköpfigen Vorstand. Etwas frisches Blut würde dem Altherrenclub sicherlich guttun!

Die Aufgaben, die in der nächsten Zeit auf sie zukommen würden, waren keine einfachen. Es galt, Luuk van Dijk und seine wie ein Krebsgeschwür in Deutschland wuchernde Firma »Enjoy the Game!« in die Schranken zu weisen. Der bayerische Innenminister hatte ihm bei ihrem Treffen im Schindelseer Gasthaus Hofmann beim Fünf-Gänge-Menü – es hatte unter anderem Forellentatar, Zander, Borretsch-Pesto, gefüllte Stubenküken, Ochsenrücken und Kalbsbacken gegeben – rechtliche Schritte gegen seinen Konkurrenten versprochen. Die »Sonnelach AG« müsse der Justiz nur den Beweis, am besten in Form eines Geldspielautomaten, liefern, dass »Enjoy the Game!« die Auszahlungsquote seiner Geräte manipuliere.

Sonnelach wusste, dass er bei dem Vorstoß mit dem Feuer spielte. Das war ein Tabubruch. Immerhin hatten ihm seine Techniker und ein geschmierter Mann von der PTB unabhängig voneinander versichert, dass es unmöglich sei, auch bei den »Sonnelach«-Maschinen eine Manipulation nachzuweisen. Luuk van Dijk würde ganz schön ins Schleudern kommen, freute sich Sonnelach. Selber schuld, was musste er auch auf den deutschen Markt drängen? Sollte er doch lieber in Holland bleiben oder sich ein verfluchtes Nachbarland von Deutschland aussuchen, wenn er seinem Expansionsdrang unbedingt nachgeben musste! Sonnelach wusste, dass er verdammt vorsichtig sein musste. Dass er hinter dem Angriff stand, durfte nicht nach draußen dringen. Am besten schob er die bevorstehenden Untersuchungen diesem Paul Münz in die Schuhe. Damit wäre dann auch sein nächstes Problem gelöst. Wenn Münz, der »Enjoy the Game!« sowieso schon wegen Gerätemanipulation in Verdacht hatte, sich mit Luuk van Dijk in die Haare bekam, konnte es Sonnelachs Ansicht nach nur Verlierer geben. Eine herrliche Lose-lose-Situation.

Nicht ganz klar war ihm hingegen, wie er weiter gegen die

beiden Journalisten, Reittaler und Förtsch, vorgehen sollte. Besser hatte ihm vor seiner Ermordung noch hoch und heilig versichert, Förtsch stelle kein Problem mehr da, er habe ihn unter Kontrolle. Bei Reittaler hatte noch ein großes Fragezeichen gestanden, und dessen selbstbewusstes Auftreten bei der IMA-Pressekonferenz ließ erahnen, dass er ein paar Giftpfeile in seinem Köcher hatte.

Sonnelach ärgerte sich noch immer darüber, dass der miese Schreibtischtäter ihn so provozieren hatte können. Laut Besser hatte die große Politik kein Interesse daran, das von Reittaler aufgeworfene Thema möglicher Software-Manipulation von »Sonnelach«-Automaten aufzugreifen. Aber konnte man diesem Verräter posthum noch vertrauen? Wie weit war sein Verrat gegangen? Hatte ihm Besser mit seiner politischen Einschätzung möglicherweise einen Bären aufgebunden, um ihn in Sicherheit zu wiegen? In diesem Moment wünschte sich Sonnelach, das Schwein von Besser wäre noch am Leben. So aber würde sein ehemals bester Mann die Antworten auf diese dringenden Fragen mit in sein neues Domizil in der Hallstadter Straße 26 nehmen, in sein protziges Familiengrab auf dem Bamberger Hauptfriedhof.

Andererseits hatte Besser den Tod wirklich verdient gehabt. Dass er nackt am Andreaskreuz unter einer Lidl-Tüte erstickt war, vermutlich mit dem größten Ständer seines Lebens, erfüllte Sonnelach mit geradezu diabolischer Freude. Immer wieder malte er sich die Szene aus, sein Vertrauensmann bei der Bamberger Kripo hatte ihm sogar für eine noch nicht mal sonderlich hohe Summe die Tatortbilder zugespielt. Das Schwein war er los. Es war aber auch einfach unerhört gewesen, ihn, den Gottvater der Branche, erpressen zu wollen.

Sonnelach blätterte in einigen vor ihm auf dem Schreibtisch liegenden Unterlagen. Die mit dem Fall betraute Polizeirätin tappte immer noch im Dunklen. Vorsorglich hatte er sich über Petra Stengl ein Dossier erstellen lassen. Die Kripo-Tante schien ja ein richtiges Flittchen zu sein, war deshalb auch von Augsburg nach Bamberg zwangsversetzt worden. Sonnelach ließ ihre Fotos durch seine Finger gleiten. Verdammt attraktive Frau! Falls es kompromittierende Bilder von ihr aus diesem Swingerclub in Augsburg gab, musste er sie unbedingt haben.

Nachdenklich wippte er in seinem Schwingsessel, als es an der Haustür Sturm läutete. Der Firmenpatriarch fluchte. Wer wagte es, ihn um diese Uhrzeit noch zu stören? Da seine Frau schon zu Bett gegangen war und das Hausmädchen seinen freien Tag hatte, schlurfte er persönlich die weit geschwungene Kirschholztreppe hinunter und schaute vorsorglich auf den Monitor der Überwachungskamera. Draußen standen seine beiden Bodyguards und hielten im brutalen Polizeigriff einen Mann mittleren Alters fest. Sonnelach öffnete schnell die Tür: »Was soll der Scheiß? Wer ist das?«, blaffte er die Sicherheitsleute an.

Die stießen ihren Gefangenen in den Flur. Er stürzte unkontrolliert zu Boden. Der größere der beiden Aufpasser trat ihm mit voller Wucht in die Seite, sodass der Mann sich vor Schmerzen krümmte. Blut lief ihm aus der Nase und dem Mund und breitete sich auf dem weißen Marmorboden der Villa aus.

»Die Sau hat da draußen herumgeschnüffelt, Fotos gemacht und wollte über den Zaun klettern! Eine Knarre hatte der Typ auch dabei!«

Sonnelach blickte sich besorgt um. Hoffentlich war Diana von dem Krach nicht aufgewacht. Doch in der Regel bekam seine Frau nach ihrem abendlichen Joint und zwei Schlaftabletten nichts mehr mit. Dornröschen im Frankenland. Zumindest für einige Stunden. Dennoch legte er seinen Zeigefinger warnend an die Lippen. »Pst«, flüsterte er. »Leise, meine Frau.« Sein Finger zeigte besorgt nach oben. »Bringt das Schwein in den Wellnessbereich im Anbau.«

Die beiden Sicherheitsleute nickten stumm. Der eine packte den Fremden brutal an den halblangen Haaren, der andere riss ihn hoch und drehte ihm die Arme wieder auf den Rücken. »Los, Freundchen, da geht's lang!«, zischte er.

Sonnelach ging voran und schloss den Wellnessbereich auf. »Hier kann uns keiner hören.« Vorsorglich schloss er die Tür hinter sich wieder ab.

»Kennen Sie den Kerl?«, fragte der kleine, stämmige Bodyguard seinen Chef. Er riss den Mann an den Haaren hoch, sodass sein von Tritten malträtiertes Gesicht zu sehen war.

Sonnelach schüttelte bedächtig den Kopf. »Was hast du vor meinem Haus verloren?«

Der Mann schwieg. Verächtlich sah er Sonnelach an. Als dieser sich zu ihm hinunterbückte und die Frage wiederholte, spuckte er ihm mit voller Wucht ins Gesicht.

Langsam wischte sich Sonnelach den mit Blut vermischten Speichel von den Wangen und streifte ihn an seinem seidenen Hausmantel ab. »Das war deutlich, du Schwein. Aber du wirst schon reden. Alle reden, wenn ich es will.«

Die Bodyguards legten den Mann mit den Füßen voran auf eine schwere Teakholz-Liege am Rand des Swimmingpools und fesselten seine Arme mit einer Plastik-Handfessel unter dem Fußgestell. Dann klappten sie dieses herab, damit sein Kopf niedriger als sein Körper lag. Der größere Sicherheitsmann kniete sich mit seinem ganzen Gewicht von über hundert Kilo auf seine Beine, während sein Kollege die Saunatür öffnete, den hölzernen Aufgussbottich hervorholte und ihn randvoll mit Wasser füllte, indem er ihn ins Schwimmbad tauchte. Dann nahm er bedächtig ein schmales Handtuch und legte es dem Gefesselten auf sein Gesicht.

Der Mann wusste, was nun kommen würde. Als Soldat im Afghanistan-Krieg hatte er die Prozedur an sich getestet – und zusammen mit seinen amerikanischen Kollegen bei Terror-Verdächtigen angewandt. Die meisten Taliban waren nach ein, zwei Minuten unter dem Gefühl des Ertrinkens zusammengebrochen und hatten geplaudert wie das Kasperle der Augsburger Puppenkiste. Er jedoch fühlte sich stark genug, das Waterboarding zu überstehen. Mit einer solchen Tortur würde man ihn nicht brechen können, ihn nicht. Er war als Elitekämpfer des Kommandos Spezialkräfte viermal in Afghanistan gewesen. Er hatte die Freiheit Deutschlands am Hindukusch verteidigt, auch wenn die Heimatfront das schon lange anders sah. Seine Ausbildung war ähnlich hart wie die der Navy Seals gewesen, und er stimmte seinem Kommandeur zu, der einmal gesagt hatte, die Ausbildung und der Einsatz seien das Härteste, was man in einer Demokratie gerade noch verlangen dürfe. Nein, ihn würden diese beiden Gorillas und ihr lächerlicher Affenführer nicht brechen!

Der kleinere Sicherheitsmann begann, Nase und Mund des Gefangenen mit Wasser zu übergießen. Der frühere Kommandosoldat versuchte sich aufzubäumen, begann zu würgen, schnappte nach Luft.

»Was hast du hier verloren? Für wen arbeitest du Schwein?« Stakkatoartig beschossen ihn seine beiden Peiniger mit Fragesalven. Doch trotz des ständigen Gefühls, ertrinken zu müssen, blieb der KSK-Mann standhaft. Irgendeine Zelle in seinem Gehirn sprach ihm Mut zu, erinnerte ihn daran, dass diese Folter das Ertrinken nur simulierte.

»Hast du was zu sagen?« Sonnelach riss dem Gefangenen das triefende Handtuch vom Gesicht.

»Fick dich!«, hustete dieser dem Hausherrn entgegen.

Der größere Bodyguard schlug dem Ex-Soldaten die Faust in den Magen. »Du meinst, du wärst ein zäher Hund? Wir haben noch jeden zum Sprechen gebracht. Dann dauert dein Leiden eben ein wenig länger. Und wir haben mehr Spaß mit dir.«

»Fickt euch!«

Der Bodyguard schlug erneut zu. Diesmal dem ehemaligen KSK-Mann mitten ins Gesicht. Das Nasenbein brach, Blut spritzte.

»Kennst du Wladimir Ladyschenski?« Der Sicherheitsmann lächelte böse. »Der wurde bei einer Sauna-WM in Finnland gar gekocht. Exitus nach sechs Minuten bei hundertzehn Grad. Aber anders als du hat er es wenigstens bis ins Finale geschafft.«

Die beiden Bodyguards lösten die Handfesseln ihres Opfers, rissen ihm die Kleider vom Leib und stießen es wieder gefesselt in die Sauna. Dabei streifte die rechte Hand des Ex-Soldaten die glühend heißen Lavasteine. Er schrie auf, es roch nach verbranntem Fleisch.

»Manche schmoren in der Hölle, du eben hier«, drohte der kleinere Sicherheitsmann und goss einen Liter Wasser auf die Steine. »Aufgüsse sollen ja gut für die Gesundheit sein.« Er grinste und verschloss die Tür von außen, indem er zwischen Griff und

Saunawand einen Aufwischer klemmte. Sein Kollege drehte den Temperaturregler auf Höchststufe.

»Und das funktioniert?«, fragte Sonnelach zweifelnd die vor sich hin feixenden Security-Leute.

»Immer.«

Dem ehemaligen Elitesoldaten brach der Schweiß aus, ganze Bäche flossen seinen nackten Körper hinunter. Die Hitzewolken des Aufgusses bohrten sich in seine Lunge wie glühende Nadeln. Seine Haut rötete sich wie die Panzer von fränkischen Flusskrebsen im kochenden Wasser. Gespannt beobachteten Sonnelach und seine Männer, wie die Temperatur auf über hundertzehn Grad schnellte. Taumelnd wankte ihr Opfer zur Tür und hämmerte mit gefesselten Händen verzweifelt dagegen. Seine Kraft und sein Willen ließen nach. Die Fingernägel des KSK-Mannes gruben sich tief in das Holz der Sauna.

»Sollen wir aufmachen?«, fragte der kleinere Bodyguard.

»Noch eine Minute. Der Braten ist noch nicht gar.«

Der KSK-Mann wurde von spastischen Krämpfen geschüttelt und brach zusammen. Sein Gesicht schlug hart gegen die Saunatür, die Kopfhaut platzte auf. Rote Rinnsale liefen die Scheibe hinunter.

»Bringt mir den Kerl bloß nicht um«, warnte Sonnelach seine Gorillas.

»Okay, holen wir ihn raus.« Gemeinsam zerrten die Bodyguards den zuckenden Körper aus der Sauna. Im Kopf-, Brust- und Armbereich fiel die Haut in Fetzen ab. Darunter leuchtete rosiges Fleisch.

»Wasser«, keuchte der Schwerverletzte. »Wasser!«

»Weltmeister im Dauersaunen wirst du mit dieser schwachen Leistung aber nicht. Der Russe hat mehr als sechs Minuten im letzten Dampfbad seines Lebens ausgehalten.« Die Dreier-Runde lachte dreckig.

»Bitte, Wasser, bitte!«

»Also: Für wen arbeitest du, was willst du von Herrn Sonnelach?«

»Ich arbeite – Wasser! – für die Wirtschaftsdetektei von Münz.«

»Diese Sau. Habe ich es mir doch gedacht«, stieß Sonnelach hervor. »Was weiß Münz? Sag es!« Wütend zerrte er am linken Arm des Nackten. Weitere Hautstückchen fielen ab und blieben an seiner Hand kleben. Angewidert zog er sie zurück. »Igitt! Sprich endlich, du Schwein!«

»Die Müll… die Mülltonnen. Ich habe den Inhalt Ihrer Mülltonnen von der Müllabfuhr beiseiteschaffen lassen …« Die Stimme des Privatdetektivs war leise, kaum mehr zu vernehmen.

»Und?«

»Münz weiß alles … Manipulation … Aktenschnipsel in Papiertonne … Wie dämlich …« Wieder schüttelte ein heftiger Krampf den Körper des Gepeinigten. Kurz blitzte ein Anflug von Triumph in seinen immer matter werdenden Augen auf. »Wir haben alles … wieder … zusammengesetzt!« Dann sagte er nichts mehr.

»Scheiße! Ist der Kerl etwa tot?« Sonnelach drohte die Kontrolle zu verlieren.

Der kleinere Bodyguard schüttete einen Eimer kaltes Wasser über den leblosen Körper und begann mit Wiederbelebungsversuchen. Sein Kollege fühlte den Puls des Detektivs. »Der ist tot. Mausetot.«

»Ihr Idioten! Ihr solltet den Kerl einschüchtern, nicht umbringen!«, schrie Sonnelach. »Was seid ihr doch für Amateure!«

Verschämt schauten die beiden Sicherheitsleute zu Boden. »Also …«, räusperte sich der Größere nach einiger Zeit. »Ich verspreche, wir werden eine Lösung dafür finden.«

»Das kann ich euch auch nur raten. Schafft mir das Problem vom Hals. Und zwar unauffällig und endgültig, sonst werdet ihr mich kennenlernen!«, tobte Sonnelach.

Ein paar Minuten später fragte sich der vor Kälte zitternde Killer in seinem zerbeulten Golf in einiger Entfernung zu Sonnelachs Villa, warum dessen zwei Security-Männer mitten in der Nacht einen zusammengerollten Perserteppich in ihr Auto luden.

17

»Und er sprach zu ihnen: Seht zu und hütet euch vor aller Habgier, denn niemand lebt davon, dass er viele Güter hat.«

Jesus von Nazareth, jüdischer Wanderprediger und selbst ernannter Sohn Gottes (4 vor Christus–30 nach Christus), hier nach Lukas, 12. Kapitel, Vers 15

Petra Stengl konnte nicht schlafen. Unruhig wälzte sie sich hin und her, formte ihre Bettwäsche zu immer neuen Gebirgsketten und Tälern. Gegen drei Uhr morgens stand sie genervt auf und griff sich die Plastiktüte von Münz.

Nur mit ihrem roten Nachthemdchen bekleidet setzte sie sich im Wohnzimmer auf den Teppichboden. Weil sie bald darauf fror, warf sie sich eine wärmende Sofadecke über ihre Schultern. Schon seit Wochen studierte sie die Unterlagen. Irgendwie war der Mann ein Phänomen. Wie schon bei ihrem letzten Fall in Augsburg verfügte der Spielhallenbesitzer über Protokolle, Anweisungen, Gutachten, Schreiben, die allesamt den Stempel »streng geheim« hätten tragen müssen. Für die Polizeirätin war klar: Nur auf legale Art und Weise war hochexplosives Material wie dieses nicht zu beschaffen. Um von seinem Feind fast alles zu wissen, bedurfte es schon einer gehörigen Portion Chuzpe, Kaltschnäuzigkeit, Unverfrorenheit, Tricks und Verbindungen. Petra Stengl konnte den Hass des Augsburger Unternehmers mittlerweile nachvollziehen. Aus den Unterlagen war ersichtlich, dass Münz sein Material immer wieder zum Teil oder auch komplett unterschiedlichen Staatsanwaltschaften zur Verfügung gestellt hatte. Doch die halbherzigen Ermittlungen waren immer wieder rasch eingestellt worden oder im Sande verlaufen. Auch die Medien waren auf das Münz-Material nicht richtig angesprungen. Mal ein Artikel im »Spiegel«, mal ein paar Zeilen in der »Süddeutschen Zeitung« – aber insgesamt schienen sowohl die »Sonnelach AG« wie auch Luuk van Dijks »Enjoy the Game!« unantastbar zu sein. Und was Münz besonders grämen musste: Seine Feinde wurden auf allen gesellschaftlichen Ebenen gefeiert – als Sport- und Kulturmäzene, als Millionenspender für Erdbebenopfer in TV-Shows, als Ehrenbürger ihrer Heimatstädte, als Retter ruinöser Spielcasinos, die sie zunehmend von Vater Staat übernahmen, oder als Unternehmer des Jahres. Je tiefer Petra Stengl in die faszinierend böse Welt der Spielautomatenbranche eindrang, desto mehr hielt sie die indirekte Mordbeschuldigung ihres Kollegen Thomas Kurz für berechtigt.

Münz hatte ohne jeden Zweifel ein Motiv, Besser die Plastiktüte über den Kopf gezogen zu haben. Wer immer wieder auf legalem Wege scheiterte, seine Feinde zur Strecke zu bringen, der verfiel aus lauter Verzweiflung vielleicht irgendwann auf Selbstjustiz. Andererseits hatte sie Münz schon einmal irrtümlich für einen Mörder gehalten, ihn spektakulär festnehmen lassen und hatte ihn nach einigen Wochen U-Haft wieder laufen lassen müssen. Eine erneute Blamage wie diese musste sie auf jeden Fall vermeiden.

Gegen Morgen schaltete Petra Stengl die Kaffeemaschine an und schob zwei Brötchen vom Vortag in den Umluftherd. Dann trat sie vor die Tür. Die klirrende Kälte durchfuhr sie wie eine Lanze. Bibbernd nestelte sie den »Fränkischen Tag« aus dem Briefkasten. Ihr Blick fiel auf die Hauptschlagzeile: »Kälterekord in Bamberg«. Sie beeilte sich, wieder ins Warme zu kommen.

Die beiden Brötchen belegte sie mit hauchdünn geschnittenen Zwetschgenbaames. Sie liebte die Bamberger Spezialität – einen mild geräucherten Rinderschinken von der Keule. Jedes Mal wenn sie eine Seite der Zeitung umblätterte, nippte sie an ihrem schwarzen Kaffee. Auf der Lokalseite fand sich ein kurzes, nichtssagendes Statement des Polizeisprechers zum Ermittlungsstand nach gut zwei Monaten im »Tüten-Mord«. Tenor: Genaues wisse man nicht.

Petra Stengl versuchte, ihren aufkommenden Unmut abzuschütteln. Nun, allzu viel hatte man ja wirklich nicht. Die Befragungen in den Firmenzentralen von Johannes Sonnelach und Luuk van Dijk hatten nichts Konkretes ergeben. Beide waren sich spinnefeind, aber konkrete Hinweise darauf, dass man auch zum Mord bereit war, hatten sich nicht gefunden. Allerdings war merkwürdig gewesen, dass Sonnelach sich nicht sonderlich über den Tod seines Pressesprechers zu grämen schien. Und über Dr. Dr. Luuk van Dijks Imperium wurde immer noch gemunkelt, dass die albanische Mafia an ihm mitbeteiligt sei, auch wenn die Recherchen ihres Glücksspielkollegen Thomas Kurz diesen Verdacht bis jetzt nicht konkretisieren konnten. Und selbst wenn der Verdacht stimmen sollte: Wäre es dann nicht effektiver im Sinne einer abschließenden Marktbereinigung gewesen, Sonnelach wegzupusten, als mühsam Besser die Tüte überzustülpen? Je länger sie an diesem Fall arbeiteten, desto verwirrender wurde er. Und die Anwaltskanzleien von Sonnelach und Luuk van Dijk taten alles, um ihre Mandanten und deren Firmen vor allzu forschen Ermittlungen zu schützen. Petra Stengl war niemand, der sich von gekauften Anwaltskoryphäen und schmierigen Winkeladvokaten einschüchtern ließ, aber einfacher machten diese ihren Job nicht.

Ihre Gedanken wanderten wieder zu den üblichen Verdächtigen in einem Mordfall. Dem Ehemann der immer noch wie vom Erdboden verschwundenen Mai Li hatten sie noch einmal kräftig auf den Zahn gefühlt. Die von der Domina unter anderem durch ihre Zockerei in einem Asia-Laden angehäuften Schulden waren beträchtlich. Nachbarn berichteten von täglichen lautstarken Auseinandersetzungen zwischen den beiden Eheleuten, und Reuter hatte schließlich zugegeben, dass ihm »auch schon mal die Hand ausgerutscht« sei. Das würde doch in der besten Ehe mal vorkommen, hatte er sich gerechtfertigt. Schulden und Ehefrust – das könnten gute Motive für einen Mord sein. Aber wie passte der erstickte Besser dazu? Eigentlich gar nicht, dachte die Polizeirätin. Eifersucht auf den Freier? Aber warum? Reuter verabscheute zwar die Nebentätigkeit seiner Frau, hatte sie aber bislang immer geduldet. Und sie brachte ihnen Geld ein. Das bei einer Hausdurchsuchung bei ihm gefundene Kassenbuch von Mai Li verzeichnete rund fünfunddreißig mehr oder weniger regelmäßige Studio-Kunden, die für ihre roten Striemen teuer bezahlten. Auf jeden Fall hatte Mai Lis Ehemann das Mordopfer gekannt. Zumindest als Kundenname aus den Aufzeichnungen.

Aber warum hätte Reuter Besser umbringen sollen? Oder war der Mord im Affekt passiert? Vielleicht. Blieb als Hauptverdächtige immer noch die verschwundene Domina. An der Tüte und an den Kerzen hatten sie ausschließlich ihre Fingerabdrücke gefunden, allerdings fiel es allen Ermittlern schwer, der Asiatin ein überzeugendes Motiv zuzuordnen. Zudem passte das Bosch-Bild in der Kehle des Opfers mit dem lateinischen Wort eher schlecht zu Mai Lis Kulturkreis.

Petra Stengl blätterte durch die Unterlagen von Münz. Auch ihn durfte sie nicht aus den Augen lassen.

Nur mit ihren Manipulationen, so war es in den Papieren zu lesen, war es der »Sonnelach AG« und »Enjoy the Game!« möglich, in fast wöchentlichem Abstand eine neue Spielhalle an irgendeiner Autobahnabfahrt oder auf der grünen Wiese zu errichten. Die Klientel der kleinen Spielhallenbetreiber in den Städten wanderte ab, ihre Umsätze schmolzen dahin wie Schnee im Föhnwind. Viele hatten bereits aufgegeben, Münz hatte deren Namen säuberlich aufgelistet. Stimmten seine Recherchen, dann strebten Sonnelach und sein Kontrahent Luuk van Dijk die Monopolisierung des Marktes an – von der Herstellung über den Vertrieb bis hin zum Aufstellen der Daddelmaschinen vor Ort. Der Kurs zeugte von Habgier vom Feinsten. Das Hieronymus-Bosch-Motiv »Avaritia« passte bestens. Doch was hatte das Bildchen an dem Baum nahe Bessers abgefackeltem Porsche verloren gehabt?

Münz hatte sich wegen der drohenden Monopolisierung des Glücksspielmarktes sogar an das Bundeskartellamt gewandt. Ein von ihm in Auftrag gegebenes Gutachten sollte beweisen, dass die Monopolisierung nur durch das Zwischenkassieren der »Sonnelach AG« beziehungsweise durch die gesteuerte Begrenzung der Gewinnausschüttung bei dem Spiel »Asian Treasure« und den unterschiedlichen Holds bei »Enjoy the Game!« möglich war. Bisher hatte das Bundeskartellamt nicht reagiert.

Eins schien der Polizeirätin klar: Münz war mit seinen Recherchen auf dem richtigen Weg – konnte aber bisher nichts beweisen. Und Letzteres war ein starkes Motiv, die Gerechtigkeit selbst in die Hand zu nehmen.

Petra Stengl rieb sich die brennenden Augen und gähnte gegen die aufkommende Müdigkeit an. Sie stand auf, schlüpfte aus ihrem Nachthemdchen und sprang unter die moderne Regendusche. Als das heiße Wasser ihre Haut zu röten begann und die Spiegel vom Wasserdampf beschlugen, drehte sie den Regler abrupt auf kalt. Sie prustete, tanzte von einem Bein auf das andere, zwang sich aber, das eiskalte Wasser einige Sekunden auszuhalten, bevor sie die Temperatur wieder erhöhte. Trotz der kurzen Nacht fühlte sie sich jetzt wieder frisch und wach. Nach dem Abtrocknen cremte sie ihren Körper sorgfältig ein und warf noch einen wohlwollenden Blick auf ihr nacktes Spiegelbild. Sie strich sich die dunkle Mähne aus dem Gesicht, drehte sich lasziv hin und her und machte mit ihrem Handy schnell zwei Selfies. »Narzisstin«, sagte sie halblaut zu sich selbst. »Petra Stengl, du bist schon ziemlich eingebildet.« Lächelnd beschloss sie spontan, ihr selbst auferlegtes Zölibat in den nächsten Tagen zu lockern. Sie formte ihre Lippen zu einem Oval und trug Lippenstift in einem sinnlichen Rot auf.

Als sie dabei war, ihren schwarzen Spitzen-BH zu schließen, schrillte und vibrierte ihr Handy. Warum diese Dinger immer in den unpassendsten Momenten klingeln müssen, wäre mal ein Thema für eine Doktorarbeit, dachte sie und seufzte. Zunächst wollte sie das Klingeln ignorieren, als sie aber das lächelnde Konterfei des Anrufers auf dem Display sah, wischte sie doch über das grüne Anrufzeichen.

»Guten Morgen, Petra, schon wach?«, säuselte ihr Nobby Denzlein ins Ohr.

»Morgen, Nobby«, brummte sie zurück. »Was gibt's?« Sie klemmte das Handy umständlich zwischen Kopf und Schulter und hakte die letzte Öse ihres BHs ein.

»Bist du beschäftigt?«

»Ich habe gerade … Egal, was gibt es so Wichtiges?«

»Wir haben eine zweite Leiche gefunden, vermutlich ist es Mai Li. Bist du zu Hause? Ich hol dich in zehn Minuten ab.«

18

»Furcht ist der Pfad zur dunklen Seite. Furcht führt zur Wut, Wut führt zu Hass. Hass führt zu unsäglichem Leid.«

Meister Yoda, sechsundsechzig Zentimeter groß und neunhundert Jahre alt in »Star Wars I – Die dunkle Bedrohung«

Langsam kroch der schwere BMW den Ellerer Berg hinauf. Die Eulenwand, eine von Verliebten und Wanderern oft bestiegene Felsformation, grüßte verschneit ins lang gezogene Ellertal. Bei gutem Wetter konnte man von hier aus Bamberg und die Altenburg sehen, bei sehr gutem Wetter sogar den Steigerwald. Doch Nobby Denzlein hatte für die Schönheiten der Natur keinen Blick. Er musste sich konzentrieren und hielt das Lenkrad fest mit beiden Händen umklammert, während er erregt das schwere Parfüm seiner Chefin einsog. »Du duftest heute ausgesprochen gut. ›Eternity‹?«

»Hhm«, antwortete die Polizeirätin. Was Kosmetika betraf, schien der liebe Nobby ja durchaus lernfähig zu sein. In ihrer Liste kletterte er ein wenig nach oben. »Wo hat man die Leiche gefunden?«

»In der Jungfernhöhle.«

Beide schwiegen wieder. Die kalte Wintersonne blinzelte durch die schmutzigen Scheiben des BMW. Nicht immer griffen die Winterreifen auf der vereisten Fahrbahn. Dann und wann schlitterte der Wagen ein wenig, und der Motor heulte kurz auf, als wolle er dem Lenker seinen Schmerz kundtun, den ihm die winterliche Tortur verursachte. Im Sommer waren die Serpentinen, die von Bambergs Vororten zur Fränkischen Schweiz hinaufführten, eine beliebte Trainingsstrecke für Radsportler, um mit ihrem inneren Schweinehund Gassi zu fahren. Auch Motorradsportler nutzten die vielen Kurven, um in Rekordzeit ins Ellertal zu rasen. Nach vielen schweren Unfällen galten auf der gesamten steilen Strecke Geschwindigkeitsbegrenzungen. Und damit sich gestürzte Biker nicht an den halbhohen Leitplanken die Köpfe und Gliedmaßen abrissen, hatte der Landkreis Bamberg diese vor einigen Jahren mit Unterfahrschutz versehen.

Auf Höhe des Ellerer Berges erreichten die beiden Beamten die Staatsstraße 2187 und bogen nach rechts in Richtung Hollfeld/Heiligenstadt ab, um nach nur wenigen Metern den Zivilwagen auf einem kleinen Waldparkplatz im Hofbauerholz abzustellen. Petra Stengl und ihr Kollege stiegen aus und stapften durch den kniehohen Schnee, nur an einigen Stellen war er von den Leuten der Spurensicherung bereits zu einem kleinen Pfad niedergetrampelt worden, dem Fundort der Leiche entgegen. Nach knapp zweihundert Metern sahen sie eine bizarre, wie von Riesenhand hingeschleuderte Steingruppe, vor der rot-weiß gestreifte Absperrungsbänder einen auffallenden Kontrast zur weißen Tristesse bildeten.

»Da ist es«, bemerkte Denzlein und zeigte auf einen dunklen, kaum zwei Meter hohen Höhleneingang. »Ich war ein paarmal im Sommer hier, aber im Winter wirkt die Jungfernhöhle noch gespenstischer. Echt ein Psychotop!«

Die Polizeirätin meinte, sich verhört zu haben. »Psycho was?«

»Ein Psychotop ist ein Ort, den die Menschen besonders anziehend oder abstoßend finden.«

Aus dem Halbdunkel der Felsformation rutschte ihnen Thomas Kurz entgegen. »Mit glatten Ledersohlen sollte man keine Mörder im Schnee fangen wollen«, lachte er den beiden Ermittlern entgegen.

»Was machst du denn hier?«, wunderte sich Norbert Denzlein.

»Vorauseilender Gehorsam«, kalauerte Kurz und schlug die Hacken zusammen. Seine rechte Hand fuhr in militärischem Gruß zur Stirn. »Kommissar Kurz, melde mich zum Dienst!«

Ärgerlich zog Petra Stengl ihre Stirn in feine Falten.

»Ihr hättet mich doch sicherlich sowieso angefordert, oder? Das ganze Kommissariat hat nur noch ein Thema: eine tote Nutte in der Jungfernhöhle. Ihr versteht: Nutte – Jungfrau? Ist doch saukomisch, oder?« Thomas Kurz lachte wieder. »Die Tote ist doch Mai Li?«

»Keine Ahnung, ich habe sie noch nicht gesehen«, erwiderte Petra Stengl streng. Sie mochte es nicht, wenn Befehlshierarchien unterlaufen wurden.

Kurz bemerkte die Verstimmung der Polizeirätin und lenkte schnell ein. »Tut mir echt leid, Petra. Ich habe es doch nur gut gemeint.«

»Ach ja? Was denn genau?«, fuhr ihn die Mordermittlerin barsch an.

»Na ja. Ich habe mich in den Zockerkreisen in Bamberg ein wenig erkundigt. Mai Li ist in ihnen bestens bekannt. Vielleicht gibt es in diesem Spielermilieu ja irgendwelche Hinweise.«

»Okay, okay. Spare dir deine Ausführungen für später. Oder schicke mir einen Bericht.« Petra Stengl wandte sich an einen trotz der Kälte bewegungslos wie ein Spazierstock vor der Höhle stehenden Streifenbeamten. »Wo ist die Leiche?«

Der Polizist deutete auf den Höhleneingang. »Drinnen. Vorsichtig, da geht es steil runter.«

Petra Stengl blickte gespannt in die nur wohnzimmergroße Höhle, die von Polizeischeinwerfern in grelles Licht getaucht wurde. Auf dem lehmigen Boden lag auf Ästen und Müllresten der nackte Torso einer Frau, einen knappen Meter entfernt konnte sie den abgetrennten Kopf erkennen. »Alle Handschuhe anziehen!«, befahl sie und stieg mit Denzlein und Kurz eine angelegte Holzleiter hinunter. »Stand die hier schon, als Sie eintrafen?«, fragte sie einen der Kriminaltechniker, der gerade Nummernschildchen aufstellte.

»Nein, wir haben sie uns von einem Bauern ausgeliehen.«

»Interessant.« Petra Stengl beugte sich zu dem abgetrennten Kopf hinunter. Zwei weit aufgerissene Augen starrten sie an, Ober- und Unterkiefer waren zertrümmert, einige Zähne fehlten. Dennoch waren die asiatischen Züge in dem gefrorenen und fürchterlich entstellten Gesicht unverkennbar. »Mai Li?«, fragte sie in die Höhle hinein.

Der Bereitschaftsarzt nickte. »Mit hoher Wahrscheinlichkeit. Gewissheit wird uns erst eine DNA-Analyse und die Identifizierung durch den Ehemann oder Verwandte bringen.«

Mit einiger Mühe entfernte Petra Stengl ein halb angefrorenes Bildchen mit einer mittelalterlichen Zeltszene aus dem Mund der Toten. Sie zeigte es Denzlein.

»*Luxuria.* Die Wollust. Ein weiteres Todsünde-Motiv von Hieronymus Bosch«, erklärte der Kommissar und nieste.

»Werde mir jetzt bloß nicht krank«, sagte die Polizeirätin. »Ich brauche dich noch.«

»Keine Sorge. Diesmal passt das Bild jedenfalls wie die Faust aufs Auge«, meinte Denzlein.

Seine Vorgesetzte stimmte ihm zu. »Ein Mönch versohlt den nackten Hintern eines Narren. Damit kann nur Karl Besser mit seinem Faible für SM-Spielchen gemeint sein. Im Hintergrund werden sich Mann und Frau über die horizontale Dienstleistung handelseinig. Auch das passt. Und was hat uns die Leiche sonst noch Nettes zu erzählen?«, wandte sich die Polizeirätin an den Mediziner.

»Sie hat den Kopf verloren«, feixte der Arzt. »Wurde brutal enthauptet. Ich würde sagen, mit einem sehr scharfen Messer. Dennoch musste der Mörder ziemlich säbeln und immer wieder neu ansetzen. Überall findet man Hautfetzen und neue Schnitte.«

»Lebte die Frau noch?«

»Sie meinen, ob das Opfer noch lebte, als man ihm den Kopf abschnitt?«

Petra Stengl nickte.

»Angesichts des enormen Blutverlusts, der stattfand, vermutlich schon. Genaueres kann ich noch nicht sagen, dafür muss die Gute und was noch von ihr übrig ist erst mal auf meinem Seziertisch liegen. Aber das Ganze hat mindestens ein paar Minuten gedauert.«

»Ein paar Minuten?« Petra Stengl fröstelte es bei der Vorstellung.

»Ein Profi, etwa ein Metzger, hätte dafür nur Sekunden –«

»Tatzeit?«, fragte Denzlein.

»Möchte ich mich noch nicht festlegen, die Kälte hat die Leiche konserviert. Ich tippe aber darauf, dass sie schon ein, zwei Monate hier liegt. Eins scheint klar zu sein: Der Fundort ist identisch mit dem Tatort.«

»Wegen dem Blut.« Petra Stengl deutete auf die dunklen Flecken, die sich nur leicht vom Lehmboden abhoben.

»Und der Leichnam? Was ist mit ihm?«, fragte Denzlein.

»Mehr oder weniger unversehrt, lässt man ein paar Hämatome, einen Knochenbruch und deutliche Fesselspuren außer Acht.«

»Fesselspuren?«

»Sehen Sie hier, Herr Kommissar: tiefe Einschnitte hinter beiden Handgelenken. Die Frau wollte sich befreien, hat sich aber dadurch nur stärker verletzt, sogar ein bisschen geblutet. Vielleicht finden Sie in dem Wagen, mit dem das Opfer hierhergebracht worden sein muss, noch Blutspuren. Die Art der Verletzungen spricht für Handfesseln aus Plastik, wie sie die Polizei auch bei Demos verwendet.«

»Wollen Sie damit sagen, dass ein Kollege die Dinger angebracht hat?«, empörte sich Kurz.

»Natürlich nicht. Auch Schwarze Sheriffs oder andere private Sicherheitsdienste benutzen die Plastikfesseln«, sagte der Mediziner. »Jeder kann sie für kleines Geld im Internet kaufen. Zum Beispiel auch, um seiner eingeschlafenen Ehe neues Leben einzuhauchen.«

»Sex als fesselndes Erlebnis.« Petra Stengl wurde sofort wieder ernst. »Oder der Täter hat die Dinger aus einem SM-Studio mitgenommen.«

»Sie sagen es, Frau Polizeirätin. Fesseln wie diese haben wir auch im Studio von Frau Li gefunden.«

Denzlein zeigte auf den Torso. »Was ist mit dem rechten Bein? Sieht geschwollen aus.«

»Gut beobachtet«, lobte der Arzt. »Das rechte Bein ist gebrochen, könnte beim Aufprall passiert sein.«

»Sie meinen, man hat Mai Li in die Höhle geworfen?«

Petra Stengl schaute zum Höhleneingang hinauf. »Aber das sind fast drei Meter! Wer macht denn so was?«

»Einer, der eine Menge Wut im Bauch hat«, erwiderte Denzlein. »Oder einer, der es sich einfach machen wollte.«

»Du meinst, er wirft sein Opfer in die Höhle, weil er es nicht eine Leiter hinunterschleppen will?«

»Mal angenommen, das Opfer trug die Handfesseln schon, dann wäre das eine ziemlich plausible Erklärung.«

Die Polizeirätin überlegte. »Wenn die Hände des Opfers vorher schon gefesselt waren, hatte der Täter auf jeden Fall Kontrolle über die Situation. Das Opfer war wehrlos.«

Denzlein und Kurz nickten einträchtig. Alle schwiegen für einen Moment.

»Der Mörder kennt die Sagen und Legenden, die sich schon seit Jahrhunderten um die Höhle ranken«, platzte es aus Denzlein heraus. »Wie konnte ich das nur übersehen?«

Petra Stengl blickte ihren Kollegen konsterniert an. »Wie meinst du das?«

»Die Höhle hat den Namen Jungfernhöhle, weil hier laut lokaler Sage drei kopflose Jungfrauen herumspuken und einsame Heimkehrer belästigen sollen.«

»Du meinst, der Täter hat Mai Li den Kopf abgeschnitten, um sie uns als vierte kopflose Jungfrau zu präsentieren? Wie krank ist das denn?«

»Ziemlich krank, Petra. Aber Sagen und Legenden beruhen häufiger auf geschichtlichen Tatsachen, als wir denken.«

»Du hältst den Unsinn mit den drei Jungfrauen also für wahr? Nobby, langsam glaube ich, du bist auch ein Fall für St. Getreu. In der Klapse könntest du Michelle Besser mit deinen Geistergeschichten unterhalten.«

Denzlein zog eine verärgerte Miene. »Ich mache keine Späße, Petra. Ein hiesiges Original, der Zimmergörch aus Tiefenellern, hat 1951 mit zwei Verwandten angefangen, in der Höhle zu buddeln, weil er glaubte, hier einen Goldschatz zu finden. Sein illegales Tun flog nach acht Kubikmetern ausgehobenen Drecks auf. Dann haben Forscher sich der Sache angenommen und Erstaunliches entdeckt, nämlich –«

»Die drei spukenden Jungfrauen!«, prustete die Polizeirätin los, und das ganze Team begann zu lachen.

Denzlein blickte ein wenig gequält, dann wieherte auch er

los. Mit der Hand strich er sich ein paar Lachtränen aus dem Gesicht. »Natürlich nicht die Jungfrauen, aber die Überreste von rund vierzig Menschenskeletten, überwiegend von Frauen und kleinen Kindern. Laut Theorie der damaligen Forscher wurden sie vor einigen Jahrtausenden hier einer unbekannten Gottheit geopfert. Sie sollen enthauptet worden sein, ihre Schädel wurden zertrümmert – und ihnen fehlten die Zähne, aus denen angeblich Ketten gemacht wurden.«

»Also hat die Sage tatsächlich einen historischen Kern«, staunte Petra Stengl. Nobby hatte echt was drauf.

»Der Täter kannte die Höhle und ihr dunkles Geheimnis«, erwiderte Denzlein. »Das muss allerdings nicht allzu viel heißen, denn der altneolithische Opferplatz sorgt immer wieder für Schlagzeilen in der regionalen Presse. Mal ist von einer ›Mördergrube‹ die Rede, mal von der ›Kannibalenhöhle‹. Auch die Wissenschaft beschäftigt sich von Zeit zu Zeit mit dem finsteren Ort, um neue Theorien über die weiblichen Skelette aufzustellen.«

»Du bist ja nicht nur ein ganz großer Frauen-, sondern auch Skelettversteher«, stichelte Petra Stengl.

»Das bleibt nicht aus, wenn man wie ich jeden Sonntagmittag in Tiefenellern im Brauereigasthof ›Hönig‹ essen geht. Nach einigen Seidla beginnen die Menschen hier regelmäßig, sich mit ihren kopflosen Jungfrauen zu brüsten.«

Petra Stengl und ihre Kollegen kletterten an der Leiter wieder hinauf ans trübe Tageslicht. Die Polizeirätin wandte sich an den Streifenbeamten. »Sie waren zuerst hier?«

»Mit meiner Kollegin. Sie sitzt dahinten im Bulli mit den beiden Kindern.«

»Und die zwei haben die Leiche entdeckt und die Polizei verständigt?«

»Ja. Mit dem Handy. Sie wollten hier Schlitten fahren und haben Schneebälle in den Höhleneingang geworfen.«

Petra Stengl nickte. »Gute Arbeit, Kollege.« Dann wandte sie sich an einen KTU-Mann, der gerade damit begann, einige Scheinwerfer in seinem Kombi zu verstauen. »Haben Sie keine Kleider gefunden?«

»Weder Kleider noch Leiter noch Tatwaffe. Der Mörder muss alles wieder mitgenommen oder anderweitig entsorgt haben.«

Petra Stengl fröstelte, sie rieb sich die kalten Hände. »Das spricht für Planung. Und Reifenspuren?«

»Bei diesem Wetter? Längst zugeschneit.«

Der KTU-Mann hielt im Aufräumen inne und reichte ihr und den beiden anderen Ermittlern eine Thermoskanne mit heißem Tee.

Dankbar lächelte sie ihn an. »Können wir Mai Li damit als Mörderin von Karl Besser ausschließen?«

Denzlein zuckte mit den Schultern. »Ich würde sie noch nicht von der Liste streichen, auch wenn das bedeutet, dass wir es mit zwei Mördern zu tun haben. Erst erstickt Mai Li ihren Kunden – dafür sprechen ihre Fingerabdrücke, die wir gefunden haben –, dann wird sie selbst zum Opfer.«

»Weil man sie zum Schweigen bringen will? Aus Rache?« Petra Stengl schüttelte abwägend den Kopf. »Auf jeden Fall startet ihr Mann in unserem Verdächtigen-Grand-Prix damit wieder von der Poleposition. Er hat für den Besser-Mord kein Alibi und für den Mord an seiner Frau ein Motiv.«

»Trotzdem passt das alles nicht zusammen. Warum sollte er ausgerechnet Besser umbringen? Mai Li hatte doch viele Kunden, die sich von ihr den Hintern versohlen ließen, nicht nur ihn.«

»Verdammt, das weiß ich doch auch nicht. Vielleicht war es einfach ein blöder Zufall. Besser hing zur falschen Zeit am falschen Ort beziehungsweise am falschen Andreaskreuz!« Petra Stengl war mehr wütend auf sich als auf Denzleins berechtigte Frage. Die Aufklärung des Falles dauerte schon viel zu lange. Sie musste Ergebnisse liefern, sonst war es mit ihrer Karriere und einer Rückkehr nach Augsburg vorbei.

»Und was ist mit Münz? Hat der ein Alibi für den Tatzeitpunkt?«

»Nach eurem grandiosen Auftritt im ›Pelikan‹ habe ich noch mal mit ihm telefoniert. Er will zu Hause gewesen sein. Im Bett.«

Denzlein runzelte die Stirn. »Und seine Frau kann das natürlich bezeugen?«

»Nein, die war im Urlaub. Ski fahren in Seefeld.«

»Und die Herren Sonnelach und van Dijk haben natürlich auch nichts mit dem Mord an Besser zu tun«, ereiferte sich Thomas Kurz. »Und natürlich haben die ein Alibi. Natürlich, natürlich, natürlich. Im Rahmen meiner Ermittlungen gegen die feinen Herren wegen Betrugs mittels manipulierter Glücksspielautomaten habe ich alles nochmals überprüft.«

»Aber das ist doch klar, dass die ein Alibi haben«, sagte Denzlein. »Herren wie Sonnelach oder Luuk van Dijk erledigen die Schmutz- und Aufräumarbeiten nie selber. Sie lassen machen. Natürlich! In diesem Zusammenhang fällt mir ein: Der Sicherheitschef von Luuk van Dijk, Karldieter Frohnacher, saß einige Jahre wegen schwerer Körperverletzung im Gefängnis. Hat aber für den Mord an Besser ein Alibi – natürlich von seinem Chef. Wie schon gesagt: Es ist immer die gleiche Leier.«

Die Polizeirätin schwieg.

»Komm, lass uns fahren, Petra! Wir machen dem Witwer unsere Aufwartung.«

Reuter öffnete den beiden Ermittlern die Tür. »Waaas woll… wooll… wollen Sie schon wieder von mir?« Der Bosch-Arbeiter war sturzbetrunken und nur mit einer ausgeleierten weißen Unterhose und einem schlampig zugebundenen Bademantel im Design der sechziger Jahre bekleidet. Auf dem Wohnzimmertisch standen mehrere leere Bierflaschen, in einem bunten Pizzakarton schimmelte ein angebissenes Stück Teigware seiner Zersetzung entgegen. Der Aschenbecher quoll über von Zigarettenstummeln, in der Spüle stapelte sich das schmutzige Geschirr bis an die Decke. In der überheizten Wohnung stank es nach Rauch, abgestandenem Gerstensaft und altem Schweiß.

Angewidert angesichts dieses Angriffs auf jedes halbwegs intakte Immunsystem verzog Petra Stengl ihren Mund. Denzlein ging zum quäkenden Breitbildfernseher und entzog Richterin Barbara Salesch per Knopfdruck das Wort.

»Was soll der Scheiß?«, polterte Reuter.

»Schluss mit Hartz-IV-TV, Herr Reuter! Wir haben heute

Morgen eine Leiche gefunden. Wahrscheinlich handelt es sich bei ihr um Ihre Frau.« Petra Stengl verzichtete auf jede Beileidsfloskel.

Reuter starrte sie mit offenem Mund an, rülpste laut und ließ sich auf das Sofa plumpsen. Dann kratzte er sich im Schritt. »Sch… Schei… Scheiß-Schlampe«, stammelte er. Speichel lief ihm aus seinem Mund, für einen kurzen Moment waren seine gelben Zähne zu sehen.

»Herr Reuter, haben Sie verstanden, was ich gesagt habe? Die Leiche, die wir gefunden haben, ist vermutlich Ihre Frau!«

»Scheiß-Schlampe!« Seine verquollenen und rot geäderten Augen funkelten aggressiv. »Hat, hat, hat sie verdient … diese Nutte!«

»Herr Reuter, haben Sie Ihre Frau getötet?« Nobby Denzlein fixierte den Betrunkenen wie ein Scharfschütze sein Ziel.

»Frau getötet? Quatsch. Ich habe die … diese Schla… Schlampe nicht umgebracht!« Mühsam hangelte sich Reuter aus dem violett marmorierten Sofa heraus und baute sich schwankend vor den beiden Ermittlern auf. »Und nun verpisst euch, ihr Scheißbullen«, schrie er, ohne zu lallen, »wenn ihr mich nicht festnehmt!« Reuter riss die Tür auf: »Ihr könnt mich alle mal! Raus jetzt!«

Den nächsten Tag verbrachten Petra Stengl und Nobby Denzlein im Polizeigebäude. Sie gingen die Akten mit ihren zwölf Kollegen der schon vor einiger Zeit gebildeten Soko Studio durch und überdachten den Ermittlungsstand.

Nach der gut einstündigen Besprechung zogen Stengl und Denzlein sich gegen sechzehn Uhr wieder in ihr Dienstzimmer zurück. »Dem Reuter können wir wirklich nichts nachweisen«, sagte der Kommissar angesäuert. »Es sei denn, unsere Kollegen finden bei der erneuten Hausdurchsuchung die Tatwaffe oder Blut an seinen Kleidern.« Wütend knüllte er ein Papier zu einer Kugel zusammen und versenkte sie mit einem eleganten Wurf in einem an der Tür hängenden Miniatur-Basketballkorb. »Ein Super-Dreier! Hätte Casey Jacobsen auch nicht besser machen können!«

Seine Kollegin konnte mit Denzleins Begeisterung für den ehemaligen Bamberger Starspieler nichts anfangen.

»Reuter säuft zwar wie ein Loch, aber ist bestimmt nicht so bescheuert, die Mordutensilien zu Hause aufzubewahren. Und wenn Mai Li etwa zur gleichen Zeit ermordet wurde wie Besser, dann hatte Reuter mehr als genug Zeit, alle Spuren zu beseitigen.« Petra Stengl starrte zum Fenster mit grün-weißem Rahmen hinaus. Im dunkler werdenden Tag tanzten einige Schneeflocken langsamen Walzer. In einiger Entfernung meinte sie, die kantige Silhouette des Bamberger Spaßbades zu erkennen. Aber nein, das konnte unmöglich das Bambados sein. »Sieht aus wie ein Schutzbunker oder eine Flakstellung aus dem Zweiten Weltkrieg«, sagte sie mehr zu sich als zu ihrem Kollegen.

»Was sieht aus wie eine Flakstellung? Reuters Wohnung?«

»Nein, das Bambados. Wer die schmutzig gelb-grüne Farbe für die Außenfassade gewählt hat, muss Kunst und Design an der Bundeswehr-Hochschule studiert haben, findest du nicht auch?«

»Außen pfui, innen hui«, verteidigte Denzlein das Bamberger Prestigeobjekt. »Die Rutsche ist klasse, echt geil!«

»Du machst im Bambados tatsächlich eine Altherrensause durch die Röhre?«

Denzlein grinste. »Absolut!« Es schien, dass er langsam mit dem Witz der Polizeirätin klarkam. Zumindest manchmal. Alles hatte seine Zeit. Auch die Frauen. »Und wenn wir mit unseren Vermutungen und Hypothesen völlig falschliegen?«

»Wie meinst du das?«

»Besser nackt am Andreaskreuz erstickt, Grablichter davor. Ein merkwürdiges Bildchen von Hieronymus Bosch in seinem Rachen. Dann eine enthauptete Frau in einer gruseligen Jungfernhöhle, auch nackt – das könnte doch auch auf einen Verrückten, auf einen Psychopathen oder Ähnliches hindeuten.«

»Oder auf Ritualmorde? Oder einen Serienkiller?« Petra Stengl schüttelte energisch den Kopf. »Lass gut sein. Kennst du eine gute Bauernwirtschaft? Ich habe Hunger und einen ordentlichen Durst.«

»Um die Zeit?«

»Ja, um die Zeit. Wie sagt ihr Franken immer so enthusiastisch?«

»Des bascht scho?«

»Ja, des bascht scho.«

Denzlein freute sich. Petra war einfach klasse! Er hatte es schon immer gewusst.

19

»Nimm einem Durchschnittsmenschen seine Lebenslüge, so nimmst du ihm zugleich sein Glück.«

Henrik Johan Ibsen, norwegischer Schriftsteller (1828–1906)

Der Killer blickte sich vorsichtig um. Niemand war zu sehen. Bis auf eine alte Frau, die mit gebeugtem Rücken dem Ausgang des Bamberger Hauptfriedhofs entgegenwankte. Ein leichter Windstoß zerzauste ihre violett gefärbten Haare. Als sie ihre Frisur wieder richten wollte, rutschte sie auf einer Eisplatte fast aus, konnte sich gerade noch fangen. Nein, von dieser Person ging keine Gefahr aus.

Hasserfüllt starrte er auf das vor ihm liegende mondäne Grab. Mit einem kräftigen Kick trat er das rote Grablicht um, dann öffnete er umständlich seinen Hosenstall und pinkelte mit dickem Strahl gegen die zwei mannshohen schwarzen Marmorstelen, die in Augenhöhe durch eine Edelstahlplatte verbunden waren. Sein Urin platschte auf die Grabinschrift und suchte sich seinen Weg durch die eingravierten Buchstaben.

»›Auch wenn das Böse versucht hat, uns zu trennen, so sind wir für immer eins. In ewiger Liebe. Deine Michelle‹«, las er angewidert. »Das Böse«, murmelte er höhnisch. »Das Böse warst du, du Dreckschwein.« Er schüttelte ab. Die letzten Tropfen versickerten im blütenweißen Neuschnee und hinterließen einen gelb gepunkteten Teppich. Verächtlich zog er seinen Speichel im Mund zusammen, rotzte kräftig in Richtung der Grabstelen – und verfehlte sie.

Die Ermordung von Karl Besser vor gut zwei Monaten war für den Killer eine Genugtuung gewesen. Doch das Glücksgefühl, das durch seine Venen wie ein Wildbach durch ein Gebirgstal nach der Schneeschmelze gerauscht war, hatte nicht lange angehalten. Die Zeitungen ergötzten sich zwar an der Art des Todes, brachten aber nichts über die Machenschaften von Besser und seiner Firma. Von Reittaler wusste der Killer, dass beide Marktführer immer noch hemmungslos an den Automaten herumtricksten und damit ihn und Hunderttausende andere Spieler tagtäglich dreist beschissen. Reittaler warnte ihn bei jeder Begegnung, von Betrug zu sprechen. Schließlich sei noch nichts endgültig bewiesen, und weder Sonnelach noch van Dijk seien bisher verurteilt worden. Ganz im Gegenteil: Zwei Ermittlungsverfahren seien wieder eingestellt worden, und eine in Bayern gebildete Sonderkommission der Kripo habe sich inzwischen auf Anweisung von ganz oben sang- und klanglos Ende Januar aufgelöst. Doch der Killer konnte und wollte nicht verstehen, dass Sonnelach und van Dijk immer noch ihre Hände in Unschuld waschen konnten. Einfach unfassbar, dass niemand etwas gegen sie unternahm!

Er war stinksauer. Sicherlich war Reittaler, mit dem er in ständigem Kontakt stand, kein schlechter Journalist. Es ehrte ihn sogar, dass er zu ihm den Kontakt gesucht und ihn ins Vertrauen gezogen hatte. Doch immer häufiger beschlich den Killer das Gefühl, dass die beste Zeit von Reittaler vorbei war. Als er einen Bekannten beim »Fränkischen Tag« gefragt hatte, ob er Reittaler kannte, hatte der resigniert genickt und gesagt, dass dessen angebliche Enthüllungsstorys niemand mehr drucken würde. »Reittaler gilt in unserer Branche als verbrannt«, hatte er erklärt. »Er schießt zu oft über das Ziel hinaus. Schon mehrmals ist es richtig teuer für die Zeitungen geworden, die seine Geschichten dennoch gebracht haben.«

Aber okay, Besser, das Schwein, war tot. Ein Anfang war gemacht. Der Killer zündete sich eine Zigarette an und sog den Rauch langsam in seine Lungen. Doch letztlich gehörten all diese Betrüger an die Wand gestellt! Allen voran Sonnelach. Und nicht zu vergessen van Dijk. Veränderten einfach die Auszahlungsquoten! Fünf Freiheitsstatuen! Zehntausend Euro Gewinn! Er war diesen Verbrechern auf den Leim gegangen.

Und Reittaler schien sein Wort nicht halten zu können, die Machenschaften der Branchengrößen in den Medien anzuprangern. »Über Tote redet und schreibt man nicht schlecht. Zumindest für einige Zeit«, hatte der Journalist seinen Misserfolg bei den Medien begründet. »Wir müssen Geduld haben. Geduld ist eine der wichtigsten Waffen eines Journalisten.«

Aber der Killer hatte keine Geduld. Er wollte Rache. Rache für seine gescheiterte Ehe. Rache für sein gepfändetes Haus. Rache für sein verlorenes Geld, mit dem Sonnelach & Co ihr Luxusleben finanzierten. Einen Zocker wie ihn zockte man nicht ab. Nicht ihn und schon gar nicht mit solchen Methoden!

Es hatte sich äußerst schwierig gestaltet, Sonnelach allein zu observieren. Zunächst entpuppte sich seine amateurhafte Überwachung als reiner Aktionismus, um seine unbändige Wut auf den Millionenbetrüger weiterzufüttern. Leute wie Sonnelach erledigte man nicht, indem man sich auf die Lauer legte. Leute wie Sonnelach überführte man mit Akten, Bauplänen oder Informanten. In diesem Punkt hatte Reittaler schon recht. Er konnte diesem Schurken ja nicht einmal auf eine seiner zahlreichen Geschäftsreisen folgen, dafür fehlte dem Killer schlichtweg das Geld. Und in der Öffentlichkeit wurde Sonnelach von seinen Bodyguards abgeschirmt. Da war kein Rankommen. Aber was hatte er auch schon davon, wenn Sonnelach sich zur Wurstbude auf dem Coburger Marktplatz chauffieren ließ, um sich zwei Bratwürste mit ein wenig Senf in seinen gierigen Schlund zu stopfen? Fast schien es dem Killer so, als würde ihn dort der in Bronze gegossene Gatte der englischen Königin Victoria, der schöne Prinz Albert, von seinem Sockel aus für seine stümperhaften Überwachungsmethoden auslachen. Im Sternerestaurant »Goldene Traube« wäre der Killer fast den beiden Sicherheitsleuten aufgefallen, weil er sich am Nebentisch nur ein Wasser, aber nichts zu essen bestellen konnte. Und als der Automatenkönig das Musical »Blues Brothers« im Coburger Landestheater besuchte, konnte er sich nicht an seine Fersen heften, weil die Vorstellung schon seit Wochen ausverkauft war.

Mehrere Tage hatte er sich vor Sonnelachs Coburger Villa bereits den Arsch abgefroren, als seine Observation endlich Früchte zu tragen schien: Eines Abends hatten sich zwei Sicherheitsleute einen vor der Villa herumschnüffelnden Mann gepackt und ihn recht unsanft ins Haus geschleift. Etwas später in der Nacht hatten sie dann einen zusammengerollten Teppich in ihrem Wagen verstaut und waren davongebraust. Der Killer hatte versucht, ihnen zu folgen, doch am Kreisverkehr vor dem Brose-Werk waren sie ihm entwischt. Ein niederrheinischer Obstlaster hatte sich zwischen seinen und ihren Wagen geschoben, und auf der Zufahrtsstraße zur Autobahn waren die beiden Sonnelach-Leute aufs Gas gestiegen. Schon damals beschlich den Killer das unbehagliche Gefühl, dass die beiden Gorillas seine Verfolgung bemerkt hatten.

Nach dem ersten Treffen mit Reittaler im Gasthof »Fischer« in Rothensand hatte er versucht, die anderen Zocker aufzuklären. Doch die hatten nur ungläubig den Kopf geschüttelt und sich wieder ihren Automaten zugewandt. Lediglich Mai Li, die aparte Asiatin mit den streng nach hinten gekämmten Haaren, hatte ihm länger zugehört. Sie schien in den vergangenen Monaten viel Geld verloren zu haben. In Bamberger Zockerkreisen sprach man von rund fünfzigtausend Euro. Was an diesem Gerücht dran war, wusste der Killer nicht, aber aufgrund eigener Erfahrungen hielt er eine solche Summe für durchaus möglich. Allerdings hatte Mai Li das Geld nicht nur im Spielcasino am Bahnhof, sondern auch in der Hinterstube eines Asia-Ladens verloren. Von Reittaler wusste der Killer, dass auch die Kebab-Ganoven inzwischen die Software von »Sonnelach« und »Enjoy the Game!« geknackt hatten – und so wie diese froh und munter ihre Kunden in ihren Spielhöllen abzocken konnten.

Die Software-Hacker wurden in der Szene wie rohe Eier behandelt und entsprechend ihrer Leistung gut bezahlt. Reittaler hatte ihm von einem Kerl namens Bernie erzählt, einer Hacker-Legende, der von seinen türkischen Beschützern in den Kellerräumen eines Eiscafés vor der Konkurrenz versteckt wurde.

Zunächst schienen Sonnelach und van Dijk wütend über den erfolgreichen Hackerversuch der Türken-Mafia gewesen zu sein, hatte Reittaler recherchiert, würden aber deren Software-Manipulationen inzwischen zu ihren eigenen Gunsten instrumentalisieren. Da der Glücksspielmarkt mit Tausenden neuen Geräten als komplett gesättigt galt, kämen die Manipulationen der Kebab-Ganoven Sonnelach und van Dijk wie gerufen: Die anständigen Automatenaufsteller verlangten verzweifelt nach neuen, sicheren Maschinen, deren Software nicht zu knacken sei. Und Sonnelach und van Dijk waren nur allzu gerne bereit, diesem für sie äußerst lukrativen Wunsch zu entsprechen. Dass in ihren eigenen Maschinen, äußerlich baugleich mit denen, die sie an die Aufsteller lieferten, die Auszahlungsquote beeinflussbar war, mussten sie ihren genauso braven wie einfältigen Abnehmern ja nicht auf die Nase binden.

Auch diese Entwicklung hatte der Killer versucht, Mai Li zu erläutern, war sich aber nicht sicher gewesen, ob die Asiatin die komplexen Zusammenhänge auch wirklich erfasst hatte. Die Wörter »Betrug«, »Manipulation« und »veränderte Auszahlungsquote« verstand sie allerdings. Als der Killer in diesem Zusammenhang den Namen Besser nannte, war sie regelrecht zusammengezuckt und hatte ihn so fest am Arm gepackt, dass es wehgetan hatte. Etwas irritiert über die Wirkung seiner Worte hatte der Killer gesehen, wie der Asiatin ihre freundlichen, jedoch normalerweise undurchdringlichen Gesichtszüge für einen kurzen Moment entglitten. Er meinte, sich auch an Tränen in ihren Augen erinnern zu können. »Besser? Karl Besser? Aus Bamberg?«, hatte sie dann gezischt.

Der Killer schnippte die Zigarettenkippe verächtlich auf Bessers Grab. Wenn dessen Ermordung die Aufdeckung des Millionenbetruges verzögerte, wie Reittaler argumentierte, dann musste man eben nachhelfen. Nur wie? Wütend stapfte der Killer durch den Schnee. Wie Autoscooter kollidierten die Gedanken in seinem Kopf. Und schaffte es einer der Gedanken, sich für einen Moment aus der ineinander verkeilten Masse zu lösen, so wurde er sofort wieder von einem anderen gerammt.

Seinen klapprigen Golf stellte er in der Oberen Sandstraße auf einem Anwohner-Parkplatz nahe dem »Pelikan« ab. Scheiß drauf, dachte er, als er die Tür seiner Rostlaube zuschlug. Sollen die Parkhexen mir doch ein Knöllchen verpassen! Der Killer brauchte ein Bier. Unbedingt. Im »Schlenkerla«? Warum nicht?

Schnellen Schrittes durchquerte Stierig die Bamberger Altstadt. Er erklomm die zwei Stufen zum weltbekannten Rauchbierparadies, stieß die schwere Eingangstür des historischen Fachwerkhauses auf und betrat die »Alte Stube«. Fröhliches Lachen, helles Gläsergeklirr, internationales Stimmengewirr und eine angenehme Wärme schlugen ihm entgegen. Er suchte nach einem Platz, quetschte sich zu einigen Chinesen an einen blank gescheuerten Tisch. Die Asiaten schienen dem Rauchbier schon zugesprochen zu haben und versuchten mit immer größer werdenden Augen, so viel wie möglich von der einzigartigen fränkischen Wirtshauskultur aufzusaugen. Die tief hängende Decke der Wirtsstube mit ihren fast pechschwarzen Balken, deren dunkle Farbe von Rinderblut stammte, mit dem man sie früher zum Schutz getränkt hatte, ließ, mal abgesehen vom Bierkonsum, jede chinesisch-fränkische Konversation fast unmöglich werden.

Der hagere Asiate neben dem Killer versuchte es dennoch. »Gut, deutsche Esse gut«, lallte er und zeigte auf seinen vor ihm stehenden Teller.

Der Killer identifizierte die Essensreste als Bamberger Zwiebel in Rauchbiersoße mit Kartoffelpüree. Keine schlechte Grundlage für einen schönen Rausch, dachte er und stieß mit seinem Nebenmann an, der sofort bemerkte, dass der Killer etwas anderes trank als er. »Das ist Fastenbier, äh, *beer after the* Fasching *time*«, versuchte der Killer, seinem Trinkgenossen das nur von Aschermittwoch bis Ostern im »Schlenkerla« erhältliche unfiltrierte rötlich braune Gebräu zu erklären. »Ein Trick von den Mönchen, die Fastenzeit besser zu überstehen, denn Flüssiges bricht das Fasten nicht. Also erfanden sie das nahrhafte Fastenbier, bei dem ist die Brotzeit quasi schon mit drin.«

Der Chinese glotzte ihn verständnislos an, bevor er über das ganze Gesicht grinste. »Fastenbiel? Ah, ich velstehe!«

Der Killer musste lachen. Sein Trinkkumpan hatte nichts verstanden. Egal. Erneut stieß er mit ihm an. Beide lachten. Der Killer bestellte sein mittlerweile fünftes Seidla und leerte es mit zwei tiefen Schlucken.

Bewundernd nickte ihm der Chinese zu, wollte anscheinend wieder Konversation betreiben. »Bambelg schöne Stadt …«

In der Hosentasche des Killers vibrierte sein Handy. Auf dem Display leuchtete der Name von Reittaler auf. Bedauernd hob er seine Hände, ging ran. Der Killer versuchte, mit Reittaler zu sprechen, doch der Lärmpegel in der Gaststätte war zu hoch. Zudem redete sein chinesischer Zechkumpan immer noch auf ihn ein und schwenkte begeistert das Seidla vor seinem kleinen Kopf. »Plost!«

Der Killer zwang sich ein Lächeln ins Gesicht, deutete bedauernd auf sein Handy und schwankte nach draußen.

»Können Sie mich jetzt verstehen?«, fragte Reittaler.

Der Killer bejahte.

»Ich habe ein Problem. Ich habe die Info erhalten, dass mein Journalistenkollege Förtsch die Seiten gewechselt hat und neuerdings mit Geld um sich schmeißt, obwohl er gerade ein teures Scheidungsverfahren am Hals hat und –«

»Was heißt das?«, unterbrach der Killer seinen Gesprächspartner.

»Was soll das schon heißen? Der Kerl hat ähnliche Informationen wie ich über die ›Sonnelach AG‹ und soll sich auch schon mit Besser getroffen haben. Und jetzt hat er sich im ›Bamberger Hof Bellevue‹ einquartiert und spielt den dicken Maxe. Mit seinem normalen Haushaltsetat könnte er sich das nie leisten. Da fragt man sich doch: Woher kommt die Knete so plötzlich, und was hat er dafür getan?«

»Scheißkerl, hat denn niemand mehr noch ein Fünkchen Anstand im Leib?«, schimpfte der Killer aufgebracht. »Die gehören doch alle in einen großen Sack gesteckt und dann totgeprügelt!«

»Stierig, Stierig, Sie können doch nicht alle Betrüger und Erpresser umbringen«, lachte Reittaler. »So viele Plätze sind in der Hölle im Moment gar nicht frei. Außerdem gibt es die zweiundsiebzig schwarzäugigen Jungfrauen für Märtyrer nur im muslimischen Glauben.«

»Ich finde das überhaupt nicht witzig, Herr Reittaler. Ich habe in meinem Leben noch nie beschissen! Und diese Schweine bescheißen ohne Ende oder wechseln die Seiten wie andere Leute ihre Unterhosen! Und keiner unternimmt was!«

»Nun, lieber Herr Stierig, vielleicht haben Sie damit sogar recht«, versuchte Reittaler, den Killer zu beruhigen, »aber Sie können etwas tun. Beruflich bin ich im Moment eingebunden, ich kann mich erst in einigen Tagen loseisen und nach Bamberg kommen. Könnten Sie bis dahin den Kollegen Förtsch beschatten? Natürlich unauffällig. Vielleicht kriegen wir Sonnelach und Konsorten dran, wenn wir nachweisen können, dass Förtsch sie erpresst.«

»Wie meinen Sie das?«

»Ganz einfach. Wer sich erpressen lässt, der muss schon gewaltigen Dreck am Stecken haben, sonst würde er doch nicht zahlen. Und wenn Förtsch Sonnelach erpresst oder erpresst hat, dann muss er explosive Beweise gegen ihn in der Hand haben.«

»Aber ich weiß ja nicht einmal, wie dieser Förtsch aussieht«, warf der Killer ein.

»Ich schicke Ihnen gleich per WhatsApp ein Bild von der Type. Bis morgen stelle ich Ihnen ein Dossier über Förtsch zusammen und maile es Ihnen. Dann können Sie sofort mit der Überwachung beginnen. Okay?«

»Okay.«

Im »Schlenkerla« setzte der Killer sich wieder zu den Chinesen und bestellte ein weiteres Fastenbier. Ungeduldig wartete er auf Reittalers Nachricht, nahm die Verbrüderungsversuche seines chinesischen Trinkkumpans kaum mehr wahr.

Enttäuscht wandte dieser sich schließlich seinen Landsmännern zu, die mit zwei jungen Amerikanern verzweifelt versuchten, das »Hofbräuhauslied« zu intonieren. Als die Nachricht von Reittaler auf seinem Handy aufleuchtete, orderte der Killer ein letztes Bier, das er mit drei Rauchbierschnäpsen herunterspülte.

»Ich … muss, muss jetzt gehen«, lallte er der fröhlichen Tischgemeinschaft zu und zeigte auf die Nachricht. Der Kellnerin drückte er zwei Scheine in die Hand, ohne die Rückgabe des Restgeldes abzuwarten, und taumelte durch die Fußgängerzone. Er hatte einen Entschluss gefasst: Er würde noch heute mit der Beschattung dieses Scheißjournalisten beginnen!

Der Grüne Markt war fast menschenleer, das Wetter einfach

zu schmuddelig, um nach Ladenschluss noch zu promenieren. In den wärmeren Jahreszeiten war der Platz stets proppenvoll, die Menschen genossen vor den Cafés und Eisdielen die Sonne, Touristen drängelten sich von einer Sehenswürdigkeit zur nächsten, und die Bamberger kauften bei zahlreichen Bauernständen einheimisches Obst, Gemüse, Steinpilze und die berühmtesten Kartoffeln der Kaiserstadt, die fingerähnlichen, leicht nussig schmeckenden Bamberger Hörnla.

In der Adventszeit lockte auf dem Platz der Weihnachtsmarkt mit Glühwein-, Glühbier- und Wurstständen. Und wer etwas ganz Besonderes zum Aufwärmen brauchte, der griff zur »Schwarzen Witwe«, einem traditionsreichen Bamberger Punsch mit dem unverwechselbaren Geschmack nach Süßholz. Der Anbau der in Nordeuropa eher nicht heimischen Pflanze hatte in Bamberg eine jahrhundertelange Tradition, ehe Chemie und ein anderer Süßgeschmack der Menschen ihn Mitte des 20. Jahrhunderts ihn zum Erliegen gebracht hatten. Erst seit einigen Jahren wurde die Pflanze in der Domstadt wieder auf kleinen Flächen angebaut – und sollte irgendwann wieder großflächig für die besondere Geschmacksnote des heißen Gesöffs geerntet werden. Bis dahin bediente man sich des Süßholzes aus anderen Regionen.

In dem Mann in schwerer Lederjacke, der ihm mit schnellen Schritten auf dem Grünen Markt entgegenkam, glaubte der Killer den Kerl zu erkennen, den er beschatten sollte. Dessen Hackfresse er auf dem Handy hatte. Das war kein Zufall, das war göttliche Fügung!

»Stopp!«, schrie der Killer und packte den Mann fest am Ärmel. »Du bischt … du bischt doch dieser Arsch von einem Journalisten. Du bischt doch die… dieser Förtsch?«

»Na und? Irgendwelche Probleme damit?«, raunzte Förtsch. »Lassen Sie mich sofort los! Sie sind ja total betrunken, Sie besoffenes Schwein!«

»Du bist das Schw… Schwein«, lallte der Killer. »Du … du erpresst Sonnelach, statt ihn hoch… hochgehen zu lassen!«

»Ach nee, was du nicht sagst!« Mit einem energischen Ruck

schüttelte Förtsch den Arm des Killers ab und zog sein rechtes Knie hoch, genau zwischen die Beine seines Gegenübers. Als sich Stierig vor Schmerzen krümmte, traf Förtsch ihn mit einer ansatzlosen rechten Geraden mitten im Gesicht. Der Kopf des Killers wurde nach hinten geschleudert, trudelte wie ein auslaufender Kreisel. Er spuckte Blut und Zähne und versuchte, sich gegen den einsetzenden Schlaghagel zu wehren. Doch seine Fäuste stießen nur unkontrolliert in die Luft. Förtsch setzte nach und versenkte einen brutalen Haken in der Leber seines unfreiwilligen Sparringpartners. Es dauerte zwei lange Sekunden, die von ungläubigem Staunen des Killers begleitet wurden, dann sackte er zusammen, und sein massiver Körper krachte gegen das Gitter des von den Einheimischen »Gobelmo« oder »Gabelmann« genannten barocken Brunnens, dessen Figur den römischen Wassergott Neptun darstellen sollte. Der Harley-Fahrer trat seinem wehrlosen Opfer noch zweimal gegen den von der Treppe baumelnden Kopf. Neptuns Dreizack war das Letzte, was Stierig für einige Zeit sehen sollte.

Förtsch beugte sich über den Bewusstlosen: »Keiner pfuscht mir ins Handwerk, auch du nicht, du miese Ratte!«

20

»Wer bist du, dass du mein Leben beurteilst, das ich lebe? Ich weiß, ich bin nicht perfekt, und lebe nicht, um perfekt zu sein. Aber bevor du anfängst, mit dem Finger auf mich zu zeigen, vergewissere dich, dass deine Hände sauber sind.«

Bob Marley, jamaikanischer Sänger, Reggae-König (1945–1981)

»Petra, können wir einen kleinen Umweg über St. Getreu machen? Meine Tochter hat angerufen. Sie braucht Geld, um sich Kippen kaufen zu können.«

Die Polizeirätin nickte gnädig. Auf die halbe Stunde kam es nicht an, sie würde schon noch zu ihrem Bier kommen. »Hat deine Tochter denn kein eigenes Geld?«, fragte sie.

Denzlein verzog das Gesicht. »Daniela hat noch nie richtig gearbeitet«, stieß er hervor, und in seiner Stimme mischten sich Wut, Enttäuschung und väterliche Fürsorge. »Im Moment lebt sie von Hartz IV und macht einen auf Frührentnerin. So ein Gramm Crystal Meth kostet zwischen achtzig und hundertfünfzig Euro, je nach Qualität und Herkunft. Manchmal prostituiert sie sich. Aber bei ihrem Drogenkonsum reicht das Geld allenfalls für ein paar Tage. Dann ist sie wieder blank, jammert herum, und das Spiel beginnt von Neuem. Ihre Lebensmittel holt sie sich bei der Bamberger Tafel des St. Vinzenzvereins. An ihrer Misere sind immer die anderen schuld. Mal haben wir als Eltern versagt, weil wir uns getrennt haben, dann ist es der böse Chef, der ihr die Ausbildung zur Bürokauffrau versaut hat. Dabei hat meine Tochter den Job selber hingeschmissen, weil sie mit irgendeinem obskuren Rückführungstherapeuten ihre früheren Leben als mittelalterliche Magd und Tänzerin quer durch Deutschland erforschen wollte. Als sich der schöne Navigator durch ihr Jenseits mit einer Jüngeren im Diesseits nach Kärnten davongemacht hat, waren es dann Amulette, Engelsbilder, magische Edelsteine, Feng-

Shui, Runenorakel, Magnetfeldtherapien, Schamanen, Gurus, Tarotleger und Pendel- und Wünschelruten-Experten, mit denen sie ihr verkorkstes Leben meistern wollte.«

»Und dazu kam erst Kiffen und dann Crystal Meth?«, unterbrach Petra Stengl ihren sich in Rage redenden Kollegen.

»Ja – und auf einmal war alles prima. Plötzlich hatte sie die Power, nach der sie immer gesucht hatte. Gute Laune auf Knopfdruck quasi …« Denzlein schüttelte niedergeschlagen den Kopf. »Das Zeug macht sie nicht nur im Gehirn kaputt, sondern auch körperlich. Daniela war mal ein verdammt hübsches Mädchen …« Seine Stimme brach. Aufgewühlt trommelten seine Finger auf das Lenkrad des Dienstwagens.

Die Polizeirätin legte tröstend ihre Hand auf seinen Arm. »Konzentriere dich wieder auf den Verkehr«, ermahnte sie ihn. Ihrer Meinung nach bretterte Denzlein etwas zu forsch durch die malerischen Gässchen der Bamberger Altstadt den Michelsberg hinauf. »Sonst findet das Bier heute noch ohne uns statt.«

Denzlein stellte den Wagen im Halteverbot direkt vor der Klinik ab. »Wir sind doch dienstlich unterwegs, oder?«, grinste er Petra Stengl verschwörerisch an. »Die zwei Euro für den Parkplatz investiere ich lieber in unser erstes gemeinsames Bier.«

Petra Stengl wollte schon protestieren, ließ es aber angesichts der Gefühlslage ihres Kollegen zu ihrem eigenen Erstaunen sein. »Soll ich dich begleiten?«

Denzlein nickte.

Zielsicher steuerte der Kommissar durch die langen Flure des Eingangsbereichs die Aufzüge an und drückte auf den roten Knopf für Ebene zwei. Zur Überraschung der Polizeirätin schoss der Lift nicht nach oben, sondern fuhr in die Tiefe. Denzlein bemerkte ihren fragenden Blick. »Die Bekloppten versteckt man vor der normalen Außenwelt ganz tief unten«, versuchte er sich in Galgenhumor. Als die Türen des Lifts auseinanderglitten, hastete er mit großen Schritten zur Station. Petra Stengl trippelte auf ihren High Heels mühsam hinterher. Erst nach mehrmaligem Klingeln und einem prüfenden Blick der diensthabenden Schwester öffnete sich die schwere Einlasspforte der geschlossenen Abteilung. Drinnen roch es nach Bohnerwachs und Einsamkeit.

Eine abgemagerte Frau in einem graublauen Trainingsanzug schlurfte ihnen entgegen. Ihre Beinchen waren erschreckend dürr, die Füße steckten in viel zu großen Plastik-Clogs, die wirren Haare wurden von einem einfachen Gummiband nur mühsam gezähmt. Über das ehemals wohl schöne Gesicht huschte ein scheues Lächeln, das in den dunklen Augenhöhlen schnell wieder erlosch. Die Gesichtshaut wirkte dünn wie Pergament. Sie war über und über mit rostbraunen Quaddeln und aufgekratzten Stellen übersät, spannte sich über spitze Wangenknochen und drohte jeden Augenblick einzureißen.

»Papa, schön, dass du gekommen bist«, sagte das Zombie-Wesen mit dünner Stimme. »Hast du die Knete dabei? Ich bin komplett blank. Ich kann mir noch nicht mal Kippen oder Tampons kaufen.«

Denzlein wandte sich um, sah den entsetzten Blick seiner Kollegin. »Viele Crystal-Süchtige kratzen sich die Haut auf, weil sie in dem psychotischen Zustand glauben, dass sich Käfer darunter eingenistet hätten«, flüsterte er Petra Stengl zu und umarmte dann steif seine Tochter. »Wie geht es dir?«

»Es geht«, antwortete Daniela und wurde dann lauter. »Ich kann nicht schlafen, und die Scheißärzte geben mir nichts! Die sind doch alle krank! Ich will hier raus, verdammte Scheiße!«

»Sollen wir uns nicht lieber setzen?« Denzlein wies auf die schlichten Stühle im Besucherzimmer.

»Nein, ich kann nicht sitzen. Ich will nicht sitzen! Ich will endlich raus aus diesem Puff!«

»Du musst Geduld haben, Daniela. Das ist deine letzte Chance, haben die Ärzte gesagt.«

»Die Scheißärzte reden nur Dreck. Ich kann mit Crystal umgehen. Ich bin doch nicht abhängig. Andere ziehen sich viel mehr durch die Nase als ich. Ein paar Gramm am Tag. Ich nehme höchstens ein, zwei Lines im Monat! Um gut drauf zu sein, verstehst du? Um mal abzutanzen und richtig Party zu machen. Crystal macht einen einfach geil, Papa! So guten Sex wie mit Crystal hatte ich noch nie!«

Denzlein blickte verschämt zu Boden. Mit der rechten Schuhspitze malte er imaginäre Kreise auf den Fußboden. Petra Stengl zog es vor, zu schweigen.

Daniela tigerte wie eine Raubkatze in einem zu kleinen Käfig von einer Wand zur anderen. Nervös knetete sie ihre Hände, bis sie totenbleich wurden. Peinlich lange Minuten der Sprachlosigkeit vergingen.

»Ist das deine neue Freundin?«, fragte Daniela plötzlich wie aus dem Nichts. Bisher hatte sie Petra Stengl keines Blickes gewürdigt. »Hübsch.«

Denzlein errötete. »Nein, das ist Petra, eine gute Kollegin.«

»Schade, ihr würdet prima zusammenpassen.« Daniela begann wieder hin und her zu laufen.

»Woher kriegst du das Zeug eigentlich?«, erkundigte sich die Polizeirätin mit warmem Unterton in der Stimme.

»Hast du deine Kollegin nur mitgebracht, um mich zu verhören?«, geiferte Daniela.

Bevor ihr Vater antworten konnte, legte Petra Stengl Daniela beruhigend ihre Hand auf die rechte Schulter.

Für einen Moment hörte die Zombie-Frau auf zu zittern.

»Keiner will dich verhören. Ich habe nur aus Interesse gefragt. Weil das Zeug so gut sein soll.«

Daniela sah Petra Stengl prüfend an. Einem Polizisten kann man nie trauen, warnten sie der ihr noch verbliebene Restverstand und ihre einschlägige Erfahrung. Auch ihrem Vater traute sie nicht. Schließlich hatte der sie doch in diese verfluchte Anstalt gebracht! Andererseits war sie überrascht über die freundliche Geste der Unbekannten.

»Das verdammte Zeug kommt aus tschechischen Drogenlaboren. Dort wird es aus dem Erkältungsmittel Ephedrin und verschiedenen Chemikalien aus der Hausapotheke gebraut«, unterbrach Denzlein rüde den Dialog der beiden Frauen. »Auf den dortigen Vietnam-Märkten wird es an den Mann gebracht und dann versteckt in Hosenbeinen, Rocksäumen, Rasierpinseln, Reservereifen, Lebensmitteln oder sogar vaginal oder anal in Kondomen nach Bayern geschmuggelt. Selbst ahnungslose

Tagestouristen werden inzwischen von der Crystal-Mafia als Drogenkuriere missbraucht, indem man ihnen Plastikbehälter mit dem Stoff unter ihre Autos hängt. Die Dealer verfolgen die so präparierten Autos und warten auf eine günstige Gelegenheit, um wieder an das Zeug zu kommen. Drogenschmuggel ohne Risiko.«

»Das habe ich nicht gemeint, Nobby. Ich wollte von deiner Tochter wissen, wo sie in Bamberg ihr Crystal Meth herbekommt.« Die Ermittlerin lächelte Daniela freundlich an. »Du musst keine Angst haben. Alles, was du sagst, bleibt unter uns. Ehrlich. Du brauchst auch keine Namen zu nennen. Wie schon gesagt: Ich frage nur aus reiner Neugier. Und ich möchte dich verstehen.«

Für einen Moment zögerte Daniela, kratzte sich fahrig einen Pickel in ihrem Gesicht auf. Eiter und Blut quollen heraus.

Petra Stengl reichte ihr ein Taschentuch.

»Viel läuft über das Internet. Manchmal kann ich was auf Partys von Leuten abstauben. Die sind krass super drauf. Aber wirklich gutes Ice bekomme ich von Mai, einer Freundin. Die macht mir auch immer einen Sonderpreis. Scheiße!« Daniela biss sich auf die Zunge. Sie hatte keine Namen nennen wollen, auch wenn die Kollegin ihres Vaters nett zu sein schien.

Petra Stengl sah ihren Kollegen warnend an. Beiden schoss der gleiche Gedanken durch den Kopf. Jetzt galt es, das Feuer am Brennen zu halten und es nicht mit einer unbedachten Frage zu löschen.

»Schön, wenn man so gute Freundinnen hat«, säuselte Petra Stengl. »Ich habe mich immer nach einer solchen Freundin gesehnt, bin aber jedes Mal enttäuscht worden.«

Daniela schluckte den ihr hingeworfenen Brocken. »Mai ist anders. Sie ist meine beste Freundin. Ich kann ihr voll vertrauen.«

»Mai, ein wirklich schöner Name. Klingt exotisch.«

Daniela blieb stehen. Lange nicht gespürte Wärme machte sich in ihrem Herzen breit. Endlich ein Mensch, der sie verstand und ihr zuhörte. Ganz anders als ihr Vater, der sie immer nur mit Vorwürfen und guten Ratschlägen zumüllte. »Mai ist aus Thailand und mit einem Deutschen verheiratet.«

»Und wo hast du sie kennengelernt?«

»Im Spielsalon. In der Nähe vom Hauptbahnhof.«

»Du zockst?«

Daniela schüttelte den Kopf. »Nein, ich wollte nur Geld wechseln. Mai stand an der Theke, und wir haben spontan einen Kaffee zusammen getrunken.«

»Und da habt ihr euch angefreundet?« Petra Stengl warf ihrem Kollegen zur Sicherheit einen erneuten warnenden Blick zu.

Denzlein verstand auch ohne Worte – er hatte sich gefälligst aus dem Gespräch zwischen seiner Vorgesetzten und seiner Tochter herauszuhalten. Auch wenn ihm das angesichts der familiären Bande schwerfiel, musste er doch anerkennen, wie geschickt Petra Stengl aus Daniela Antworten hervorlockte.

»Wir haben uns sofort verstanden. Und dann hat Mai mich gefragt, ob ich Ice wolle.«

»Und?«, fragte die Polizeirätin einen Tick zu ungeduldig.

Daniela zögerte mit der Antwort, fasste aber wieder Vertrauen zu der so warmherzigen und hübschen Kollegin ihres Vaters. »Natürlich wollte ich. Aber ich hatte nicht genug Geld dabei, nur fünfundzwanzig Euro. Mai hat geantwortet, dass sie kein Geld wolle, und hat mir den Stoff auf der Toilette einfach so gegeben. Das nenne ich wahre Freundschaft! Wir haben uns zusammen eine Line reingezogen und dann in einer Disco abgefeiert.«

»Und hat dich Mai hier auch schon besucht?«

»Sie war ein paarmal hier. Sie kennt wichtige Leute in Bamberg – Politiker, Ärzte, Rechtsanwälte –, die mich hier rausholen würden, hat sie gesagt.«

»Daniela, jetzt hör aber auf mit der Märchenstunde! Du musst die Finger von dem Teufelszeug lassen und gesund werden. Mai ist nicht deine Freundin, sondern eine gottverdammte Dealerin. Schau der Realität doch endlich ins Auge. Wann hast du dich zuletzt im Spiegel betrachtet?« Denzleins Gesicht blähte sich zu Wassermelonengröße auf. Seine Halsschlagader zuckte wie ein losgelassener, unter Druck stehender Gartenschlauch. Auf seiner Stirn vermehrten sich gewaltige Zornesfalten wie Bakterien in der Mülltonne.

Petra Stengl musste den drohenden Vernehmungs-GAU unbedingt verhindern. Und wenn das hieße, dem aufgebrachten Vater einen verbalen Schlag in die Magengrube zu versetzen. »Ich sehe das genauso wie deine Tochter«, fraternisierte sie mit Daniela auf seine Kosten. »St. Getreu ist nicht der richtige Ort für sie. Habe ich nicht recht, meine Liebe?« Vorsorglich stupste sie ihren Kollegen unauffällig in die Seite.

Nobby blickte irritiert, dann verstand er.

Plötzlich heulte Daniela auf wie ein geprügelter Straßenköter. Dicke Tränen kullerten über ihr aschfahles Gesicht, und sie drückte die Polizeirätin fest an sich. »Mai ist tot! Ermordet! Das stand in der Zeitung. Willst du meine neue Freundin sein?«

Vorsichtig löste sich Petra Stengl aus der Umarmung der Junkie-Frau. Sie versuchte, ihren Ekel zu ignorieren und in dem menschlichen Wrack etwas Liebenswertes zu entdecken. Mechanisch strich sie Daniela über die zerzausten Haare. Wie fertig war dieses Mädchen? Was hatte die Droge nur mit ihr gemacht? Erzählte freudestrahlend von ihrer Freundin Mai und realisierte erst Minuten später, dass diese tot war. Petra Stengl riss sich zusammen. »Deine Mai könnte die Tote sein, die wir in der Jungfernhöhle gefunden haben.« Petra Stengl wollte den Gesprächsfaden nicht aus der Hand geben.

»Ich habe heute davon im ›Fränkischen Tag‹ gelesen«, heulte Daniela weiter. »Schrecklich. Einfach schrecklich! Deswegen war sie schon seit Wochen nicht mehr hier.«

»Dein Vater und ich werden alles in unserer Macht Stehende tun, um den Mörder deiner Freundin zu finden. Das verspreche ich dir hoch und heilig.«

»Davon wird Mai auch nicht wieder lebendig«, schluchzte Daniela. Mühsam rieb sie sich die Tränen aus ihrem mit billigem Kajal verschmierten Gesicht.

»Lebendig wird sie davon nicht. Aber das Schwein, das ihr das angetan hat, erhält damit die gerechte Strafe.«

Daniela schluckte. In ihre Augen kehrte Leben zurück. »Versprochen?«, fragte sie schüchtern.

»Versprochen«, sagte Petra Stengl mit fester Stimme. »Aber

du musst uns dabei helfen. Hatte Mai Feinde? Hast du einen Verdacht, wer sie umgebracht haben könnte?«

Daniela runzelte die Stirn. Ihr war anzumerken, dass ihr das Denken schwerfiel. Besonders in Stresssituationen wie dieser. »Manchmal gab es mit Kunden Ärger. Einige versuchten, sie über den Tisch zu ziehen. Aber Mai war stark, die kannte keine Angst. Die wusste sich zu wehren.«

»Wie meinst du das?«

»Na ja, Mai hat denen ordentlich die Meinung gegeigt. Und dann haben die schön brav gekuscht.«

Petra Stengl wollte ihre Enttäuschung nicht zeigen. Die Vernehmung entpuppte sich mehr und mehr als Sackgasse. Sie hielt es für unwahrscheinlich, dass ein wütender Junkie Mai entführt und umgebracht haben könnte. So eine Tat bedurfte der Planung. Resigniert zuckte sie mit den Schultern. »Ich denke, wir müssen jetzt weiter«, sagte sie. »Schön, dich kennengelernt zu haben, und alles Gute«, verabschiedete sie sich von Daniela.

»Du willst schon gehen?«, fragte Denzleins Tochter enttäuscht.

Die Polizeirätin nickte. »Die Arbeit ruft.«

Denzlein holte seine Brieftasche heraus und reichte Daniela zwei Scheine. »Vierzig Euro müssten reichen, oder?« Das letzte Wort betonte er, sodass seine Tochter keinen Widerspruch wagte. »Sonst verpulverst du es ja eh nur für dieses Scheißzeug.«

Daniela stopfte sich die Scheine hastig in die Tasche ihrer Jogginghose. Die Lebendigkeit in ihren Augen erlosch, ihr Gesicht wurde wieder zur Maske. Apathisch umarmte sie ihren Vater. »Schön, dass du da warst«, quetschte sie müde durch ihre fauligen Zähne hervor.

Denzlein schluckte und machte Petra ein Zeichen. Er wollte gehen. Als sie fast die Sicherheitstür erreicht hatten, vernahmen sie die brüchige Stimme von Daniela. »Dieser Freund von Mai ist auch tot, nicht wahr?«

Ihr Vater drehte sich auf dem Absatz um und ging zu seiner Tochter zurück. »Welcher Freund?«, fragte er.

»Na, dieser Karl Bresser.«

»Karl Besser?«

»Ja, dieser reiche Kerl.«

»Kanntest du ihn?«

»Ich habe ihn einmal gesehen, als er Mai mit seinem dicken Schlitten abgeholt hat.«

»Ist zwischen den beiden etwas gelaufen?«

»Ich glaube schon.«

»Was heißt das?«

»Mai hat mir erzählt, dass sie ein Wellnessstudio betreibe. Mit asiatischen Massagen und so. Da haben sie sich wohl kennengelernt.«

»Aber Mai war verheiratet«, setzte Denzlein nach.

Petra Stengl warf ihm einen aufmunternden Blick zu. Weiter so!

»Schon, aber ihr Ehemann ist ein versoffenes Arschloch. Er hat sich ständig über ihren Job aufgeregt und sogar ihre Kunden belästigt. Mai war deshalb richtig sauer.«

»Und?«, fragte Denzlein ungeduldig.

»Ihr habt mich doch gefragt, ob Mai Feinde hatte. Vielleicht hat ja Mais Mann sie umgebracht. Wegen dem Besser. Aus Eifersucht.«

Alle drei schwiegen. Petra Stengl versuchte, die Wichtigkeit von Danielas Aussage hinsichtlich ihrer Mordtheorien einzuordnen. Die Beziehung zwischen Mai und Karl Besser war anscheinend über ihre normalen Domina-Dienste hinausgegangen. Und Mais Ehemann hatte ihren Kunden hinterherspioniert. Nachdenklich runzelte sie die Stirn.

»Dabei hätte er Mai gar nicht umbringen müssen.«

Petra Stengl glaubte sich verhört zu haben. »Was hast du gerade gesagt?«, stieß sie hervor.

Denzleins Tochter fühlte sich durch den plötzlich harschen Ton der Polizeirätin bedroht. Verunsichert presste sie die Hände vor ihre Brust und sah hilfesuchend ihren Vater an.

Der verstand. »Ist schon gut, Daniela. Petra hat es nicht so gemeint. Nicht wahr, Petra?«

Die Polizeirätin lächelte dankbar und holte tief Luft. Ihr Kollege war schon ein guter Typ. Und sie beide waren ein gutes

Team. Selbst wenn es mal im Getriebe knirschte, schafften sie es immer, sich vorwärtszubewegen – wenn auch manchmal nur langsam. Sie nahm Denzleins Vorlage auf. »Entschuldigung, Daniela. Es war wirklich nicht so gemeint. Wir wollen doch nur den Mörder von Mai finden. Also: Warum hätte ihr Mann Mai nicht umbringen müssen?«

Daniela fasste wieder Zutrauen. »Zuletzt war Mai ziemlich wütend auf den Besser. Ich glaube, sie wollte mit ihm Schluss machen. Er sei ein Betrüger, und sie werde sich schon an ihm rächen, sie könne alles beweisen, hat sie geschimpft.«

»Ein Betrüger? Wieso?«

»Der und seine Firma müssen wohl irgendwas mit den Spielautomaten angestellt und so die Spieler beschissen haben. Manipulationen, was weiß denn ich? Und Mai hat ja viel gespielt.«

»Du meinst, sie hat viel Geld verloren?«

»Mhm«, nickte Daniela. »Manchmal ein paar tausend Euro in der Woche.«

Als sie aus dem Eingangsbereich der Psychiatrie ins Freie traten, zeigte Denzlein auf den länglichen Neubau, in dem die SB-Cafeteria von St. Getreu untergebracht war. »Das ist doch Michelle Besser, oder?«

Petra Stengl nickte. »Trifft sich ja bestens. Dann können wir sie gleich mit unseren neuesten Ermittlungsergebnissen konfrontieren.«

Auch Michelle Besser hatte die beiden Ermittler bemerkt und winkte sie mit einem freundlichen Lächeln zu sich. »Wollten Sie zu mir?«, fragte sie, als Denzlein und Stengl ihr gegenüberstanden.

»Nicht wirklich«, gab Denzlein zu. »Wir waren bei meiner …« Als er den warnenden Blick seiner Kollegin sah, brach er den Satz ab. »Aber es trifft sich gut, dass wir uns begegnen.«

»Das finde ich auch«, stimmte Michelle Besser zu. »Möchten Sie einen Kaffee? Oder Kuchen? Der ist echt gut hier.«

Die beiden Kriminaler nickten.

»Ursel, zwei Kaffee und zwei Kuchen, bitte!«, rief Michelle Besser dem Personal zu. »Normalerweise muss man sich die Sachen selber holen«, erklärte sie flüsternd, »aber ich gebe Ursel immer ein gutes Trinkgeld.«

»Es scheint Ihnen besser zu gehen?«, fragte die Polizeirätin.

»Ja, ich habe die geschlossene Abteilung vor einigen Tagen verlassen. Jetzt darf ich sogar, natürlich nur mit Anmeldung, für ein, zwei Stunden in die Stadt. Oder eben ins Café.«

»Und wie geht es Ihrer Tochter?«, erkundigte sich Denzlein.

»Lena besucht mich jeden Tag mit meiner Mutter. Sie hat noch nicht verstanden, dass ihr Papa tot ist, und ist zutiefst verunsichert. Es fällt ihr schwer, zwischen Leben und Tod zu unterscheiden. Aber die Ärzte haben mir versichert, dass ihr Verhalten für Vierjährige normal sei. Manchmal fragt mich Lena, ob ich ihren Papa wieder lebendig machen kann. Oder wann sie endlich mit ihm im Himmel spielen darf. Was soll ich darauf antworten? Ich vermisse Karl ja selbst. Manchmal in der Nacht meine ich, seine Stimme, sein Lachen zu hören, seinen Geruch zu riechen.« Michelle Besser verstummte, über ihr Gesicht huschte Traurigkeit. Mit einer Serviette tupfte sie sich eine Träne aus dem Augenwinkel. »Entschuldigung, aber –«

»Ist schon gut, Frau Besser. Das ist nur allzu verständlich«, beruhigte Petra Stengl die Witwe. »Sind Sie schon wieder so fit, dass Sie uns einige, auch unangenehme Fragen beantworten können?«

Michelle Besser nickte und drückte ihr Kreuz durch. »Fragen Sie nur, das ist schließlich Ihr Job«, sagte sie mit fester Stimme.

»Wussten oder ahnten Sie, dass Ihr Mann eine Affäre mit Mai Li hatte?«

»Eine Affäre?« Michelle Besser starrte die Ermittlerin fassungslos an. »Sie meinen, er war nicht nur im Studio bei dieser Frau, sondern hatte auch …?«

»Nach unserem jetzigen Kenntnisstand sieht alles danach aus.«

Michelle Besser schluckte schwer, wieder füllten sich ihre Augen mit Tränen. »Eine Affäre? Können Sie sich vorstellen, wie schlimm es ist, wenn Sie nach dem Tode eines geliebten Menschen von dessen dunklen Geheimnissen erfahren? Immer wieder versuche ich, mir meinen Karl im Domina-Studio vorzustellen, aber es gelingt mir einfach nicht. Der Karl im Studio bei dieser Mai Sowieso und Karl bei uns zu Hause, die beiden Personen passen einfach nicht zusammen. In meinem Kopf entstehen nur Zerrbilder, die mich um meinen Verstand zu bringen drohen. Ich will doch nur eines: meinen Karl so in Erinnerung behalten, wie ich ihn erleben durfte. Als liebevollen Ehemann, als fürsorglichen Vater und erfolgreichen PR-Manager. Ist das denn zu viel verlangt?«

»Der Kuchen ist wirklich gut«, warf Denzlein ein. So viel Gefühl war zu viel für ihn.

»Und nein, um Ihre Frage zu beantworten: Ich habe weder von den Studio-Besuchen noch von einer Affäre gewusst«, schluchzte Michelle Besser. Ihr Blick durchs Fenster verlor sich ziellos in der Weite. »Die Domina-Besuche habe ich ihm, glaube ich wenigstens, post mortem verziehen. Männer sind eben so. Aber eine Affäre kann und darf ich ihm nicht verzeihen, auch wenn er noch so tot ist. Oder? Was denken Sie, Frau Stengl? Sie sind doch eine Frau.«

»Ähm«, räusperte sich Petra Stengl. Sie hatte einen dicken Kloß im Hals. »Ich bin Kriminalbeamtin und dafür zuständig, den Mörder Ihres Mannes zu finden. Solche Fragen sollten Sie besser mit Ihrer Therapeutin oder Ihrer Freundin besprechen.«

Die Witwe nickte traurig. »Entschuldigung, dass ich Ihnen zu nahe getreten bin. Sie haben natürlich recht. Ich hätte Sie mit einer solchen Frage nicht behelligen dürfen. Woher wissen Sie eigentlich von der Affäre? Von dieser Mai? Haben Sie sie endlich gefunden?«

»Ja, gestern. Leider kann sie uns nichts mehr über die Affäre sagen.«

»Warum das?« Michelle Besser blickte Petra Stengl erwartungsvoll an.

»Weil Mai Li tot ist. Sie wurde ebenfalls ermordet. Und das auf ziemlich bestialische Art und Weise.«

»Ermordet?« Michelle Besser schüttelte sich. »Und wer hat nun meinen Mann ermordet? War es derjenige, der auch Mai Li umgebracht hat?«

»So weit würde ich nicht gehen, Frau Besser. Wir schließen nichts aus und ermitteln in alle Richtungen«, sagte Denzlein.

»Auch in meine?«

»Ich sagte doch: in alle Richtungen.«

»Die albanischen Freunde von Dr. Dr. Luuk van Dijk sind an allem schuld. Die haben meinen Mann und Mai Li umgebracht«, brach es nach einigen Sekunden des Schweigens aus Michelle Besser heraus.

»Haben Sie dafür Beweise?«, fragte Denzlein.

»Beweise, Beweise!« Die Witwe wurde lauter. »Alle wollen immer nur Beweise. Meinen Sie wirklich, die albanische Mafia hinterlässt Spuren? Würde sie Spuren hinterlassen, wäre sie keine Mafia, sondern nur ein hinterwäldlerisches Möchtegern-Killerkommando aus der Oberpfalz, auffallender als die Altneihauser Feuerwehrkapell'n beim Veitshöchheimer Fasching.«

»Haben Sie wenigstens Hinweise darauf, dass Ihr Mann der albanischen Mafia zum Opfer gefallen ist?«

»Entschuldigung, dass ich laut geworden bin. Aber ich bin völlig durcheinander. Karl hat wohl ein paar Journalisten gesteckt, dass van Dijk und die albanische Mafia zusammenarbeiten, um den osteuropäischen Raum zu erobern. Vielleicht hätte er das besser nicht tun sollen.«

»Ist er bedroht worden?«

»Nein, nicht so richtig«, wand sich die Witwe.

»Bitte erläutern Sie das.«

»Eigentlich nicht. Zumindest hat er mir nichts davon erzählt. Aber van Dijk muss ziemlich aufgebracht gewesen sein.«

»Das ist dünn. Sehr dünn.«

Michelle Besser sah niedergeschlagen zu Boden. »Das weiß ich auch. Aber ich will doch nur, dass Sie das Schwein, das meinen Mann umgebracht hat, endlich finden. Bitte, versprechen Sie mir, dass Sie das tun.«

Denzlein deutete ein Nicken an. »Wenn es Sie beruhigt, Frau Besser, wir haben in Bamberg eine gute Aufklärungsquote, was Mord betrifft, und –«

»Haben Sie eigentlich gewusst, dass die Firma Ihres Mannes

Geldspielautomaten manipuliert haben soll?«, unterbrach ihn Petra Stengl.

»Das ist doch Schnee von gestern, Frau Polizeirätin. Ich habe Ihnen doch schon gesagt, dass Journalisten, Neider und Konkurrenten Sonnelach und meinem Mann immer wieder ans Bein pinkeln wollten – mit völlig haltlosen Vorwürfen, wie Karl mir versichert hat. Alle Verfahren wurden eingestellt, das können Sie leicht überprüfen. Teilweise mussten die Verursacher Unterlassungserklärungen unterschreiben und der Firma viel Geld zahlen.«

»Als wir am Tag nach dem Tod Ihres Mannes vor Ihrer Haustür standen und uns als Kriminalbeamte auswiesen, gingen Sie davon aus, dass Ihr Mann verhaftet wurde. Warum?«

»Wenn Sie permanent von diesen Sachen hören, bekommen Sie irgendwann trotz allen Versicherungen Angst. Karl war in der Zeit vor seinem Tod so unruhig. Als ob ihn etwas belasten würde. Da er aber nie etwas gesagt hat, habe ich im ersten Moment geglaubt, Sie hätten ihn verhaftet.«

Petra Stengl versuchte noch einen letzten Schuss. Sie wurde das Gefühl nicht los, dass die Witwe ihren Mann schützte, indem sie etwas verbarg? Was wusste sie? Warum hatte sie vermutet, dass er verhaftet worden war? »Halten Sie es für möglich, dass Ihr Mann Sonnelach wegen der angeblichen Gerätemanipulationen erpresst hat?«

Michelle Besser sah die Fahnderin verblüfft an. Dann fing sie an zu schmunzeln. »Erpresst? Sonnelach? Das meinen Sie doch nicht im Ernst? Karl hat super verdient. Uns ging's gut. Richtig gut sogar. Villa abbezahlt. Keine Schulden. Wir konnten uns fast alles leisten. Sonnelach war quasi unsere Lebens- und Luxusversicherung. Warum hätte mein Mann ihn erpressen sollen?«

Petra Stengl schwieg und ärgerte sich gewaltig über sich selbst. Sie konnte die Frage nicht beantworten.

21

»Liebe ist die zeitweilige Blindheit für die Reize anderer Frauen.«

Marcello Mastroianni, italienischer Filmschauspieler (1924–1996)

»Diese beschissene Panzerschokolade macht mein Kind völlig kaputt«, konnte sich Denzlein auch nach dem Besuch seiner Tochter nicht beruhigen. Inzwischen saßen er und seine Kollegin in der »Brauerei Hoh« in Köttensdorf und ließen sich das erste Bier schmecken.

»Panzerschokolade?«, fragte die Polizeirätin.

»Für Crystal Meth gibt es viele Namen. Panzerschokolade, Hitler-Speed, StuKa-Tabletten, Hermann-Göring-Pillen. Im Zweiten Weltkrieg haben die Nazis fünfunddreißig Millionen Tabletten davon für Luftwaffe und Heer produzieren lassen. Die Pillen sollten Soldaten und Piloten die Angst nehmen und ihre Leistungs- und Konzentrationsfähigkeit steigern. Selbst der spätere Nobelpreisträger Heinrich Böll war als junger Soldat dem Zeug verfallen.«

»So alt ist Crystal Meth?«

»Sogar noch älter. Irgend so ein Japaner hat es 1893 zusammengebraut. Die erste Crystal-Meth-Welle der Neuzeit erreichte Oberfranken 1998, und jetzt überschwemmt das Teufelszeug erneut den Markt und ruiniert unzählige Leben. Zum Teil wird der Stoff mit Glassplittern versetzt, damit er über kleine Wunden schneller in die Blutbahn gelangt. Ich habe wirklich Angst um Daniela. Die Zahlen sind ernüchternd: Rückfallquote fast achtzig Prozent.«

Beide schwiegen für einen Moment. Petra Stengl konnte gut nachvollziehen, dass ihr Kollege das Thema nur schwer fallen lassen konnte. Auch sie war vom Anblick und Zustand seiner Tochter geschockt gewesen. Im Rahmen ihrer Ermittlungen hatte sie immer mal wieder mit Abhängigen zu tun gehabt, aber sie konnte sich nicht erinnern, jemals einer solch kaputten Person wie Daniela begegnet zu sein. Selbst der Junkie, der ihren in Polizeikreisen legendären Vater, den »John Wayne von Augsburg«, getötet hatte, weil er sich der Verhaftung entziehen wollte, war nicht so fertig wie Nobbys Tochter gewesen. Und Daniela fehlte jede Einsicht, dass nur eine Therapie ihr Leben retten konnte. Vermutlich kümmerte sich Denzlein noch zu sehr um sie. Um ihr zu helfen, musste er sie allein lassen. Doch das war leicht gesagt und für einen Vater fast ein Ding der Unmöglichkeit. Denzlein hatte die Arschkarte gezogen. Er tat ihr leid. Unendlich leid.

»Prost! Das haben wir uns verdient!« Petra Stengl wollte ihren Kollegen auf andere Gedanken bringen. Alkohol ist dein Fallschirm und dein Rettungsboot, hatte das nicht mal Grönemeyer gesungen? Beide ließen ihre Tonkrüge gegeneinanderkrachen und nahmen einen tiefen Schluck. Der Kommissar wischte sich mit dem Handrücken den Schaum aus seinem Bart und zog sich eine Prise Schnupftabak in den linken Nasenflügel.

Petra Stengl musste lachen. »Jetzt bedienst du aber alle Klischees vom bierseligen Franken.«

Denzlein lächelte zurück. »Und?«

Petra Stengl ließ den Blick durch die Gaststube der »Brauerei Hoh« schweifen, in der die Zeit stehen geblieben zu sein schien. Dutzende, zum Teil mit silbernen Deckeln geschmückte Krüge der Stammgäste standen in einem einfachen Regal hinter der kleinen Theke. Ein Kachelofen verbreitete wohlige Wärme. Zwei Plakate aus den fünfziger Jahren warben für Bier, weil es gut für die Landwirtschaft sei und außerdem vom Arzt empfohlen werde. Ein Kerl von einem Mann, um die vierzig, mit dem Nacken eines Stieres und Oberarmen so dick wie Elefantenbeine, der Wirt, zapfte aus einem großen Fass ununterbrochen Bier, das zwei flinke Kellnerinnen im Minutentakt zu den durstigen Kehlen schleppten. Dazu wurden ganze Legionen von Pfefferhähnchen serviert, die den Durstlevel in der proppenvollen Gaststätte weiter ansteigen ließen. Manche bestellten dazu ein Brot mit selbst gemachtem Mett und dicker Zwiebelauflage – ein »Gedeck«, wie Denzlein seiner Chefin verriet.

Erstaunt registrierte die Polizeirätin, wie in der Köttensdorfer Bauernkneipe, rund zehn Kilometer vor den Toren Bambergs, Reich und Arm, Jung und Alt, Hübsch und Hässlich, Frau und Mann, Gebildet und Ungehobelt, Einheimischer und Zugereister spätestens nach dem zweiten Seidla des süffigen Biers zueinanderfanden.

»Das Bier soll besonders auf Frauen eine aphrodisierende Wirkung haben«, zwinkerte ihr Denzlein zu.

»Na dann«, stieß seine Kollegin vieldeutig mit ihm an, trank einen Schluck und schnalzte mit der Zunge, »können wir heute ja auf die Gesellschaft von Jean-Baptiste Grenouille verzichten.«

Denzlein überlegte kurz, bis er mit dem Namen etwas anfangen konnte. »Du meinst den Mörder aus ›Das Parfum‹, der ein unwiderstehlich erotisierendes Duftwässerchen kreiert hat?«

Petra Stengl staunte. »Franken, *douze points*«, erwiderte sie anerkennend.

Denzlein bestellte noch zwei Bier. Die Kellnerin brachte ihnen dazu die scharfen Flattermänner, und beide Beamten begannen, lustvoll vor sich hin zu knabbern.

»Bevor wir uns dem ungebremsten Rausch hingeben, Nobby, noch mal zurück zu unserem Fall. Was haben wir Neues?«

»Dass Besser nicht nur Mai Reuters Studiogast war, sondern vermutlich auch eine Affäre mit ihr hatte.«

»Was wiederum ein hervorragendes Motiv für den guten Herrn Reuter wäre, die untreue Ehefrau und ihren Lover in einem Aufwasch zu entsorgen.«

»Dumm ist nur, dass wir dafür keinerlei Indizien haben. Keine Stoffreste, keine Fuß- oder Fingerabdrücke und keine Blutspuren in seinem Auto. Von einer fehlenden Tatwaffe ganz zu schweigen. Wochenlang haben wir ermittelt, und wir haben nichts, *rien, nothing, nada*!«

»Dass wir kaum Spuren haben, ist wirklich ungewöhnlich. Fest steht aber, dass Reuter für den Mord an Besser kein Alibi hat. Laut Obduktionsbericht wurde Mai Li die Kehle durchgeschnitten, bevor man ihr den Kopf absägte und das Gesicht zertrümmerte. Wann genau sie ermordet wurde, wissen wir allerdings wegen des kalten Wetters und des verstrichenen Zeitraums noch immer nicht genau.«

»Spätestens nach der Aussage von Daniela hat jetzt auch Frau Besser ein Motiv.«

»Dann müsste sie von den Studio-Besuchen und der Affäre ihres Mannes mit Mai Kenntnis gehabt haben. Ich weiß nicht so recht, Nobby, aber dafür haben wir bisher keinerlei Anhaltspunkte finden können. Außerdem ist sie beim Erhalt der Todesnachricht zusammengebrochen und in die Nervenheilanstalt eingeliefert worden –«

»Und hat ein wasserdichtes Alibi«, ergänzte Denzlein. »Auch als der Porsche von ihrem Mann abgefackelt wurde, war sie nachweislich in Bamberg und nicht in Berlin. Schade eigentlich. Eine so schöne Mörderin mit einem so klassischen Motiv – damit wäre ihr die Titelseite der ›BILD‹-Zeitung sicher gewesen.«

»Du kannst ruhig bei deiner schönen Michelle als Verdächtiger bleiben«, neckte Petra Stengl ihren Untergebenen. »Niemand will sie dir nehmen und ich schon gar nicht.« Sie blinzelte ihm mit ihren langen schwarzen Wimpern zu. »Du weißt doch: Neunzig Prozent aller Morde sind Beziehungstaten.«

Denzlein lächelte in sich hinein. Bei ihren skandalösen Ermittlungen im Fall des »Augsburg Bombers« hatte Petra die offensichtlichen Spuren – die auf eine Beziehungstat hindeuteten – torpediert, weil sie die ermordeten Manager zu gut kannte. Dass er von ihren Ermittlungseskapaden wusste, wollte er ihr jedoch nicht auftischen. Zumindest nicht an diesem bierseligen Abend. »Schon gut, Petra. Auch wenn ich zwischen den beiden Morden keinen Zusammenhang sehe, so hatte Mai Li zumindest ein Motiv, ihrem Kunden und Ex-Lover die Luft abzudrehen. Karl Besser entpuppte sich als Gerätemanipulator, den sie für ihre desolate finanzielle Situation verantwortlich machte. Als er wehrlos am Andreaskreuz hing, war es ein Einfaches, sich an ihm zu rächen.«

»Mit dieser Theorie hätten wir aber zwei Mörder«, gab Petra Stengl zwischen zwei großen Schluck Bier zu bedenken. »Mai Li hat Besser umgebracht. Aber wer dann Mai Li?«

»Und die Mutter aller Fragen nicht zu vergessen: warum?«, setzte Denzlein ihren Gedankengang fort.

Petra Stengl zuckte resigniert mit den Schultern. Dabei rutschte der Ausschnitt ihres schwarzen Mohairpullovers nach unten und gab, wie Denzlein zufrieden feststellte, einen Blick auf durchaus ansprechende Körperpartien frei.

»Und was ist mit Münz?«, fragte die Polizeirätin. »Der hat für die Mordnacht kein Alibi und versucht schon seit Jahren, Sonnelach und van Dijk Manipulationen an den Geldspielautomaten und unerlaubte Gewinnentnahmen nachzuweisen. Und immer ist er bei Ermittlungsbehörden, Staatsanwaltschaften und Medien grandios damit gescheitert. Wenn Münz mit seinen Vorwürfen recht hat, dann geht es bei den Betrügereien nicht um Peanuts, sondern um Millionen, vielleicht sogar um Milliarden. Solche Misserfolge können frustrieren und Hass erzeugen. Und Hass entlädt sich nicht selten in Gewalt. Entweder gegen sich selbst, Stichwort Suizid, oder gegen die vermeintlichen Verbrecher, die dran glauben müssen.«

»Und nur weil dieser Münz einmal den Kopf aus der Schlinge ziehen konnte, muss das nicht heißen, dass er auch diesmal unschuldig ist, oder?«, lockerte der Alkohol die Zunge Denzleins, auf die er sich sofort nach seiner Bemerkung hätte beißen können. Vier Striche auf seinem Deckel hätten ihm eigentlich Zeichen genug sein müssen, dass er etwas vorsichtiger und diplomatischer vorgehen sollte, wenn er es sich mit seiner Chefin nicht verscherzen wollte.

Die Polizeirätin stutzte und schaute ihren Trinkkumpan fragend an. Hatte er etwa in ihrem alten Augsburger Fall herumgewühlt? Oder hatte Münz selbst von seiner damaligen Verhaftung durch sie erzählt, und sie hatte es nicht mitbekommen? Sie beschloss, die Fragen offenzulassen, um sich nicht den Abend zu versauen.

»Münz bleibt irgendwie verdächtig, auch oder gerade weil er uns jede Menge belastendes Material gegen die ›Sonnelach AG‹ und ›Enjoy the Game!‹ zur Verfügung gestellt hat«, erinnerte sich Petra Stengl an die Plastiktüte voller Akten. »Sein Hass auf die beiden Unternehmen frisst ihn regelrecht auf. Er hat ihn bereits ein Vermögen gekostet.«

»Aber Mai Li als Opfer passt nicht zu dieser Theorie. Dass Münz Besser umbringt, okay. Meinetwegen auch am Andreaskreuz. Aber warum auch noch Mai Li?«

»Weil sie Zeugin des Mordes war?«

»Erstens kann ich mir bessere Orte vorstellen, um einen Mann wie Besser umzubringen, als das SM-Studio. Und zweitens: Wenn ich eine Tatzeugin verschwinden lassen muss, warum dann diese Brutalität? Warum dieses Blutbad? Warum diese Symbolik mit dem abgesägten Kopf in der sagenumwobenen Jungfernhöhle? Warum die Bosch-Bildchen aus der Renaissance? Das alles passt einfach nicht zu dem nüchtern kalkulierenden und recherchierenden Münz. Wenn du mich fragst: viel zu viel Theatralik.«

»Du meinst, hier will uns jemand verarschen?«, fragte Petra.

Denzlein nickte.

»Interessanter Gedanke, Nobby. Wenn wir davon ausgehen, dass er stimmt, spielt jemand Theater im ganz großen Stil mit uns. Und wir wissen weder, wer der Regisseur ist, noch, welches Stück gespielt wird. Und schon gar nicht wissen wir, ob der Vorhang schon gefallen ist oder grad nur Pause ist und es einen zweiten Teil geben wird.«

»Und wir haben keine Ahnung, ob wir vielleicht gefällige Komparsen in seinem Theaterstück sind. Oder noch schlimmer: billige Claqueure für eine äußerst gelungene Inszenierung, die wir nicht durchschauen.«

»Wenn das so ist und der Täter damit durchkommt, dann wird er irgendwann in kosmisches Lachen ausbrechen.«

Beide schwiegen für einen Moment. »Wer also ist zu einer solchen Inszenierung in der Lage?«, ergriff die Polizeirätin wieder das Wort. »Oder anders gefragt: Wem nützt die Theatralik?«

»Große Firmen inszenieren sich gerne«, überlegte Denzlein laut. »Und Frauen.«

Petra Stengl grinste. »Ich hoffe, du meinst nicht mich damit.«

»Nur ein Scherz, Petra!« Beruhigend legte er seine Hand auf ihren linken Arm. Zu seinem Erstaunen machte seine Chefin keinerlei Anstalten, sich der Berührung zu entziehen. Also ließ er seine Hand dort liegen.

»Dafür könnte ich dich knutschen, Nobby! Du bist ja besser als Dr. John Watson! Wir werden Sonnelach und van Dijk noch mal auf ihre blendend weißen Zähne fühlen müssen. Vielleicht finden wir da mehr Karies, als den Herren lieb ist.«

»Wenn unsere neue Theorie stimmt, wäre unser Hauptverdächtiger, dieser versoffene Reuter, aus dem Schneider, nicht wahr, Frau Sherlock Holmes?«

Petra Stengl überlegte lange. »Zunächst jedenfalls«, sagte sie dann.

»Bitte, lieber Herrgott, lasse endlich Hirn auf uns hinabregnen«, witzelte Denzlein.

Petra Stengl schmunzelte.

»Wir möchten bei Gelegenheit zahlen!«, rief Denzlein der Kellnerin zu, die jetzt, es war gegen einundzwanzig Uhr, mit dem Abräumen in der deutlich leerer gewordenen Gastwirtschaft beschäftigt war. Denzlein zückte seine Geldbörse.

»Du willst das übernehmen?«, wunderte sich die Polizeirätin.

»Warum denn nicht?«, fragte Nobby Denzlein.

Petra Stengl fing an zu lachen. »Ich dachte, der Franke wäre so knauserig, dass er immer nackt durch den Garten läuft, damit die Tomaten endlich rot werden, um die Kosten für ein Gewächshaus zu sparen.«

Verlegen kratzte sich der Kommissar am Hinterkopf und erfühlte zu seinem Entsetzen eine deutlich lichter gewordene Stelle. »Des bascht scho«, fränkelte er. »Ausnahmen bestätigen die Regel.« Er zeigte auf die zwei Streitberger Pilgertropfen, die ihnen Johannes, der Wirt, mit einem zweideutigen Augenzwinkern spendiert hatte.

»Ready for take-off?«, fragte die Polizeirätin ihren Untergebenen. »Nehmen wir ein Taxi, das Auto lassen wir lieber stehen.«

Denzlein nickte. »Hast du Parmaschinken zum Frühstück?«, quetschte er mit schwerer Stimme unter seinem Bart hervor.

Über Stengls Gesicht huschte ein bereitwilliges Lächeln. Nach ihrer über zehn Jahre dauernden Beziehung zu ihrer Jugendliebe hatte sie schon viele Männer gehabt. Meist in serieller Monogamie – aber nicht immer. Und mit jedem neuen Kerl war ihre Hemmschwelle ein ganz klein wenig gesunken. In ihrem Alter und mit ihrer Erfahrung redete frau nicht mehr lange um den heißen Brei herum. Und natürlich spielte auch das aphrodisierende Bier in dieser Situation eine Rolle, weshalb sie ihrem Kollegen den plumpen Anbaggerspruch mit dem Parmaschinken nicht übel nahm. Ganz im Gegenteil. Seit ein paar Tagen hatte sie sogar gehofft, dass er endlich mal aus seinen fränkischen Pantoffeln kam. Außerdem passte der Parmaschinken gut zu ihrem aktuellen Horoskop. »Der Planet Pluto beschert Ihnen heute die Chance, den Mann Ihres Lebens zu treffen«, hatte sie morgens im Teletext-Horoskop von RTL gelesen.

Sie rückte näher an ihren Kollegen heran. Unter dem blank gescheuerten Tisch berührten sich ihre Beine. Zärtlich drehte sie Denzleins Kopf zu sich. »Natürlich habe ich Parmaschinken – und was für einen«, hauchte sie ihm ins Ohr. Sie spreizte Denzleins Finger zu einem großen V und fuhr mit ihrem Zeigefinger provozierend durch die entstandene Lücke.

Der Körper des Kommissars wurde von mehreren tausend Volt durchflutet. Seine Armhärchen richteten sich blitzartig auf. Im Unterleib verspürte er ein nervöses, lang nicht mehr da gewesenes Zucken. Ein Testosteron-Tsunami erschütterte seinen Körper. Ihre Blicke trafen sich. Ganz lang.

»Gut, dass du kein Vegetarier bist«, flüsterte Petra Stengl.

»Wieso?« Hätte man in diesem Moment von Denzleins Gesichtsausdruck auf seinen Intelligenzquotienten schließen müssen, so wäre die Antwort vermutlich deutlich unter achtzig gewesen, im Bereich der Debilität.

»Weil Vegetarier dem Fleisch keine Freude abgewinnen können«, murmelte Stengl und biss ihm zärtlich ins Ohrläppchen. »Lass uns fahren. Heute Nacht brauche ich dringend Polizeischutz.«

Bei ihr zu Hause in der Pödeldorfer Straße kamen sie nicht einmal mehr dazu, ihre Champagnerflöten zu leeren. Sie versanken in

Strömen von Wollust und einem Meer aus Pheromonen. Ausgehungert fielen sie übereinander her, in Sekundenschnelle schälten sie sich aus ihren Kleidern. Ihre Lippen brannten mit gefühlten fünfhunderttausend Scoville aufeinander, fordernd fanden ihre Zungen den Weg. Ihre Körper prallten zusammen, gierig umschlangen sich ihre Beine wie paarungsbereite Schlangen.

»Zieh mir mein Höschen aus«, stöhnte Petra Stengl und blickte ihrem Liebhaber tief in die Augen.

»Warum ...?«, stammelte Nobby Denzlein, als seine Chefin in eine kleine Dose auf dem Nachttischchen langte.

»Psst«, hauchte Petra Stengls Schmollmund, dann legte sie ihren rechten Zeigefinger auf seine Lippen.

Sofort begann er daran zu saugen.

Sie griff nach seiner auferstandenen, knochenharten Männlichkeit und streifte ihr mit einem letzten Funken Verstand ein Gummi über. In ihrer Hand pochte das aufgewühlte Blut von neunzig Kilo purem Mann.

Seine Zunge leckte über ihre großen dunklen Brustwarzen, ungläubig starrte er auf ihre schweren Brüste und die weiblichen Rundungen ihres nackten weißen Hinterns, der sich im Spiegel deutlich von ihrem sonnenstudiogebräunten Körper abhob. »Du schmeckst so gut«, stöhnte er.

»Nimm mich!«, stammelte sie in Trance. Dann schaltete sie ihr Gehirn auf Stand-by und ließ sich nur noch treiben.

Als Denzlein in sie eindrang, verkrallte sie sich vor Lust in den Haaren ihres schnaufenden Kollegen. Sie dirigierte, er gehorchte, dann fanden sie ihren Rhythmus, erst langsam, dann immer schneller. Ihre Schreie versuchten sie vergeblich im Fleisch des anderen zu ersticken. Erst am frühen Morgen ließen sie voneinander ab und fielen in einen todesähnlichen Schlaf.

Das Schrillen der Haustürklingel fraß sich so unerbittlich in Petra Stengls Gehirn wie ein Walzenschrämlader in ein jungfräuliches Steinkohlenflöz. Aus verklebten Augen versuchte sie, das schnarchende Etwas in ihrem Bett zu identifizieren, bis ihr Erinnerungsfetzen signalisierten, dass dies durchaus ihr Kollege Denzlein sein konnte. Sie erhob sich stöhnend und stakste unsicher zur Wohnungstür. Erst als sie im Flur über ihren schwarzen Spitzen-BH stolperte, wurde ihr bewusst, dass sie nackt war. »Jaaa, ich komme schon!«, rief sie dem Stakkato-Klingeln entgegen und schmiss sich hastig einen Bademantel über, dessen Gürtel sie nur notdürftig zusammenknotete.

»Guten Morgen, Frau Polizeirätin …« Münz hatte eigentlich zu einer ihm untypischen freundlichen Begrüßung ansetzen wollen. Angesichts des Chaos von Kleidern und umgekippten Champagnergläsern sowie einer entkorkten Flasche Dom Perignon, dessen er ansichtig wurde, und eines schwarzen Spitzen-BHs im Flur, der die Nacht mit einem Paar High Heels verbracht zu haben schien, hielt er jedoch inne. Die Polizeirätin sah nicht so aus, als ob sie in ihrer jetzigen Verfassung unbedingt auf Neuigkeiten scharf wäre. Ihre verquollenen Augen, ihr mit Lippenstift verschmierter Mund und ein fetter Knutschfleck, der wie ein Kainsmal an ihrem schlanken Hals prangte, sprachen Bände.

Paul Münz schluckte. Es war ihm schleierhaft, wie er aus dieser peinlichen Nummer herauskommen sollte. Entsetzt starrte er auf Stengls Bademantel, aus dem sich der rechte Busen Stück für Stück zu befreien begann. Im letzten Moment zog die Trägerin das edle, aber für Münz' Geschmack zu kurze Seidenteil wieder zusammen.

»Entschuldigung. Ist wohl nicht der richtige Zeitpunkt … Ich melde mich später noch einmal«, krächzte der Augsburger Automatenaufsteller.

Petra Stengl konnte sich angesichts der für beide Seiten peinlichen Situation ein Lachen nicht verkneifen, auch wenn die Kopfschmerzen an ihrer Gehirnrinde nagten wie ein Hamster an einem Maiskolben. »Lieber Herr Münz, jetzt halten Sie mal den Atem an und beruhigen sich«, versuchte sie, cool zu bleiben. »Also, womit kann ich Ihnen dienen?«

»Mein Detektiv ist seit mehreren Tagen spurlos verschwunden. Ich hatte ihn auf Sonnelach angesetzt und jetzt …«

Petra Stengl runzelte die Stirn. »Wollen Sie damit andeuten, dass Sonnelach ihn umgebracht hat?«

Münz nickte energisch.

»Scheiße«, entfuhr es der Polizeirätin. »Können wir uns um zehn Uhr im ›Café Abseits‹ treffen? Das ist ein paar hundert Meter weiter, links runter. Ich muss mich nur schnell runderneuern.«

Münz nickte. Ihm hatte es erneut die Sprache verschlagen. Kein Wunder, die Situation hätte selbst Bushido die Schamesröte ins Gesicht getrieben, dachte er. Dann riss er seine Blicke von den Resten des nächtlichen Sturmangriffs los und murmelte verlegen: »Bis gleich.«

Petra Stengl schloss die Tür. Ihr Lachanfall verfolgte Münz bis zu seinem Jeep.

22

»Männer mögen das Feuer entdeckt haben, aber Frauen haben entdeckt, wie man damit spielt.«

Carrie Bradshaw (Sarah Jessica Parker) in »Sex and the City«, amerikanische Fernsehserie (1998–2004)

Der schwere Scania-Tanklaster quälte sich mühsam den lang gezogenen Hügel östlich von Bamberg hinauf. Bei jedem Gangwechsel stießen die Auspuffrohre schwarze Abgaswolken in die eisige Luft. Abendnebel stieg über den Kieferkronen auf. Die von Salz- und Schneeresten verdreckten Scheinwerfer suchten sich ihren Weg durch den Hauptsmoorwald, den die US Army während der fast siebzig Jahre, die sie in Bamberg gewesen war, als Standortübungsplatz benutzt hatte und der zu weiten Teilen früher Hoheitsgebiet der USA gewesen war. Das Holz der Kiefern des Hauptsmoorwaldes war wegen seiner Qualität lange Zeit für den Bau von Flugzeugpropellern und Schiffsmasten sowie zur Herstellung holländischer Windmühlenflügel benutzt worden.

Von solchen historischen Betrachtungsweisen war der Scania-Fahrer allerdings weit entfernt. Michael Karl, von allen nur »Michi« genannt, gähnte und streckte sich. Zufrieden strich er sich über seinen runden Bauch. Ein langer Tag lag hinter ihm, bald würde er sein Gefährt am Bamberger Hafen abstellen können. Dann hatte er endlich Feierabend. Eigentlich hätte er zu dieser Zeit gar nicht an diesem Ort sein dürfen, aber Michi war gut zwei Stunden zuvor von der A70 von Bayreuth kommend in Scheßlitz von der Autobahn abgebogen, um über die Dörfer nach Bamberg zu fahren. Nach Tagen wie diesem wuchs in ihm mit jeder weiteren Stunde das Gefühl, sich irgendwie belohnen zu müssen. Und so nahm er gerne einen kleinen Umweg in Kauf. Lohndorf lohnte sich immer, wie der Name schon sagte. In der dortigen »Reh-Brauerei«, bekannt für ihre würzigen Biere und ihr feinherbes Pils, erstand er noch kurz vor Toresschluss zwei Kästen

Gerstensaft, die er mit seinen Kumpels am Wochenende beim Schafkopf-Spiel vernichten wollte. Mit dem Brauer Ferdinand verstaute er die Kästen im Führerhaus seines Lkws. Pfand musste er hier auf dem Dorf nie zahlen, man vertraute einander. Lachend drückte ihm der Brauer sogar noch zwei Flaschen dunkles Landbier in die Hand.

»Dat leckere Dröppke«, imitierte Ferdinand den Werbespruch einer Düsseldorfer Altbierschwemme, mit deren Chef er einige gemeinsame Seminare besucht und genossen hatte.

Michi lächelte zurück. Der Spruch gehörte zu ihrem Ritual. »Kann ich den Laster hier stehen lassen?«

Der »Reh«-Brauer nickte. Er wusste, wohin es seinen Kunden noch zog. In die »Brauerei Hölzlein«, einige hundert Meter weiter.

Kurze Zeit schwankte Michi, ob er in dem Gasthaus einen Feuervogel oder eins der riesigen Pfannenschnitzel mit Kartoffelsalat bestellen sollte. Er entschied sich für das Schnitzel, er hatte mächtigen Kohldampf.

Wie immer war die Gaststätte von Wirt Heiner brechend voll. Viele Gäste kannte Michi von seinen Besuchen bereits persönlich. Am längsten Tisch saß der ehemalige Brose-Baskets-Geschäftsführer und Vater des Bamberger Basketball-Erfolgs mit seinen hiesigen Parteifreunden. Der Pfarrer hatte sich am Stammtisch eingefunden, um unter lauter Clubberern und Bayern-Fans das hohe Lied auf Eintracht Frankfurt anzustimmen. Postbote Henning Gaeser, mit seinem Wuschelkopf ein weit übers fränkische Land bekanntes Original, versuchte derweil, mit esoterisch angehauchten persönlichen Sexerfahrungen, bei denen man nie sicher sein konnte, ob sie nicht Grimms Märchen, dem Kamasutra oder einer phantasiebegabten Zelle seiner rechten Gehirnhälfte entsprungen waren, zwei nicht mehr ganz so taufrische Damen, die Michi als Moni und Irene in Erinnerung hatte, für sich zu interessieren. Als er den Trucker entdeckte, prostete er ihm ungestüm zu, sodass ein Teil der Flüssigkeit auf den Holztisch schwappte. Lässig wischte der Postbote die Bierlache mit einem Bierdeckel vom Tisch. Mit Blick auf seine weibliche Begleitung rief er Michi schon leicht lallend zu: »Ich bin ein Frauenkenner, aber kein Frauenversteher. Ich kenne nämlich genug Frauen, doch verstehen tue ich sie deswegen noch lange nicht!«

Seine beiden Damen machten gute Miene und lächelten artig.

Der Lkw-Fahrer erhob ebenfalls seinen Krug. »Wenn du nicht so viel Erfolg beim weiblichen Geschlecht hättest, würde dich doch jeder für den geborenen Beziehungslegastheniker halten«, frotzelte Michi. »Nichts für ungut. Prost!« Für einen Moment spielte er mit dem Gedanken, sich ein zweites Bier in der urgemütlichen Gaststätte zu gönnen. Doch er brauchte seinen Job – und ließ es bleiben. Besser so, dachte er und schwang sich Minuten später zurück auf den Fahrersitz seines Wagens.

Als er die Hügelkuppe in Höhe des Schützenhauses »Kunigundenruh« erreichte, schaltete er hoch und drückte kräftig auf das Gaspedal. Auf der abschüssigen Straße nahm sein schwerer Scania schnell Fahrt auf. Im Tal leuchtete ihm Bamberg mit seinen sieben Hügeln und der Altenburg entgegen. Kurz vor der Anschlussstelle der A73 bog von einem Parkplatz ein Auto langsam auf die Gegenspur und blieb stehen. Als der Wagen plötzlich aufblendete, kniff Michi seine Augen zusammen. Für den Moment glaubte er, etwas Dunkles auf der Fahrbahn liegen zu sehen. Er folgte einem Reflex, stieg in die Eisen und riss das Lenkrad nach links. Der schwere Hänger schleuderte nach rechts, rasierte einige Begrenzungspfosten ab, dann rumpelten die schweren Räder der Zugmaschine über das dunkle Etwas. Die vom Trucker eingeleitete Gegenbewegung mit gleichzeitigem Bremsen ließ den Tankhänger umkippen und wie eine mächtige feuerrote Sense die Straße hinuntergleiten. Funken sprühten, Asphalt rieb sich an Metall. Die Zugmaschine machte noch zwei unbeholfene Versuche, nicht von dem schleudernden Hänger mitgerissen zu werden und gab dann entkräftet auf. Plump legte sie sich auf die Fahrerseite und riss sich in einem letzten Aufbäumen mit einem infernalischen Ächzen von der hochexplosiven Fracht los, um immer langsamer werdend gegen das blaue Autobahnschild zu rutschen. Glas splitterte in das Führerhaus. Eine losgelöste Radkappe drehte sich wie ein Kreisel scheppernd um sich selbst, bis sie leblos zum Liegen kam.

Eine unheimliche Stille hatte sich über dem Hauptsmoorwald ausgebreitet. Es war ein Moment des Staunens, des Schreckens, der Fassungslosigkeit, der Ergriffenheit, ja vielleicht sogar der Göttlichkeit. Dann hatten die meterhohen Flammen, die gierig am Tank des in die tiefe Böschung gerutschten Hängers leckten, endlich Erfolg: Der Behälter konnte der Hitze nicht mehr standhalten. In einer gewaltigen Explosion entlud sich die darin enthaltene Flüssigkeit, und eine fast siebzig Meter hohe rotgelbe Feuerwolke zerriss die rabenschwarze Nacht. Glühend heiße Metallstückchen regneten vom Himmel wie Sternschnuppen herab. Eine heftige Druckwelle ließ das Führerhaus erzittern.

Mühsam befreite Michi sich vom Sicherheitsgurt, schob den wie ein schlaffer Luftballon am Lenkrad hängenden Airbag zur Seite, quetschte sich zum Seitenfenster aus der Fahrerkabine und ließ sich auf den Boden gleiten. Er spürte die Hitze auf seiner Haut, nicht jedoch die Glassplitter, die in seinem Gesicht und seinen Armen steckten. Geschockt kauerte er sich hinter seinen umgekippten Truck. Unterbewusst nahm er wahr, wie ein Geländewagen mit aufgeblendeten Scheinwerfern auf der Straße wendete und mit Vollgas auf die A 73 fuhr.

Auch als das Blaulicht neben ihm hielt, regte sich Michi nicht.

»Geht es Ihnen gut?«, fragte eine junge Streifenbeamtin. »Sind Sie verletzt? Alles in Ordnung?«

Apathisch starrte der Mann ins Leere. »Da vorne auf der Straße, da war etwas …«, stammelte er. Dann griff er nach einer Flasche Reh-Bier, die den Unfall wie durch ein Wunder unbeschadet überstanden hatte.

Münz saß bereits im »Café Abseits« und studierte die Frühstückskarte, als Nobby Denzlein und Petra Stengl kurz nach zehn Uhr eintrudelten. Die Bamberger Szene-Institution hatte schon Generationen von Studenten, One-Night-Stand-Geschädigten, Alt-Hippies, Freaks, Intellektuellen, Liebespaaren, Bierdurstigen und Kontaktfreudigen mit ihrem reichhaltigen Frühstücksangebot und der in Bamberg-Ost größten Bierauswahl über den Tag beziehungsweise durch die fränkische Nacht geholfen.

»Hallo, Herr Münz. Verzeihen Sie die Verspätung. Wie wär's mit dem ›Frühstück Größenwahn‹?«

»Passender wäre wohl das ›Frühstück danach‹, oder?« Der Automatenaufsteller zeigte süffisant lächelnd in die Frühstückskarte. Dann lehnte er sich grinsend zurück. Die kleine Anspielung hatte er sich nicht verkneifen wollen und können.

Nobby Denzlein errötete, Petra Stengl blieb gelassen. Ohne auf die Bemerkung einzugehen, übernahm sie das Kommando. »Dann erzählen Sie mal der Reihe nach, Herr Münz. Sie vermissen also Ihren Privatdetektiv, den Sie auf Sonnelach angesetzt haben?«

Münz nickte. »Was Sonnelach kann, kann ich schon lange. Der Kerl hat mich und meine Geschäftspartner und Freunde über Monate von einer Nürnberger Detektei- und Sicherheitsfirma ausspionieren lassen, um mir an den Karren zu fahren. Außerdem hängt in all seinen Automatensälen mein Konterfei. Fehlen nur noch ›Dead or alive‹ und die Höhe der Belohnung darunter. Wenn sie mich sehen, sind Sonnelachs Mitarbeiter gehalten, mir sofort Lokalverbot zu erteilen und die Zentrale zu benachrichtigen.«

»Entschuldigung, Herr Münz, dass ich Sie unterbreche, aber was soll das mit Ihrem Schnüffler zu tun haben?«, wollte Petra Stengl den Redeschwall ihres Gegenübers kanalisieren.

Münz zog die Augenbrauen zusammen. Über seiner Nase bildeten sich Zornesfalten. Bei Nachforschungen blieb er gemeinhin kühl, abgeklärt und analytisch, doch in Hintergrundgesprächen wie diesem gelang es ihm nur selten, auf diese Eigenschaften zurückzugreifen. Ständig lief er Gefahr, cholerisch zu werden, zu explodieren. Die meisten Menschen reagierten mit Ignoranz und Ungeduld auf seine Recherche-Ergebnisse. Erst vor Kurzem hatte er einem Journalisten eines deutschen Nachrichtenmagazins hundertneunundachtzig Mails mit Anhängen geschickt, um zu beweisen und zu erklären, wie Sonnelach und van Dijk ihre

Geldspielautomaten manipulierten. Doch statt Dankbarkeit hatte er nur Häme geerntet. Erst wenn die Staatsanwaltschaft ermitteln würde, wären die angeblichen Manipulationen ein Thema für sein Blatt, hatte ihm ein sichtbar genervter Schreiberling mitgeteilt. Bei dem Gedanken an den Journalisten schwoll Münz schon wieder der Kamm. Musste man die Herren und Damen von der Presse inzwischen schon zum Jagen tragen, bevor sie auch nur eine einzige Zeile veröffentlichten? Wo war nur der gute alte investigative Journalismus geblieben, mit dem er groß und alt geworden war? Spiegel-Affäre, Neue Heimat, Flick-Affäre, Kießling-Diffamierungen, Barschel-Ehrenwort, CDU-Schwarzgelder, Amigo? Alles sauber recherchiert. Alles aufgedeckt. Aber jetzt wollte niemand mehr heiße Eisen anpacken. In irgendeinem Buch hatte Münz gelesen, dass die Zahl der investigativen Journalisten in Deutschland sich bei nur noch rund fünfzig bewege. Die Pressefreiheit einschränkende Gesetze, zeitlicher Mehraufwand, fehlende Gelder für umfangreiche Recherchen sowie die Abhängigkeit der Verleger von Anzeigenkunden und Politikern ließe die mutige Truppe der Rechercheure immer stärker zusammenschrumpfen. Solche Journalisten seien aussterbende Dinosaurier, exotische Außenseiter auf einem Medienmarkt, auf dem nur noch das Banale boome. »Bauer sucht Frau«, »Dschungelcamp« oder »DSDS« – ausschließlich mit solchen Themen – und Fußball und ein bisschen Sex – ließen sich noch Auflage und Quote machen. Dazu noch ein paar pseudowissenschaftliche Aufklärungsseiten über natürliche Heilmittel, Krebsvorsorge, Geldanlage fürs Alter, Kindererziehung oder die richtige Haustierhaltung – und fertig war der journalistische Entertainment-Brei für den Massengeschmack. Münz konnte sich über die deutsche Medienlandschaft stundenlang ereifern, schoss in seiner Wut aber zuweilen auch gerne über sein Ziel hinaus.

In dem Gespräch mit den beiden Kriminalbeamten musste er unbedingt ruhig bleiben. Das schwor er sich. Schon beim ersten Treffen im »Pelikan« hatte er sich es mit dem Bamberger Team fast vermasselt. Und Petra Stengl und ihr feiner Liebhaber – oder wie sollte er Herrn Denzlein fortan nennen? – schienen zumindest bereit zu sein, sich seine Ausführungen anzuhören. Das war ja schon mal was! Er hatte auch Polizisten erlebt, die, ähnlich wie Journalisten, von seinen Recherchen lieber die Finger ließen, weil sie sich diese nicht verbrennen wollten.

»Also«, begann er und versuchte, ruhig und sachlich zu bleiben, »vor einigen Monaten habe ich einen zusätzlichen Privatdetektiv für meine Detektei engagiert, um Sonnelach zu beschatten. Ein guter Typ und ein verdammt harter Hund. War früher bei den Spezialkräften in Afghanistan, den haut so schnell nichts um. Und prompt hat er geliefert. Unterlagen, Papiere und Privatkorrespondenz aus Sonnelachs Mülltonne – höchst aufschlussreich, kann ich Ihnen sagen. Außerdem weiß ich dank Peter Flügel, so heißt der Mann, mit wem der Firmenchef privat verkehrt. Staatsanwälte, Richter, Politiker, Leute von der PTB, die für die Genehmigung seiner Geräte zuständig sind, Kriminalbeamte und sogar ein bayerischer Polizeipräsident sind darunter!«

»Hoffentlich nicht unserer?«, schwante Denzlein schon das Schlimmste. Der Kommissar kippte ein ganzes Glas Mineralwasser hinunter. Er hatte einen fürchterlichen Brand.

Münz lächelte breit. Er spürte, dass die beiden Ermittler Feuer gefangen hatten. »Nein«, wiegelte er ab. »In diesem Punkt kann ich Sie beruhigen. Ihr Polizeipräsident war mit Sonnelach noch nicht auf der Hütte.«

»Auf welcher Hütte denn?«

»Sonnelach benutzt für seine konspirativen Treffen mit den für ihn wichtigsten Leuten eine Jagdhütte in Bad Aussee. Das liegt im steirischen Salzkammergut in Österreich. Ich gebe Ihnen gerne die Adresse. Und wenn Sie wollen, verrate ich Ihnen auch den genauen Termin, wann die nächste Hüttengaudi stattfindet.«

Petra Stengl nickte anerkennend. »Ihr Angebot nehmen wir gerne an.«

Denzlein brummte zustimmend.

Die Polizeirätin wusste nur zu gut, dass sie für einen solchen Ausflug niemals eine Genehmigung bekommen würde, aber darum ging es nicht. Sie durfte Münz jetzt keinesfalls verstimmen.

»Ich möchte mich natürlich nicht in Ihre Arbeit einmischen,

aber ich vermute, dass die Hütte auch für die Mordkommission interessant sein müsste«, setzte Münz nach.

»Dann lassen Sie die Katze mal aus dem Sack.« Petra Stengl war ganz Ohr.

»Mal abgesehen davon, dass Sie immer noch meine Täter- oder Mittäterschaft im Mordfall Besser nicht ausschließen …« Denzlein wollte abwiegeln, aber Münz machte eine unwirsche Handbewegung. »Lassen Sie mich bitte aussprechen, Herr Denzlein. Sie haben bei Ihren Ermittlungen Sonnelach genauso wenig von Ihrer Liste der potenziellen Täter gestrichen wie meine Wenigkeit.« Münz lachte gequält. »Ich und der Automatenkönig auf einer Liste«, sagte er mehr zu sich selbst als zu den Ermittlern. »Absurd! Einfach absurd!« Dann fing er sich wieder. »Jedenfalls besteht jetzt der dringende Verdacht, dass Sonnelach oder seine Leute auch Peter Flügel ermordet haben.«

»Haben Sie dafür Beweise? Oder zumindest Indizien?«, fragte Petra Stengl.

»Sie sind ja schon wie die Journalisten, die wollen auch alles fertig gekocht haben, bevor sie die Speise anrichten«, empörte sich Münz. »Es ist doch Ihr gottverdammter Job, zu ermitteln! Nicht meiner!«

»Schon gut, Herr Münz. Beruhigen Sie sich wieder. Also: Was können Sie uns zu Ihrem Verdacht sagen?«, fragte Petra Stengl.

»Seit fünf Tagen habe ich von Herrn Flügel nichts mehr gehört. Dabei hat er sich davor immer zwei- bis dreimal täglich bei mir gemeldet und Bericht erstattet. Das letzte Mal, als ich mit ihm gesprochen habe, hat er am Freitag aus seinem Auto vor der Sonnelach-Villa in Coburg angerufen. Dann habe ich nichts mehr von ihm gehört. Zunächst habe ich mir keine großen Sorgen gemacht, schließlich begann das Wochenende. Herr Flügel wollte sich am Samstag mit anderen Afghanistan-Veteranen im ›Ölkännla‹ treffen, so ein In-Laden im Fortenbachweg.«

Petra Stengl schaute ihren Untergebenen fragend an.

Denzlein nickte wissend. »Da kann man echt gut essen, das Bier wird aus einem Motorblock gezapft und heißt passend dazu ›Altöl‹. Außerdem kann man dort super pinkeln!«

»Pinkeln?« Petra Stengl zog ihre Stirn in Falten. Ihre rechte Augenbraue bildete eine Spitze.

»Durch die Scheiben eines aufgeschnittenen Mini Cooper, einfach sensationell, und –«

»Okay, okay, Nobby, mehr Informationen brauch ich jetzt wirklich nicht«, unterbrach Petra Stengl die urinalen Ergüsse ihres Bettpartners und wandte sich wieder an Münz. »Wie ich Sie einschätze, haben Sie am Sonntag versucht, Flügel telefonisch zu erreichen, oder?«

»Sie kennen mich immer besser, Frau Polizeirätin«, zollte der Automatenunternehmer Petra Stengl Respekt. »Ja, ich gestehe: Ich habe ein paarmal angerufen, aber immer ging die Mailbox an. Also habe ich um Rückruf gebeten und auch gesagt, dass ich mir Sorgen mache. Aber keine Antwort. So wie in den vergangenen Tagen.«

»Na ja, vielleicht hat sich Ihr Mann einfach mal ein paar Tage Auszeit gönnen wollen. Oder er hat keine Lust mehr, für Sie und Ihre Detektei zu arbeiten«, gab Denzlein zu bedenken.

Münz schüttelte energisch den Kopf. »Das glaube ich nicht. Flügel wollte gestern zu mir nach Augsburg kommen. Wir wollten gemeinsam die Vorgehensweise für die nächsten Wochen abstimmen. Außerdem bekommt er noch gut fünftausend Euro von mir. Die wollte ich ihm geben. Wissen Sie: Man gewöhnt sich an alles – an Sex, den Rausch, die Ehe, einen verlorenen Prozess und den Gerichtsvollzieher vor der Tür. Aber dass Sonnelach und seine Leute einfach meinen Detektiv umbringen – an so etwas werde ich mich nie gewöhnen. Das hat eine ganz neue Qualität!«

Petra Stengl überlegte. Was Münz da vortrug, war starker Tobak. Trotzdem musste sie sich eingestehen, dass an der Geschichte durchaus etwas dran sein konnte. Ebenso wie Münz sah sie keinen Grund, warum der Afghanistan-Veteran die Beziehung zu seinem Auftraggeber so abrupt hätte abbrechen sollen. Zumal dieser ihm noch jede Menge Geld schuldete.

»Und was ist, wenn Ihr so geschätzter Afghanistan-Held die Seiten gewechselt hat?«, versuchte sie, letzte Zweifel an der Mordtheorie zu säen.

Doch Münz lieferte prompt die von ihr erwartete Antwort. »Herr Flügel gehört zu der Spezies Mensch, die unbestechlich ist. So viel Menschenkenntnis müssen Sie mir schon zutrauen, Frau Polizeirätin. Und selbst wenn Flügel die Seiten gewechselt hätte, dann wäre es taktisch doch sehr viel klüger gewesen, als eine Art Doppelagent zu agieren.«

Petra Stengl war im Begriff, dem Automatenaufsteller zuzustimmen, da läutete ihr Handy mit dem Klingelton »Tage wie diese« von den Toten Hosen.

»Guten Morgen, Frau Stengl«, meldete sich ein Kollege aus der Kriminalpolizeiinspektion, »in der vergangenen Nacht ist gegen zweiundzwanzig Uhr ein Tanklastzug in die Luft geflogen. Nahe der ›Kunigundenruh‹. Die Zeitungen sind schon voll davon, und die Pressemeute rennt uns die Bude ein! Sie haben die Explosion doch sicherlich gehört, schließlich wohnen Sie nicht weit entfernt vom Unglücksort.«

Petra Stengl konnte sich zwar an eine Explosion in der vergangenen Nacht erinnern, aber die hatte nicht auf irgendeiner gottverdammten Staatsstraße von Bamberg nach Pödeldorf stattgefunden, sondern in ihrem Bett. Mehrmals. Sie brummte nur ein unverbindliches »Hhm«, um dann nachzusetzen: »Und was soll ich mit der Explosion zu tun haben? Das ist doch nichts für die Mordkommission.«

»Bei dem Unfall ist ein Mann ums Leben gekommen. Aber anscheinend nicht durch die Explosion, vielmehr ist er kurz zuvor von dem Tanklaster überfahren worden.«

»Jetzt beantworten Sie endlich meine Frage: Was habe ich damit zu tun?« Petra Stengl glaubte, am anderen Ende der Leitung ein verlegenes Schlucken zu hören.

»Also«, fuhr die Stimme hörbar eingeschüchtert fort, »mir kommen an der Sache ein paar Dinge komisch vor. Der Tote wurde vor einigen Tagen wegen schwerer Körperverletzung angezeigt – er muss seinen Sparringspartner am Gabelmann fast totgeschlagen haben. Zweitens hängt sein Konterfei an der Pinnwand in Ihrem Büro. Der Tote ist Robert Förtsch und scheint einer der zwei Journalisten zu sein, die in der Vergangenheit für mächtige Aufregung in der Glücksspielbranche gesorgt haben. Deshalb habe ich mir gedacht –«

»Super, Kollege. Ganz ausgezeichnete Arbeit!« Petra Stengl war wie elektrisiert. Der Tod konnte einfach kein Zufall sein. Was hatte der Journalist zu dieser gottverdammten Zeit an diesem gottverdammten Ort gewollt? Sie musste es herausfinden! »Können Sie mir noch einen Gefallen tun?«, flötete sie ins Handy und nickte Münz zu. »Geben Sie bitte eine Suchmeldung heraus. Peter Flügel, Afghanistan-Veteran und Privatdetektiv, wird seit mehreren Tagen vermisst. Ende letzter Woche soll er sich in Coburg vor der Sonnelach-Villa aufgehalten haben. Werden Sie aktiv und klappern Sie Nachbarn, Freunde, Verwandte ab – eben das ganze Programm. Ach ja, und befragen Sie bitte auch die Wirtsleute und Gäste des ›Ölkännla‹. Flügel wollte mit anderen Afghanistan-Veteranen dort am Samstag feiern. Und schicken Sie die Kollegen zur ›Kunigundenruh‹, die als Erste am Unglücksort waren. Am besten mit den bisherigen Ermittlungsergebnissen. Ich mache mich auch gleich auf den Weg.« Petra Stengl beendete das Gespräch und stand auf. »Sie halten sich zu unserer Verfügung, Herr Münz. Seien Sie immer telefonisch erreichbar. Wir werden Sie unterrichten, wenn wir Herrn Flügel gefunden haben.« Sie machte Denzlein ein Zeichen, dass sie gehen wollte.

»Kann ich nicht mitkommen? Was ist mit dieser Explosion? Sie haben doch sicherlich eine neue Spur?«, quengelte Münz wie ein Kind.

»Lassen Sie uns unsere Arbeit machen und machen Sie die Ihrige. Haben wir uns verstanden?« Petra Stengl ließ keinen Widerspruch zu.

Die Augen des Automatenaufstellers blitzten wütend, aber er beherrschte sich. Er brauchte die beiden Ermittler noch.

23

»Wenn auch die Fähigkeit zu täuschen ein Zeichen von Scharfsinn und Macht zu sein scheint, so beweist doch die Absicht zu täuschen ohne Zweifel Bosheit und Schwäche.«

René Descartes, französischer Philosoph und Mathematiker (1596–1650)

Die abgesperrte Staatsstraße 2281 in Höhe des Schützenhauses »Kunigundenruh« zwischen Pödeldorf und Bamberg bot ein Bild der Verwüstung. Petra Stengl schossen bei ihrem Anblick Erinnerungen an Fotos der von Taliban entführten und dann auf Anordnung der Bundeswehr bombardierten Tanklaster bei Kunduz durch den Kopf, bei der vor einigen Jahren über hundert Zivilisten getötet worden waren. Es stank penetrant nach verbranntem Benzin, der Teer der Staatsstraße hatte sich zu Klumpen verformt, der jungfräuliche Schnee war einem schmutzig grauen Matsch gewichen, der Tankanhänger hatte sich in ein bizarres Gerippe verwandelt, die Bäume längs der Staatsstraße waren ihrer Nadeln und Äste beraubt worden und ragten abgebrannten Streichhölzern gleich trostlos in den milchigen Himmel.

Hunderte Neugierige versuchten immer wieder, die Absperrung zu durchbrechen, Filmteams standen auf ihren Übertragungswagen und machten Aufnahmen vom Unglücksort. Vor der schaurigen Kulisse gaben Reporter ihre Statements und Einschätzungen ab.

Eine junge blonde Streifenbeamtin mit einem mächtigen Hintern, aber schlanken Oberkörper und einem freundlichen, von der Kälte geröteten Barbie-Gesicht stapfte den beiden Ermittlern entgegen. »Polizeirätin Stengl?«, fragte sie mit heller Mädchenstimme.

Die Ermittlerin nickte gnädig. »Sie waren die Erste am Tatort? Was ist passiert?«

»Ein Michael Karl ist gegen zweiundzwanzig Uhr mit seinem Tanklastzug verunglückt. Laut seiner Aussage wurde er von einem Wagen geblendet, als er etwas auf der Straße liegen sah. Er versuchte auszuweichen, schaffte es nicht, das Manöver abzuschließen, und überrollte einen gewissen Herrn Robert Förtsch. Der Tankanhänger wurde bei seinem Ausweichen abgerissen, Karl stürzte mit der Zugmaschine um und rutschte gegen das Autobahnschild. Dann ist alles explodiert.« Die Polizistin blies ihre hübschen Backen auf: »Bumm!«

»Der Lkw-Fahrer wurde geblendet?«

Die Streifenbeamtin nickte dienstbeflissen. »Das sagt er zumindest.«

»Haben wir Fahrzeugtyp und Kennzeichen des anderen Wagens?«

»Wohl so eine Art Jeep, dunkle Farbe, vielleicht schwarz, Kennzeichen unbekannt. Soll über die A 73 abgehauen sein.«

Petra Stengl überlegte. Es lag zumindest Fahrerflucht vor. Wenn nicht sogar mehr. Dass ein rheinischer Journalist, der gegen »Sonnelach« und »Enjoy the Game!« ermittelte, auf einer fränkischen Staatsstraße überrollt worden war, musste etwas zu bedeuten haben. »Was könnte dieser Förtsch hier verloren gehabt haben? Hat er im Schützenhaus einen gehoben?«, wollte sie von der Streifenbeamtin wissen.

»Die Gaststätte ›Kunigundenruh‹ hatte gestern Ruhetag. Ich habe das mit meinen Kollegen schon überprüft. Und übernachtet hat Herr Förtsch in den letzten Tagen im ›Bamberger Hof Bellevue‹.«

»Nobel, nobel. Und sein Auto?«

»Steht vor seinem Haus in Willich am Niederrhein. Herr Förtsch ist mit der Bahn nach Bamberg gereist, das Ticket steckte in seiner Geldbörse. Er fuhr anscheinend oft mit der Bahn. In seiner Hose haben wir weitere, ältere Tickets gefunden. Demnach war er kurz vor Weihnachten schon einmal in Bamberg und einige Tage vorher in Berlin.«

»Das kann doch kein Zufall sein, habe ich recht, Nobby?«

Denzlein nickte. *»Thank you for travelling with Deutsche Bahn!«*, ahmte er das oft belächelte Schaffner-Englisch nach. »In Berlin wurde der Wagen von Besser abgefackelt, der dann einige Tage später selbst im Domina-Studio erstickt worden ist. Ganz bestimmt kein Zufall.«

»Wir müssen die Ticketdaten mit den Ereignissen in Berlin und Bamberg vergleichen. Haben Sie die Fahrscheine dabei?«, wandte sich die Polizeirätin an die junge Streifenpolizistin.

»Natürlich. Hier im Asservatenbeutel«, erwiderte sie mit einem gewissen Dienststolz in ihrer hellen Stimme.

Nachdenklich betrachtete Petra Stengl die nur noch schwer lesbaren Ausdrucke. Förtsch hatte Berlin einen Tag nach dem Fahrzeugbrand, Bamberg jedoch schon vor Weihnachten, also eindeutig vor dem Mord an Besser, verlassen.

»Was soll man davon halten?«, fragte Denzlein enttäuscht.

»Wenig«, knurrte seine Chefin. »Wäre auch zu schön gewesen: Förtsch fackelt Bessers Porsche in Berlin ab und bringt in Bamberg dann Besser und die Thai um. Damit hätten wir die Morde fast gelöst und uns nur noch der Frage widmen müssen, warum sich unser potenzieller Täter auf dieser gottverdammten Straße von einem gottverdammten Tanklaster zerquetschen hat lassen.«

»Ein Datums- und Zeitaufdruck auf einem Ticket bedeutet aber noch lange kein wasserdichtes Alibi«, gab Denzlein zu bedenken. »Jemand anderes hätte mit dem Ticket zurück ins Rheinland fahren und es anschließend Förtsch zurückgeben können.«

»Um ihm ein Alibi zu verschaffen?«, fragte die Polizeirätin. »Ein Komplize?«

»Warum nicht?«

»Und so einen wichtigen Beweis findet man dann völlig zerknittert in einer Hosentasche?«

»Na ja, ich gebe zu, nicht gerade eine meiner besten Theorien«, gestand Denzlein. »Aber –«

»Wir sollten immer ergebnisoffen ermitteln. Das wolltest du doch sagen, nicht wahr?«, unterbrach Petra Stengl unwirsch ihren Mitarbeiter.

»Irgendetwas ist hier faul«, sagte Denzlein. »Wie ist Förtsch hierhergekommen? Mietwagen? Taxi?«

Die junge Polizistin schüttelte den Kopf. Ihr langer Pferdeschwanz hüpfte von der rechten Schulter zur linken. »Haben wir alles schon überprüft. Fehlanzeige. Förtsch hat kein Auto gemietet. Jedenfalls nicht unter seinem Namen. Und keiner der Bamberger Taxifahrer kann sich erinnern, ihn gestern hierherkutschiert zu haben. Die Zentralen verzeichnen auch keinen entsprechenden Fahrauftrag.«

»Was hat Förtsch nur zu dieser Zeit an diesem Ort gemacht?«, wunderte sich die Polizeirätin erneut.

»Parkplatzsex!«, posaunte Denzlein hinaus. »Wird auch ›Dogging‹ genannt. Seit die Medien groß darüber berichten, ist es wieder in, Sex an öffentlichen Plätzen zu haben, oft auch mit Unbekannten und Zuschauern.«

Petra Stengl blickte ihn erstaunt an und zog die rechte Augenbraue hoch. »Du scheinst ja über solche Dinge erstaunlich gut informiert zu sein?«

Denzlein grinste breit wie ein Honigkuchenpferd. »So etwas weiß man halt als Bamberger Bub. Oder?« Er blickte die junge Streifenbeamtin an.

Sie lächelte artig. »Gelegentlich treffen sich auf dem Parkplatz unterhalb der Gaststätte tatsächlich Pärchen, Schwule und Voyeure zum frivolen Stelldichein. Läuft viel über entsprechende Foren im Internet.«

Irgendwie bin ich in Bamberg noch nicht richtig angekommen, dachte Petra Stengl. Hinter der biederen Fassade der Domstadt taten sich immer neue Abgründe auf. Sie musste schmunzeln. Wie fast überall gab es gewaltige Unterschiede zwischen Schein und Sein. Warum hätte Bamberg auch anders sein sollen? Das machte die Stadt doch erst richtig menschlich. Ihre Gedanken wanderten zur vergangenen Nacht, und ein warmes, verlangendes Gefühl kroch in ihr hoch. Sie sah Denzlein an, doch dieser bemerkte ihren Blick nicht. Er scherzte mit der jungen Kollegin über einen lang zurückliegenden Einsatz am Sextreffpunkt. »Ihr Turteltauben«, fuhr sie energisch dazwischen, »können wir uns mal wieder auf das Wesentliche konzentrieren?«

Denzlein schlug beschämt die Augen nieder und zog es vor, zu schweigen.

Die junge Streifenbeamtin errötete. »Na… natürlich, Frau Polizeirätin«, stotterte sie. »Entschuldigung!«

»Nehmen wir also mal den unwahrscheinlichen Fall an, dass Förtsch extra vom Niederrhein mit dem Zug nach Bamberg gedüst ist, um mal richtig guten fränkischen Parkplatzsex zu haben, dann bleibt immer noch die Frage: Wie ist er hierhergekommen? Und vor allem: Warum lag er wie eine platte Flunder auf der Straße?«

»Vielleicht hatte er einen ordentlichen Rausch«, schlug Denzlein vor.

Die Streifenpolizistin reichte Petra Stengl einen roten Schnellhefter. »Dass er betrunken war, ist durchaus möglich. Die Leiche, oder besser das, was noch von ihr übrig war, stank gewaltig nach Alkohol. Steht alles in meinem Bericht.«

»Gute Arbeit«, lobte Petra Stengl. »Näheres wird sicherlich die Autopsie klären. Die wurde doch sicherlich schon von der Staatsanwältin angeordnet?«

Die junge Beamtin nickte. »Die Rechtsmedizin hat heute übrigens überraschend Verstärkung bekommen, Frau Polizeirätin. Ich soll Ihnen schöne Grüße von Bärbel Faun ausrichten. Die kennt Sie wohl aus ihren gemeinsamen Augsburger und Münchener Tagen.«

»Bärbel ist hier?« Petra Stengl strahlte. Augsburg verfügte über keine eigene Rechtsmedizin, daher hatte sie die erfolgreiche Rechtsmedizinerin in München bei einem ihrer ersten Fälle kennengelernt. Mit ihr verband sie eine langjährige Freundschaft – und das dunkelste Kapitel ihrer bisherigen beruflichen Laufbahn. Bärbel hatte sie vor knapp zwei Jahren zu einem Besuch in Augsburgs bekanntestem Swingerclub verführt. Grundlage waren einige Gläser Rotwein bei ihrem Lieblingsitaliener und ihre unstillbare Neugier auf Neues gewesen, nachdem sie gerade eine Beziehung ohne Zukunft beendet hatte. Die Abende im »El Toro« hatten Petra Stengl gefallen, und sie hatte sich mit einigen männlichen Besuchern dort öfter vergnügt. Dumm nur, dass diese Herren einige Zeit später von dem sogenannten Augsburg-Bomber in die Luft gesprengt worden waren. Sie, die dienstlich ansonsten überkorrekte Beamtin, hatte ihre sexuellen Beziehungen zu den Mordopfern verschwiegen. Und die Ermittlungen bewusst in andere Richtungen gelenkt. Auch ein Grund dafür, dass sie nun nach Bamberg quasi strafversetzt worden war. Doch Petra Stengl wollte sich heute ihre gute Laune nicht von den Schatten der Vergangenheit verderben lassen. Vorbei war vorbei. Die Vergangenheit war geschehen. Die Gegenwart wollte gelebt werden. Und die Zukunft stellte Aufgaben, die angegangen werden mussten. »Was macht sie denn hier – und vor allem: Was hat sie an meiner Leiche zu suchen?«

»So wie ich sie verstanden habe, hat gestern in Erlangen ein Fortbildungsseminar für Rechtsmediziner begonnen. Heute steht eine Besichtigung des Instituts für Rechtsmedizin auf dem Plan. Und Ihre Freundin ist dabei wohl –«

»Okay, das reicht!«, unterbrach Petra Stengl die Erläuterungen der Streifenpolizistin. Sie wandte sich Denzlein zu. »Nobby, du kümmerst dich jetzt um diesen verschwundenen Afghanistan-Veteranen. Und check bitte auch das Hotelzimmer von diesem Förtsch, kannst ja deinen Kumpel Thomas Kurz mitnehmen. Vielleicht findet ihr Unterlagen zu dessen Recherchen in der Glücksspielbranche. Ach ja: Und achte bitte auch auf Münz. Wie ich ihn kenne, treibt der sich vermutlich noch hier in der Gegend rum, um Peter Flügel auf eigene Faust zu finden.«

»Und was machst du?«, fragte ihr Stellvertreter ein wenig pikiert wegen ihres dienstlichen Umgangstons.

»Ich düse nach Erlangen in die Rechtsmedizin. Mal schauen, was uns der Tote zu sagen hat.«

Bärbel Faun wartete schon an der Eingangsschleuse der Erlanger Rechtsmedizin auf ihre Freundin. Zu dem hermetisch abgesicherten Bereich hatten nur Ärzte, die Staatsanwaltschaft und die ermittelnden Kripobeamten Zutritt. Von Fall zu Fall auch Angehörige, die die Toten identifizieren mussten.

Petra Stengl fiel ihrer Freundin um den Hals und hauchte ihr einen Kuss auf die rechte Wange. »Schön, dich zu sehen, Bärbel«, freute sie sich über das unerwartete Treffen. Seit ihrer

Verbannung aus Augsburg hatten sie zwar regelmäßig miteinander telefoniert und sich Nachrichten geschickt, sich aber nur zweimal getroffen. Einmal in Augsburg in der Osteria »Passatore« am Autobahnsee und einmal zum traditionellen Nikolaus-Tanz im »Pelikan«. Erst nachdem Wirt Heiner ihnen zur späten Stunde einen Absacker ausgab, um sie endlich loszuwerden, hatten sie die Kneipe klatschnass vom Tanzen verlassen. Aber nicht ohne zuvor ihren hartnäckigen, aber geizigen Verehrern süffisant lächelnd falsche Handynummern auf ihre Bierdeckel geschrieben zu haben. Gemeinsam gingen sie jetzt in den Untersuchungsraum.

»Du siehst super aus«, machte die Rechtsmedizinerin ihrer besten Freundin ein Kompliment. »Leider kann man das von deinem Freund hier nicht sagen. Meine Kollegen haben mir erlaubt, mal einen Blick auf deine Bamberger Leiche zu werfen.«

Petra Stengl starrte auf den nackten, arg zugerichteten Leichnam auf dem Seziertisch. Die Blässe des Leichnams hob sich fast unheimlich von dem blanken Chrom ab.

Bärbel Faun streifte sich ein Paar Gummihandschuhe über, deutete auf die abgetrennte Schädeldecke und eine Schale. »Der Kopf ist das Einzige, was von deinem Herrn Förtsch ganz geblieben ist. Das Gehirn ist noch so, wie es sein sollte. Über alle anderen Körperteile ist der Lkw wie eine Dampfwalze über eine reife Tomate gerollt. Die inneren Organe sind zerquetscht. Mehrfache Rippen- und Knochenbrüche. Da muss man keine Rechtsmedizinerin, kein Dr. House, kein CSI-Agent und auch kein Dr. Karl-Friedrich Boerne sein, um die Todesursache festzustellen.«

Petra Stengl blickte ihre Freundin enttäuscht an. »Also ein stinknormaler Verkehrsunfall?«

Bärbel Faun zog einen Flachmann aus ihrem grünen Kittel. »Auch einen Streitberger?« Sie wartete die Antwort ihrer Busenfreundin gar nicht ab, füllte zwei Reagenzgläschen mit der dunklen, fast sirupartigen Flüssigkeit und reichte eins Petra Stengl. »Prost, meine Liebe! Der Streitberger Bitter ist noch immer das beste Mittel gegen Leichengestank. Gegen siebzig Kräuter hat auch der penetranteste Sauerkraut- und Formalingeruch keine Chance.«

Petra Stengl nickte zustimmend. Außerdem würde der Kultlikör spätestens nach dem zweiten Reagenzglas die klaustrophobischen Zustände lindern, die die Polizeirätin auch nach vielen Besuchen in der Rechtsmedizin noch erschauern ließen. Die weißen Kacheln, das grelle Neonlicht, das dem Toten jede Intimität nahm und ihn bis in die letzte Hautpore unbarmherzig ausleuchtete, sowie das säuberlich aufgereihte Obduktionsbesteck – von der Kopfsäge über Hammer, Meißel, Messer, Pinzette bis hin zur Darmschere – verursachten in ihr auch nach all den Jahren ein mulmiges Gefühl. »Prost, Bärbel! Das Leben ist grausam, es endet immer tödlich!« Petra Stengl nahm einen tiefen Schluck, und die zarten Lachfältchen um ihre Augen verwandelten sich in tiefe Falten. Der Streitberger Bitter im Reagenzglas – er gehörte zum Ritual, wenn sich die beiden Freundinnen zur Leichenschau trafen. Dass Bärbel den Schnaps aus der Fränkischen Schweiz nach Erlangen mitgeschleppt hatte, musste wohl Intuition gewesen sein.

»Dein Herr Förtsch hat den ›Sudden Death‹ erlitten, wie man im Eishockey sagen würde. Allerdings nicht ganz freiwillig. Für seinen letzten großen Auftritt wurde er ordentlich gedopt.«

»Du meinst, er hatte die Hacken voll? Dass er einen mächtigen Rausch hatte, hat schon die Streifenbeamtin vermutet, die als Erste am Unfallort war.« Petra Stengl konnte ihre Enttäuschung über das Obduktionsergebnis kaum verbergen. Ein Vollrausch als Unfallursache? Sie hatte auf einen wesentlich spektakuläreren Befund gehofft.

»Ruhig, Braune! Ganz langsam mit den jungen Pferden«, mahnte die Rechtsmedizinerin. »Förtsch hatte einen Blutalkohol von vier Komma zwei Promille. Allein das würde einen Normalsterblichen auf den Highway to hell schicken. Merkwürdig ist, dass meine Kollegen in seinem Magen nur die Reste von einem fränkischen Sauerbraten mit Kloß, heruntergespült mit einem Bier und zwei Schnäpsen, gefunden haben. Das kann bei seiner kräftigen Statur auf keinen Fall zu einem Vollrausch geführt haben. Seine Klamotten stinken allerdings noch jetzt nach Alkohol, so als seien sie damit getränkt worden.« Bärbel Faun blickte ihre Freundin triumphierend an. So in etwa musste sich Napoleon bei seiner Kaiserkrönung am 2. Dezember 1804 in Notre-Dame gefühlt haben. »Tote sind Beweisstücke. Sie sprechen durch ihre Wunden und zeigen auf den Täter.«

»Jetzt spann mich nicht weiter auf die Folter«, bat Petra Stengl eindringlich. »Lass die Katze aus dem Sack!«

»Nun, meine Liebe, auch meine Kollegen konnten sich keinen rechten Reim darauf machen, wie man von so wenig Schnaps und Bier total besoffen sein kann. Sie haben mich um Rat gefragt. Daraufhin habe ich mir die Leiche von hinten vorgenommen – und das ist wortwörtlich so gemeint –, weil ich schon mal einen ähnlichen Fall in München hatte.« Die Rechtsmedizinerin trat neben den Toten und drehte ihn behutsam um. Vorsichtig zog sie die pickeligen Pobacken auseinander und deutete auf den Anus. »Schau mal genau hin – hier wurde etwas hineingedrückt, was da unter normalen Umständen nicht hingehört.«

Petra Stengl überwand ihren Ekel und beugte sich vor. »Was ist das? Toilettenpapier? Oder Mull?«

»Nicht schlecht für eine Polizeirätin. Du bist ganz nahe dran.«

»Was sind das für weiße Fasern?«

»Manchmal geben die Leichen ihre letzten Geheimnisse rektal preis«, lachte Bärbel Faun. »Wir Rechtsmediziner erfahren letztlich alles – leider nur spät. So auch in diesem Fall. Die weißen Fäden, die du erkannt hast, sind Reste von einem Tampon.«

Petra Stengl verstand die Welt nicht mehr. Was hatte ein Tampon im Hintern eines toten Journalisten zu suchen? Und was hatte ein solcher Tampon mit einem Blutalkohol von vier Komma zwei Promille zu tun?

Die Rechtsmedizinerin sah die hilflosen Fragezeichen im Blick ihrer Freundin. »Ich habe die Tamponreste analysieren lassen. Sie waren mit Alkohol getränkt. Genauer gesagt: mit achtzigprozentigem Stroh Rum!«

»War Förtsch schwul?«

»Nein, Kindchen! Hier geht es nicht um eine neue homosexuelle Spielart, sondern um den neuesten Modetrend unserer Kids. Vor einigen Jahren wurden in den USA und Skandinavien erste Fälle bekannt – und in Erfahrungsberichten im Internet ist zu lesen, dass der Scheiß jetzt auch zu uns herübergeschwappt ist. Die Jugendlichen tränken Tampons oder zusammengedrehtes Küchenpapier mit hochprozentigem Alkohol – meistens mit Wodka – und führen sich die vollgesaugten Dinger dann vaginal oder rektal ein.«

Petra Stengl verzog angewidert ihr Gesicht. »Das ist ja ekelhaft! Und was soll das bringen?«

»Einen mächtigen Vollrausch. Der Alkohol wird nicht erst innerhalb der Verdauungsorgane resorbiert, er gelangt über die Schleimhäute, besonders über die Darmschleimhaut, direkt in den Blutkreislauf. Da es den Kids nicht um einen langsamen Alkoholgenuss, sondern um den möglichst schnellen Abschuss geht, wird auch die natürliche Entgiftung über die Leber in der ersten Instanz umgangen. Die Wirkung kommt mit einem Schlag. Kannst du dir so eine Party vorstellen? Eine Flasche Wodka und dreißig Tampons.«

»Nach Komasaufen, Crystal Meth und dem lebensgefährlichen Missbrauch von schmerzhemmenden Fentanyl-Pflastern durch Drogenabhängige sind jetzt also Wodka-Tampons in? Wie krank sind die Kinder heutzutage eigentlich?« In Momenten wie diesem war Petra Stengl froh, keinen Nachwuchs zu haben, obwohl es immer wieder Phasen in ihrem Leben gegeben hatte und noch gab, in denen sie sich trotz aller Karriereträume nichts sehnlicher gewünscht hätte. Doch jedes Mal, wenn sie bereit für ein Baby gewesen wäre, hatte es in ihrer Beziehung gekriselt, oder ihre aktuellen Partner hatten kein Kind von ihr gewollt. Vielleicht hatten die Männer sie auch immer nur als toughe Frau begehrt und sie sich als Mutter ihrer Kinder nicht vorstellen können. Und jetzt als Vierzig-plus-irgendwas war ihre biologische Uhr ohnehin fast abgelaufen.

»Na ja, es stehen ja zum Glück nur verhältnismäßig wenige auf die Wodka-Tampons«, riss Bärbel sie aus ihren mütterlichen Gedanken. »Aber die, die drauf stehen, sind wirklich krank. Zumindest im Kopf. Und gefährlich ist diese Art, sich abzuschießen, auch. Körpereigene Warnsignale nach zu starkem Alkoholgenuss – etwa Erbrechen, was den Körper entgiftet – entfallen, da der Magen keinerlei Alkohol enthält. Schwere Alkoholvergiftungen und Bewusstlosigkeit bis hin zum Kreislaufzusammenbruch können die fatalen Folgen sein. Außerdem ist der Alkohol so aggressiv, dass er bei den Mädchen die Scheidenflora und bei den Jungs die Darmschleimhäute angreifen oder zerstören kann.«

»Und das Besaufen funktioniert wirklich?«

Bärbel nickte. »So ein Tampon kann fast drei Gläser Schnaps aufsaugen, Küchenpapier sogar noch mehr. Rauschgiftaufnahme über die Schleimhäute ist ja an sich nichts Neues. Denk mal an Kokain, das geschnupft oder auf die Vagina oder den Penis aufgetragen wird. Wie gut die Aufnahme von Medikamenten über die Schleimhäute funktioniert, siehst du auch an den gängigen Zäpfchen, die in die Scheide oder den Darm eingeführt werden. Einige Kiffer experimentieren bereits mit Haschisch in Kokosfett, das sie sich wie ein Zäpfchen in ihren Hintern schieben. Bei dreißig Grad schmilzt das Fett – und die Reise beginnt.«

»Da trinke ich tausendmal lieber einen Streitberger aus dem Reagenzglas«, schüttelte sich die Polizeirätin. »Aber wieso stopft sich ein erwachsener Mann einen Rum-Tampon in den Hintern und kriecht anschließend auf einer dunklen Staatsstraße herum, bis er von einem Lkw überfahren wird?«

»Ich glaube nicht, dass der Tampon freiwillig in seinem Darm gelandet ist. Am Anus finden sich leichte Rötungen und Abschürfungen, die darauf hindeuten, dass der Tampon gewaltsam eingeführt wurde. Vielleicht mit Hilfe eines Stabes oder eines langen Dildos. Das würde auch erklären, warum ich weitere Tamponreste tiefer als normal im Darm gefunden habe. Angesichts des Blutalkohols ist zu vermuten, dass unserem Herrn Förtsch gleich mehrere Tampons eingeführt wurden.«

»Du meinst also, jemand hat ihm die Dinger reingeschoben und nachher wieder rausgenommen, damit es wie ein ganz gewöhnlicher Unfalltod infolge von Alkoholmissbrauch aussieht?«

»Du hast es erfasst, Kindchen. Unfall oder Suizid würde ich fast hundertprozentig ausschließen. Meiner Meinung nach handelt es sich hier eindeutig um Fremdeinwirkung.«

»Ein Tampon-Mord, der wie ein Unfall aussehen soll. Dinge gibt's, die gibt's nicht!« Petra Stengl nickte ihrer Freundin bewundernd zu. »Gut, dass es euch Leichenfledderer gibt.«

»Leider scheinen wir Kämpfer an der Leichenfront vom Aussterben bedroht zu sein. In Deutschland werden immer mehr Institute für Rechtsmedizin geschlossen. Das ist übrigens auch ein Grund dafür, dass du und deine Leute jährlich rund tausendzweihundert bis zweitausendvierhundert Mörder einfach laufen lasst. Hausärzte erkennen Morde nicht als Morde, und Staatsanwälte scheuen teure Autopsien.«

Petra Stengl kannte diesen Vorwurf ihrer Freundin nur zu gut. Doch was sollte sie machen? Solange in Deutschland nicht so viel und fachmännisch obduziert wurde wie in anderen Ländern, würden eben jährlich zweitausend Beweise verbrannt oder begraben werden. »Und du bist dir wirklich sicher, dass Förtsch sich die Rum-Tampons nicht selbst eingeführt hat?«

»Schnaps, das war sein letztes Wort, dann trugen ihn die Englein fort …«, trällerte die Rechtsmedizinerin vor sich hin und griff nach einer nierenförmigen Schale am Ende des Seziertisches. »Das hier ist die Leber von deinem lieben Herrn Förtsch. Alkoholtoxischer Leberschaden aufgrund von Alkoholabusus. Liegt irgendwo zwischen Fettleber und Leberzirrhose. Förtsch hat gesoffen wie ein Loch, wenn du meine unmaßgebliche Meinung hören willst. Aber er hat sich immer oral die Kante geben, der wäre nie auf die Idee eines rektalen Alk-Kicks gekommen.«

Petra Stengl überlegte. Wenn jemand einen Mord wie einen Unfall hatte aussehen lassen wollen, warum hatte sich der Mörder dann die Mühe gemacht, Förtsch mittels Rum-Tampons auszuschalten, statt ihn zu zwingen, eine Pulle Schnaps zu trinken?

»Ich weiß, was dir gerade durch dein hübsches Köpfchen geht, Petra«, klinkte sich Bärbel Faun in ihre Gedanken ein. »Natürlich hätte der Mörder Förtsch dazu bewegen können, so lange zu saufen, bis er ins Koma fällt. Doch das hätte bei dessen Trinkfestigkeit und Statur wahrlich lange dauern können. Und bei schneller

Druck-Betankung – etwa durch einen Trichter – hätte Förtsch sich vermutlich übergeben. Die Tampon-Methode war schon die beste Idee. Und fast wären wir ja auch auf sie hereingefallen.«

»Also hat der Täter den besoffenen Förtsch in der Hoffnung auf die Straße gelegt, dass er überrollt wird und alles nach einem normalen Verkehrsunfall aussieht?«

»Ja, Petra, vermutlich. Wie ich von deinem Bamberger Kollegen erfahren habe, soll der Brummifahrer auch noch geblendet worden sein, der Unfall wurde also provoziert. Bei dem wurde übrigens nur ein geringer Blutalkohol gemessen: 0,15 Promille. Er war voll fahrtauglich.«

»Ein selten dreister Mord.«

»Du sagst es, Kindchen. Vermutlich der erste in dieser Art in Deutschland. Eine Premiere quasi. Herzlichen Glückwunsch! Prost!« Die Rechtsmedizinerin schenkte aus dem Flachmann nach und hob erneut ihr Reagenzglas. »Auf einem Bein kann man bekanntlich nicht stehen.«

»Und bei drei bestialischen Morden kann man schon mehr als einen Streitberger vertragen. Prost, Bärbel!« Petra Stengl griff zum Handy und informierte ihren reichlich unsortiert klingenden Kollegen über den Tampon-Mord. Eigentlich hatte sie nach der gemeinsam verbrachten Nacht erwartet, dass er ihr zum Ende des Gesprächs hin noch etwas Nettes sagen würde. Doch da kam nichts.

24

»Ein Freund, ein guter Freund,
das ist das Schönste, was es gibt auf der Welt.
Ein Freund bleibt immer Freund,
und wenn die ganze Welt zusammenfällt.
Drum sei auch nicht betrübt,
wenn dein Schatz dich nicht mehr liebt.
Ein Freund, ein guter Freund,
das ist der größte Schatz, den es gibt!«

Willy Fritsch, Oskar Karlweis und Heinz Rühmann (Interpreten), Robert Gilbert (Text) im Kinofilm »Die Drei von der Tankstelle« (1930)

»Ich bin heute so motiviert, wie es der Designer der japanischen Flagge gewesen sein muss«, stöhnte Denzlein seinem Kollegen Thomas Kurz entgegen.

»Und dünstest dazu wie eine frisch aus der Regnitz gefischte Wasserleiche. Gestern wohl ordentlich einen gesoffen, was?«

»Einen?« Norbert Denzlein lachte. »Eher wohl zwei.« Mit der linken Hand hielt er das Lenkrad, mit der rechten schüttete er sich einen billigen Energydrink mit einem Borussia-Dortmund-Etikett auf der Dose in den Schlund. »Mann, habe ich einen Brand.« Er rülpste. Ein Dunst aus Verwesung und Gummibärchen zirkulierte im Wagen wie ein Wirbelsturm.

»So wie du aussiehst, bräuchtest du dringend mal eine Anti-Falten-Creme. Oder noch besser: Versuch es mal mit einer Botox-Party für Single-Männer!« Thomas Kurz hob warnend den Zeigefinger. »Aber lass das bloß nicht deine Chefin merken! Unsere Petra soll nämlich sehr pedantisch sein – bei allem außer ihren zahlreichen Bettgeschichten!«

Denzlein versuchte, den in ihm aufsteigenden Ärger hinunterzuschlucken. Petra Stengl ging Thomas Kurz nun wirklich nichts an. Der Verkehr stockte an der Pfisterbrücke. Beide Ermittler waren auf dem Weg zum »Bamberger Hof Bellevue«.

»Für ihr Alter ist unsere Polizeirätin noch ein ganz schön scharfes Geschoss«, versuchte Thomas Kurz weiter, gepflegte Konversation unter Männern zu machen. »Ich würde die nicht von der Bettkante … also, ich meine, wenn ich nicht gebunden wäre, dann …«

»Kannst du endlich mal die Klappe halten?«, unterbrach ihn Denzlein angefressen. »Vielleicht ist sie ja gar nicht so, wie alle sagen!«

»Ho, ho, ho, edel sei der Kriminaler, hilfreich und gut«, stichelte sein Kollege weiter. »Hast du damals nicht den Zeitungsbericht an eurem Schwarzen Brett gelesen? Nachts verwandelt sich deine Chefin in einen Vampir. Dann saugt sie nicht nur ein, sondern gleich mehrere Opfer aus, und dabei ist Blut nicht ihr bevorzugter Saft! Wie hieß der von ihr frequentierte Swingerclub in Augsburg noch mal? ›El Toro‹? Nichts muss, alles kann.« Thomas Kurz grinste verschwörerisch.

Denzleins Miene verdüsterte sich wie der Tag bei einer plötzlich hereinbrechenden Sonnenfinsternis. Seine Halsschlagader pulsierte. War Petra wirklich eine solche Schlampe, wie es sein Kollege suggerierte? Hatte sie ihn nur benutzt? Wie so viele vor ihm? Konnte er mit einer Frau zusammen sein, die sich nachweislich durch die Swingerclubs Augsburgs gevögelt hatte? Durfte eine Frau schon am ersten gemeinsamen Abend mit einem Mann ins Bett steigen, und wenn ja, was hatte das zu bedeuten? Und wenn nein, war er dann nicht genau so eine Schlampe? Wenn auch eine männliche? Er hatte sie doch gewollt. Am gestrigen Abend. Pur und sofort. Die Fragen bohrten sich in sein Herz wie Angelhaken durch ein Fischmaul und ließen ihn nicht wieder los. Die Nacht war schön gewesen, keine Frage. Wunderschön. Doch bei seinen wenigen, wohl an einer Hand abzuzählenden Beziehungen in seinem Leben hatte es immer Wochen, wenn nicht sogar Monate voller Romantik und Ungewissheit gedauert, bis er und seine Angebetete endlich in der Kiste gelandet waren. Händchen halten, intensive Gespräche führen, mal eine gute Flasche Rotwein zu zweit genießen, dazu Schmetterlinge, die wie Kampfjets durch seinen Bauch schossen, hin und wieder ein verlegenes Küsschen vor der Haustür, zarte, aber letztlich unverbindliche Zeichen, dass man irgendwann mal etwas mehr wollen könnte – so hatten in seinem bisher nicht sonderlich aufregenden Privatleben die Voraussetzungen für eine feste Beziehung ausgesehen. Nach dem Scheitern seiner Ehe machte sich in ihm allerdings immer mehr die Überzeugung breit, dass das Unterbleiben schneller sexueller Aktivitäten mit der anvisierten Partnerin weniger an seinem als ritterlich zu erachtenden Verhalten als vielmehr an seinem als schüchtern zu bezeichnenden Verhaltensrepertoire lag, für dessen Grund er bisher noch keine Anhaltspunkte in seiner frühkindlichen Phase hatte finden können.

»Also, deine Chefin«, Thomas Kurz machte trotz angeschnalltem Sicherheitsgurt rhythmische Bewegungen mit seinem Becken, »die hat die Erfahrung einer sechzigjährigen Hure, den Körper eines dreißigjährigen Models und die Lust eines zwanzigjährigen Flittchens! Wäre das nichts für dich? Natürlich nur mal so, mal ordentlich drüberrutschen, heiraten darf man solche Schlampen natürlich nicht. Aber solange man noch nicht die Richtige gefunden hat, ist es geil, mit der Falschen zu bumsen! Das kann ich aus eigener Erfahrung sagen.«

»Halt endlich mal dein blödes Maul! Bei dir hilft doch nur noch eine radikale Orchiektomie!«

»Orchiwas?«

»Orchiektomie – Eierentfernung oder auch Kastration genannt.« Denzlein versuchte krampfhaft, seine vibrierenden Nerven in den Griff zu bekommen. »Als Kollegin ist Petra übrigens gar nicht so schlecht …« In seinem Inneren immer noch kochend, parkte er den schweren Dienstwagen auf dem Gehweg, direkt vor dem Reiterstandbild des bayerischen Prinzregenten Luitpold auf dem Schönleinsplatz. Viele Touristen und Neubürger Bambergs – darunter auch die Legionen von BWL-Studenten, die nach Ansicht ihrer Kommilitonen anderer Fachrichtungen mit allem klarkamen, nur nicht mit den wirklich wichtigen Dingen des Lebens – hielten den alten Luitpold für den legendären »Bamberger Reiter«, eines der bekanntesten Symbole der Sieben-Hügel-Stadt. Diese klassische und nicht totzukriegende Fehleinschätzung lag sicherlich darin begründet, dass das Luitpold-Standbild ursprünglich auf dem Domplatz aufgestellt wurde, bevor es seine neue Heimat auf dem Schönleinsplatz vor dem heutigen Hotel »Bamberger Hof Bellevue« gefunden hatte. Vermutlich tat der Umstand, dass Menschen wie Denzlein den üblichen Ein- und Zwei-Tages-Besucher von Bamberg mit diebischer Freude diesen Bären aufbanden, ein Übriges dazu. Und so fand der wahre »Bamberger Reiter«, eine im Bamberger Dom zu sehende Steinskulptur aus dem frühen 13. Jahrhundert, längst nicht so viele Bewunderer, wie er sie angesichts seines heroischen jahrhundertelangen Aushaltens im oft bitterkalten Dom eigentlich verdient hätte.

Zusammen mit seinem Kollegen stapfte Denzlein nun am Reiterstandbild vorbei auf das Vier-Sterne-Hotel zu. Von der Staatsanwaltschaft hatte Denzlein sich, nachdem er von Petra Stengl telefonisch den Obduktionsbefund erfahren hatte, kurzfristig einen Durchsuchungsbeschluss für Förtschs Zimmer besorgt. Es war kein Problem gewesen. Die oft zaudernde Staatsanwältin stand angesichts der drei Morde gehörig unter internem und öffentlichem Druck. Sie wollte die abscheuliche Mordserie unbedingt aufgeklärt wissen, bevor sie sich mit ihrem neuen Freund, als Vorsitzender einer Bamberger Werbegemeinschaft einer der einflussreichsten Männer der Stadt, zum Skifahren nach Davos verabschiedete.

Der Portier war durch das forsche Auftreten der beiden Beamten, die den Durchsuchungsbeschluss vor seinem Gesicht hin- und herwedelten, sichtlich beeindruckt. Ohne auch nur den Versuch zu unternehmen, die Intimsphäre des Hotelgastes zu schützen, rückte er den Schlüsselchip zum, wie er grinsend betonte, Marilyn-Monroe-Zimmer mit einer devoten Verbeugung heraus. »Bitte schön, meine Herren Kommissare!«

Was es mit dem Marilyn-Monroe-Zimmer auf sich hatte, erschloss sich den beiden Kriminalbeamten auf den ersten Blick. Über dem Bett mit rotem Gestell begrüßte ein grellbuntes Andy-Warhol-Porträt der Sexikone der fünfziger Jahre den Hotelgast. Das stilvolle Interieur – passend zu einem Grandhotel der Jahrhundertwende – wurde mit modernen Möbelstücken kombiniert. Auf einer ebenfalls roten Zweiercouch lagen einige Kleidungsstücke, die die stilvolle Eleganz des Zimmers zu beeinträchtigen suchten. Eine schmierige Motorradkutte miefte auf dem frisch gemachten und faltenfreien Bett vor sich hin, woraus die Beamten schlossen, dass Förtsch das Zimmer noch nach der Reinigung durch die Zimmermädchen – vermutlich gegen elf Uhr – aufgesucht hatte. Für diese Theorie sprachen auch die voll bestückte Minibar sowie die frischen Handtücher, die jungfräulich unbenutzt am Halter im Badezimmer hingen.

Die beiden Ermittler zogen sich Gummihandschuhe über und durchwühlten die achtlos in den Schrank geworfene Schmutzwäsche des Mordopfers. Aus der Innentasche der fettigen Motorradkutte fingerte Thomas Kurz mehrere Bündel Hunderterscheine heraus.

»Verdammt viel Kohle für einen abgefuckten Motorradfreak«, wunderte sich sein Kollege Denzlein.

»Stimmt. Als normaler Journalist schleppst du nicht fast fünftausend Euro mit dir rum«, bestätigte Kurz nach zweimaligem Zählen der Scheine. »Auf ehrliche Art und Weise kann Förtsch so viel Knete nicht verdient haben. Ich kenne keine seriöse Firma, keinen Verlag und auch keine Zeitung, die solche Beträge in bar auszahlt. Das muss Schwarzgeld sein. Oder Förtsch hat jemanden erpresst. Und zwar hier vor Ort. Das würde auch seine Einquartierung in dem Nobelhotel erklären.«

Denzlein schüttelte nachdenklich seinen Kopf. »Vermutlich hast du recht, trotzdem könnte Förtsch das Geld auch einfach von seinem Konto abgehoben haben.«

»Eine Summe in dieser Höhe? Das sollte einfach zu überprüfen sein. Hat man bei Förtsch eine EC-Karte gefunden?«

Denzlein zog aus seiner Manteltasche den roten Hefter heraus, den ihnen die junge Kollegin mit dem voluminösen Hinterteil überreicht hatte. »Hier sind alle Gegenstände aufgeführt, die der Tote bei sich hatte, als man ihn fand. Portemonnaie, Personalausweis, ICE-Ticket, ein paar Restaurantquittungen, ein Schlüsselbund, eine Visa-Karte und auch eine EC-Karte der

Sparkasse Krefeld. Liegt Krefeld nicht in der Nähe von Willich, wo Förtsch herkommt?«

»Stimmt. Samt-und-Seiden-Stadt. Krefeld Pinguine. Eishockey. Aber davon habt ihr Bamberger Körbchenleger ja keine Ahnung«, triezte Kurz seinen Kollegen. »Ich bin geborener Krefelder, nur wegen des Jobs nach Bochum gezogen. Es gibt nichts Geileres als Eishockey.«

»Hör mir bloß auf mit deinem Eishockey. Da musst du schon mehrere Fielmann-Brillen übereinander aufsetzen, um den Puck überhaupt zu sehen, geschweige denn mit ihm zu treffen.« Denzlein ließ auf seine Bamberger Basketballer nichts kommen, und das sollte auch sein Kollege ruhig mal merken.

Stillschweigend einigten sich die beiden Kommissare auf einen Waffenstillstand in Sachen Sportenthusiasmus. Auf einem gediegenen Sekretär stand ein teurer Laptop, der ihre Neugier weckte. Denzlein schaltete den Rechner an. »Wollen wir doch mal sehen, was der Förtsch abgespeichert hat.«

Als sich das Startbild nach wenigen Sekunden flimmernd aufbaute, machte sich auf dem Gesicht des Ermittlers Enttäuschung breit. »Verdammt, kommt denn heute niemand mehr ohne Passwort aus?«

Thomas Kurz grinste.

Wütend hob Denzlein den Laptop an, um vielleicht an dessen Unterseite einen Aufkleber mit dem Code zu finden. Doch nichts. Hilflos zuckte er mit den Schultern, dann gab er den Namen von Förtsch in mehreren Schreibweisen, mal mit und mal ohne Vornamen, mal kleingeschrieben, mal groß, ein. Doch der Computer verweigerte jedes Mal den Zugang. »Scheiße! Dann sollen sich eben unsere KTUler um das Mistding kümmern. Vielleicht schaffen sie es ja, an die Daten zu kommen.«

Thomas Kurz, der die vergeblichen Mühen seines Kollegen die ganze Zeit weiterhin grinsend verfolgt hatte, griff sich die schmierige Motorradkutte vom Bett und zeigte auf das Logo. »Was liebt so ein Mann wie Förtsch mehr als Weiber und Suff?«, fragte er im näselnden Oberlehrerton.

Denzlein sah ihn mit einer Cocktail-Mischung im Blick an:

zwei Teile Bewunderung, ein Teil Zuversicht, dazu ein Spritzer Skepsis. »Meinst du wirklich …?«

»Wat is en Passwort?«, ahmte der Glücksspielkommissar den Physiklehrer aus der »Feuerzangenbowle« nach. »Da stelle mer uns mal janz dumm und sagen: En Passwort is nur so jut wie sin Passwortgeber. Und wor dä Förtsch jut? Nee!«

Denzlein versuchte in seinem fränkischen Sprachlabor, das kölsche Kauderwelsch in gängiges Ermittlerhochdeutsch zu übersetzen. »Du meinst, Förtsch hat den Namen seiner Motorradgang als Passwort benutzt?«

»Versuch es doch einfach«, ermunterte ihn sein Kollege siegessicher.

Denzlein tippte »Niederrhein Snakes« ein – und prompt gab der Laptop seine Geheimnisse preis. Dateien über Dateien sprudelten den beiden Ermittlern entgegen.

»Klick mal ›Sonnelach‹ an!« Kurz zeigte auf den entsprechenden Ordner.

Denzlein überflog Zeilen und Zahlen der ersten Datei. In seinem Gehirn griffen die Rädchen ineinander, liefen immer schneller. »Das ist ja ein Ding. Förtsch hat Sonnelach erpresst!« Denzlein rieb sich freudig erregt die Augen. »Wenn das nicht mal ein prima Mordmotiv ist!«

»Klick weiter«, sagte Kurz. »Da ist noch ein Name, den wir kennen, oder?«

Denzlein konnte es kaum glauben: Auch der Name des ersten Mordopfers tauchte in einer von Förtschs Ordnerbezeichnungen auf: Karl Besser. »Schau mal, Förtsch hat das Material von Sonnelachs Adlatus bekommen. Er hat alles fein säuberlich dokumentiert, alle Treffen mit Besser und Sonnelach, alle Daten, alle Orte, alle Absprachen. Er wollte wohl auf Nummer sicher gehen, dass Besser nicht abspringt, und«, Denzlein stockte, »wenn ich das jetzt richtig sehe, haben beide zusammen Sonnelach erpresst! Was meinst du?«

Sein Kollege überflog die geöffneten Dateien und nickte beflissen. »Sehe ich genauso. Nach außen hin sollten die Zahlungen an Förtsch wohl wie monatliche Honorare für PR-Beratung aussehen. Und Besser wurde praktischerweise das Gehalt erhöht. Darauf hat Sonnelach anscheinend Wert gelegt. Clever. Das Schweigegeld wurde ganz normal über die Buchhaltung abgerechnet, alles wurde versteuert und so sauber gewaschen.«

»Damit haben alle Beteiligten eine weiße Weste. Genial. So ein System habe ich auch noch nie erlebt.« Denzlein hob anerkennend den Daumen und pfiff durch die Zähne. »Respekt!«

Beide schwiegen einen Moment lang, bis Denzlein wieder das Wort ergriff. »Aber eine Idee ist nur so gut wie ihr stärkster Mann. Sonnelach hat es sich dann doch anders überlegt und statt der filigranen Variante lieber die altbekannte gewählt – und die Erpresser umbringen lassen.«

»Aber das ist doch verdammt riskant«, gab Kurz zu bedenken. »Zwei Morde! Mit dem an der Thai sogar drei. Und mit dem verschwundenen Afghanistan-Kämpfer, diesem Peter Flügel, vielleicht sogar vier. Das sind nach meinem Geschmack einfach zu viele Mitwisser, zu viele Tote.«

In Denzleins Kopf schrillten die Alarmglocken, aber er konnte den Grund dafür nicht festmachen. Er setzte nach: »Oder Sonnelach hat in der Abteilung Mord loyale und verschwiegene Mitarbeiter. Bei einem solch guten Betriebsklima würde es auf die eine oder andere Leiche auch nicht mehr ankommen. Es wird einfach Tabula rasa gemacht, weil man sich sicher fühlt.«

»Ich wusste gar nicht, dass du auch Latein kannst«, wunderte sich Kurz. »Willkommen im Club. Ich war auf einer Klosterschule in der Nähe von Krefeld. St. Bernhard in Schiefbahn. Mich haben noch Ordensleute, die Hünfelder Oblaten, mit Ovid und Cäsar geschliffen. Nur deshalb konnte aus einem Rohdiamanten ein funkelnder Edelstein bei der Kripo werden!« Dem Glücksspielkommissar schwoll vor Stolz die Brust. »Geschadet hat mir der katholische Drill jedenfalls nicht.«

Denzlein ging auf Kurz' Monolog nicht ein und blätterte erneut den roten Hefter durch. Triumphierend zeigte er auf eine zerknitterte Rechnung. »Hier, noch ein Beweis: Förtsch war zusammen mit Besser im ›Brauhaus Spezial‹. Er hat seinen Namen sogar unter den bewirteten Personen aufgeführt. Kaum zu glauben: Um ein paar Euro Steuern zu sparen, wollte er die Erpressungsabsprachen auch noch absetzen!«

»Bloß nichts dem Staat schenken, so sind sie, unsere Herren Erpresser«, lachte Thomas Kurz. Er griff nach dem Laptop. »Wir sollten die Dateien im Büro in Ruhe durchgehen und auswerten.«

»Moment mal, Thomas!« Denzlein machte eine abwehrende Bewegung und klickte immer wieder neue Dateien an. Enttäuschung machte sich auf seinem Gesicht breit. »Das ist doch merkwürdig. Die Treffen mit Besser, die Geldforderungen, Überwachungsfotos und der Terminplan von Sonnelach, Zeitungsartikel über dessen Imperium – Förtsch hat alles archiviert. Trotzdem scheint das entscheidende W zu fehlen.«

Thomas Kurz schaute seinen Kollegen fragend an. »Das entscheidende W?«

»Ja, das entscheidende W: Womit konnten Besser und Förtsch Sonnelach erpressen? Dazu finde ich nichts.«

»Das ist in der Tat merkwürdig«, pflichtete der Glücksspielkommissar verstimmt klingend seinem Kollegen bei. »Vielleicht hat Förtsch das ja gespeichert?«

»Ja, vielleicht. Wäre super, wenn wir das noch finden würden. Dann hätten wir Sonnelach vielleicht auch wegen Spielgerätemanipulation dran.«

Thomas Kurz nickte zustimmend.

»Und noch ein wichtiges W bleibt unbeantwortet«, ließ Denzlein seinen Gedanken weiter freien Lauf. »Wenn ich schon die Männer eliminiere, die mich erpressen, warum lasse ich dann Beweise wie den Laptop, das Geld oder diese dämliche Wirtshausrechnung zurück?«

Thomas Kurz knuffte seinen Polizeikumpel freundschaftlich in die Seite. »Mensch, Nobby, auch die allerbesten Profis machen mal Fehler.«

»Aber solche gravierenden?« In Denzleins Kopf schrillten wieder die Alarmglocken. Diesmal wusste er, warum. »Eiskalte Killer machen solche Fehler nicht. Im Domina-Studio und in der Jungfrauen-Höhle haben wir kaum Hinweise gefunden, und hier liegen sie auf einem Präsentierteller herum? So als ob wir sie ja nicht übersehen sollen? Ich kann mich nicht wehren, ich fühle mich verarscht!«

»Nimm's nicht persönlich. Dann scheiß eben auf die Beweise für eine Gerätemanipulation, auch wenn es für mich als Glücksspielspezialisten zu schön gewesen wäre, Sonnelach dafür dranzukriegen. So buchten wir Sonnelach und seine Helfershelfer eben wegen Mordes ein, das ist doch auch schon ein super Erfolg, oder?«

Denzlein brummte vor sich hin wie ein vollgefressener Braunbär kurz vor dem Winterschlaf. »Wird nicht ganz einfach sein. Solche Herren sind doch viel zu gewitzt, um sich ihre Finger schmutzig zu machen. Die Drecksarbeit lagern sie meistens aus. Und was ist, wenn Sonnelach doch nicht hinter den Morden steckt? Oder wenn es mehrere Täter gibt? Oder die Morde in keinem Zusammenhang zueinander stehen? Was dann?«

»Dann heißt es: *Back to the roots!*«

»Das sehe ich auch so, obwohl Sonnelach auf meiner Liste jetzt ganz weit oben steht. Wenn aber der Zockerkönig seine Finger nicht in diesem mörderischen Spiel hat, dann müssen wir zu den Wurzeln unserer Ermittlungen zurückkehren. Der Mann von dieser Thailänderin hat kein Alibi. Weder für den Mord an Besser noch für den an Förtsch. Gestern will er eine Kneipentour durch die Sandstraße gemacht haben, sagen die Kollegen, die ihn vernommen haben. Nur dumm für ihn, dass ihn kein Schwein dabei gesehen hat. Einzig seine Alkoholfahne entlastet ihn ansatzweise.«

»Und was ist mit diesem Stierig, diesem Zocker, der von Förtsch am Gabelmann vor einigen Tagen zusammengeschlagen wurde? Der hat doch auch ein Motiv.«

»Richtig. Nachdem die ihn im Klinikum wieder zusammengeflickt haben, hat er, kaum aus der Narkose erwacht, fürchterlich getobt, dass er die Sau umbringen würde. Und ein Alibi hat er auch nicht. Das haben die Kollegen schon überprüft. Stierig will zur fraglichen Zeit zu Hause gewesen sein. Seine alte Nachbarin bestätigt das, aber die leidet unter Demenz im mittleren Stadium und wird von Stierig teilweise versorgt. Für ein paar kleine

Scheinchen. Aber traust du so einem kleinen Licht wie Stierig einen ausgefallenen Tampon-Mord zu?«

Der Glücksspielkommissar zog seine Stirn in Falten. »Nicht wirklich. Allerdings habe ich in unserem Job schon die unglaublichsten Dinge erlebt.«

»Okay. Dann streichen wir diesen Stierig noch nicht von unserer Liste. Aber auch wenn alle ihn den ›Killer‹ nennen, fällt es mir schwer, einen Zusammenhang zwischen ihm und den beiden anderen Morden herzustellen.«

»Das sehe ich anders, Nobby. Wenn der Typ etwas von den Gerätemanipulationen weiß, dann hat er als betrogener Zocker durchaus ein Motiv, Besser in die ewigen Jagdgründe zu schicken.«

»Also gut, dann hat der Killer vielleicht auch ein Motiv, diesen Besser umzubringen. Aber –«

»Jetzt bist du gefragt, lieber Kollege. Ich bin nur ein kleiner, unbedeutender Kommissar von der Glücksspielabteilung.« Thomas Kurz grinste breit und wurde dann wieder ernst. »Und was ist jetzt mit diesem Augsburger Automatenaufsteller, diesem Münz?«

»Den haben wir erst heute Morgen in Bamberg getroffen. Bis zum Tatort auf der Staatsstraße nach Pödeldorf sind es von der Stadt nur schlappe vier Kilometer. Irgendwie schon komisch, dass dieser Typ gerade dann hier auftaucht, wenn wir eine Alkoholleiche von der Straße kratzen.«

»Fährt der nicht auch so eine Art Jeep, wie ihn der Lkw-Fahrer gesehen haben will?«

Denzlein nickte. »In meinem Job fällt es mir immer schwerer, an Zufälle dieser Art zu glauben. Andererseits ist jeder siebte in Deutschland verkaufte Neuwagen inzwischen so eine Geländekiste, obwohl niemand mit den Dingern jemals durch Gelände fahren wird.«

»Die Möchtegernkraxler auf vier Rädern heißen nicht Geländekisten, sondern SUV – Sport Utility Vehicle.«

»Ich weiß. Bin ja nicht blöd. Immer höher, immer breiter, immer dicker – der neue Trend auf dem Automobilmarkt.«

»Jetzt aber wieder zurück zu unserem Fall: Dieser Münz ist schon ein merkwürdiger Vogel. Ich werde aus ihm nicht richtig schlau. Übergibt uns aktenweise angebliches Beweismaterial für Manipulationen an Spielautomaten und heult sich dann bei euch aus, dass sein Privatdetektiv verschwunden ist. Liefert uns aber, falls seine Vorwürfe berechtigt sind, damit einen ganzen Sack voller Mordmotive. Und dann ist er heute auch noch in der Nähe des Tatorts. Zufällig mit einem Jeep oder einem SUV. Ich bin kein Mordermittler, aber wenn du mich fragst, sollte Münz neben Sonnelach ganz oben auf der Verdächtigenliste stehen.«

»Zusammen mit anderen«, warf Denzlein ein.

»Du meinst den Holländer?«

»Ja, den aalglatten Fischkopf.«

Thomas Kurz nahm den Einwurf seines Kollegen auf. »Van Dijk lässt nur noch seine Anwälte sprechen. Ich habe bei den Venloer Kollegen mehrmals interveniert, aber es ist nichts zu machen. Auch die kommen an den ›Enjoy the Game!‹-Chef nicht ran. Jedem, der ihm Gerätemanipulation unterstellt, droht er mit Klagen und Schadensersatzforderungen in Millionenhöhe.«

»Auch Petra hat alle Hebel bei den niederländischen Kollegen in Bewegung gesetzt. Aber so ein Mann wie van Dijk mordet nicht, sondern lässt allenfalls morden. Für den Mord an Besser hat er natürlich ein wasserdichtes Alibi, das gleich mehrere Mitarbeiter bestätigt haben. Unter anderem sein Sicherheitschef Frohnacher, sein Sohn und der ehemalige deutsche Landesfinanzminister Franz-Josef Warumgel, der bei einer deutschen Tochterfirma von ›Enjoy the Game!‹ im Aufsichtsrat sitzt. Und sein Sicherheitschef, der wegen schwerer Körperverletzung schon mal im Knast war, hat als Gegenleistung netterweise von seinem Chef ein Alibi bekommen. Es ist zum Kotzen!«

»Der ehemalige Finanzminister unterhält genau wie Sonnelach immer noch beste Kontakte bis in die Beletage der deutschen Politik. An den Beziehungen habe ich mir schon die Zähne ausgebissen, als ich noch bei der Bochumer Kripo war.«

Norbert Denzlein fluchte. »Verdammt noch mal, an die Großkopferten muss man doch irgendwie herankommen! Wir leben schließlich im 21. Jahrhundert und nicht mehr in der Feudalzeit. Wir haben erfahren, dass hinter ›Enjoy the Game!‹ die albanische Mafia stecken soll.«

»Das wird zwar immer wieder behauptet, doch offiziell will sich dazu niemand äußern. Da läufst du gegen eine Wand des Schweigens. Ich persönlich habe nur ganz wenige, wackelige Anhaltspunkte dafür gefunden, dass zwischen der albanischen Spielmafia und ›Enjoy the Game!‹ ein Zusammenhang bestehen könnte. Quelle der Gerüchte, so viel habe ich allerdings herausgefunden, soll Karl Besser gewesen sein.«

Denzlein schwieg und versuchte, seine Gedanken zu ordnen. Wie schon mit Petra beim Pfefferhähnchen-Essen in Köttensdorf erörtert, wurde er das Gefühl nicht los, dass jemand mit ihnen ein großes Theater veranstaltete. Zugegeben, mit Bamberg, Klein-Venedig, der historischen Altstadt, der Regnitz und dem Dom auf einer der schönsten Bühnen der Welt, doch was half einem das, wenn die Inszenierung partout nicht überzeugte? Und wenn man auch nach intensiven Ermittlungen – von Bamberg über Coburg bis nach Holland – den Sinn des Theaterstücks noch immer nicht verstand? Denzlein musste an die Nacht mit Petra zurückdenken. »Was macht eigentlich deine große Liebe?«, rutschte es ihm unvermittelt heraus. Vermutlich eine billige Retourkutsche für Thomas' unsägliches Sexgelaber zuvor, das Denzlein zunächst tief getroffen und dann mächtig verwirrt hatte.

Sein Freund schaute ihn verdattert an. »Warum fragst du?« Und bevor Denzlein antworten konnte, zischte er ihm böse entgegen: »Das geht dich einen Scheißdreck an!«

»Man wird doch wohl noch fragen dürfen. Jetzt sei mal ein wenig tiefenentspannt.«

»Entschuldigung, Nobby«, lenkte Thomas Kurz schnell ein. »Wir hatten viel um die Ohren. Aber jetzt ist alles bestens, Gott sei Dank.«

Denzlein traute sich nicht, weiterzufragen.

25

»Überraschung, Verwunderung sind der Anfang des Begreifens. Sie sind der eigenste Sport und Luxus des geistigen Menschen.«

Ortega y Gasset, spanischer Philosoph und Soziologe (1883–1955)

Petra Stengl blinzelte in den wunderschönen Tag. Die Sonne knallte mit voller Wucht durch die verschmierte Frontscheibe ihres Privatwagens. Das Außenthermostat zeigte milde zehn Grad an, im Radio versuchten die Moderatoren von Ö3, die Menschen auf den Frühling einzustimmen, der früher als sonst hereinbrechen würde. Ein kräftiges Tief über Irland und ein Hoch im Osten schaufelten wärmere Luft über Spanien und Portugal nach Westeuropa. Das Schmuddelwetter der zurückliegenden Monate mit Stürmen, Blitzeis und ständigen Temperatursprüngen schien vorbei zu sein. Die intensive Salzstreuung der letzten Tage hatte auf den Autoblechen ein graues Schlierenmeer hinterlassen, und die Scheibenwaschanlage konnte gar nicht so viel Flüssigkeit versprühen, um der Schmutz- und Salzpartikel auf der Frontscheibe Herr zu werden.

Sie hatte lange überlegt, ob sie Paul Münz mitnehmen sollte. Immerhin stand der Augsburger Automatenaufsteller auf ihrer Verdächtigenliste noch immer ganz oben. Andererseits war das Material, das ihr der kleine Mann mit den listigen Augen übergeben hatte, hochbrisant. Trotzdem wurde die Polizeirätin das flaue Gefühl in ihrem Magen nicht los. Nach ihren eigenwilligen Ermittlungen gegen den »Augsburg-Bomber«, die sie fast ihre Karriere gekostet hatten, verstieß sie erneut gegen ihren Ehrenkodex, der wohl eine Reaktion auf die nie öffentlich gewordene, ihr aber durchaus präsente Korruptionsanfälligkeit ihres Vaters war. Sepp Stengl war schon zu Lebzeiten als der »John Wayne von Augsburg« verehrt worden. Er war die Polizeilegende der Fuggerstadt, das Vorbild ganzer Generationen von Kriminalbeamten.

Seine Ermittlungsmethoden galten als hart, unerbittlich, oft an der Grenze zur Legalität, aber immer gerecht. Und vor allem als erfolgreich. Bis heute konnte kein Augsburger Kriminaler eine auch nur annähernd so hohe Aufklärungsrate wie der Stengl Sepp aufweisen. Nach seiner Ermordung durch einen Junkie hatte sich das Bild ihres Vaters in der Öffentlichkeit und im Kollegenkreis immer mehr verklärt. Posthum war er in den Olymp der schwäbischen Götter aufgenommen worden. Viele Augsburger konnten sich durchaus vorstellen, dass ihr Vater dort mit der städtischen Fußballlegende Helmut Haller über das Wembley-Tor von 1966, den von ihm geklauten Endspielball und die guten alten Zeiten philosophierte.

Petra Stengl zerbrach fast an ihrem Vater und an ihrem Wissen über ihn. Obwohl sie schon als Polizeianwärterin ahnte, wie korrupt ihr Vater war, hatte sie immer eisern geschwiegen. Möglicherweise, um ihre Mutter zu schützen. Oder um ihre Karriere nicht zu gefährden? Sie hatte sich die Frage oft gestellt. Dabei war ihr klar, dass sie im Grunde keine Antwort darauf finden wollte. Warum sollte ausgerechnet sie als Tochter ihren Vater als korruptes Arschloch outen? Götter durfte man nicht vom Thron stürzen, ihre Rache würde fürchterlich sein. Das hatte schon Prometheus mit einem permanenten Leberschaden büßen müssen.

Petra Stengl wollte nie in die Gefahr geraten, so zu werden wie ihr Vater. Penibel, zuweilen überkorrekt und objektiv ging sie an ihre Kriminalfälle heran, versuchte, jegliche Emotionen auszublenden. Sie hielt sich an Gesetz und Ordnung, ließ Grenzüberschreitungen nicht zu. Sie doch nicht!

Sie rutschte auf dem Fahrersitz hin und her. Nach vierstündiger Fahrt ohne Pause meldete sich ihre Blase. Hoffentlich hielt sie bis zum Hotel in Bad Aussee durch.

Ja, sie war immer korrekt und objektiv gewesen. Sie hatte eine klinisch saubere Karriere hingelegt, war nicht so wie ihr Vater gewesen! Und dann hatte sie ihre Prinzipien von einem Fall zum anderen über Bord geworfen, um ihre sexuellen Eskapaden mit einigen Mordopfern im Fall des »Augsburg-Bombers« zu verschleiern. Befand sie sich bereits auf dem Weg, den ihr Vater eingeschlagen hatte? In schlaflosen Nächten nagte die Frage immer wieder an ihr.

Und jetzt hatte sie erneut gegen ihren Ehrenkodex verstoßen. Als Münz sie aufgeregt anrief und ihr mitteilte, dass sich Sonnelach und einige seiner Freunde aus Politik, Justiz und Wirtschaft jetzt schon in Bad Aussee auf der Jagdhütte zum gemeinsamen Feiern treffen wollten, hatte sie weder ihren Vorgesetzten noch Nobby unterrichtet, sondern sich spontan ein paar Tage freigenommen, um mit Münz auf eigene Faust in Österreich zu ermitteln. Seine Argumentation hatte sie letztlich von dem Privattrip überzeugt: »Frau Polizeirätin, der Fisch stinkt immer vom Kopf her. Wenn Sie die Morde aufklären wollen, dann müssen Sie an der Spitze des Eisbergs beginnen.«

Aber was, wenn Münz unrecht hatte? Wenn er sogar etwas mit den Morden zu tun hatte? Wenn die Recherchen in Bad Aussee ergebnislos blieben? In Petra Stengl kroch Ärger hoch. Wie hatte sie sich auf Münz einlassen können? Ihre Wut richtete sich gegen sie selbst. In Bamberg und Umgebung suchten währenddessen ihre Kollegen nach Münz und seinem verschwundenen Detektiv, und sie saß neben einem der Gesuchten! Möglicherweise neben einem Mörder! »Wo waren Sie eigentlich, als der Tanklastzug in die Luft geflogen ist?«, wandte sie sich brüsk an Münz.

»Auf der Suche nach meinem verschwundenen Privatdetektiv. Ich habe die halbe Nacht vor Sonnelachs Villa in Coburg verbracht. Aber das habe ich doch schon alles Ihrem Kollegen Denzlein am Telefon erzählt.«

»Dessen Vorladung Sie nicht nachgekommen sind.«

»Frau Stengl, glauben Sie mir: Ich habe Besseres zu tun, als mich um wasserdichte Alibis zu kümmern. Wenn Sie mich mal wieder für einen Mörder halten, nur zu: Verhaften Sie mich!« Münz hielt ihr provozierend beide Arme entgegen. »Nur zu, Frau Polizeirätin, lassen Sie Ihre Handschellen klicken!«

Petra Stengl unterdrückte ihren hochbrodelnden Zorn. Ganz gelang es ihr nicht, sodass sie sich einem Nebenkriegsschauplatz zuwandte. »Wie kann man nur sein Geld mit diesen Spielhöllen verdienen?«, giftete sie ihren Beifahrer an. »Die gehören verboten!«

»Und mein Berufsstand gleich mit?«

Petra Stengl nickte. »In Ihren Läden werden Menschen gnadenlos abgezockt und ausgenommen.« Sie erwartete einen Wutausbruch des Automatenunternehmers, doch der blieb erstaunlich ruhig.

»Wissen Sie, Frau Stengl, meine Branche kämpft seit Jahrzehnten gegen Vorurteile, Vorwürfe und Unterstellungen. Ich will gar nicht leugnen, dass es unter den rund fünftausend Automatenaufstellern in Deutschland einige schwarze Schafe gibt. Aber die gibt es überall. Und mit Sonnelach und van Dijk haben wir sogar zwei Wölfe im Schafspelz, die alles an sich reißen und den lange Zeit mittelständisch geprägten Markt monopolisieren wollen. Die beiden schrecken vor nichts zurück, sind hochkriminell. Und wenn sie sich nicht mit ihrem Geld und ihrem Einfluss den Schutz von Justiz und Politik erkauft hätten, säßen sie schon längst hinter Gittern.«

»Was die beiden im Großen machen, machen Sie mit Ihren Spielhöllen doch im Kleinen«, provozierte Stengl Münz weiter.

»Sie machen es sich zu einfach. Keine Branche wird so kontrolliert und überwacht wie die unsrige. In unseren Spielhallen darf kein Alkohol ausgeschenkt werden, der Zutritt für Jugendliche und Kinder ist untersagt, die Anzahl der Spielgeräte, der Einsatz und die Spieldauer sind gesetzlich festgelegt. Außerdem darf ich als Spielhallenbetreiber nicht vorbestraft sein oder Steuern schulden, sonst verliere ich meine Konzession.«

»Mag ja alles sein, aber mit solchen Spielhöllen, wie Sie sie betreiben, fördern Sie trotzdem die Spielsucht der Menschen.«

»Das sehe ich anders.« Münz blieb weiterhin unnatürlich ruhig. »Seit er aufrecht laufen konnte, war der Mensch ein Spieler. Schon unsere Vorfahren haben gespielt, gezockt und gewettet. Spielen ist eine Art Naturtrieb, so wie der Selbsterhaltungs- oder Sexualtrieb, etwas ganz Natürliches. Der Mensch ist nicht nur ein Homo sapiens, sondern auch ein Homo ludens.«

»Erstaunliche philosophische Ausführungen für einen Menschen, der anderen ihr schwer verdientes Geld aus der Tasche zieht«, höhnte Petra Stengl.

»Liebe Frau Stengl, jetzt bleiben Sie mal sachlich. So emotional kenne ich Sie ja gar nicht. Oder gehören plumpe Provokationen seit Kurzem zum Repertoire Ihrer Verhörmethoden?« Münz lächelte milde. »Sie zwingen mich geradezu, Ihnen einen Schnellkurs in Sachen Automatenspiel zu verpassen.«

»Dann mal zu, Herr Dozent. Bis Bad Aussee ist es noch eine halbe Stunde. Versuchen Sie, mich von Ihrem Standpunkt zu überzeugen.«

»Das schaffe ich vielleicht nicht, aber ich werde Sie zumindest nachdenklich machen.«

Petra Stengl nickte, während ihr Blick auf die atemberaubende Landschaft fiel. Auf den Gipfeln glänzte der Schnee bis hinab in die mittleren Lagen. In den Tälern taten Gräser und Bäume alles in ihrer Macht Stehende, eine gesunde grüne Farbe anzunehmen. Flüsse und Bäche sprudelten dank des Tauwetters, Seen schlürften die beginnende Wärme begierig wie Cocktails in sich hinein, ein paar Krokusse streckten vorwitzig ihre bunten Köpfe der Sonne, die im vergangenen Winter kaum zu sehen gewesen war, entgegen. In einigen Tagen würden sich sicherlich auch die ersten wilden Narzissen zeigen und die Berg- und Seenlandschaft zwischen Dachstein, Loser und Totes Gebirge in ein duftendes Blütenmeer verwandeln. In Petra Stengl stiegen Kindheitserinnerungen auf. Viele Jahre lang waren ihre Eltern mit ihr in den Ferien nach Österreich gefahren. Manchmal zum Skifahren in die Steiermark, meist jedoch im Sommer ins sonnige Kärnten mit seinen blauen Seen und deftigen kulinarischen Spezialitäten. Ihr Lieblingsgericht waren gefüllte Kasnudeln in brauner Butter gewesen, von denen sie als Zwölfjährige einmal über ein Dutzend verputzt hatte. Wie hatte sie in diesen unbeschwerten Kinderjahren ihren Vater geliebt! Körbeweise hatten sie gemeinsam Pilze gesammelt und ihrer Pensionswirtin zum Braten und Kochen überlassen. Stundenlang hatten sie aneinandergeschmiegt mit selbst gebastelten Angeln versucht, Forellen zu fangen. Oder sie waren die Berge zu trutzigen Burgen wie der Hochosterwitz am Längsee mit ihren vierzehn Wehrtoren hinaufgekraxelt, während ihr Vater sie mit wahren und unwahren Geschichten vom Leben der Rittersleute und ihrer Hofdamen begeisterte. Petra Stengl schluckte. Diesen Vater hatte sie schon lange verloren. Er war nur noch ein abgewetzter, stumpfer Mosaikstein in ihrem Leben.

»Woran denken Sie?«, riss Münz sie aus ihren Tagträumen. »An Sonne, Palmen, blaues Meer?«

»Nicht ganz. Aber so in etwa.« Petra Stengl lächelte. Dann wurde sie wieder dienstlich. »Sie ziehen den Menschen in Ihren Spielhöllen also kein Geld aus der Tasche?«

»Mal unterstellt, ich habe recht mit meiner These, dass der Mensch schon immer ein spielender Mensch, ein Homo ludens, war, dies in den nächsten zehntausend Jahren der Evolutionsgeschichte auch bleiben wird und somit viele Menschen auch künftig um Geld spielen werden. Dann stellt sich doch die Frage: Wo kann ein Zocker seinen Trieb am besten befriedigen?«

»Aber doch nicht in Ihrer Spielhalle! Schon mal was von Lotto gehört?«

»Lotto wäre sicherlich eine Möglichkeit. Doch wie wollen Sie die Häufigkeit des Spiels und den gesetzten Einsatz kontrollieren? Das weiß Väterchen Staat ganz genau und baut darauf, dass seine Bürger jede Woche Millionen Euro bei ihm verzocken. Unser Staat ist schon seit Jahrzehnten als Glücksspieldealer unterwegs. Und das mit einer beschissenen Doppelmoral, entschuldigen Sie den Ausdruck. Uns kleinen und mittleren Automatenaufstellern wirft er vor, die Spielsucht zu fördern, und setzt selbst jährlich rund dreizehn Milliarden Euro mit Lotto, Toto, Oddset, Spiel 77, Rubbellosen und Casinos um. Hinzu kommen über eins Komma sechs Milliarden Euro an Einnahmen aus Gewerbe-, Umsatz- und Vergnügungssteuer, die wir an die staatlichen Kassen abdrücken müssen. Wenn hier jemand die Spielsucht fördert, dann doch wohl unser Staat. Uns Automatenunternehmer drangsaliert er nicht, weil wir die Spielsucht fördern, sondern weil wir auf dem Glücksspielmarkt seine Konkurrenten sind.«

»Mein lieber Münz, jetzt lehnen Sie sich aber verdammt weit

aus dem Fenster. Unser Staat hat alles Recht der Welt, feste Spielregeln für das Automatenspiel aufzustellen – und diese wenn nötig auch polizeilich durchzusetzen.«

»Da bin ich ganz bei Ihnen. Doch wenn der Staat uns durch immer mehr Gesetze und mit einer immer höheren Erdrosselungssteuer vernichtet, dann tut er sich auf lange Sicht keinen Gefallen.«

»Und warum? Bei allem Respekt, aber so wichtig ist Ihre Branche nun auch wieder nicht.«

»Sie irren sich gewaltig. Wir Automatenaufsteller sind nicht Gegner, sondern Partner des Staates. Mit dem Automatenspiel erfüllen wir sogar eine wichtige soziale Aufgabe.«

Petra Stengl sah ihren Beifahrer ungläubig an. Sie hatte es doch immer gewusst, dass man Münz nicht ganz ernst nehmen konnte. Der hatte doch einen an der Klatsche! Und von einer solchen Type hatte sie sich zu dem Trip nach Bad Aussee verleiten lassen, weil Sonnelach mit führenden Vertretern aus Justiz und Politik auf einer gottverdammten Jagdhütte seine Vorgehensweise auf dem deutschen Glücksspielmarkt absprechen sollte. Selbst wenn es so war – was ging sie als Mordermittlerin eine solche Hüttengaudi an? Drei Menschen waren auf bestialische Art und Weise ermordet worden, mit dem Afghanistan-Veteranen ein weiterer verschwunden – und sie musste sich von Münz den wirren Einführungskurs »Automatenkunde für Anfänger« anhören. »Scheiße!«, entfuhr es ihr leise.

»Was haben Sie gesagt?« Münz hatte das Wort sehr wohl verstanden. Jetzt musste er eine wichtige Punktlandung im Gehirn der beratungsresistenten Beamtin hinlegen.

»Soziale Aufgabe! Dass ich nicht lache! Seit wann ist Zocken am Daddelautomaten denn eine soziale Aufgabe?«

Münz lächelte milde, Züge von Altersweisheit huschten über sein Gesicht. »Liebe Frau Stengl, ich habe nicht gesagt, dass das Zocken am Automaten eine soziale Aufgabe ist. Das Zocken an sich ist es natürlich nicht, sehr wohl erfüllen wir mittelständischen Automatenunternehmer aber mit dem Anbieten des Automatenspiels eine solche.«

»Jetzt vergaloppieren Sie sich bloß nicht! Lassen Sie die Pferdchen schön im Stall«, unterbrach Petra Stengl rüde Münz' Vortrag. Sie hatte genug von seinem Geschwafel – und ärgerte sich erneut, sich überhaupt auf diese Fahrt eingelassen zu haben. Seine Ausführungen hörten sich an wie Grimms Märchen. Sicherlich würde sich auch die ominöse Jagdhütte als spießiges Ausflugslokal mit billigen Fertigsoßengerichten entpuppen, vor dem Kaffeefahrtbusse mit leichtgläubigen Rentnern parkten, die sich überteuerte Heizdecken, angebliche Gratisreisen und Vitaminpillen für Tausende von Euro aufschwatzen ließen.

»Wenn Sie mich aussprechen lassen würden?«

Petra Stengl riss sich zusammen, nickte unwillig. »Okay, okay.«

»Wenn der Staat das kleine Spiel am Automaten verbietet, uns durch immer höhere Steuern in den Ruin treibt oder die Monopolisierung des Marktes durch Sonnelach und van Dijk weiter zulässt, dann wird das bisher so gut kontrollierte und überwachte Zocken am Daddelapparat in die Illegalität und Hinterhofkriminalität abrutschen. Unsere soziale Aufgabe ist es, den Spieltrieb des Menschen zu kanalisieren, zu überwachen und zu regeln. Wir bieten die Räumlichkeiten und Geräte für ein legales Spiel. Ohne uns würden Millionen von Menschen ins unkontrollierte Internet drängen oder ganz in die Illegalität abrutschen.«

Petra Stengl horchte auf, war allerdings noch nicht vollends überzeugt. »Von was für einer Größenordnung sprechen wir hier?«

»Mehr oder weniger fünf Millionen nutzen allein in Deutschland unser Angebot, an den Daddelmaschinen zu spielen. Weitere zwei bis drei Millionen gelten als gelegentliche Spieler.«

»Wollen Sie mir etwa erzählen, dass an Ihnen eigentlich der gute Samariter oder eine Mutter Teresa für die arme Zockerwelt verloren gegangen ist?«

Münz lachte. »Nein, da kann ich Sie beruhigen. Ich bin Unternehmer, und als solcher will und muss ich Geld verdienen. Mir ging es nur darum, Ihnen eine differenzierte Sichtweise zu ermöglichen.«

»Danke für die Blumen!«, patzte Petra Stengl. Die unterschwellige Arroganz-Attacke konnte sich ihr Gesprächspartner sonst wohin schieben.

»Entschuldigung, war nicht so gemeint«, ruderte Münz sofort zurück. »Aber ich sage nur: Al Capone!«

»Was haben Sie denn mit dem zu tun?«

»Ich? Nichts. Aber Al Capone verdankte seinen Aufstieg der Prostitution und dem illegalen Glücksspiel – wobei wir wieder beim Thema wären. Als die Amerikaner während der Prohibition den Alkohol verboten, rutschte die Trinker-und-Party-Szene in die Illegalität ab. Erst das Verbot ermöglichte den Aufstieg der organisierten Kriminalität.«

»Und so eine Entwicklung befürchten Sie auch, wenn das Spiel am Daddelautomaten verboten würde?«

»Wenn Sie die Lüste der Menschen von staatlicher Seite verbieten, entstehen sofort kriminelle Strukturen, die sie illegal und unkontrolliert bedienen.«

In Petra Stengl regte sich wieder Unmut. Er wurde gespeist von ihrer jahrelangen Tätigkeit als Kriminalbeamtin. »Aber Sie wollen doch nicht auch noch irgendwelche Drogen freigeben?«

»Warum denn nicht? Der schon mehrmals von den Führern dieser Welt ausgerufene Krieg gegen sie ist doch längst verloren. Das weiß jedes Kind. Nur zugeben tun es die wenigsten Politiker. Dabei sterben jedes Jahr Tausende in dem unsinnigen Krieg. Allein in Mexiko in den vergangenen Jahren weit über sechzigtausend Menschen. Jeder Drogenkonsum in einem Bamberger Club steht in einem Zusammenhang mit einem dieser Toten. Ist das zu rechtfertigen? Milliarden Dollar und Euro wurden bisher von den Staaten aufgewandt, um diesen Krieg zu gewinnen. Allein Deutschland zahlt Jahr für Jahr rund vier Milliarden Euro für den Kampf für ein drogenfreies Land. Und, gibt es deshalb weniger Drogen, weniger Süchtige, weniger Drogenhändler? Nein. Es ist Zeit für eine neue Drogenpolitik.«

»Sagen Sie das mal einem Bekannten von mir, seine Tochter ist auf Crystal Meth.«

»Ich weiß – die Tochter von Ihrem Kollegen Denzlein.«

Petra Stengl zog empört die linke Augenbraue hoch. »Woher …?«

»Lassen Sie es gut sein, Frau Stengl. Sie haben Ihre kleinen Geheimnisse, ich meine. Belassen wir es dabei. Crystal Meth ist ein Teufelszeug, keine Frage. Wie beim Automatenspiel bin ich natürlich nicht für eine vollkommene Freigabe von Drogen. Es muss Höchstmengen, Altersbeschränkungen, konzessionierte Ausgabestellen und Regeln geben. Außerdem muss der Drogenanbieter staatlich kontrolliert werden. Und das Geld, das bisher für den Krieg gegen die Drogen verpulvert wurde – etwa für Militär, Polizisten, Justiz und Gefängnisse –, muss für Prävention und Aufklärung ausgeben werden.«

»Und dann wird alles besser? Ihr Wort in Gottes Ohr, Herr Münz.« Petra Stengl rutschte wieder auf dem Fahrersitz hin und her. Ihre Blase würde nicht mehr lange durchhalten. Sie presste die Oberschenkel zusammen.

»Ich kann Ihre Skepsis gut verstehen, Frau Stengl. Solche Gedanken erscheinen auf den ersten Blick ungeheuerlich. Aber wussten Sie, dass sich allein die Europäer jeden Tag dreihundertfünfzig Kilo Kokain durch ihre Nasen ziehen?«

»Dreihundertfünfzig Kilo Koks am Tag?«

»Das haben Wissenschaftler festgestellt, die Flüsse und Abwasserkanäle auf das Abbauprodukt von Kokain untersucht haben. Jeder Kokser, der seinen Urinstrahl in die Toilette und nicht auf die Wiese richtet, hinterlässt eine chemische Fährte bis in den Rhein, den Main oder den Neckar. Fakt ist: Es koksen deutlich mehr Menschen als bisher angenommen. Und die meisten davon sind in der höchsten Steuerklasse zu finden – Medienleute, Modedesigner, Anwälte, erfolgreiche Schauspieler und Musiker, Banker, Finanzdienstleister, Starköche, Unternehmer und auch Politiker. In der besseren Gesellschaft gehört Kokain inzwischen dazu wie Champagner oder Kaviar. Es ist schick und trendy. Und trotz einiger spektakulärer Prozesse, Geständnisse und Haftstrafen hat sich in der Szene nichts geändert. Die Hintermänner, die man nicht zu fassen bekommt, verdienen Millionen. Und die Kokser, die auf der Toilettenbrille das Zeug mit ihrer Platinum-

Kreditkarte in feine Linien zerteilen, lässt die Polizei meist in Ruhe. Zu viel Schreibkram. Zu viel Aufwand.«

Die Polizeirätin schwieg.

»Wissen Sie, Frau Stengl, ich bin kein Drogenexperte. Mir geht es nur darum, den Zusammenhang zwischen staatlichen Lustverboten und dem Entstehen von organisierter Kriminalität darzustellen. Wer das kleine, staatlich überwachte Spiel am Automaten kaputt machen oder verbieten will, fördert bewusst oder unbewusst das Entstehen von mafiösen Strukturen.«

»Und wie passt Ihr Freund Sonnelach in Ihre Theorie?«

»Sonnelach und van Dijk streben die Monopolisierung des Automatenmarktes an. Sie wollen uns kleine Automatenaufsteller ausschalten, um freie Bahn zu haben. Durch ihre Manipulationen an ihren werkseigenen Automaten, die in ihren Spielhallen stehen, verdienen sie so viel Geld, dass sie selbst die Erhöhung der Vergnügungssteuer locker wegstecken könnten. Ein Gauner wie Sonnelach wehrt sich deshalb auch nicht gegen die Umsatzsteuer. Im Gegenteil, er verschenkt sie ohne Kampf und Widerspruch, obwohl rechtlich einiges gegen die Umsatzbesteuerung von Glücksspiel spricht. Doch er kann sich solche Zahlungen leisten. Außerdem beruhigt er damit die Politik und verschafft sich Zugang zu den zuständigen Ministerien. Und in der Öffentlichkeit kann er den Saubermann, den weißen Ritter spielen. Wir Kleinen hingegen können keine Geldgeschenke verteilen. Für uns bedeuten höhere Steuern schlichtweg den Ruin. Der Reichtum der beiden Firmengiganten entsteht quasi auf unseren Gräbern. Für mich ist das organisierte Kriminalität. Und je mehr von uns über den Jordan gehen, umso größer wird die Macht der angeblichen Saubermänner. Und die Politik guckt zu und freut sich über die Steuern, die die beiden Ehrenmänner ihnen in die staatlichen Kassen spülen.«

»Gesetzt den Fall, alle fünftausend Automatenaufsteller würden durch Steuern, Monopole oder Gesetze ins Gras beißen, wie stünde es dann mit Ihrer Theorie von der Illegalität? Immerhin gäbe es Sonnelach und van Dijk noch, die mit ihren Spielhallen den Markt bedienen könnten.«

»Sicherlich gäbe es die beiden Halsabschneider noch. Wenn sie sich bis dahin nicht gegenseitig umgebracht hätten. Was die Öffentlichkeit nicht verstehen will und kann, ist die perfide Vorgehensweise der beiden Zockerbosse. Beide haben sich längst das Wohlwollen von Politik und Justiz erkauft. Sie spielen die Saubermänner, dabei rutscht der Markt dank ihrer Machenschaften schon jetzt in die Illegalität ab. Es gibt die Leute, die an den Manipulationen bestens verdienen, und die, die wegen der Manipulationen alles verlieren werden, weil sie sauber bleiben wollen. So wie ich. Es herrscht Endzeitstimmung.«

»Mir kommen die Tränen. Soll ich Ihnen eine Runde Mitleid spendieren? Vielleicht haben Sie aus Frust darüber, dass Sie sich mit einem geringen Hold zufriedengeben müssen, ja Sonnelachs wichtigsten Mann Besser aus dem Weg geräumt.«

»Dass ich Ihr Lieblingsverdächtiger bin, wenn Sie mit Ihren Ermittlungen nicht vorankommen, ist doch eine ausgelutschte Nummer. Aber den Mord müssen Sie mir erst noch beweisen.«

»Wenn Sie der Mörder sind, werde ich das tun«, sagte Petra Stengl kühl. »Darauf können Sie Gift nehmen.«

»Sonnelach und van Dijk sind die Verbrecher. Nicht ich. Und ich werfe ihnen kriminelle Machenschaften nicht nur vor, sondern ich weiß, dass sie die Maschinen frisieren – mit unterschiedlichen Softwareprogrammen und nächtlichem Melken.«

»Was noch zu beweisen wäre«, gab Petra Stengl zu bedenken. *»Quod erat demonstrandum.«*

»Hören Sie auf mit Ihrem Pennäler-Latein! Das sind verdammte Schweine! Ich könnte sie umbringen«, stieß Münz voller Verachtung aus. Feine Speicheltröpfchen spritzten gegen die Windschutzscheibe wie eine Maschinengewehrgarbe.

»Sie könnten es tun oder haben es bereits getan?« Petra Stengl ging wieder zur ihrer Taktik der gezielten Nadelstiche über. Schließlich hatte sie drei Morde und keine angeblichen oder tatsächlichen Manipulationen an Spielautomaten zu klären, obwohl sie immer stärker davon überzeugt war, dass alles miteinander in Zusammenhang stand.

»Sonnelach und dieser Holländer leben doch noch, oder etwa

nicht?« Der Automatenaufsteller schlug mit der Faust aufs Armaturenbrett. Sein von Hass verzerrtes Gesicht sprach Bände.

Petra Stengl kannte solche Mienen aus den Vernehmungen von Mordverdächtigen. »In dieser glücklichen Lage befinden sich Mai Li, Karl Besser und der Journalist Robert Förtsch schon seit geraumer Zeit nicht mehr.« Sie presste erneut ihre Beine gegeneinander. Lange würde sie es nicht mehr aushalten.

»Vielleicht würden alle noch leben, wenn Polizei und Justiz früher etwas unternommen hätten. Doch stattdessen lassen sich alle von den beiden hofieren und bestechen, wie Sie bald schon auf der Jagdhütte sehen werden.«

»Ich bin gespannt«, stieß Petra Stengl mühsam hervor. In viel zu hohem Tempo bog sie in einen Waldweg ab, Kies spritzte unter den Rädern, eine Staubwolke hüllte den Wagen ein, als er stand. Sie riss die Tür auf und sprang hinaus.

»Ist Ihnen schlecht?«, rief Münz ihr besorgt nach. Im Rückspiegel sah er, wie die Polizistin hinter dem Wagen in die Hocke ging.

Ohne eine Miene zu verziehen, ließ sich Petra Stengl nach einer knappen Minute wieder auf den Fahrersitz fallen. »Ist es noch weit bis Bad Aussee?«, fragte sie, um einen gleichgültigen Ton bemüht.

»Wir sind gleich da«, entgegnete Münz und konnte sich ein Grinsen nur mühsam verkneifen. Sein Zorn auf sie und ihre provozierenden Fragen war durch die plötzliche Pinkelpause verflogen.

Als Petra Stengl den Wagen starten wollte, klingelte ihr Handy. Nummer unbekannt. Sie hasste diese neunmalklugen Namens- und Telefonnummernunterdrücker. Was sollte das, wenn sie sich im Gespräch dann doch mit ihrem Namen meldeten? Widerwillig nahm die Polizeirätin den Anruf an.

»Hallo, Frau Stengl. Hier Besser, Michelle Besser. Sie hatten mir doch Ihre Visitenkarte gegeben. Ich hoffe, ich störe Sie nicht?«

»Schon gut, Frau Besser«, erwiderte Petra Stengl ein wenig genervt. »Womit kann ich Ihnen dienen?«

»Ich wollte mich nur erkundigen, wie weit Sie mit Ihren Ermittlungen sind. Haben Sie schon einen Verdacht, wer meinen Mann ermordet hat?«, fragte die Witwe mit belegter Stimme.

»Zum Stand der Ermittlungen darf ich Ihnen momentan nichts sagen, das verstehen Sie sicherlich. Aber wir sind dran. Wir finden immer den Mörder, es ist nur eine Frage der Zeit.«

»Frau Stengl, bitte, Sie müssen mir versprechen, dass Sie dieses Schwein fassen. Sonst werde ich nie zur Ruhe kommen. Vor ein paar Tagen bin ich aus der Klinik entlassen worden. Seither laufe ich den ganzen Tag durchs Haus und putze, obwohl es nichts mehr zu putzen gibt. Alles ist so leer, seit Karl nicht mehr da ist. Ich habe doch jetzt nur noch Lena«, schluchzte die Witwe in den Hörer. »Frau Polizeirätin, bitte!«

Petra Stengl nickte. »Wir werden den Mörder Ihres Mannes fassen, Frau Besser. Versprochen!«

»Danke, Frau Stengl! Vielen Dank!« Die Stimme erstarb.

Als sie das Ortseingangsschild von Bad Aussee erreichten, durchbrach Münz als Erster das nachdenkliche Schweigen im Wagen. »Willkommen am geografischen Mittelpunkt Österreichs! Und willkommen zu Sonnelachs Frühlings-Talk mit ausgewählten bestechlichen Gästen!«

Petra Stengls Blick fiel auf einen riesigen Stern, der sich über den Zusammenschluss der beiden Traun-Flüsse spannte.

»Das ist der Mercedes-Stern als Fußgängerbrücke. Mit siebenundzwanzig Meter Durchmesser einer der größten Mercedes-Sterne weltweit«, gab Münz den Touristenführer. »Hier in Bad Aussee ist vieles deutsch – die Mercedes-Brücke, die vielen Zweitwohnsitze wie auch Sonnelachs Partyalm und die Touristen. Hier kann es sogar vorkommen, dass ein deutscher Arbeitgeberpräsident den sechstklassigen Fußballverein mit Hilfe von österreichischen Steuergeldern zum Erstligisten aufbläst. Nach dem Platzen seiner Eitelkeitsblase, einer rasanten sportlichen Talfahrt und dem Einleiten eines Konkursverfahrens und anschließendem Zwangsausgleich ist der arme Dorfclub allerdings längst wieder aufgelöst worden.«

»Und wo ist das Hotel, in dem Sonnelach und seine Gäste

logieren?«, machte Petra Stengl Münz' Fußball-Anekdoten ein Ende.

»Direkt am Kurhausplatz. Top-Küche, hervorragende steirische Weine, vom Grüner Veltliner über Sauvignon Blanc bis hin zum Spitzenriesling. Luxuriöse Zimmer und zum Entspannen gibt es eine große Spa- und Saunalandschaft mit Innen- und Außenpools.«

»Wir bräuchten eine Gästeliste«, überlegte Petra Stengl.

»Diese Idee hatte ich bei meinen ersten Recherchen auch«, erwiderte Münz. »Aber Sonnelach bucht immer pauschal auf seine Firma, die Namen seiner Gäste tauchen nirgendwo auf. Diesmal hat er fünf Zimmer für fünf Tage reservieren lassen – oder besser: Suiten.«

»Verdammt, woher –«

»Liebe Polizeirätin, nicht nur Sie haben Quellen. War nicht so einfach dranzukommen. Wann immer Sie im Ort nach Sonnelach und seinen Amigos fragen, stoßen Sie auf großes Schweigen. Eine rot-weiß-rote Omertà. Keiner hier will ihn oder seine Gäste je gesehen haben. Selbst wenn man ihnen Fotos zeigt.«

»Unter diesen Umständen ist allein Ihre recherchierte Sonnelach-Buchung schon Gold wert.«

Münz versuchte, sich seine Genugtuung über das unerwartete Lob nicht anmerken zu lassen. Ihm fiel es immer noch schwer, die Polizeirätin richtig einzuschätzen. Vertraute sie ihm, oder vertraute sie ihm nicht? Hielt sie ihn immer noch für einen Mörder? Wie konnte er ihre Bedenken zerstreuen? Nur zu gerne hätte er Mäuschen in den Gehirnwindungen hinter ihrer hübschen Stirn gespielt und ihre Zweifel weggenagt. Er durfte sich keine Blöße geben. Jetzt, wo er seinem großen Ziel so nah war. Sonnelach gehörte hinter Gitter, und diese charmant-arrogante Polizeitante würde ihm dabei freiwillig oder unfreiwillig Hilfestellung leisten. Noch standen die Morde zwischen ihnen, das war Münz bewusst. Ob sie notwendig gewesen waren? Münz hatte zu der Frage eine pragmatische Einstellung. Ohne die Ermordung von Besser und Förtsch hätte sich die Bamberger Kripo niemals für die Machenschaften von Sonnelach und van Dijk interessiert. Die Morde an

Sonnelachs Pressesprecher und an dem korrupten Journalisten-Arschloch waren quasi der Antrieb gewesen, der sein Anliegen erst richtig ins Rollen gebracht hatte. Okay, der Mord an der aparten Thailänderin hätte nicht sein müssen. So ein kleines Licht hätte man nicht auspusten müssen und dürfen. Münz verdrängte aufkommende Zweifel an seiner Mission und riss sich wieder zusammen. Der Führende in einem Hundert-Meter-Sprint hört ja auch nicht kurz vor der Ziellinie auf zu laufen, nur weil er im Training nicht alles richtig gemacht hat. »Meinen Recherchen zufolge fahren die Herrschaften gegen sechzehn Uhr mit der Kutsche zur Jagdhütte«, fuhr er also professionell fort. »Ich kenne einen guten Platz, von dem aus wir sie beobachten können.«

Petra Stengl nickte ihm zu. »Gut. Dann haben wir ja noch genügend Zeit, in unserem Hotel einzuchecken.«

Angestrengt starrten Münz und Petra Stengl, wegen der einsetzenden Abendkälte warm in Decken gehüllt, auf die schmale, schlecht asphaltierte Straße, deren Winterrisse und -löcher nur notdürftig ausgebessert worden waren. Der klapperige Hochsitz nahe einer großen Waldlichtung erlaubte optimale Weitsicht sowohl auf die Straße als auch auf die Hütte. In diese hatte ein ortsansässiger Catering-Service kurz zuvor Weine, Spirituosen, Bier sowie einen großen Kessel geschleppt.

»Das sieht eher nach einer großen Sause aus als nach einer kleinen Herrenrunde«, sagte Petra Stengl.

»Da haben Sie wohl recht«, stimmte ihr Münz zu. »Das hab ich schon mal so erlebt. Nach zwei Stunden Männergesprächen kamen außergewöhnlich hübsche Damen in berguntauglichen Stilettos hinzu.«

Von fern war ein helles Läuten zu hören, das immer lauter wurde. Zwei prächtige Gebirgspferde zogen eine große offene Kutsche den Berg hinauf, die von einem mittelalten Kutscher in Tracht gelenkt wurde. In dem Gefährt prosteten sich sechs Herren mit großen Rotweingläsern zu. Die Gesellschaft schien bester Stimmung zu sein. Ihr Gelächter wurde als Echo von den hohen Bergrücken zurückgeworfen, vermischte sich mit dem rhythmischen Hufgeklapper der Haflinger. Petra Stengl stellte ihr Fernglas scharf. Sie erkannte Sonnelach mit seinen roten Wangen und dem leicht im Wind wehenden Kaiser-Wilhelm-Bart, der seinen Arm freundschaftlich um einen Staatsanwalt gelegt hatte, den sie noch aus ihrer Augsburger Zeit kannte. Sie zuckte zusammen: Der war doch für einen der spektakulärsten Waffenschieber- und Parteispendenaffären-Prozesses der jüngeren Vergangenheit zuständig gewesen! Petra Stengl ließ das Fernglas weiterwandern. Auch der drahtige, fast dürre Mann mit dem ausgeprägten Kehlkopf und dem spitzen Raubvogelgesicht kam ihr bekannt vor. Leitete der nicht ein Ermittlungsverfahren gegen Sonnelach wegen der angeblichen Gerätemanipulationen? Im Zuge ihrer Recherchen zu ihrem Fall hatte sie sich kurz mit ihm unterhalten, später aber nichts mehr von ihm gehört. Neben der Vogelscheuche saß ein dicklicher Mann um die fünfzig mit aufgedunsenem Gesicht und mächtigem Stiernacken, der den viel zu engen Hemdkragen zu sprengen drohte. Die Polizeirätin überlegte kurz, dann konnte sie auch ihn einordnen: Das Dickerchen war Moritz Bukett, der missratene, aber immer noch sehr einflussreiche Sohn einer verstorbenen Politprominenz. Den neben dem Politikersprössling sitzenden Mann mit dem breiten Pfannkuchengesicht und der altmodischen Nickelbrille auf der kleinen Nase hatte sie hingegen noch nie gesehen. Münz klärte sie auf: Es war Gerald Fleischmann, der parlamentarische Staatssekretär des Bundeswirtschaftsministeriums. Ein Insasse der Kutsche war nicht zu erkennen, weil er ihnen seinen Rücken zuwandte. Seine halblangen, gepflegten Haare kämpften mit dem Wind um die Beibehaltung ihrer Form. Erst als Sonnelach sich an den Mann wandte, um auf die Jagdhütte zu zeigen, und dieser sich umdrehte, sah Petra Stengl das attraktive Gesicht. Vor lauter Überraschung fiel ihr fast das Fernglas aus den Händen: Es war Thomas Kurz, ihr Kollege vom Bamberger Glücksspieldezernat.

»Das kann doch nicht wahr sein«, flüsterte sie Münz erregt zu. »Was macht der Kurz denn hier mit Sonnelach? Er sollte doch in Bamberg nach Ihnen suchen.«

»Ich hatte Ihnen doch jede Menge Überraschungen versprochen. Aber mit Kurz hatte ich, das muss ich fairerweise zugeben, auch nicht gerechnet.«

Petra Stengl setzte ihr Fernglas ab, legte es zur Seite und riss ihre Spiegelreflexkamera mit dem sündhaft teuren Profi-Objektiv hoch, um eine ganze Fotoserie zu schießen. Auch Münz fotografierte mit seinem eigenen Apparat. »Den Vogel werde ich mir ganz besonders zur Brust nehmen«, murmelte Stengl entschlossen.

»Was haben Sie gesagt?«, fragte Münz.

»Nichts. Nichts von Bedeutung.«

26

»Rache ist ein Geständnis des Schmerzes.«

Lucius Annaeus Seneca, römischer Philosoph, Staatsmann und maßgeblicher Erzieher Neros (etwa 1–65 nach Christus)

Dr. Christiane Sonnelach schlug ihre langen Beine übereinander und wippte in ihrem ledernen Designer-Chefsessel auf und ab. Für ihren ersten Tag in ihrer neuen Position hatte sie sich für ein klassisch elegantes Businesskostüm in Anthrazit entschieden. Die dezenten Perlenohrringe und die dazu passende Kette, die sich an ihren schmalen Hals schmiegte, passten bestens zu ihrer weißen Bluse. Dazu trug sie einen kleinen, eher unauffälligen Diamantring, ein Geschenk ihres Vaters zur bestandenen Doktorprüfung. Dem Dresscode der Führungskaste widersetzte sie sich nur in puncto Schuhe. Schuhe waren für sie nonverbale Zeichen. Sie konnten für Persönlichkeit, Macht und Rang stehen. Die schlanke vierunddreißigjährige Tochter des deutschen Automatenpapstes hatte sich nach langem Nachdenken in ihrem begehbaren Kleiderschrank für selbstbewusste Stilettos aus Schlangenleder von Jimmy Choo entschieden.

Genüsslich massierte sie sich mit beiden Händen ihren Nacken. Zärtlich berührte sie den Flaum, dann fuhr sie sich über ihr blondes Haar, das sie an diesem Tag zu einem lässig eleganten Pferdeschwanz gebunden hatte. Durch die großen Panoramafenster grüßte die Sonne untertänig in ihr neues Büro in der Coburger Firmenzentrale. Aus den Hightech-Boxen erklang der Triumphmarsch aus Giuseppe Verdis »Aida«, während Christiane Sonnelach ausgelassen mit einem imaginären Dirigentenstab durch die Luft wedelte. Mit tiefen Zügen atmete sie die frische Frühlingsluft ein, die durch ein gekipptes Fenster strömte. Ihre vollen Lippen formten ein O, gerade so, als wolle sie die gesamte Welt küssen. In ihren großen stahlblauen Augen, die sie von ihrer Mutter geerbt hatte, waren Stolz und Genugtuung zu lesen. Endlich hatte sie es geschafft! Nach all den Erniedrigungen, nach einer schier unendlichen Zeit des Wartens. Was für ein Tag! Ein Tag, um Helden zu gebären! Ihr Vater hatte sie als Bessers Nachfolgerin eingestellt, ihr weitreichende Kompetenzen eingeräumt und sie offiziell als seine zukünftige Firmenchefin angekündigt. Noch zwei Jahre, dann würde sie mehr oder weniger allein die Verantwortung für die Firmenmilliarden tragen. Bei dem Gedanken daran wurde sie noch euphorischer. Bessers Tod hatte ihr endlich den Weg frei gemacht. Diese blöde Sau hatte immer gegen sie intrigiert, sie ihrem Vater als inkompetent oder zumindest als noch zu unerfahren geschildert.

Immer wieder hatten Zweifel an ihr genagt, ob ihr Vater wirklich sein Lebenswerk in ihre Hände legen würde. Immer wieder waren Gerüchte durch die Fabrikhallen und Führungsetagen der »Sonnelach AG« in Coburg gegeistert, Headhunter würden nach einem externen Nachfolger Ausschau halten. Oder dass die Firma komplett verkauft werde würde. Auch Bessers Name war immer wieder gehandelt worden, obwohl der Pressesprecher aufgrund seiner Position eigentlich nicht die erste Wahl hätte sein können. Doch die Gedankengänge ihres Vaters waren schon immer schwer nachvollziehbar gewesen. In Besser hatte er anscheinend den Sohn gesehen, den seine Frau ihm nicht geschenkt hatte. Was hatte sie diesen Kerl, diesen widerlichen in sich selbst verliebten Parvenü aus Bamberg, gehasst! Zu ihrem Glück hatte er sich schlussendlich als mieser Erpresser erwiesen. Und nun war das Dreckschwein tot. Zur Strecke gebracht in einem Bamberger SM-Studio. Halali! Dr. Christiane Sonnelach ballte ihre Hände zu Fäusten. »Jaaa«, stieß sie halblaut aus, »am Ende wird alles gut.«

Heute war ihr erster Arbeitstag. Ihr Vater war aus Österreich überraschenderweise noch nicht zurück, doch seine Mission schien Erfolg gehabt zu haben. Auf ihrem voluminösen Glastisch lag ein Schreiben der Staatsanwaltschaft, das darüber informierte, dass alle Ermittlungen gegen die »Sonnelach AG« wegen angeblicher Automatenmanipulation eingestellt worden waren. Und auch das Verfahren wegen der angeblichen Spendenaffäre stand kurz vor der Einstellung. Sie würde ihrem Vater nie verzeihen, dass er Besser ihr vorgezogen hatte, trotzdem musste sie vor ihm den Hut ziehen, wie gewieft er besonders in Krisensituationen mit Politikern, Staatsanwaltschaften und Justiz umzugehen verstand. In diesem Punkt konnte sie sich eine dicke Scheibe von ihm abschneiden.

Inzwischen ermittelte die Staatsanwaltschaft dank ihrer Hinweise gegen die Holländer – ihr Vater hatte sie in alles eingeweiht. Diskret hatten sie den Behörden über Mittelsmänner Geräte ihrer Konkurrenz übergeben und sie auf Manipulationsmöglichkeiten hingewiesen. Dr. Dr. Luuk van Dijk hatten sie einen anonymen Brief mit dem Inhalt zukommen lassen, dass der Automatenaufsteller Münz hinter den neuerlichen Ermittlungen der Staatsanwaltschaft stecke. Gegen ein kleines Entgelt war ein Mitarbeiter der Staatsanwaltschaft bereit gewesen, ihre Version dem niederländischen Konkurrenzchef, natürlich unter der Hand, zu bestätigen. Mit der verdeckten Operation, die sie mit ihrem Vater lange vorbereitet hatte, schlugen sie mehrere lästige Schmeißfliegen mit einer Klappe, jubilierte Sonnelachs Tochter: Die Konkurrenz geriet ins Visier der Ermittlungsbehörden, und Luuk van Dijk würde sicherlich geeignete Gegenmaßnahmen ergreifen, um gegen Münz vorzugehen. Dadurch wäre dieser von seinem Rachefeldzug gegen ihren Vater abgelenkt, und sie würde zugleich persönliche Rache an dem Augsburger Automatenaufsteller nehmen, der ihre überragende Doktorarbeit so hinterhältig und böse angezweifelt hatte.

Mit ihrem Vorgänger Besser und diesem Schmierenjournalisten Förtsch waren zwei widerliche Erpresser in die ewigen Jagdgründe geschickt worden. Geschah ihnen ganz recht! Die Sonnelachs ließen sich nicht erpressen. Zumindest nicht lange. Sie hatte es für einen schweren Fehler ihres Vaters gehalten, Besser mit der Aufstockung seines Gehaltes für die Erpressung quasi auch noch zu belohnen. Mit Erpressern verhandelte man nicht, man schickte sie zum Teufel!

Dr. Christiane Sonnelach setzte sich ihre schwarze Hornbrille auf. Ihr Blick verfing sich in einer wundervollen Replik des Hieronymus-Bosch-Triptychons »Garten der Lüste«, das ihr Vater für sie für viel Geld von einem der bekanntesten und besten Kunstfälscher Deutschlands erstanden hatte. Dr. Christiane Sonnelach liebte die Symbolhaftigkeit des niederländischen Renaissance-Malers und rätselte wie die Fachwelt gerne über deren Bedeutung. Wofür standen die Fabelwesen und Dämonen? Wer verbarg sich hinter den oft fratzenhaften Gesichtern? Ihre Begeisterung für Hieronymus Bosch war im Kunstunterricht des Casimirianums, dem ältesten Gymnasium Coburgs, entfacht worden und nie mehr erloschen. Ganz im Gegenteil: Vor der Industrie- und Handelskammer, im Lions- und im Golfclub hatte sie bereits mit Vorträgen über den geheimnisvollen Künstler und seine noch geheimnisvolleren Werke geglänzt.

Fröhlich trommelte die Sonnelach-Tochter mit ihren zartrosa lackierten Fingernägeln im Takt der Musik auf ihren Schreibtisch. Der Weg an die Macht, an die Spitze des Konzerns, war so frei wie nie zuvor. Ihr Daddy und sie waren aus demselben Holz geschnitzt, das würde sie ihm in den kommenden Monaten beweisen.

Sie blätterte sich durch die heutige Post. Die meisten Briefe waren schon von ihrer Sekretärin geöffnet worden. Einige Einladungen waren dabei, unter anderem zu Benefizveranstaltungen, zu einem April-Dinner mit fünf Gängen in dem auch von ihr geschätzten »Gasthof Hofmann« am Rande des kleinen Weilers in Schindelsee und natürlich zum Sommerfest mit dem Bundespräsidenten. Dann der übliche Schriftverkehr – diverse Anwaltsschreiben, die Bitte eines Klatschmagazins um eine Homestory, Infos und Stellungnahmen aus den Parteizentralen zu Gesetzesvorlagen, sehr persönlich gehaltene Anschreiben von großen Magazinen und Zeitungen bezüglich Anzeigenschaltungen und einige obligatorische Bettelbriefe von Tierschutz- und Dritte-Welt-Vereinen, die sich in ihren Briefen auf mehr oder weniger gute Bekannte und Geschäftsfreunde ihres Vaters beriefen.

Dr. Christiane Sonnelach wies ihre Sekretärin in knappen Worten an, den Vereinen jeweils dreitausend Euro zu spenden, wenn die »Sonnelach AG« dafür an exponierter Stelle genannt wurde. Für jeweils fünfzigtausend Euro orderte sie bei den beiden

Fachmagazinen der Automatenbranche eine seitengroße Anzeige zum Thema Spielerschutz für die nächste Ausgabe. Ohne die großzügige finanzielle Unterstützung der »Sonnelach AG« oder des von ihr beherrschten Fachverbandes würden die zwei mittelmäßigen Presseerzeugnisse innerhalb kürzester Zeit verblühen wie Blumen ohne Sonne. Christiane Sonnelach grinste in sich hinein: Mittelmäßigkeit mit einigen Euro zu hofieren war allemal besser, als sich mit unabhängigen Enthüllungsjournalisten auseinandersetzen zu müssen.

Mit dem Marketing-Generalmanager einer großen Boulevardzeitung einigte sie sich telefonisch nach kurzem Feilschen auf eine einwöchige Imagekampagne im Wert von zwei Komma eins Millionen Euro. Unterschwellig ließ sie anklingen, dass sie sich über eine entsprechende – natürlich dann kostenlose – redaktionelle Begleitung sehr freuen würde. Der Marketing-Heini wand sich wie ein glitschiger Aal in der Reuse und versuchte, mit vielen »Vielleichts« und einem »Mal sehen« aus der Nummer rauszukommen. Doch Christiane Sonnelach war sich sicher: Letztlich würde das Geld über die redaktionelle Unabhängigkeit siegen. Und wenn nicht, gab es immer noch Wege.

Aus einer Seltmann-Weiden-Tasse schlürfte sie ihren morgendlichen Kaffee. Heute leistete sie sich einen ganz besonderen Muntermacher – einen sündhaft teuren Katzenkaffee, der aus den Exkrementen von in freier Wildbahn lebenden Fleckenmusangs hergestellt wurde. Christiane Sonnelach ließ das Getränk über ihre Zunge gleiten. Der erdige, leicht modrige Geschmack mit feinen Schokoladennoten überzeugte sie. Dass der Kaffee tatsächlich aus fermentierten und ausgeschiedenen Bohnen indonesischer oder philippinischer Schleichkatzen stammte, störte sie nicht. Sie war – was kulinarische Genüsse betraf – immer schon experimentierfreudig und aufgeschlossen gewesen. Sie beschloss, sich den exklusiven Kaffee in ihrer neuen Position öfter zu gönnen.

»Na, auch ein Schlückchen?«, fragte sie ihre Sekretärin, die ihr Schriftstücke zum Unterschreiben vorlegte.

Das alte Inventarstück der Firma schüttelte ihre in vielen Firmenjahren ergraute Mähne. »Nein danke, Frau Dr. Sonnelach. Sehr nett von Ihnen. Lieber nicht«, lispelte sie verlegen. Sie hatte den Packungsaufdruck des Katzenkaffees eingehend studiert. Über ihr ehemals hübsches Gesicht huschte ein Anflug von Ekel. Nervös zupfte sie ihre schwarze Cardigan-Jacke über die üppig gewordenen Hüften. War ihre Antwort in Ordnung gewesen? Sie wollte es sich nicht gleich am ersten Tag mit ihrer neuen Chefin verderben.

Dr. Christiane Sonnelach genoss den Moment. Wozu sollte Macht über andere gut sein, wenn man sie nicht missbrauchte? »Nun versuchen Sie schon!«, drängte sie die Angestellte, die vor langer, langer Zeit für zwei Jahre die Geliebte ihres Vaters gewesen sein sollte. »Sie wollen mich doch nicht verärgern, oder?«

In Hedwig Schuster stiegen Hass und Abscheu auf. Um in diesem Betrieb zu überleben, war eine gehörige Portion Masochismus vonnöten. Früher hatte sie Johannes Sonnelach von ganzem Herzen geliebt, doch dann hatte ihr Johnny sie einfach weggeworfen wie ein dreckiges, mehrfach benutztes Handtuch. Damit sie ihre Klappe hielt und seiner Frau nichts sagte, hatte er vorgeschlagen, ihre Bezüge aufzubessern und sie in der Presseabteilung weiterzubeschäftigen. Sie hatte eingewilligt. »Ist doch besser, als auf der Straße zu stehen, mein Schätzchen, oder?«, hatte er gefragt, und sie hatte stumm genickt. Dann hatte er sie mit einem nicht besonders sanften Klaps auf ihren Hintern aus seinem Büro und seinem Leben hinauskomplimentiert. Seither war sie für die Schnatternattern in der Firma nur noch die »Ex«, die »Büro-Schlampe« oder die »Chefrutsche«. An das Tuscheln und Anzüglichkeiten ihrer Kolleginnen hatte sie sich im Laufe der Zeit gewöhnt.

Auf einer Weihnachtsfeier vor einigen Jahren war Sonnelach unvermutet und stark alkoholisiert noch einmal in der Etagentoilette über sie hergefallen. Sie war da fast schon fünfzig gewesen. Zunächst hatte sie sich heftig gewehrt, ihn dann aber gewähren lassen. Aus Scham und Angst um den Arbeitsplatz hatte sie geschwiegen. Sie wusste nur zu genau, dass sie bei Karl Besser, dem neuen Liebling des Chefs, dessen Sekretärin sie *par ordre du mufti* geworden war, von Anfang an auf der Abschussliste stand. Eine Zusammenarbeit mit dieser »alten Schabracke«, wie er sich ausgedrückt hatte, hatte Karl Besser als unter seiner Würde empfunden. Vergeblich hatte er Sonnelach gebeten, sie zu entlassen, mit seinem Wunsch jedoch auf Granit gebissen, bis er unter einer Plastiktüte erstickt war. Sein Tod war eine Erlösung für sie gewesen, aber schien immer noch nicht das Ende ihrer Qualen zu bedeuten.

Mit unsicheren Händen goss sich Hedwig Schuster einen Schluck Kaffee ein. Unter dem prüfenden Blick von Dr. Christiane Sonnelach, der dem von Dr. Bob aus dem »Dschungelcamp« erschreckend ähnlich war, ließ sie einen heißen Tropfen auf ihre Zunge gleiten. Ihr Hals zog sich wie eine Ziehharmonika zusammen, ihr Magen rebellierte. Mordgedanken schossen ihr durch den Kopf.

»Nur zu, trinken Sie aus, meine Liebe«, drängte ihre neue Chefin. »So etwas Gutes bekommen Sie in Ihrem Alter nie wieder.« Dr. Christiane Sonnelach musterte ihre Sekretärin von Kopf bis Fuß. Kaum vorstellbar, dass ihr Vater sich mal mit einem solchen Staubfänger vergnügt haben sollte!

Tapfer kippte Hedwig Schuster den Rest des Katzenkaffees hinunter. Ihr Magen reagierte prompt. Sie presste sich ihre rechte Hand vor den Mund, doch das Erbrochene quoll durch ihre Finger, verschmierte ihre dezent geschminkten Lippen, klatschte auf ihre beige Bluse und auf den Boden.

»Ist Ihnen nicht gut?«, tat Sonnelachs Tochter besorgt, als ihre Sekretärin panisch zur Toilette stolperte. »Sie machen die Sauerei schnellstens weg, wenn es Ihnen besser geht!«

Einige Minuten später wischte Hedwig Schuster die Spuren ihres Kaffeegenusses mit unterwürfigem Blick auf. »Entschuldigung, Frau Dr. Sonnelach. Wird nicht wieder vorkommen.«

»Ist schon gut. Gehen Sie jetzt wieder an die Arbeit. Schließlich werden Sie nicht fürs Kotze-Putzen bezahlt.« Dr. Christiane Sonnelach ergriff den Telefonhörer. »Ist noch was?«, wunderte sie sich, als ihre Sekretärin keine Anstalten machte, den Raum zu verlassen.

»Nun ja«, druckste die Angestellte herum, »da ist noch ein direkt an Ihren Vater adressiertes Kuvert.«

»Und?«

Hedwig Schuster wog für einen Moment ihre Antwort ab. »Ich habe es zufällig geöffnet, tut mir leid. Es war wirklich keine Absicht. Unsere Postverteilungsstelle hatte es irrtümlich der allgemeinen Geschäftspost zugeordnet.«

»Ist man denn hier von lauter Vollpfosten umgeben?«, fauchte Dr. Christiane Sonnelach. »Na los, holen Sie das Kuvert. Mein Vater und ich haben keine Geheimnisse voreinander.«

»Ich weiß nicht, ob –«

»Nun machen Sie schon!«

Als die Sekretärin ihr den großen Umschlag überreichte, glaubte Dr. Christiane Sonnelach, einen leichten Anflug von Triumph in ihrem von tiefen Sorgenfalten gezeichneten Gesicht zu entdecken. Konnte das sein? Sie schob den Gedanken beiseite. »Lassen Sie mich allein und schließen Sie die Tür hinter sich. Ich will die nächsten Stunden nicht gestört werden.«

Hedwig Schuster nickte und verschwand.

Christiane Sonnelach zerrte den Inhalt des DIN-A4-Kuverts heraus und starrte entgeistert auf das Anschreiben:

Sehr geehrter Herr Sonnelach,

ich hoffe, Sie hatten eine schöne Zeit in Österreich. Entschuldigung, dass ich mich noch einmal auf diese Weise in Erinnerung bringe. Zu meinem großen Bedauern sind Sie mit einer Zahlung in Verzug geraten. Sie werden sicherlich Verständnis dafür aufbringen, dass ich auch angesichts der sich überschlagenden Ereignisse auf eine unverzügliche Begleichung des noch offenen Postens dränge. Sie wurden von Besser und Förtsch erpresst, beide sind jetzt tot. Ermordet, weil sie unvorsichtig waren. Seien Sie versichert: So unvorsichtig bin ich nicht. Im Falle meines plötzlichen Ablebens habe ich Vorkehrungen getroffen.

Ich bin im Besitz von weiteren Unterlagen, die belegen, dass Sie Ihre Spielautomaten manipulieren sowie Politiker, Kripobeamte,

Staatsanwälte und Angestellte von der Physikalisch-Technischen Prüfanstalt bestochen haben. Apropos: Wie gefallen Ihnen die beiliegenden, wirklich gelungenen Schnappschüsse Ihrer letzten Hüttengaudi? Ein Politiker mit erigiertem Schwanz – und das in Nahaufnahme –, das gab es zuletzt bei Silvio Berlusconi. Aber Respekt: Auch Sie machen hinter der zwanzigjährigen Rothaarigen noch eine recht gute Figur. Bunga Bunga! Ich bin erfreut, bildlich beweisen zu können, dass keiner Ihrer Gäste unter erektiler Dysfunktion leidet. Auf Wunsch sende ich Ihnen die wirklich gelungenen Nahaufnahmen von den weiteren Hüttenbesuchern zu. Für meine Mühe, Ihnen ein restliches Leben hinter Gittern und den möglichen Ruin Ihres Unternehmens zu ersparen, berechne ich Ihnen außer dem noch offenstehenden Posten weitere moderate fünf Millionen Euro. Die Zahlungsmodalitäten entnehmen Sie bitte wie gewohnt meiner SMS, die ich Ihnen demnächst zukommen lassen werde.

Hochachtungsvoll

Ihr neuer Geschäftspartner

Das Gesicht von Dr. Christiane Sonnelach verwandelte sich in eine Fratze. Unkontrolliert zuckten ihre Mundwinkel, ihre Lippen wurden schmal. Die Buchstaben verschwammen vor ihren Augen zu einem Brei, in dem nur noch vereinzelte Worte zu erkennen waren: »fünf Millionen«, »Ruin«, »ermordet«. Das immer lauter werdende Rascheln des Anschreibens in ihren zitternden Händen weckte sie aus ihrer Beinahe-Ohnmacht. Hastig schob sie die Unterlagen zusammen und steckte sie mit den Nacktfotos der Hüttenparty wieder in den Umschlag zurück. Einen Plan, sie brauchte einen Plan! Zunächst konnte es nur um Schadensbegrenzung gehen.

»Kommen Sie sofort rein!«, schrie sie mit sich überschlagender Stimme in ihre Sprechanlage.

Die Sekretärin erschien prompt.

Dr. Christiane Sonnelach deutete auf den Umschlag auf ihrem

Tisch. »Haben Sie das gelesen?« Ihr Blick bohrte sich tief in den der Angestellten.

Die Sekretärin drückte ihren Rücken straff durch, atmete einmal tief ein und aus und antwortete mit verdächtig ruhiger Stimme: »Nicht wirklich, Frau Sonnelach.«

»Was soll das heißen?«, blaffte die Junior-Chefin mit puterrotem Gesicht. »Ja oder nein?«

»Nicht wirklich. Na ja, vielleicht ein bisschen.«

»Ein bisschen?«

»Genau.« Die Sekretärin schien von innen heraus aufzublühen.

Dr. Christiane Sonnelach wechselte sofort ihre Taktik. »Ich kann doch mit Ihrer Loyalität und Diskretion rechnen, liebe Frau Schuster?«

Es war das erste Mal an diesem Tag, dass Christiane Sonnelach sie mit Namen ansprach. »Selbstverständlich. Sie wissen doch, Frau Doktor: Eine gute Sekretärin ist verschwiegen wie ein Grab, schützend wie ein Defensive Tackle beim American Football und ihrem Adam so treu wie Eva, bis sie auf die böse Schlange traf. Kann ich jetzt gehen, Frau Doktor? Ich muss noch ein Protokoll schreiben.«

Dr. Christiane Sonnelach suchte nach Worten. Sie fand keine.

Mit etwas zu viel Schwung schlug Hedwig Schuster die Tür hinter sich zu. Das Hieronymus-Bosch-Triptychon an der Wand zitterte leicht.

27

»Mit dem Wissen wächst der Zweifel.«

Johann Wolfgang von Goethe, Anwalt,
Finanzminister und Dichter (1749–1832)

»Lässt du dich auch mal wieder sehen?« Norbert Denzlein war angefressen. Mehrere Tage hatte Petra Stengl seine Anrufe ignoriert. Auf seine Nachrichten hatte sie schnöde mit »Besprechen wir alles, wenn ich zurück bin« reagiert. »Wir haben ein anonymes Schreiben erhalten«, riss sich der Kommissar zusammen.

»Und?«, fragte die Polizeirätin, als Denzlein nicht weitersprach. »Spann mich nicht unnötig auf die Folter, Nobby. Das ist kindisch!«

»Die Kopie eines Erpresserschreibens an Sonnelach. Mit vielen verfänglichen Sexfotos von ihm! Adressiert an sein Coburger Büro«, bequemte sich Denzlein zu sagen.

»Sexfotos?« Petra Stengl dachte nach.

»Ja, Sexfotos. Ich habe daraufhin einen Durchsuchungsbeschluss beantragt und der Firma mit einigen Kollegen der Soko Studio einen Besuch abgestattet. Sonnelach war nicht da. Er sei auf Geschäftsreise, hieß es, und derzeit nicht erreichbar. Doch im Büro seiner Tochter Christiane, die jetzt anscheinend als seine Nachfolgerin aufgebaut wird, sind wir schon nach fünf Minuten fündig geworden. Das Kuvert mit den Bildern und den Fotos war in einer verschlossenen Schreibtischschublade. Christiane Sonnelach hat ausgesagt, dass sie das Erpresserschreiben ihrem Vater nach seiner Rückkehr vorlegen wollte.«

»Und sie hat zwischenzeitlich keinen Kontakt zu ihrem Vater gehabt?«

»Darauf hat sie zunächst bestanden. Aber auf ihrem Handy waren mehrere Anrufe mit ihm verzeichnet.«

»Dann wird Daddy ja bald auftauchen – und nach dem Rechten sehen«, folgerte die Polizeirätin.

»Sehe ich auch so«, stimmte ihr Denzlein zu.

»Und von wem ist das anonyme Schreiben?«

»Wenn es nach Christiane Sonnelach geht, dann von ihrer Sekretärin. Doch die, eine gewisse Frau Hedwig Schuster, streitet sämtliche Vorwürfe vehement ab. Muss sie aber auch – sonst würde sie bestimmt sofort gefeuert. Andererseits fühlt sich Frau Schuster, wie sie uns im Vertrauen erzählt hat, bereits jahrelang gemobbt und ausgenutzt – von Sonnelach, mit dem sie laut Büroklatsch vor Ewigkeiten eine Affäre hatte, von Karl Besser, der als ihr direkter Vorgesetzter ein richtiger Widerling gewesen sein soll, und von Dr. Christiane Sonnelach, die ihr sogar Kaffee aus Katzenkot anbieten würde, um sie zu schikanieren.«

»Also beste Voraussetzungen für ein gutes Betriebsklima. Da kann man aus Wut schon mal ein Erpresserschreiben kopieren und an die Polizei weitergeben.«

»Da gebe ich dir recht«, sagte Denzlein. »Es spricht alles dafür, dass die Sekretärin das Kuvert geöffnet, den Inhalt gesehen und kopiert hat. Übrigens hängt in dem Büro der Tochter ein riesiger Schinken von Hieronymus Bosch.«

»Das kann Zufall sein«, meinte Petra Stengl kurz angebunden. »Zeig mir das Erpresserschreiben und die Sexfotos.« Die Polizeirätin überflog die Kopie. »Da will einer aber mächtig viel Geld von Sonnelach haben.«

»Seine Tochter meinte, da wäre ein Spinner am Werk. Es gäbe keinen Grund für eine Erpressung. Alle Ermittlungen gegen die Firma seien eingestellt worden. Deswegen würde die ›Sonnelach AG‹ auch nicht zahlen.«

»Würde ich in ihrer Situation auch sagen. Aber dann bleibt immer noch das da.« Petra Stengl warf einen kurzen Blick auf die Bilder. »Ich weiß, wo die gemacht wurden. Ich habe ähnliche.«

»Was?« Denzlein glaubte sich verhört zu haben.

»Ich war doch weg, hatte mir ein paar Tage freigenommen.«

»Das habe ich inzwischen auch erfahren. Warum hast du mir nichts davon gesagt?«

»Bin ich dir denn Rechenschaft schuldig, Nobby?«

Die kalte rhetorische Frage seiner Bettgenossin verwandelte

sein Herz in Eis. Norbert Denzlein schwieg. Ihm war nicht nach Reden zumute. Er kam sich benutzt vor und versenkte eine Papierkugel nach der anderen in dem an der Bürotür hängenden Miniatur-Basketballkorb. Seine Trefferquote lag bei knapp achtzig Prozent.

»Du solltest dich wirklich für die Basketball-Büromeisterschaften von ›Radio Bamberg‹ anmelden«, versuchte Petra Stengl lächelnd, die angespannte Stimmungslage zwischen ihnen zu lockern. »Du kannst eine VIP-Lounge für das nächste Heimspiel deiner Basketballhelden gewinnen.«

Der Kommissar brummte. Warum auch immer, er schaffte es einfach nicht, seine Übellaunigkeit zu hundert Prozent auszuleben. Er schaute Petra Stengl mit einem langen Dackelblick an. »Und?«, wagte er dann zu fragen.

»Was und?« Sie klang genervt.

»Na, wie war jetzt dein Urlaub? Mit wem warst du weg?«

»Nur damit wir beide uns richtig verstehen: Ich habe gesagt, dass ich mir einige Tage freigenommen habe. Das heißt aber noch lange nicht, dass ich im Urlaub war.«

»Häh?« Denzlein war verwirrt.

Petra Stengl stand auf und schloss die Zwischentür zum Nachbarbüro.

»Ich muss dir etwas gestehen, Nobby.«

Der Kommissar verspürte etwas Ähnliches wie einen glatten Herzdurchschuss. Er schluckte schwer.

»Ich war in Österreich. Mit Münz.«

»Mit Münz? Entschuldigung, aber der ist doch schon im Rentenalter! Das ist doch kein Mann für dich!«

Die Polizeirätin lächelte milde. »Du darfst mich nicht verraten.«

»Warum sollte ich das tun?«

»Weil ich zusammen mit Münz recherchiert habe. Wir waren in Bad Aussee in der Steiermark. Sonnelach hat da eine Hütte, in die er ab und an wichtige Leute einlädt.«

»Ja, und?«

»Ich habe die Recherche nicht angemeldet. Unser Chef hätte sie nie genehmigt.«

»Hätte, hätte, Fahrradkette!«, höhnte Denzlein.

»Nix Fahrradkette. Außerdem hat mir mein Bauchgefühl gesagt, dass angesichts der angeblich besten Beziehungen von Sonnelach zu Polizei- und Justizkreisen es nicht schaden könnte, die Ermittlungen nicht an die große Glocke zu hängen.«

»Und hat die kleine Glocke wenigstens etwas gebracht?« Denzlein lächelte gequält. »Warum hast du mir nichts gesagt? Vertraust du mir nicht?«

Petra Stengl hielt es für ratsam, auf die Fragen nicht zu antworten. »Jetzt halt dich mal gut fest. Rate mal, wer an der Hüttengaudi außer den beiden Sexakrobaten auf den Fotos noch teilgenommen hat.«

»Der Bundespräsident?«

»Nicht albern werden!«

»Okay, unser Polizeipräsident?«

»Schon heißer.«

Norbert Denzlein starrte seine Vorgesetzte entsetzt an. »Einer von uns?«

Die Polizeirätin nickte ernst. »Einer von den Guten, den gut Informierten.«

»Von den Guten? Den gut Informierten? Doch nicht etwa …? Scheiße, der hat sich spontan Urlaub genommen.«

»Gut kombiniert, Kommissar Denzlein. Kollege Thomas Kurz hat sich in Bad Aussee von Sonnelach rundum verwöhnen lassen – mit Luxushotel, Kutschenfahrt und teurem Bordeaux. Dazu Nutten der Extraklasse, die einen parlamentarischen Staatssekretär aus dem Bundeswirtschaftsministerium, zwei Staatsanwälte, Moritz Bukett, diesen fetten Politikersohn, und Thomas in jeder Lage bedient haben. Wir haben so einige Fotos gemacht.«

»Ich kann es einfach nicht glauben! Was hat Thomas da zu suchen gehabt?«

»So genau weiß ich das auch nicht. Das müssen wir mal überprüfen. Aber Fakt ist, dass er seit seiner Bochumer Zeit beste Verbindungen zu anderen Kollegen in Deutschland unterhält, die in der Glücksspielbranche ermitteln. Mit den Coburger Kollegen soll er besonders gut können.«

»Stimmt. Zweimal im Jahr tritt Thomas mit den Coburger Kollegen sogar zur Coburger Rutscher-Rallye an.« Denzlein sah das fragende Gesicht seiner Chefin. »Rohe Rutscher sind extrem weiche Klöße, eine Coburger Spezialität. Auf dem Teller zerfließen sie fast und können jede Menge Soße aufnehmen. Bei der Rutscher-Rallye geht es darum, möglichst viele davon in sich hineinzufahren«, ergänzte er schnell. »Aber eigentlich ist es doch nicht schlimm, sich mit anderen Kollegen gut zu verstehen, oder?«

»Eigentlich.«

»Jaja, du sagst es. Ich weiß schon, worauf du hinauswillst. Die ›Sonnelach AG‹ hat in Coburg ihren Firmensitz. Und da macht es durchaus Sinn, dort Verbündete zu haben.«

Die Polizeirätin nickte. »Ich habe noch einen viel böseren Verdacht. Was ist, wenn Thomas unsere Ermittlungsergebnisse bezüglich der Mordserie Sonnelach angedient und verkauft hat?«

»Warum hätte er das tun sollen?« Nobby Denzlein kratzte sich nachdenklich am Hinterkopf und versuchte, Ordnung in sein plötzliches Gedankenchaos zu bringen. »Sag, dass das nicht dein Ernst ist, Petra! Du meinst also, Thomas weiß inzwischen, wer der Mörder ist?«

»Ganz so weit würde ich vielleicht nicht gehen, aber ganz ausschließen möchte ich die Möglichkeit auch nicht. Unser Wissen in Sachen Mord hätte für Sonnelach jedenfalls nur dann Bedeutung, wenn er dieses Wissen auch nutzen könnte –«

»Entweder, um den Mörder oder seinen Auftraggeber unter Druck zu setzen«, unterbrach Denzlein seine Vorgesetzte, »oder, um sich selber zu schützen und die Morde zu verschleiern.«

»Ganz genau, Nobby. Deshalb ist unser lieber Glücksspielkommissar auch immer so galant durch unsere Mordermittlungen gestolpert. Er wollte möglichst viele Infos für seinen Auftraggeber Sonnelach sammeln.«

»Das sind doch reine Spekulationen.«

»Aber gute, das musst du zugeben. Halten wir mal fest: Dein Kumpel vom Glücksspielkommissariat bietet uns seine Hilfe in einem Mordfall an. Ganz selbstlos, ganz uneigennützig, wie es scheint. Damit erhält er Einblick in unsere Akten und ist sogar bei unserem Gespräch im ›Pelikan‹ mit Münz dabei. Dessen gesamtes Material habe ich ihm übergeben. Dann schlittert er uns völlig unerwartet und unbestellt mit feinsten Lederschuhen im Tiefschnee bei der Jungfernhöhle in Tiefenellern entgegen. Und damit nicht genug: Er durchsucht mit dir, sogar auf meinen ausdrücklichen Wunsch hin, das Hotelzimmer unseres dritten Mordopfers. Verdammt, ich könnte mir dafür nachträglich noch in den Hintern beißen!«

»Und gibt immer wieder kluge Hinweise und Ratschläge, wer seiner Meinung nach der Mörder sein könnte«, ergänzte Norbert Denzlein. »So kann er falsche Fährten legen – und wir tappen noch immer wie die Deppen im Dunkeln herum.«

Die Polizeirätin stützte ihr Kinn nachdenklich auf die linke Hand. »Irgendetwas passt trotzdem noch nicht mit unseren Theorien. Dir, aber auch mir gegenüber hat Thomas nie völlig ausgeschlossen, dass Sonnelach hinter den Morden stecken könnte. Tut man das, wenn man von Sonnelach bezahlt wird?«

»Vielleicht ist das ja eiskalte Taktik, um nicht den Verdacht der Parteilichkeit aufkommen zu lassen?« Nobby Denzlein schwoll der Kamm. Er hatte seinen Kollegen immer als Freund betrachtet.

»Das wäre aber eine gewagte Zockerei.«

»Thomas ist nicht umsonst beim Glücksspielkommissariat«, grinste Denzlein böse. »In der Abteilung weiß man genau, wie man zockt und wie hoch die Einsätze sein dürfen.«

»Vielleicht will er mit unseren Ermittlungen auch Sonnelach unter Druck setzen.«

»Du meinst: Er erpresst ihn?«

»Warum eigentlich nicht? Und wenn er ihn schon nicht erpresst: Ein Sonnelach unter Ermittlungsdruck lässt für einen korrupten Polizisten doch wesentlich mehr springen als nur eine Hüttengaudi in Bad Aussee.«

»Ich will noch mal auf deinen Ursprungsgedanken zurückkommen, Petra: Wenn Thomas den Mörder kennt, dann –«

»Dann wird er uns vermutlich zu ihm führen. Wir werden ihn überwachen. Und zwar rund um die Uhr, ab sofort!«

»Auch sein Telefon und so?«

Petra Stengl imitierte mit ihren Händen die Geste der Bundeskanzlerin. »Das volle Programm«, sagte sie bestimmt. »Was die NSA-Schnüffler können, können wir schon lange.«

»Aber was haben wir, wenn Thomas uns den Mörder nicht auf dem Silbertablett serviert?«

»Gute Frage, Nobby. Ich habe vorsorglich heute Morgen einen Profiler kontaktiert, den ich aus meiner Augsburger Zeit kenne. Er heißt Manfred Bonkowski und ist beim LKA. Ein Tatort-Analytiker. OFA. Operative Fallanalyse. Ein schräger Vogel, aber ein guter Mann.«

»Und?« Denzlein klang beleidigt. Wieder hatte ihn seine Chefin nicht miteinbezogen. So arbeitete man einfach nicht unter Kollegen! Mühsam versuchte er, seinen Ärger hinunterzuschlucken, aber es gelang ihm nicht.

»Ich habe ihn ins Präsidium bestellt. Er sitzt schon draußen«, fuhr Petra Stengl trocken fort. Sie schien die Missstimmung ihres Kollegen nicht zu bemerken. »Ich überlege übrigens, mir die Fingernägel rubinrot zu lackieren. Was meinst du, Nobby?«

Denzlein meinte nichts. Petra Stengls coole Geschäftsmäßigkeit, die sie trotz ihrer gemeinsamen Nacht an den Tag legte, verletzte ihn mehr, als er sich eingestehen wollte. Tauche niemals deinen Füller in Firmentinte – an dieses ungeschriebene Gesetz hätte er sich halten sollen. Für sie war er anscheinend nur eine flüchtige Sexaffäre gewesen, eine von vielen. Und jetzt kehrte sie wieder die toughe Vorgesetzte heraus, als wäre nichts gewesen.

28

»Wenn du das Unmögliche ausgeschlossen hast, dann ist das, was übrig bleibt, die Wahrheit, wie unwahrscheinlich sie auch ist.«

Sir Arthur Conan Doyle, Schiffsarzt, Ski-Abenteurer
und Sherlock-Holmes-Autor (1859–1930)

Nobby Denzlein schätzte die Arbeit von Profilern sehr. In der Vergangenheit hatte er gerne und erfolgreich mit solchen Spezialisten zusammengearbeitet. Doch Bonkowski würde es bei ihm nicht leicht haben. Er war Petra Stengls Fallanalytiker – und nicht seiner. Wütend riss er ein Blatt von seinem Block, zerknüllte es zu einer Papierkugel und warf sie Richtung des an der Tür hängenden Basketballkorbs. Ein Treffer blieb ihm allerdings versagt. Stattdessen traf seine Kugel einen eintretenden, etwa sechzigjährigen Mann oberhalb seiner runden, dicken Nickelbrille mitten auf der glänzenden Halbglatze, die von langen, streng von rechts nach links gekämmten Haaren kaschiert werden sollte.

»Ich bin hier wohl nicht willkommen?«, fragte die in einer billigen grauen Bundfaltenhose und blau kariertem Discounter-Hemd steckende Gestalt in schneidendem Kasernenton, der sicherlich auch im Kanonendonner vor Stalingrad noch für Aufmerksamkeit gesorgt hätte. »Ich hoffe, Sie hören mir trotzdem zu. Ich habe nämlich nicht viel Zeit.« Ohne eine Antwort abzuwarten, bückte sich Bonkowski nach der Papierkugel und legte sie Denzlein mit einer angedeuteten Verbeugung auf den Tisch. »Sie müssen noch viel üben, junger Mann.« Ohne aufgefordert worden zu sein, setzte er sich auf den einzigen freien Platz im Büro und streckte seine Beine aus. In seinen abgelaufenen braunen Schnürschuhen trug er weiße Adidas-Sportsocken.

Petra Stengl lächelte. »Herzlich willkommen, Herr Bonkowski. Schön, dass Sie sich Zeit für uns genommen haben«, säuselte sie.

Denzlein bequemte sich nach einem strengen Blick seiner Vorgesetzten zu einem knurrigen »Servus«.

Seine Begrüßung blieb unerwidert. »Zu einer ausführlichen Analyse hat mir natürlich die Zeit gefehlt, Frau Polizeirätin«, begann Bonkowski und wandte sich demonstrativ an Petra Stengl. »Normalerweise arbeiten wir mit einem Team an einem solchen Fall. Aber nun gut, Sie wollten einen Schnellschuss, also bekommen Sie ihn.«

Die Ermittlerin nickte. »Besser als nichts, oder, Nobby?«

Ihr Stellvertreter schwieg und zählte die Pickel im Gesicht des Profilers. Bei zweiundzwanzig gab er auf. Einfach widerlich, diese Mondlandschaft!

Der Tatort-Analytiker erhob sich, wanderte durch das Büro und betrachtete mit gekrümmtem Rücken durch seine Brille die zahlreichen Meisterschaftsposter der Brose Baskets, die er mit seiner Nase fast berührte. »Zentrale Frage für mich in Ihrem Fall ist: Warum hat der Täter oder die Täterin die Morde genau so ausgeführt und nicht anders? Nur wenn ich mir eine Antwort auf diese Frage erarbeite, kann ich auch ein Täterprofil erstellen. Und darum geht es Ihnen doch, oder?« Der Profiler sah Petra Stengl mit aufforderndem Blick an.

Sie nickte. »Wir haben eine lange Liste mit Verdächtigen oder möglichen Verdächtigen abgearbeitet – aber bisher ohne Erfolg. Die Liste hat übrigens Zuwachs bekommen. In Form von Frau Hedwig Schuster, der Sekretärin von Dr. Christiane Sonnelach. Sie hasst die gesamte Sonnelach-Sippschaft – und Besser muss sie aufs Übelste gemobbt haben. Aber hat sie ihn deswegen umgebracht? Frau Schuster hat für den Tatzeitpunkt kein Alibi. Dem Vernehmungsprotokoll zufolge hat sie Weihnachten allein zu Hause gefeiert.«

»Ich konnte keine Verbindungen zwischen ihr und den anderen beiden Opfern herstellen. Aber was noch nicht ist, kann ja noch werden«, meldete sich Denzlein zu Wort, ohne den Profiler eines Blickes zu würdigen.

»Auf Granit haben wir bei unseren Ermittlungen auch bei Dr. Dr. Luuk van Dijk gebissen, der als Sonnelachs Konkurrent durchaus mehr als ein Motiv hatte, Besser auszuschalten. Immerhin hatte Besser mehreren Journalisten gesteckt, hinter

›Enjoy the Game!‹ stecke die albanische Mafia. Doch van Dijk wäscht sich seine dreckigen Hände in Unschuld. Das gilt auch für seinen Sicherheitschef Frohnacher. Er ist mehrfach wegen Körperverletzung vorbestraft. Nachweislich war Frohnacher häufiger in Bamberg, aber natürlich nicht in der Mordnacht. Sagt er. In dieser Firma gibt jeder jedem ein Alibi«, schimpfte die Polizeirätin und sah zu ihrem Mitarbeiter hinüber.

Denzlein fühlte sich durch ihren Blick ermuntert, weitere Ermittlungsergebnisse vorzutragen. »Robert Förtsch hatte am Gabelmann in der Bamberger Innenstadt eine handfeste Auseinandersetzung mit einem stadtbekannten Zocker namens Klaus Stierig. In Spielerkreisen wird er auch der Killer genannt. Auf deine Veranlassung hin, Petra, habe ich mir noch mal alle Videoaufnahmen von der Schlägerei kommen lassen.«

»Und?«, fragte Petra Stengl. »Irgendetwas Interessantes?«

»Es gibt zwei Aufzeichnungen von Kameras an den Bankautomaten. Auf der einen ist Robert Förtsch kurz vor der Schlägerei auf der Langen Straße zu sehen, auf der anderen Teile der Schlägerei am Gobelmo-Brunnen, aber nur sehr undeutlich und verschwommen.«

»Hilft uns das weiter?«

»Nicht unbedingt«, erwiderte Denzlein. »Eine Schlägerei ist halt eine Schlägerei. Merkwürdig ist nur, dass bei der ersten Aufzeichnung deutlich zu sehen ist, dass Förtsch um den Hals eine Kette trägt mit einem silbernen Anhänger, der aussieht wie ein Penis. In seinem Hotelzimmer, am Tatort und auch an seiner Leiche haben wir aber keinen solchen Anhänger mit Kette gefunden.«

»Zeig mal her«, sagte Petra Stengl.

Ihr Kollege reichte ihr ein Foto über den Tisch.

Die Polizeirätin nahm eine Lupe. »Könnte auch eine Schlange sein«, murmelte sie. »Förtsch war doch Mitglied in diesem Rockerclub – ›Niederrhein Snakes‹. Das könnte passen.«

»Schon«, stimmte ihr Denzlein zu und blätterte die vor ihm liegenden Akten durch. »Ich habe hier die Telefonnummer seines Clubpräsidenten.« Er griff zum Telefon.

Aufmerksam verfolgten die Polizeirätin und der Profiler das Gespräch, bis Denzlein auflegte.

»Bingo!«, sagte er. »Was Förtsch am Hals trägt, ist die Sonderanfertigung eines Schmuckdesigners.«

»Eine Schlange?«, fragte Petra Stengl.

»Richtig. Aber eine ganz besondere. Eine ausziehbare. In ihr verbirgt sich ein USB-Stick.«

»Das könnte bedeuten, dass der Mörder es auf den Stick mit den darauf befindlichen Dateien abgesehen hatte«, schlussfolgerte die Polizeirätin.

»Sehe ich genauso. Der verschwundene Stick könnte zu einer ganz heißen Spur werden. Denn wenn auf ihm die Beweise für eine Automatenmanipulation durch die ›Sonnelach AG‹ gespeichert sind, dann brauchte der Täter den Laptop von Förtsch nicht einmal.«

»Und hat ihn uns nur zurückgelassen, um uns erneut auf eine falsche Fährte zu locken. Weil er wusste, dass wir auf dem Laptop nichts finden würden, was Sonnelach belastet.«

»Könnte doch sein«, stimmte Denzlein seiner Chefin zu. »Wir stehen wieder vor einem Rätsel – und er schlägt sich lachend auf die Schenkel.«

»Oder der Mörder wollte kein Risiko eingehen, indem er den Laptop verschwinden ließ. Er ging davon aus, dass wir den Mord, wie von ihm beabsichtigt, als normalen Alkoholunfall einstufen.«

Der Profiler hatte das Gespräch der beiden Kriminaler schweigend verfolgt. Nun brachte er sich wieder ein. »Dieser Förtsch hat Stierig also fast leichenhausreif zusammengeschlagen?«

»Und kaum hat Stierig im Klinikum seine blauen Augen aufgeschlagen, hat er auch schon ewige Rache geschworen«, nahm Petra Stengl den Faden auf.

»Aber den Killer, diesen Stierig, können Sie in keinen Zusammenhang mit den ersten beiden Morden bringen? Sie gehen von einem Täter aus?«, fragte der Profiler prophylaktisch.

Petra Stengl nickte. »Er hat zwar nur ein schwaches Alibi durch seine demente Nachbarin, aber was hätte er mit Besser und Mai Li zu tun haben sollen?«

»Mai Li und Stierig kannten sich. Sie haben gemeinsam in der Spielhalle am Hauptbahnhof gezockt«, bequemte sich Denzlein, wieder mitzuarbeiten. »Bamberg ist eigentlich ein Dorf, wenn auch ein etwas größeres. Hier kennt jeder jeden um drei Ecken.«

Petra Stengl zog erstaunt die rechte Augenbraue hoch.

»Kennen allein ist noch kein Mordmotiv, Herr …?«, wandte sich der Profiler erstmals direkt an den Ermittler.

»Denzlein, Norbert Denzlein. Kennen allein ist sicherlich kein Mordmotiv, Sie müssen mich nicht belehren, Herr Bonkowski. Aber Mai Li kannte Besser und hatte sogar außerhalb ihres SM-Studios eine Affäre mit ihm, wie uns eine Zeugin bestätigte. Und auch der Killer, dieser Klaus Stierig, kannte Mai Li. Ist doch zumindest bedenkenswert, oder?«

»Woher weißt du das mit Mai Li und Stierig? Von Stierig selbst?«, fragte Petra Stengl.

»Stierig schweigt seit seiner ersten Befragung wie ein Grab. Solche Dinge erfährt man nur durch solide Polizeiarbeit vor Ort, etwa in der betreffenden Spielhalle. Wenn man in den Urlaub nach Österreich fährt, entgeht einem so etwas natürlich«, konnte sich Denzlein eine Spitze gegen seine Chefin nicht verkneifen.

»Urlaub?«, fragte Bonkowski.

»Nicht so wichtig«, erwiderte die Polizeirätin schnell. Sie hatte keine Lust, die Verstimmung zwischen Denzlein und ihr einem spießigen Profiler in 2b-Klamotten zu erläutern. »Die beiden allmächtigen Firmenchefs – Sonnelach und dieser van Dijk – könnten plausible Motive für die Morde haben, aber an die kommen wir nicht ran. Ihre Alibis glänzen wie Orden an der Brust eines feisten Sowjet-Generals.«

»Was aber durch sie bestellte Auftragsmorde keineswegs ausschließt«, warf Denzlein ein.

»Bestellte Profis könnten solche bestialischen Auftragsmorde durchaus ausführen«, stimmte die Polizeirätin Denzlein zu. »Schließlich hat Besser zusammen mit Förtsch Sonnelach erpresst. Und wie entledigt sich ein Mann von Welt wie Sonnelach solcher Erpresser? Mit Hilfe von Auftragsmördern.«

»Entschuldigung, Frau Stengl, aber das sehe ich völlig anders.

Auftragskiller scheuen das Risiko wie der Teufel das Weihwasser«, begann Bonkowski mit leicht arrogantem Unterton zu dozieren. »Ein Auftragskiller erledigt den Mord möglichst schnell, ohne sich lange mit dem Opfer oder mit dessen Beseitigung zu befassen. Auf Ihre drei Fälle trifft das aber nicht zu. Ganz im Gegenteil. Der Mörder – wenn wir mal von einem ausgehen – hat einen enormen Aufwand betrieben. Um Besser im Studio durch Ersticken umzubringen, musste er sich Einlass verschaffen, entweder hat er das Codewort recherchiert oder sich einen Schlüssel besorgt.«

»Oder ihm wurde persönlich geöffnet«, unterbrach Denzlein den Profiler.

»Auch möglich. Aber auch das widerspricht dem Vorgehen eines Profikillers. Der hätte Besser auf einer einsamen Straße ohne Zeugen mit einem gezielten Schuss in den Schädel erledigt, ganz bestimmt nicht in einem Domina-Studio mit einer Lidl-Tüte. Und denken Sie mal an diesen ganzen Schnickschnack: die sieben Kerzen und das Hieronymus-Bosch-Bild in Bessers Mund. Mit einem solchen Vorgehen könnten Sie vielleicht Kreativdirektor in einer defizitären Geisterbahn auf einer Dorf-Kerwa werden, nicht aber Profikiller.«

»Sonnelachs Tochter Christiane ist Expertin für Hieronymus Bosch – und das ist kein Schnickschnack«, warf Denzlein triumphierend in die Runde.

»Woher weißt du das schon wieder?«, fragte Petra Stengl konsterniert. »Schön, dass ich das auch mal erfahre.«

»Während deines Urlaubs bin ich mal wieder ein bisschen durchs Internet gesurft.«

»Für gewisse Internetseiten bist du ja fast schon Experte«, stichelte die Polizeirätin. »Pass bloß auf, dass du dir keine digitale Geschlechtskrankheit holst.«

Denzlein wurde puterrot, fuhr aber mit fester Stimme fort: »In die Suchmaschine habe ich ›Sonnelach‹ und ›Bosch‹ eingegeben. Und Treffer: Dr. Christiane Sonnelach hat bereits mehrere Vorträge über Hieronymus Bosch gehalten. Die ›Neue Presse‹, das ›Coburger Tageblatt‹, der ›BR‹, ›Antenne Bayern‹ und ›TV Oberfranken‹ haben in diesem Zusammenhang mehrmals über sie berichtet. Auch in zwei Kunstzeitungen ist sie durchaus positiv erwähnt worden.« Er wandte sich an Bonkowksi: »Außerdem hängt ein großes Gemälde von Hieronymus Bosch in ihrem Büro.« Zufrieden lehnte er sich in seinem Stuhl zurück und ließ seine Worte wirken.

»Das muss nichts heißen«, entgegnete der Profiler. »Im Gegenteil: Ein von Sonnelach engagierter Profikiller wird doch nicht so blöd sein, mit einem Bild des Malers auf seinen Auftraggeber oder auf seine Tochter aufmerksam zu machen.«

»Ermittlungserfolge sind oft nichts anderes als Täterfehler. Und auch Mörder begehen Fehler – deswegen kriegen wir sie ja fast alle.« Denzlein gab sich selbstbewusst, ahnte aber, dass er mit seiner Theorie auf verlorenem Posten stand. Obwohl …? Der Kommissar kickte die These von einem Auftragskiller in seinen geistigen Mülleimer, ohne diesen zu leeren. Irgendwann würde er sie wieder herausfischen. Bei passender Gelegenheit. »Dann hat der Mörder die Bosch-Bilder eben benutzt, um Sonnelach oder seine Tochter zu belasten«, machte Denzlein einige Punkte gut.

»Durchaus möglich. Wenn Sie schon eine Verbindung zwischen Bosch und Sonnelach herstellen können, so werden das andere auch tun«, stimmte der Profiler dem Kommissar zu. »Aber wie schon erläutert: Einen Auftragskiller schließe ich aus. Die Bosch-Bildchen verstoßen gegen die Berufsethik der Branche.«

»Und der Mord an Mai Li in der Jungfernhöhle passt nach Ihrer Theorie auch nicht zu einem professionellen Mörder, verstehe ich Sie da richtig, Herr Bonkowski?«

»Genau, Frau Stengl. So viel Blut, so viel unnötiges Gemetzel, so viel Aufwand, so ein theatralischer Ort. Warum? Gleiches gilt für den Mord an dem Journalisten Förtsch. Rum-Tampon im After, Transport des alkoholisierten Opfers zu einer Landstraße außerhalb der Stadt und dann noch das Warten auf den passenden Wagen – ich bitte Sie, so ein Theater würde ein Profi nie veranstalten.«

Petra Stengl ließ die Worte des Profilers auf sich wirken. Sie war enttäuscht. »Also keine albanische Mafia, keine von Sonnelach und van Dijk von der Kette gelassenen Höllenhunde?«

»Eher nicht. Aber wie gesagt: Das alles ist ein Schnellschuss. Für eine genauere Analyse bräuchte ich mehr Zeit und vor allem mein gesamtes Team.«

»Also könnten Sie sich mit Ihrer Analyse auch irren?«, fragte Denzlein. »Was ist, wenn Sonnelach oder van Dijk mit dem ganzen Hieronymus-Bosch-und-Jungfrauen-Klimbim bewusst den Eindruck erwecken wollte, dass bei den Morden keine von ihnen bezahlten Auftragskiller am Werke waren? Was dann?«

Bonkowski überlegte kurz und blinzelte den Kommissar dann durch seine verschmierten Brillengläser mit kleinen Augen an. »Jeder kann sich mal irren. Aber bei diesen Morden halte ich das, was die Täterschaft betrifft, für mehr als unwahrscheinlich.«

Denzlein schüttelte ärgerlich den Kopf. »Wer's glaubt, wird selig! Jedenfalls werde ich Sonnelach und van Dijk nicht von meiner Liste streichen.«

Ungerührt fuhr der Profiler fort: »Außerdem unterscheidet sich der dritte Mord gravierend von den beiden ersten.«

Die Polizeirätin wusste sofort, worauf Bonkowski hinauswollte. »Die beiden ersten Morde sollten bestialisch aussehen, sollten Aufsehen erregen. Der dritte Mord hingegen sollte vertuscht werden und wie ein alltäglicher Unfall unter Alkoholeinfluss mit Todesfolge wirken.«

»Vollkommen richtig, Frau Polizeirätin. Jetzt sind Sie auf Linie.«

»Die tatsächliche Todesursache konnte nur durch meine Rechtsmediziner-Freundin festgestellt werden. Was schließen Sie daraus, Herr Bonkowski?«

»Nun, Mörder haben die freie Wahl, wie sie ihre Opfer umbringen. Zweimal entscheidet sich unser Täter für eine große Inszenierung, die Spekulationen und Ermittlungen in alle Richtungen offenlässt.«

»Das haben wir auch schon mal in Erwägung gezogen, dass wir bewusst auf falsche Fährten gelockt werden sollen«, warf Denzlein ein.

Der Profiler schnipste anerkennend mit den Fingern. »Immerhin!«

»Dann können wir wohl auch einen Serienmörder von der Liste der Verdächtigen streichen?«, wandte sich Petra Stengl an den Profiler.

»Ich denke schon, Frau Polizeirätin. Auf den ersten Blick scheinen alle drei Morde sexuelle Komponenten zu beinhalten, aber an keinem der Opfer wurde sich sexuell vergangen. Der Rum-Tampon im After von Förtsch diente lediglich dazu, den Mord wie einen Unfall aussehen zu lassen. Auch einen Lustgewinn durch langes Quälen des Opfers – typisch für viele Serienmörder – können wir ausschließen. Alle drei sind einen schnellen, wenn auch hässlichen Tod gestorben, wie die Autopsien bestätigen. Außerdem entspricht das Geschlecht der Opfer normalerweise meist den sexuellen Neigungen eines Serienmörders. Zwei Männer, eine Frau? Das wäre eher selten. Auch dann, wenn wir Peter Flügel, den Privatdetektiv und Afghanistan-Veteranen, als ein mögliches weiteres Opfer mitdenken. Opfer von Serienkillern weisen meist Gemeinsamkeiten auf: ähnliches Alter, ähnliche Statur, gleiche Berufe. Etwa Prostituierte wie bei den Jack-the-Ripper-Morden. Oder bestimmte Frisuren: Sämtliche von Ted Bundys rund sechzig Opfern hatten dunkle, in der Mitte gescheitelte Haare. Oder denken Sie an Jürgen Bartsch, der vier Knaben in einer Höhle tötete und sie dann zerstückelte. Über achtzig Prozent aller sexuell motivierten Serienkiller weisen ein auffälliges Sexualverhalten wie Fetischismus oder Pädophilie auf. Außerdem suchen sie sich ihre Opfer in Jagdgebieten aus, die für sie sicher und überschaubar sind. Ein SM-Studio mitten in der Stadt und eine Staatsstraße zwischen Bamberg und Pödeldorf passen nur schlecht in ein solches Schema. Hinzu kommt, dass die Opfer eher zufällig ausgewählt werden. Auch das passt in unserem Fall nicht, wenn wir davon ausgehen, dass die Ermordeten in einem wie auch immer gearteten Zusammenhang miteinander standen. Ich lege mich daher darauf fest, dass wir einen Serienkiller ausschließen können.«

»Ich teile Ihre Meinung, Herr Bonkowski«, stimmte Petra Stengl dem Profiler zu. »Wir haben unsere Erkenntnisse bereits von den Kollegen des Bundeskriminalamtes überprüfen lassen.

Auch der BKA-Rechner hat keine Muster oder Gemeinsamkeiten mit früheren Morden ergeben.«

»Das überrascht mich nicht. Der Täter scheint ganz bewusst und gezielt falsche Fährten gelegt zu haben, die Ihre Ermittlungen erschweren und ins Leere laufen lassen sollen.«

Denzleins Zorn über den seiner Meinung nach voreiligen Täterausschluss eines Profikillers war etwas abgeklungen. Er bemühte sich wieder um Sachlichkeit. Sein analytisches Denken siegte über sein Bauchgefühl. »Also haben wir es mit einem intelligenten Täter zu tun?«

»Unbedingt. Kommen wir noch mal auf meine Eingangsfrage zurück: Warum mordete der Täter so und nicht anders?«

»Er will uns verwirren, das haben wir doch jetzt schon festgestellt«, knurrte Denzlein.

»Völlig richtig, Herr Kommissar. Aber dafür betreibt er einen außerordentlichen Aufwand. Er geht ein hohes Risiko ein, doch das scheint er nicht zu scheuen. Im Gegenteil. Er ist hundertprozentig davon überzeugt, nicht erwischt zu werden. Das spricht für Nervenstärke. Unser Täter ist es gewohnt, Entscheidungen zu treffen. In dieser Sache hat er sich für mehrere, völlig unterschiedliche Tatorte entschieden. Je mehr Tatorte sich ein Mörder aussucht, umso schlauer ist er. Denn für jeden davon muss er allerhand bedenken, planen und organisieren. Beispielsweise: Wie komme ich ins SM-Studio? Wie und womit kann ich Mai Li und Robert Förtsch lebend zu den Tatorten transportieren? Welche Tatwaffen benutze ich? Werden die Ermittler auf meine Inszenierung mit den Bosch-Bildchen und auf die Sage von den drei enthaupteten Jungfrauen anspringen? Und wenn ja, wie lange werde ich sie damit beschäftigen können? Was muss ich tun, damit der inszenierte Unfalltod von Förtsch nicht als Mord auffliegt?«

»Fassen wir mal zusammen«, sagte Petra Stengl. »Unser Mörder verfügt also über einen hohen IQ. Dass er bewusst falsche Fährten legt, ist ein weiteres Indiz für seine Intelligenz. Er ist es gewohnt, Entscheidungen zu treffen. Er verfügt über analytische Fähigkeiten und logistische Möglichkeiten, ist mobil. Er hat Nerven wie Stahlseile –«

»Weshalb er mit Stresssituationen umgehen kann«, unterbrach Bonkowski die Polizeirätin.

Petra Stengl nickte. »Außerdem muss er die Lebensgewohnheiten der Opfer gekannt haben. Er wusste, wann Besser in Berlin war und wo er normalerweise seinen Wagen abstellte. Er wusste, dass Besser Kunde von Mai Li war und dass er an diesem Abend ihre Dienste in Anspruch nehmen wollte. Er kannte das Studio von Mai Li. Er wusste sogar, dass Förtsch sich in Bamberg aufhielt.«

»Dem Mörder ist Bamberg und seine Umgebung vertraut«, fuhr der Profiler fort. »Die drei Tatorte liegen circa fünfzehn Kilometer auseinander, er muss also über gute Ortskenntnisse verfügen. Auch ein verschwiegenes SM-Studio und die Jungfernhöhle als Tatorte sprechen für einen Ortskundigen. Genauso wie die Straße zwischen Pödeldorf und Bamberg. Die Gaststätte ›Kunigundenruh‹ mit ihren versteckten Parkplätzen ist der perfekte Ort, um von dort einen schweren, alkoholisierten Mann aus der Dunkelheit auf die Straße zu zerren. Das Gewicht von Förtsch spricht übrigens für einen kräftigen Mann als Täter, eine Frau hätte den Journalisten kaum bewegen können.«

»Interessanter Aspekt. Wir jagen also einen Mann. Stammt der Täter von hier?«, fragte Petra Stengl.

»Er ist entweder ein Einheimischer oder arbeitet hier und kennt sich deshalb bestens aus.«

»Könnte es auch jemand aus der Glücksspielbranche sein? Alle drei Opfer hatten auf die eine oder andere Art schließlich mit ihr zu tun«, gab Denzlein zu bedenken. »Das kann doch kein Zufall sein, verdammt noch mal!«

»Nein, das ist bestimmt kein Zufall«, stimmte ihm Petra Stengl zu.

»Sonnelach war öfter in Bamberg, um sich mit Besser zu treffen. Im Schloss Seehof in Memmelsdorf hat er auf seinen Geburtstagen PTB-Mitarbeiter und Politiker verköstigt, für die Spiele der Brose Baskets besitzt er eine VIP-Dauerkarte. Seine Frau stammt sogar aus Bamberg. Er hat sie bei der Sand-Kerwa kennengelernt. Das steht zumindest in seiner Biografie, die er vor einiger Zeit in Auftrag gegeben hat. Auf Seite sechzehn.«

Denzlein kam in Fahrt. Er zog ein Buch aus seiner Schreibtischschublade und schlug es auf. »Da steht es schwarz auf weiß!«

Petra Stengl ließ es sich nicht anmerken, aber innerlich zollte sie ihrem Mitarbeiter höchste Anerkennung. »Was willst du damit sagen?«

»Was ist – nur mal hypothetisch –, wenn Sonnelach die Morde selber begangen hat? Möglicherweise zusammen mit seinem Töchterlein? Schließlich ist Christiane Sonnelach jetzt Nachfolgerin vom toten Besser. Schon mal darüber nachgedacht, Herr Bonkowski?«

Der Profiler schwieg. Nervös kaute er an seinen Fingernägeln.

»In unseren Tatort- und Täteranalysen haben wir bisher das entscheidende W noch nicht besprochen«, fuhr Denzlein fort. »Warum wurden Besser, Mai Li und Förtsch umgebracht? Sonnelach wurde und wird erpresst, das steht fest, also hat auch er ein überzeugendes Tatmotiv.«

»Ja, aber ...«, begann Bonkowski und brach dann ab. Angeschlagen versuchte er, seine Haare, die jetzt an seinem Kopf herunterhingen, wieder über die Halbglatze zu legen. »Ja, aber ...«

»Was, Herr Bonkowski? Passt nun Sonnelach in Ihr Täterprofil oder nicht?«

Der Profiler wand sich, unruhig verlagerte er sein Gewicht auf dem Stuhl von einer Pobacke auf die andere. »Rein theoretisch schon«, überwand er sich zu sagen.

»Warum nur theoretisch?«, setzte Denzlein nach. »Mann, nervenstark, risikofreudig, intelligent, kräftig, mobil, analytisch und ortskundig – alles trifft auf Sonnelach zu. Das ist doch Ihr Täterprofil, oder etwa nicht?«

»Schon«, quetschte der Profiler gequält hervor, »aber Sonnelach hat mehrere Alibis.«

»So ein Mann hat immer ein Alibi, das hat nichts zu bedeuten«, schaltete sich Petra Stengl in den Disput der beiden Kampfhähne ein.

»Ganz genau«, freute sich Denzlein über die Unterstützung. »Dann müssen wir den angeblichen Alibigebern eben nochmals die Daumenschrauben ansetzen. Vielleicht spucken sie dann endlich die Wahrheit aus.«

Für einige Sekunden herrschte Stille im Büro. Jeder der Anwesenden hing seinen eigenen Gedanken nach. Dann räusperte sich der Profiler. »Meinetwegen, dann beziehen Sie Sonnelach eben weiter in Ihre Ermittlungen ein. Aber fokussieren Sie sich nicht allzu sehr auf ihn. Ein Mann in seiner Position macht sich auf diese Art und Weise selten die Finger schmutzig. Und noch etwas, was mich an den Morden an Besser und Mai Li irritiert: Die hohe Emotionalität der Taten – Ersticken und das Durchschneiden der Kehle und Abtrennen des Kopfes – passt nicht mit der kaltschnäuzigen Planung und Durchführung zusammen. Selbst wenn der Täter extra theatralische Elemente eingebaut hat, um uns auf falsche Fährten zu locken.«

»Können Sie das konkretisieren?«, fragte die Polizeirätin.

»Lassen Sie mich eine Frage stellen, Frau Stengl: Würden Sie, wenn Sie erpresst würden, sich des Erpressers auf eine solche Art und Weise entledigen?«

»Vermutlich nicht.«

»Und was schließen Sie daraus?«, drängte Nobby Denzlein den Profiler.

»Dass Rache im Spiel ist.«

»Es geht also gar nicht um Erpressung?«, fragte Petra Stengl ungläubig.

»Na ja«, wand sich Bonkowski, »möglicherweise überlagern oder ergänzen sich in unseren Fällen zwei Motive – das kommt häufiger vor, als man denkt.«

Denzlein verstand nur noch Bahnhof. »Sie meinen also, der Mörder hat Besser und Mai Li in erster Linie umgebracht, um sich zu rächen?«

»Möglicherweise.«

»Dann waren es doch Beziehungstaten mit allem, was dazugehört: mit enttäuschter Liebe, Sex, Rivalität, Betrug, verletzten Gefühlen, Kränkungen und dem ganzen sentimentalen Blabla?«, fragte Denzlein spöttisch. »Wir haben es also mit einem kleinen, süßen Racheengel zu tun? Aber wie soll das gehen? Sie haben doch selbst gesagt, dass der Täter ein Mann ist.«

»Ich würde das Rachemotiv nicht nur auf zwischenmenschliche

Beziehungen reduzieren. Ich kann mich auch an Menschen rächen, die meinen Angehörigen oder mir schweres Leid zugefügt haben. Oder die mich mobben oder mich beruflich oder wirtschaftlich ruiniert haben«, verteidigte der Profiler seinen Gedanken.

»Münz! Letzteres trifft auf Münz zu. Die ›Sonnelach AG‹ hat den Automatenunternehmer fast plattgemacht.« Denzlein blickte Petra Stengl an. »Aber Münz gilt in diesem Hause ja inzwischen als Prinz-rühr-mich-nicht-an. Oder habe ich da etwas falsch verstanden, Petra?«

»Das ist doch Quatsch!«, fuhr die Polizeirätin auf. »Und das weißt du genau.«

Denzlein schlug die Augen nieder und räusperte sich verlegen. Er war zu weit gegangen. »Entschuldigung, Petra, ich habe es nicht so gemeint.«

»Schon gut. Du hast ja nicht ganz unrecht. Münz hatte zumindest ein gutes Motiv, um Karl Besser umzubringen. Er war Sonnelachs Spitzenmann. Wir werden Münz also nicht von der Verdächtigenliste streichen, auch wenn es mir schwerfällt, ihn in Zusammenhang mit den Morden an Mai Li und dem Journalisten zu bringen. Außerdem treffen nur Teile des Täterprofils auf Münz zu. Was meinen Sie, Herr Bonkowski?«

»Ich würde Münz eher ausschließen.« Der Profiler zuckte mit den Schultern. »Mit dem Täterprofil bin ich mir ziemlich sicher, aber mit dem Tatmotiv tue ich mich schwer. Ich habe es ja schon mal gesagt: Irgendetwas passt da nicht richtig zusammen.«

Alle drei schwiegen. Denzlein starrte zum Fenster hinaus. Der Himmel hing tief über Bamberg. Petra Stengl betrachtete ihre lackierten Fingernägel. Bonkowski spuckte in seine Handflächen und versuchte, mit dem Speichel seine Haare am Schädel zu fixieren. Im Raum war es so leise, dass man das sanfte Surren des auf dem Flur stehenden Getränkeautomaten hören konnte.

»Und was ist, wenn es sich nicht um einen, sondern um zwei Täter handelt?«, fragte die Polizeirätin endlich.

»Wie kommst du denn darauf? Herr Bonkowski hat uns doch, ich betone, ein sehr genaues Täterprofil geliefert. Oder habe ich etwas missverstanden?«, wunderte sich Denzlein.

Der Profiler biss sich auf die Lippen und fuhr sich mit der Innenfläche der rechten Hand mehrfach über die Nase. »Ein zweiter Täter könnte Sinn machen. Aber das ist, mit Verlaub, reine Spekulation. Vielleicht lenkt ein Täter, um Rache zu nehmen. Und ein zweiter führt die Morde aus – auf diesen würde dann auch das von mir skizzierte Täterprofil zutreffen. Eine Gedankenspielerei, aber interessant. Sehr interessant sogar.«

»Und warum sollte sich der ausführende Täter in die Dienste des lenkenden stellen?«, fragte die Polizeirätin.

»Das herauszufinden ist Ihre Aufgabe, Frau Stengl. Und vielleicht auch Ihre, Herr Denzlein.«

29

»In der Liga, wo wir spielen, gibt es eben nur zwei Plätze: den Sieger und den Verlierer.«

Harold Arthur Poling, amerikanischer Automobilmanager (1925–2012)

Dr. Dr. Luuk van Dijk fluchte wie ein Rohrspatz. »*Godverdomme!* Dieser Scheiß kann doch nur von dir sein, Sonnelach. Meinst du eigentlich, ich bin total bescheuert?« Wütend knallte der »Enjoy the Game!«-Chef einen Stapel Unterlagen auf den blank gescheuerten Tisch im »Gasthof Hofmann« in Schindelsee. Normalerweise ließ sich der ehemalige Bäckersohn in der Öffentlichkeit nie aus der Ruhe bringen. Das hatte er in den Jahren seines märchenhaften Aufstiegs zu einem der reichsten Mitteleuropäer gelernt. In der Ruhe lag die Kraft. Außenstehenden, Freunden, Geschäftspartnern und Mitbewerbern gegenüber trat er stets freundlich und höflich auf. Sein gepflegtes Äußeres, seine schwarzen Anzüge aus edlem Stoff sowie die fast immer auf seiner Nase thronende Lesebrille verliehen ihm Seriosität, die die Menschen mochten und die ihn zu einem Menschenfänger machte. Kleider machten Leute, und Leute vergaßen schnell, dass Kleider aus bösen Buben keine guten Jungs machten. Die Maskerade nahm Luuk van Dijk gerne in Kauf, wenn sie ihn nur an sein Ziel brachte: nach ganz oben. Und dort, auf dem Gipfel, war nur wenig Platz. Im Aufstieg hatte Luuk van Dijk bereits etliche Mitbewerber überholt oder in den Abgrund gestoßen. Gnadenlos.

Genauso gnadenlos, wie das Leben anfangs zu ihm gewesen war. Mit sechs Jahren hatten ihn seine Eltern zu seiner deutschen Großmutter gebracht, weil sie der kleine Luuk beim Aufbau ihrer Bäckerei und eines Szenecafés in Venlo nur störte. Und so wuchs er in einer Düsseldorfer Mietskaserne auf, in der das Gemeinschaftsklo auf einem halbdunklen Gang lag. Dem penetranten

Urin- und Schweißgeruch, der sich im ganzen Treppenhaus eingenistet hatte, den festgeklebten Kotresten in der Toilette, für die sich niemand zuständig fühlte, und den Sauerkraut-Exzessen seiner Großmutter hatte er schon nach den ersten Wochen für immer entkommen wollen. Mit großen Augen hatte er vom Dachfenster aus mit dem alten Fernglas die feinen Damen und Herren der niederrheinischen High Society beobachtet, die in ihren teuren Autos zum benachbarten Golfplatz fuhren, und die für ihn so nahe, aber doch so ferne Welt studiert. So wie diese Leute wollte er auch sein. So wie sie auftraten, wollte auch er irgendwann auftreten.

Die erfolgreiche Bäckerlehre, zu der ihn seine Eltern gezwungen hatten, zerstreute in ihm letzte Zweifel. Mit ehrlichem Handwerk ließ sich in Deutschland leben. Aber eben nur leben. Van Dijk wollte mehr. Mit Billardtischen und simpel manipulierten Geldspielautomaten, an denen sich der Spieleinsatz und somit auch seine Gewinne in die Höhe treiben ließen, scheffelte er sein erstes Geld. Weitere Spielhallen und eigene Produktionsstätten am Niederrhein folgten. Casinos in der Schweiz kamen hinzu. Nach dem Fall des Eisernen Vorhangs entpuppten sich die osteuropäischen und südosteuropäischen Märkte als wahre Gelddruckmaschinen für Männer wie ihn, die sich Moral und Reputation kaufen konnten und für die keine Gesetze galten, wenn sie die Richtigen bezahlten. Er mietete spottbillige Hallen, für die die Betreiber Anfangskapital mitbringen mussten, und kassierte von ihnen auch noch für die von ihm zur Verfügung gestellten Maschinen und deren Betreibung ab. Dr. Dr. Luuk van Dijk schmunzelte bei der Erinnerung daran. So einen Erfolg wie er in Osteuropa hatte die ihm gegenübersitzende Hackfresse mit seinem albernen Kaiser-Wilhelm-Bart nicht vorzuweisen! Und auch bei den Doktortiteln hatte er die Nase klar vorn. Großzügige Spenden an zwei Universitäten hatten ihm den Weg geebnet. Und die Ehrendoktorwürden hatte er nicht von irgendwelchen amerikanischen Provinz-Lehranstalten, sondern, was eher ungewöhnlich war, von zwei renommierten deutschen Universitäten verliehen bekommen. Auf die rekordverdächtigen hundertfünfzig Ehrentitel des US-amerikanischen Theologen Theodore Hesburgh würde er in seinem Leben sicherlich nicht mehr kommen, aber zwei waren für einen Mann wie ihn, der ganz unten angefangen hatte, auch schon bemerkenswert. Luuk van Dijk legte großen Wert darauf, dass in Berichten über ihn stets die zwei Titel vor seinem Namen standen.

Ihn interessierten in seinem Leben nur zwei Dinge: Geld und Macht. Geld hatte er mehr als genug, doch wahre Macht hatte nur der, der sie nicht teilen musste. Und genau dieser Punkt hatte den »Enjoy the Game!«-Chef in den vergangenen Jahren vor zwei schwierige Aufgaben gestellt: Um auf dem streng kontrollierten Glücksspielmarkt der USA expandieren zu können, hatte er eine weiße Weste vorweisen müssen. Wer in Verdacht geriet, kriminelle Verbindungen zu unterhalten, war dort drüben sofort aus dem Spiel. Doch fast zeitgleich wollten die albanische Mafia und andere osteuropäische Partner in großem Stil seine Geräte kaufen. Damit seine Machenschaften nicht auffielen und seine Amerika-Pläne gefährdeten, konstruierte van Dijk ein nicht mehr zu durchschauendes Firmennetz mit zahlreichen Tochterfirmen und Strohmännern. Ein Heer aus Rechtsanwälten, Steuerberatern und Wirtschaftsexperten hatte ihn dabei unterstützt.

Eigentlich hätte er sich ob dieses Erfolgs zufrieden zurücklehnen und seine Macht genießen können. Doch Sonnelach mit seiner jahrelangen Vormachtstellung auf dem lukrativen deutschen Markt ging ihm gewaltig auf die Eier. Alles in ihm wehrte sich dagegen, doch er musste zugeben, dass der Coburger ein ernst zu nehmender Gegner war. Mit der Übernahme des drittgrößten deutschen Automatenherstellers hatte er, van Dijk, Sonnelachs Vormachtstellung auf dem deutschen Markt vor Kurzem angegriffen, sodass aus der zwischen ihnen schwelenden Rivalität ein offener Krieg geworden war. Aber genau den hatte er gewollt. Nun galt es, ihn auch zu gewinnen. Van Dijk war sich bewusst, dass man Kriege auf dem Glücksspielmarkt nicht nach der Genfer Konvention führte, doch Sonnelach hatte eine Grenze überschritten. Zuerst hatte er seinen PR-Manager Besser vorgeschickt, um ihn als Partner der albanischen Mafia zu diskreditieren – nun gut, das war eine böse Attacke gewesen, aber er hatte sie abwehren können. Und Karl Besser, diese Allzweckwaffe von Sonnelach, würde nie wieder auf dem Schlachtfeld auftauchen. Sonnelach hatte seinen wertvollsten Krieger verloren. Damit war die Flanke des Königs offen, und Sonnelach würde auch den Krieg verlieren. Dass er jedoch kurz vor seiner finalen Niederlage zu in der Branche verpönten Mitteln griff, das war nicht zu entschuldigen.

Da Sonnelach und seine neben ihm sitzende Tochter bis auf ein arrogantes Lächeln nicht reagierten, wiederholte sich van Dijk: »Dieser Scheiß kann doch nur von dir sein, Sonnelach. Meinst du eigentlich, ich bin total bescheuert?«

Genüsslich lehnte sich Sonnelach zurück, zwirbelte mit Daumen und Zeigefingern bedächtig die Enden seines Bartes. »Sie haben wohl Ärger mit der Staatsanwaltschaft, Herr van Dijk?« Er deutete auf die Unterlagen auf dem Tisch. »Es tut mir aufrichtig leid für Sie, aber damit haben wir nichts zu tun. Nicht wahr, Christiane?«

Seine Tochter nickte. Mit ihren langen weiß lackierten Fingernägeln schnipste sie die Akte zurück zu ihrem Kontrahenten. »Mit Verlaub, Herr Dr. Dr. van Dijk, wir verbieten uns –«

Der holländische »Enjoy the Game!«-Boss schlug mit der Faust auf den robusten Holztisch. Die vor ihnen stehenden Teller mit Allerhand von der Mönchherrnsdorfer Forelle, Heualb-Linsen und Bamberger Hörnla-Chips wackelten bedenklich. Besorgt spähte Bettina Hofmann, die Chefin des fränkischen Spitzenrestaurants, aus dem Kücheneingang hinter der Theke in Richtung der erlauchten Tafelrunde. Sie legte großen Wert darauf, kulinarische Köstlichkeiten in einer entspannten Atmosphäre zu servieren. Doch daran war im Moment nicht zu denken. Ein gewaltiges Wortgewitter entlud sich über Tisch drei.

»Sie verbieten mir gar nichts, Sie Coburger Mohrenschlampe!«, donnerte van Dijk mit puterrotem Gesicht Sonnelachs Tochter entgegen.

Diese wollte daraufhin van Dijk ins Gesicht schlagen, doch dessen Sicherheitschef Frohnacher verhinderte reaktionsschnell die Attacke und drückte ihre Hände fest auf den Tisch. »Gewalt ist doch keine Lösung, meine Dame.«

Christiane Sonnelach machte Anstalten, ihre Hände dem Zugriff des Sicherheitschefs zu entziehen, aber der ließ nicht locker.

Van Dijk nutzte die Situation. »Und auch von Ihnen lasse ich mir nichts verbieten, Sie Möchtegern-Berlusconi!«

Sonnelach zuckte zusammen. Seine Augen quollen fast aus ihren Höhlen. »Sie lassen mich überwachen?«, rutschte es ihm heraus. »Dann sind also Sie der miese Erpresser?« Kaum hatte er die Worte ausgesprochen, bedauerte er sie auch schon. Man durfte seinen Gegnern keine Angriffsfläche bieten.

Van Dijk reagierte sofort auf den Fehler und stieß zu. »Sie werden erpresst? Geschieht Ihnen ganz recht! Wer erpresst wird, hat immer Dreck am Stecken. Weiß die Kripo schon davon? Aber wie ich Sie kenne, regeln Sie solche Dinge lieber selber. Ich sage nur: Karl Besser!«

Sonnelach atmete tief durch. Er musste sich beruhigen. »Sie beschuldigen mich allen Ernstes des Mordes an meinem PR-Chef? Sie haben sie ja nicht alle! Das ist üble Nachrede. Sie werden von meinen Anwälten hören!«

»Dass ich nicht lache. Sie drohen mir deshalb mit Ihren Anwälten, aber selber hetzen Sie mir ohne jede Grundlage die Staatsanwaltschaft auf den Hals. Münz ist zwar eine unangenehme Schmeißfliege, aber die Ermittlungen der Staatsanwaltschaft gegen mich beruhen zum größten Teil nicht auf seinen Unterlagen. Außerdem verfüge auch ich über mein Vöglein bei den Behörden. Sie waren es doch, der der Staatsanwaltschaft gesteckt hat, dass die Software der Automaten in den Hallen der kleinen Unternehmer nicht identisch ist mit der, die auf den Geräten in meinen läuft. Dass wir somit jederzeit die Gewinnausschüttungen steuern könnten.«

»Auf den Konjunktiv können Sie ruhig verzichten«, höhnte Christiane Sonnelach. Inzwischen hatte van Dijks Sicherheitschef mit einem mehr als warnenden Blick ihre Hände aus seinem Prankengriff entlassen. »Wir wissen, dass Sie Ihre Geräte manipulieren. Sie können mit der Software zu hohe oder auch zu niedrige

Ausschüttungsquoten einstellen. Und wenn Ihre Aufsteller die von Ihnen gemieteten Geräte zurückgeben, können Sie die Daten auslesen und feststellen, wo die besonders lukrativen Standorte liegen und wie viel Umsatz Ihre Automaten gemacht haben. Und dann –«

»Und was dann?«, unterbrach van Dijk sie.

»Dann errichten Sie in direkter Nähe zu einem lukrativen Standort eine eigene Spielhalle, um den Gewinn abzuschöpfen.«

»Wohl neidisch, weil Ihre Programme das noch nicht so perfekt können, was, Frau Sonnelach?«

»Sie geben es also zu?«

Firmenpatriarch Sonnelach warf seiner Tochter einen anerkennenden und liebevollen Blick zu. Sie entwickelte sich von Tag zu Tag zu einer mehr als würdigen Nachfolgerin von Karl Besser. Er musste ihr später unbedingt sagen, wie stolz er auf sie war. Möglicherweise hatte er doch einen Fehler begangen, indem er so lange an Besser festgehalten hatte. Und einen Fehler nicht zu korrigieren bedeutete, den nächsten zu machen. Christiane war sein eigen Fleisch und Blut, und Blut war bekanntlich dicker als alles Geld, mit dem er Bessers Loyalität bezahlt hatte.

»Nichts gebe ich zu, Frau Sonnelach. Das war lediglich eine hypothetische Frage. Außerdem: Wer im Glashaus sitzt, sollte nicht mit Software um sich werfen.«

»Wie meinen Sie das?«, fragte Sonnelach entrüstet.

»Lieber Herr Sonnelach, spielen Sie jetzt bitte nicht den Unschuldigen vom Coburger Land. Als Schauspieler brächten Sie es mit dieser Leistung noch nicht mal auf die Besetzungscouch einer billigen Soap-Opera. Es ist doch hinlänglich bekannt, dass Sie Software manipulieren.«

»Ihnen scheint entgangen zu sein, werter Herr Dr. Dr. van Dijk«, zischte Christiane Sonnelach mit einem aufgesetzten Lächeln, »dass alle Verfahren gegen unsere Firma wegen angeblicher Software-Manipulationen eingestellt wurden. Wir sind absolut sauber, was man von Ihnen nicht unbedingt behaupten kann.«

»Mit Worten können Sie tatsächlich trefflich umgehen, aber das haben Ihre Ausführungen in der Ortspresse und in den Fachmedien über Hieronymus Bosch ja bereits hinlänglich bewiesen. Aber um mir wirklich ans Bein zu pissen, fehlt es Ihnen noch an Erfahrung, meine Liebste. Und mit Verlaub: auch an der Qualität Ihrer Redebeiträge.«

»Da wäre ich mir nicht so sicher, Herr van Dijk. Meiner Kenntnis nach stehen die Ermittlungen gegen Sie kurz vor dem Abschluss. Es liegt ein hinreichender Tatverdacht vor. Die Staatsanwaltschaft wird Anklage erheben.«

»Mir schlottern schon vor Angst die Knie!« Van Dijk starrte unverfroren auf den bebenden Busen seiner Kontrahentin. »Ich sage Ihnen mal was: Nur weil man seine Titten mit Silikon aufblasen lässt, verfügt man noch lange nicht über die Qualitäten einer Eisernen Lady, Frau Sonnelach.«

Sonnelach reagierte prompt. »Du Sau!« Mit einer schnellen Bewegung aus dem Handgelenk schüttete er van Dijk ein Glas des ausgezeichneten Silvaners ins Gesicht. Der trockene Tropfen vom Weingut Störrlein & Krenig in Randersacker rann dem Holländer über Nase und Mund, bevor er auf die orangefarbene Krawatte und das weiße Hemd tropfte.

Van Dijk brauchte nur kurz, um sich von der Attacke zu erholen. Seine rechte Faust schnellte vor und traf Sonnelach, obwohl dieser reaktionsschnell zurückwich, noch mit voller Wucht auf dem linken Auge. Schnell war eine wüste Schlägerei im Gange. Gläser fielen zu Boden und zersplitterten, Flaschen rollten vom Tisch. Christiane Sonnelach gelang es, dem Sicherheitschef, der sich zusammen mit Sonnelachs Security-Mann nach Kräften bemühte, die Kontrahenten auseinanderzuhalten, mit ihren roten Louboutins kräftig vor das Schienbein zu treten, dann wurde sie von ihm zu Boden geschleudert. Im Fallen riss sie die Tischdecke mit dem verbliebenen Geschirr mit sich, ihr Kopf kollidierte mit der Ecke der Sitzbank, dann versank sie für Sekunden in tiefe Bewusstlosigkeit.

Sonnelach und van Dijk brüllten sich immer noch an. Jeder drohte dem anderen mit dem Tod, doch ihren Sicherheitsmännern war es endlich gelungen, die Kampfhähne zu trennen, die nun hinter ihren Rücken tobten.

An den anderen Tischen des Restaurants herrschte eisiges Schweigen. Bettina Hofmann, die Chefin des lädierten Gourmettempels, redete beschwichtigend auf Sonnelach und van Dijk ein, doch beide nahmen keine Notiz von ihr.

Erst als Sonnelach registrierte, dass seine Tochter auf dem Boden lag, hielt er in seiner Wutrede inne. Besorgt beugte er sich über sie. »Alles okay, Liebes?«, fragte er. »Bist du verletzt?«

Christiane Sonnelach schlug die Augen auf und rieb sich die schnell wachsende Beule am Hinterkopf. »Ich glaube schon, Papa. Alles halb so schlimm.« Mit Hilfe ihres Vaters kam sie wieder auf die Beine und stützte sich mit ihrer rechten Hand am Tisch ab. Dann suchte sie den Blickkontakt zu van Dijk. »Das wird dir noch leidtun. Dich mache ich fertig!«

Van Dijk wollte antworten, und der Streit drohte erneut zu eskalieren. Warumgel, der die Schlägerei wie angewurzelt von seinem Stuhl aus beobachtet und erstaunlicherweise keine Kollateralschäden erlitten hatte, sah man von einigen Soßenspritzern nahe seinem Hosenschritt ab, kam seinem Chef zuvor. »Meine Herrschaften, ich muss Sie doch bitten. Wir haben uns hier getroffen, um uns aus- und abzusprechen, nicht um rumzukeilen wie Chisora und Haye auf der Pressekonferenz nach dem Klitschko-Kampf. Ich schlage vor, wir verlassen diese Lokalität. Wir haben hier schon für viel zu viel Aufsehen gesorgt. In Prölsdorf, nur drei Kilometer von hier, liegt der ›Goldene Stern‹. Dort werden wir unser Gespräch in aller Ruhe fortsetzen. Irgendwelche Einwände?«

Van Dijk und die Sonnelachs starrten finster vor sich hin, dann nickten sie – alle drei. Genauso wie Bettina Hofmann, der Sonnelach ein paar Scheine in die Hand drückte. »Ich hoffe, wir haben Ihnen nicht allzu große Unannehmlichkeiten bereitet.«

Bettina Hofmann schüttelte stumm den Kopf.

»Pack schlägt sich, Pack verträgt sich«, sagte Denzlein zu Petra Stengl. Beide saßen mit zwei Überwachungstechnikern vor der Lokalität in einem unauffälligen weißen Lieferwagen mit Bamberger Kennzeichen, auf dessen Außenseite Werbung für »Heizung Sanitär Schick« prangte. »Sollen wir uns die Herrschaften zur Brust nehmen?«, fragte er. »Ich glaube, die haben uns viel zu erzählen.«

»Das meiste wissen wir doch schon, Nobby.« Grinsend wies die Polizeirätin auf die mitlaufenden Tonbänder. »Wir warten jetzt ab, bis uns van Dijk, Sonnelach und Co auch noch den Rest präsentieren.«

Denzlein kletterte auf den Fahrersitz, um Sonnelach und van Dijk zu folgen, als zwei Wagen in einigem Abstand an dem Lieferfahrzeug vorbeirauschten. »Verdammt, das war doch das Auto von Thomas! Was will der denn schon wieder hier?«

»Und das zweite war der Jeep von Münz«, ergänzte seine Vorgesetzte.

Die Wirte Josef Staub und sein Schwiegersohn Robert Brühl vom »Goldenen Stern« staunten nicht schlecht, als in ihrem Gastraum eine Gruppe gut gekleideter, aber sichtlich lädierter Menschen auftauchte.

»Haben Sie einen Raum, in dem wir ungestört sind?«, herrschte ein Mann mit Kaiser-Wilhelm-Bart sie an.

Brühl wies auf den schmucken Wintergarten, der sich an den kleinen, gemütlichen, von einem Kachelofen beheizten Schankraum anschloss. »Ich kann die Tür zumachen.«

Die Gruppe nahm das Angebot an, Brühl die Bestellung auf und brachte sie kurze Zeit später in den Wintergarten. Als er wie angekündigt die Tür schließen wollte, schob ihn ein muskelbepackter Mann unsanft hinaus. »Gehen Sie. Ich mache das schon.«

»So a Gsocks«, murmelte Robert Brühl seinem Schwiegervater an der kleinen Theke zu. Stammgast Kalla, der auf einer Bank vor dem Kachelofen hockte, hob seinen verzierten 1860-München-Krug den Wirtsleuten entgegen und nickte zustimmend. Beide erwiderten die Geste. Hier im Steigerwald verstand man sich auch ohne viele Worte.

»Was sollen wir jetzt machen?«, fragte Petra Stengl. Nachdem sie ihren Mitarbeiter, der im »Gasthof Hofmann« das Mikro unter dem Vorwand, eine zu Boden gefallene Gabel aufheben zu wollen, unter dem Tisch von Sonnelach und van Dijk befestigt und die Schlägerei von einem Nachbartisch aus verfolgt hatte, aufgesammelt hatten, waren sie dem Wagentross gefolgt. Die Autos der beiden Spielgeräte-Bosse parkten vor dem langen, unlängst von freiwilligen Helfern renovierten Treppenaufgang zur barocken Dorfkirche St. Sebastian, die von zwei Strahlern ins rechte Licht gesetzt wurde. Thomas Kurz und Münz hatten ihre Wagen in einiger Entfernung im Dunkeln abgestellt, Denzleins und Stengls Gefährt stand noch weiter vom »Goldenen Stern« entfernt.

»Blöde Situation«, sagte der Überwachungsspezialist. »Ich war kurz im Gasthaus, aber die Herrschaften haben sich in einen Wintergarten zurückgezogen. Ich komme nicht an sie ran. Keine Chance. Ich fürchte, wir müssen unsere Aktion hier abbrechen.«

»Das glaube ich nicht«, erwiderte die Polizeirätin und zeigte auf den Wagen von Kommissar Kurz, der jetzt anfuhr und in Richtung Bamberg abbog. »Los, Nobby, gib Gas! Wenn wir bei Sonnelach und van Dijk heute nicht weiterkommen, folgen wir eben unserem Kollegen von der Glücksspielabteilung. Mal gucken, was Thomas heute Abend noch so vorhat.«

»Was soll der schon vorhaben?«, brummte Nobby verärgert. Mit dem Vorschlag hatte Petra seine Pläne durchkreuzt, mit ihm noch ein, zwei Seidla Leimershofer Seelen-Drösdä, auch »LSD-Bier« genannt, in »Helmut's Hofschänke« in Leimershof bei Breitengüßbach zu heben. Außerdem gab es dort äußerst knuspriges Schäuferla mit Kloß und würziger Soße, das als Gag des Hauses auf einer Kehrschaufel serviert wurde. Ein Gedicht. Und einfach Kult. »Der fährt bestimmt nur zu seiner Alten. Ihr Mann ist wohl ausgezogen.«

30

»Ich liebe es, Theater zu spielen. Es ist so viel realistischer als das Leben.«

Oscar Wilde, Freimaurer, irischer Lyriker und Bühnenautor (1854–1900)

»Von wegen, der fährt zu seiner Alten, Nobby. Unser lieber Thomas fährt zu Michelle Besser!«

»Was will der denn von der Witwe?«

»Genau das möchte ich gerne wissen«, erwiderte Petra Stengl.

Gespannt beobachteten die fünf Beamten, wie Thomas Kurz auf das Haus von Michelle Besser zuging. Er sah sich kurz um, dann drückte er entschlossen auf die Klingel. Als sich die Tür öffnete, zog ihn Michelle Besser am Ärmel schnell herein.

»Die kennen sich!«, staunte der Abhörspezialist.

Petra Stengl und Norbert Denzlein sahen sich fragend an.

»Meiner Meinung nach kennen die sich sogar sehr gut«, sagte die Polizeirätin.

»Du hast recht«, stimmte Denzlein zu. »Nach einer polizeilichen Ermittlung sah das gerade jedenfalls nicht aus.«

»Sollen wir …?«, fragte Petra Stengl.

»Natürlich«, antwortete ihr Kollege.

Beide kletterten aus dem Lieferwagen und liefen in gebückter Haltung auf die Besser-Villa zu.

»Nicht durch die Toreinfahrt«, zischte Petra Stengl. »Hinten über den Zaun!«

Denzlein zog seinen schweren Ledermantel aus, warf ihn auf den Zaun und machte für seine Chefin eine Räuberleiter. Petra Stengl zog sich hoch und ließ sich auf die andere Seite plumpsen. Sie hatte schon wieder festen Boden unter ihren Füßen, als Denzlein immer noch auf ihre endlos langen Beine starrte, die der verrutschte Rock freigab.

»Und du?«, flüsterte Petra Stengl ins Halbdunkel und schlüpfte wieder in ihre Pumps, die sie beim Fallen verloren hatte.

»Mann und Technik, sage ich nur«, flüsterte Denzlein zurück. Leise schob er eine graue Mülltonne von dem gegenüberliegenden Anwesen an den Zaun und erklomm sie. Sie wackelte unter seinem Gewicht, doch dann überwand auch er das Gitter, nahm seinen Mantel von den Spitzen und zog ihn wieder an.

Über eine matschige Wiese, vorbei an einigen modernen Will-Brüll-Stahlskulpturen, schlichen die Ermittler zur Rückseite des Hauses. Aus einem Zimmer drang durch ein großes Panoramafenster gedämpftes Licht nach draußen, leise war eine Rockballade von Meat Loaf zu hören.

»I would do anything for love. Anything you've been dreaming of«, sang Thomas Kurz mit.

»But I just won't do that«, stimmte Michelle Besser lachend mit ein. Dann erstarben ihre Stimmen, und zwei Gläser wurden aneinandergestoßen.

Vorsichtig spähten Petra Stengl und Denzlein durch einen kleinen Spalt im roten seidenen Fenstervorhang. Petra Stengl schluckte und stieß mit ihrem Finger sachte ihren Kollegen an. Thomas Kurz und Michelle Besser standen küssend vor einem überdimensionalen Himmelbett mit goldfarbenen Pfosten. Mit der rechten Hand knöpfte Kurz der Witwe die schwarze Bluse auf, während Michelle Besser ihren kurzen Rock zu Boden über ihre High Heels gleiten ließ. Ihre blaue, mit Perlen besetzte Satin-Korsage glänzte im antiken Wandspiegel. Zärtlich streichelte Kurz ihr mit der rechten Hand über die freie Haut am Strapsansatz, während er sich mit der linken umständlich seiner Kleider entledigte. Dann verkeilten sich die unter Strom stehenden Körper ineinander. *»But I'll never do it better than I do it with you …«*, steigerte sich Meat Loaf in den Song hinein.

Die Witwe stellte sich auf die Schuhspitzen, umschlang mit einem Bein den nackten Körper ihres Geliebten und presste sich fest an ihn.

Thomas Kurz kniff in ihre Pobacken, dann warf er Michelle Besser mit einem Ruck aufs Bett. Als er zu seiner Geliebten glitt und ihr das Nichts von einem Höschen abstreifte, drückte Denzlein auf den Aufnahmeknopf seines Handys.

Petra Stengl schaute ihren Kollegen warnend an, doch der behielt die Ruhe.

Nach sechzig langen Sekunden nickte die Polizeirätin Denzlein zu und zog ihn vom Fenster weg. »Das reicht. Wir haben genug gesehen«, flüsterte sie ihrem Kollegen zu.

Der grinste breit: »Aber vielleicht entgeht uns ja was Wichtiges?«

»Du bist und bleibst ein alter Spanner, Nobby«, erwiderte die Ermittlerin kühl.

Denzlein grinste weiter. Als er wieder Richtung Zaun lief, zog ihn Petra Stengl energisch am Pulloverärmel. »Ohne Hilfsmittel wirst du da nicht rüberkommen. Also ab durch die Mitte. Die beiden sind bestimmt noch einige Zeit miteinander beschäftigt.«

Als sie wieder im Überwachungswagen saßen, schaute Denzlein etwas wehmütig auf das große Loch in seinem abgewetzten Mantel. Die Spitze eines Zaunpfahls hatte das alte Leder durchbohrt.

»Genau an der Stelle, wo der grimmige Hagen den schönen Siegfried mit seinem Speer durchbohrt hat«, entschlüpfte es Petra Stengl.

Denzlein tat, als hätte er ihr Sagen-Gefrotzel nicht gehört. »Und das heißt?«, fragte er, während er den Überwachungsspezialisten im Wagen das Handyvideo vorspielte.

»Das heißt, dass wir tatsächlich auf eine groß angelegte Inszenierung hereingefallen sind«, resümierte Petra Stengl. »Wir hatten zwar viele Puzzleteile, die aber nie wirklich zusammenpassten. Kein Wunder. Michelle Besser hat ein Verhältnis mit Thomas Kurz –«

»Und ihn dafür benutzt, um ihren untreuen und masochistischen Ehemann aus der Welt zu räumen«, setzte Denzlein ihren Gedankengang fort. »Wenn das stimmt, dann Hut ab – ein wirklich genialer Plan. Michelle Besser spielt uns die trauernde Witwe vor und besitzt, weil sie unseren Kollegen als Mordwaffe einsetzt, sowohl für den Brandanschlag auf den Porsche in Berlin als auch für den Mord an ihrem Mann hervorragende und wasserdichte Alibis. Du hattest mit deiner Zwei-Täter-Theorie recht, Petra.«

»Wie sagtest du gleich am Anfang der Ermittlungen?«

Beide schauten sich an, lachten und sagten im Chor: »Neunzig Prozent aller Morde sind Beziehungstaten.«

»Die Beziehungstat und die zwei anderen Morde müssen wir den beiden allerdings erst mal nachweisen. Nur weil sie gemeinsam rhythmische Sportgymnastik im Himmelbett betreiben, können wir sie nicht verhaften.«

Nobby Denzlein legte die Stirn in tiefe Falten. »Mist!«, fluchte er. »Verdammter Mist!«

»Für eine Verhaftung wegen Mordes ist die Beweislage derzeit zu dünn. Wir müssen noch mal unsere Akten wälzen und die Fakten neu sortieren«, sagte die Polizeirätin nachdenklich. »Aber für eine Hausdurchsuchung könnte sich ein Staatsanwalt bestimmt erwärmen. Thomas Kurz fährt als zuständiger Beamter für Glücksspiel nach Bad Aussee in die Jagdhütte von Sonnelach und lässt sich von dessen Firma Übernachtung, Wein, Weib und Gesang bezahlen – das sind Korruption, Vorteilsnahme und Bestechung. Das langt nicht nur für eine Hausdurchsuchung bei unserem lieben Kollegen, sondern auch bei Sonnelach und seinen Spezis aus Politik und Justiz.«

»Damit schlagen wir mehrere Fliegen mit einer Klappe«, grinste Denzlein.

»Noch besser«, sagte Petra Stengl, »wir schlagen die Fliegen nicht, wir erschlagen sie. Und zwar mit einer Inszenierung, die sich hinter der des Mörderpärchens nicht zu verstecken braucht.«

»Das heißt was?«, fragte ihr Kollege.

Die Polizeirätin zeigte lächelnd auf Denzleins Handy. »Wir überraschen die beiden noch einmal, wenn Michelle ihren Liebhaber in dessen Wohnung besucht. Ein schöner Sexclip, dazu ein paar Indizien und intime Fotos, die Thomas im Nahkampf mit Edelprostituierten in den österreichischen Bergen zeigen, das wird Michelle Bessers Zunge schon lösen. Bei solchen Überraschungen kochen schon mal die Emotionen hoch, aus Liebe wird schnell Hass, und unter Umständen wird vielleicht sogar vom Drehbuch abgewichen.«

31

»I did it for me. I liked it. I was good at it. And I was really alive.«

Walter White (Bryan Cranston) in der letzten Folge
der US-Erfolgsserie »Breaking Bad« (2008–2013)

»Was macht ihr denn hier in aller Herrgottsfrühe?« Gegen sechs Uhr morgens öffnete Thomas Kurz im übergeworfenen Bademantel die Haustür. »Im Moment ist es etwas unpassend«, stammelte er, »ich habe nämlich Besuch.«

Petra Stengl strahlte ihren Kollegen von der Glücksspielabteilung an. »Das wissen wir doch.«

»Genau darum sind wir ja auch da, mein lieber Freund Thomas«, ergänzte Denzlein ebenso lächelnd. »Dein kölscher Lehrer aus der Feuerzangenbowle würde sagen: Stellen wir uns mal janz dumm, dat is'n Durchsuchungsbeschluss. Ich weiß, an meinem Rheinisch muss ich noch etwas arbeiten, aber das ist nebensächlich. Lass uns endlich rein.«

Thomas Kurz wurde um die Nase kreidebleich. Seine Hände zitterten, als er den Durchsuchungsbeschluss überflog.

»Gib uns jetzt bitte deine Dienstwaffe«, befahl Petra Stengl im Kasernenton. »Sicher ist sicher.«

Wie in Trance reichte Thomas Kurz der Polizeirätin Halfter und Pistole aus der Dielenkommode. »Was soll das Ganze?«, fragte er konsterniert. »Das kann doch nur ein Missverständnis sein.«

»Schatz, was ist denn los?«, ertönte die Stimme von Michelle Besser aus dem Schlafzimmer. Als die nur mit einem Hauch von Nachthemdchen bekleidete Witwe die hereinstürmenden Beamten sah, erstarrte sie.

»Fassen Sie nichts mehr an und setzen Sie sich hin«, herrschte die Polizeirätin Michelle Besser an.

Die Witwe ließ sich auf eine moderne schwarze Ledercouch fallen.

Ihr Liebhaber rang um Worte. »Frau Besser hat mich aufgesucht, weil Sie mir noch etwas Wichtiges über die ›Sonnelach AG‹ mitteilen wollte. Stimmt doch, Frau Besser, oder?«

Michelle Besser versuchte zu nicken. Bis auf ein gewürgtes »Ja« bekam sie kein Wort heraus.

»In so einem Outfit? Mach dich nicht lächerlich, Thomas!« Denzlein musterte die halb nackte Witwe genauer. »Um dir etwas über die ›Sonnelach AG‹ mitzuteilen, muss Frau Besser nicht mit dir vögeln«, provozierte er seinen Kollegen.

Der lief puterrot an. »Was erlaubst du dir eigentlich, du Sau? Muss ich mir das wirklich bieten lassen?«, wandte er sich erregt an die Polizeirätin.

Über Petra Stengls Gesicht huschte ein feines, hintergründiges Lächeln. »Ja, das musst du, Thomas«, sagte sie leise. »Und sogar noch viel mehr. Ich glaube, du hast ein Problem, so groß wie der Mount Everest.«

Der Kommissar schluckte schwer. »Frau Besser ist wirklich nur hier, weil –«

»Stopp!« Kurz' Ausflüchte wurden durch Petra Stengl unterbrochen, die ihm einen Tablet-PC vor die Nase hielt. »Wir haben für euch einen kleinen Spielfilm gedreht. Willst du mal schauen? Frau Besser, kommen Sie auch her!« Sie tippte auf den Touchscreen.

Thomas Kurz und seine Geliebte starrten entsetzt auf die minutenlange Bettszene.

»Für den Ton müssen wir uns entschuldigen. Meat Loaf hat leider etwas dazwischengefunkt. Aber die Hauptdarsteller sind gut zu erkennen, und die Farbqualität von der Aufnahme ist auch eins a. Was meint ihr?« Petra Stengl reichte den zwei Beamten, die sich gerade Handschuhe für die Hausdurchsuchung überstreiften, das Tablet und ließ den Film erneut ablaufen.

»Geil. Wie ein richtiger Porno«, sagte der Kräftigere. Anerkennend hob er den Daumen in Richtung Thomas Kurz und Michelle Besser.

»Respekt, Herr Kollege«, sagte der andere.

»Darf ich auch mal sehen?«, drängte sich nun der Staatsanwalt, ein junger, schlaksiger Mann mit blondem Haarkranz ähnlich einer Monstranz, etwas linkisch zwischen die beiden Beamten. Er hatte sich bisher im Hintergrund gehalten.

Petra Stengl winkte nun auch die Kollegin heran, die den inszenierten Tanklastunfall aufgenommen hatte. »Na, wen können Sie erkennen?«

Eine leichte Röte überzog die Gesichter des Staatsanwalts und der jungen Frau. »Na, die beiden hier!« Die Beamtin zeigte auf Thomas Kurz und die Witwe.

Michelle Besser ließ sich wieder auf die Couch fallen. Sie schlug die Hände vor ihrem Gesicht zusammen und begann leise zu schluchzen.

Thomas Kurz stürmte auf Petra Stengl los, riss ihr das Tablet aus der Hand und schmiss es gegen die Wand. Er war außer Rand und Band. »Ja!«, schrie er mit sich überschlagender Stimme. »Michelle und ich, wir lieben uns, wir sind ein Paar! Was beweist eure Aufnahme schon?«

Norbert Denzlein hob den rechten Zeigefinger erst belehrend, dann tippte er mit ihm kräftig gegen die Brust seines früheren Kumpels. »Du hast mit einer Tatverdächtigen oder zumindest einer Zeugin geschlafen. Du hast gegen Sonnelach und seine Firma – und damit auch gegen den Mann von Frau Besser – ermittelt. Du wusstest, dass wir Karl Besser verdächtigen, Sonnelach erpresst zu haben. Dabei bist du befangen. Es ist also nicht auszuschließen, dass du Frau Besser im Rausch der Sinne Dienstgeheimnisse und Ermittlungsstände verraten hast.«

Thomas Kurz jaulte auf wie eine Katze, der man auf den Schwanz getreten war. »Ihr macht euch ja lächerlich! Ihr mit eurer Doppelmoral. Deine Chefin vögelt sich doch auch durch alle Augsburger Swingerclubs und vernascht einen Mann nach dem anderen, bevor sie in die Luft gesprengt werden. Und ihr werft mir ernsthaft vor, befangen zu sein, weil ich Michelle liebe? Ich sage nur: Wasser predigen, aber selber Wein saufen!« Triumphierend blickte Thomas Kurz in die sprachlose Runde.

Selbst die Beamten, die im Nebenzimmer den Computer inspizierten, unterbrachen ihre Arbeit. Nur das leise Ticken der

Wanduhr, ein Fanartikel der KEV-Pinguine, war zu hören. Alle Blicke klebten wie nasse Papiertaschentücher an der Polizeirätin.

Petra Stengl fühlte sich so nackt wie nie zuvor. Sie nahm sich Zeit, atmete tief ein und aus. Dann antwortete sie mit eisiger Stimme, indem sie zur förmlichen Anrede überging: »Herr Kurz, wir sind nicht hier, um über meine Vergangenheit zu sprechen – die ist hinlänglich bekannt –, sondern über Ihre Zukunft. Man muss kein Orakel von Delphi, keine Kassandra von Troja und auch keine Wahrsagerin vom Bamberger Plärrer sein, um zu wissen, dass diese ziemlich düster aussieht. Sie wollen Tacheles reden? Okay. Sie werden der Vorteilsnahme und schweren Bestechlichkeit im Amt beschuldigt. Die entsprechenden Paragrafen des Strafgesetzbuches kennen Sie ja.«

Thomas Kurz wollte etwas sagen, doch er kam nicht dazu.

Petra Stengl stieß nach: »Wir haben nicht die geringsten Schwierigkeiten, Ihnen die eben genannten Straftatbestände zu beweisen. Unter anderem liegen uns Hotelquittungen, Getränkerechnungen und Reisegutscheine, sämtliche bezahlt von der »Sonnelach AG«, vor, die belegen, dass Sie nicht nur einmal, sondern gleich mehrmals zu Sonnelachs Hüttengaudi eingeladen waren. Zudem haben wir ein Konto von Ihnen bei einer österreichischen Bank in St. Veit an der Glan aufgetan – mit regelmäßigen Geldeingängen, die weit über einem Beamtengehalt liegen. Ja, lieber Herr Kurz, auch das österreichische Bankgeheimnis ist nicht mehr das, was es mal war.«

»Ich habe damit nichts zu tun. Bitte, glauben Sie mir doch«, jammerte Michelle Besser mit dünnem Stimmchen.

Thomas Kurz schluckte schwer. Er sah aus, als hätte ihm jemand unvermittelt in den Magen geschlagen.

»Deine letzte Hüttenparty mit Sonnelach vor einigen Tagen scheint dank einiger bezaubernder Damen jedenfalls ziemlich amüsant gewesen zu sein«, dröhnte Denzlein. »Die Details werden sicherlich auch deine große Liebe interessieren, oder etwa nicht? Oder, Frau Besser? Das interessiert Sie doch?«

Das zusammengekauerte Häufchen Elend auf der schwarzen Ledercouch fuhr wie von der Tarantel gestochen hoch. »Du hast mir doch gesagt, dass du deine Mutter in Krefeld besucht hast und dann beim Eishockey warst, Play-off-Viertelfinale, Krefeld Pinguine gegen die Nürnberg Ice Tigers. Thomas?« Michelle Besser standen die Tränen in den Augen. »Bitte sag, dass das mit den Damen nicht wahr ist!«

Petra Stengl und Norbert Denzlein zwinkerten sich zu. Ihre sorgfältig geplante Inszenierung schien die erhoffte Wirkung zu haben. Jetzt waren sie die Regisseure – und beobachteten mit Zufriedenheit das Schauspiel, das ihre Akteure aufführten.

»Die wollen uns doch nur gegeneinander ausspielen, Michelle«, beschwor der Glücksspielkommissar eindringlich seine Geliebte. »Merkst du das denn nicht?«

Frau Besser zeigte keine Reaktion.

»Sogar ohne Prophylaxe-Tütchen«, sagte Denzlein. »Also, das mit den Damen.«

»Wollen Sie Beweise?« Ohne eine Antwort abzuwarten, warf Petra Stengl einen Stapel Fotos auf den Couchtisch. »Wir sind auch im Besitz von bewegten Bildern, aber darauf können Sie sicherlich verzichten.«

Fahrig blätterte sich Kurz' Geliebte durch die Fotos. Ihr Blick verdüsterte sich von Sekunde zu Sekunde.

»Ich liebe dich«, flehte Thomas Kurz sie an. »Ich kann dir alles erklären, mein Schatz!«

Michelle Besser schob die Bilder wieder zu einem Stapel zusammen, sprang auf und schlug ihrem Geliebten damit ins Gesicht. »Du Schwein, du perverses Schwein. Du hast gesagt, ich wäre deine Traumfrau. Du würdest mich heiraten, mit mir zusammen alt werden!« Sie schrie und zitterte am ganzen Körper.

»Lass mich das alles doch erklären«, beschwor Thomas Kurz seine Herzensdame. Als er in deren Gesicht keinerlei Regung sah, ging er zum Barschrank in Form eines antiken Koffers und goss sich einen Cardenal Mendoza ein. Er schwieg. Nur der in seinem Glas hin- und herschwappende Brandy verriet seine Erregung.

Petra Stengl hatte die Witwe endlich da, wo sie sie haben wollte. Es war Zeit für den Todesstoß. »Und für diesen Heuchler musste Ihr Mann sterben.«

»Das war nicht meine Idee, ich wollte das nicht!« Sie schluchzte und heulte, dass ihre Worte kaum zu verstehen waren. »Scheidung ja, aber doch keinen Mord. Das müssen Sie mir glauben, Frau Polizeirätin!«

Petra Stengl ließ sich auf das Spiel ein, aber sie würde die Regeln und das Ergebnis bestimmen. »Ich wäre genauso wie Sie zutiefst verletzt, wenn mein Mann zu einer Domina gehen würde.«

Die Witwe nahm den Faden dankbar auf. »Ich habe Karl alles gegeben, ich habe alles für ihn getan.«

»Sogar Ihr Medizinstudium geschmissen und Ihr großes Hobby – die Schauspielerei – aufgegeben, um Hausfrau und Mutter zu sein«, ergänzte Petra Stengl.

»Woher wissen Sie das? Aber Sie haben recht, ich wäre gerne Ärztin oder Schauspielerin geworden. Aber Karl hat immer gesagt, dass er genug Geld verdienen würde und ich mich lieber um unsere wunderbare Tochter und das Haus kümmern soll.«

Die Polizeirätin nickte verständnisvoll. »Sie wussten also von seinen Domina-Besuchen?«

Frau Besser schluchzte erneut auf. »Am Anfang nicht. Aber ich hatte immer so eine Ahnung. Zu Beginn unserer Beziehung wollte er mich zu SM-Spielen überreden. Ihm zuliebe waren wir mal in so einem Fetisch-Club in Forchheim, aber der war nichts für mich. Ich hab mich nur geekelt.«

»Das muss schrecklich für Sie gewesen sein«, heuchelte die Polizeirätin Verständnis.

»Jaja, was ist nur mit dem guten alten Blümchensex passiert?«, sinnierte Denzlein. Mit Pathos in der Stimme klang er wie Hamlet: »Sein oder nicht sein, das ist hier die Frage.«

Im letzten Moment unterdrückte Petra Stengl einen Lachanfall. Denzlein schien kurz vor einem Engagement beim E.T.A.-Hoffmann-Theater in Bamberg zu stehen.

Michelle Besser hatte die Ironie nicht bemerkt. Sie fühlte sich verstanden. »Ich war für Karl sexuell nicht mehr attraktiv, die ganze Liebe und die ganze Zärtlichkeit waren verloren gegangen.«

»Ein Liebestod auf Raten«, bemerkte Petra Stengl. »Wie tragisch.«

»So war es.«

»Und dann haben Sie unseren Kollegen Thomas Kurz kennengelernt.«

»Thomas war so ganz anders. Zärtlich, einfühlsam, aufmerksam. Er ist für mich sogar von Bochum nach Bamberg gezogen. Er hat mich wie eine Göttin behandelt«, schwärmte Michelle Besser. Aber ihr verklärter Blick verdüsterte sich schnell wieder, und sie wandte sich an ihren Geliebten, der sich inzwischen den zweiten Brandy genehmigte. »Ich hätte nie gedacht, dass du so ein Schwein bist. Du vögelst mit irgendwelchen Nutten herum, während du mir die große Liebe versprichst. Du wolltest immer nur an das Geld, gib es doch endlich zu! Du hast Karl umgebracht und die Thai-Nutte gleich mit!«

»Halt's Maul! Halt dein verdammtes Maul!«, schrie Thomas Kurz und trat drohend auf seine Freundin zu.

Petra Stengl ging energisch dazwischen.

»Ich lasse mir von dir nicht den Mund verbieten«, zischte Michelle Besser ihrem Bettgenossen mit eiskalter Stimme über die Schulter der Polizeirätin zu. »Du hast Karl aus dem Weg geräumt, weil du nicht mich, sondern mein Geld wolltest. Und die Thai-Domina hast du umgebracht, weil sie von unserer Beziehung wusste. Wenn sie geplaudert hätte, wärst du Tatverdächtiger Nummer eins gewesen.«

Thomas Kurz holte tief Luft, das Brandyglas in seiner Hand zitterte. Ungläubig starrte er Michelle Besser an. Seine Welt brach zusammen. »Aber das stimmt doch alles nicht«, stammelte er. »Wir haben doch gemeinsam …« Seine Stimme erstarb. Er wusste, dass jeder Anwalt dem Betroffenen einer Hausdurchsuchung oder von schweren Anschuldigungen riet, den Mund zu halten.

»Was haben Sie gemeinsam?«, fragte Petra Stengl nach.

Thomas Kurz schüttelte müde den Kopf. »Nichts.« Flehend sah er Michelle Besser an, blickte aber in ein ihm unbekanntes Gesicht.

Petra Stengl wandte sich wieder der Witwe zu. »Mai Li hat Ihrem Mann also nachspioniert, weil sie vermutete, er wäre an Manipulationen an den Spielautomaten beteiligt gewesen«, fasste sie die Ermittlungsergebnisse des Gesprächs mit Denzleins drogenabhängiger Tochter zusammen.

Michelle Besser nickte. »Ja, die asiatische Schlampe beobachtete ihn.«

»Und ist dabei zufällig auch Ihrem Verhältnis mit Thomas Kurz auf die Schliche gekommen«, schlussfolgerte die Polizeirätin trocken.

»Sie ist nicht nur Karl, sondern auch mir gefolgt und hat so von der Beziehung zwischen Thomas und mir erfahren. Sie hat mich aufgesucht und wollte mich erpressen, aber ich habe sie nur ausgelacht und rausgeworfen. Ich wollte mich ohnehin scheiden lassen. Ich konnte doch nicht ahnen, dass Thomas so einen Hass auf meinen Mann hat und ihn auf eine solch widerwärtige Art und Weise umbringt. Das wollte ich wirklich nicht. Ich war völlig geschockt, als ich«, Michelle Besser sah Petra Stengl mit festem Blick in die Augen, »durch Sie von seiner Ermordung erfahren habe«, setzte sie fort. »Mir war klar, dass nur Thomas der Mörder sein konnte. Später hat er mir gegenüber die Taten auch zugegeben. Ich glaube, er war sogar ein klein bisschen stolz auf das, was er getan hat. Er hätte es für mich, für uns getan, hat er gesagt.«

»Und obwohl Sie wussten, dass Ihr Geliebter die Thai-Gespielin Ihres Ehemanns und den Vater Ihrer Tochter umgebracht hat, haben Sie die Beziehung aufrechterhalten und geschwiegen.«

Die Witwe blickte schuldbewusst zu Boden. Ihre rot lackierten Zehen wackelten auf dem grauen Couchvorleger nervös hin und her. »Frau Polizeirätin«, schluchzte sie, »das war ein großer Fehler. Ich bereue mein Verhalten zutiefst. Dafür muss ich vor meinem Kind und vor dem Herrgott nun die Verantwortung übernehmen.«

Thomas Kurz sah aus wie der Tod: Er zitterte wie Espenlaub, sein Gesicht war aschfahl, seine Backenmuskeln zuckten unkontrolliert. »Das war doch dein Plan! Du wolltest, dass ich deinen Mann und diese Nutte umbringe«, brach es aus ihm heraus.

»Was bist du doch für ein mieses Schwein, Thomas! Jetzt willst du mich auch noch mit in deine Abgründe reißen? Hast du kein

Fünkchen Anstand mehr im Leib?« Michelle Besser zog sich eine rote Wolldecke über ihre bebenden Schultern.

Im Nebenraum war das Rattern eines Druckers zu hören. Der junge Staatsanwalt trat wieder in das Wohnzimmer. »Interessant, was Ihre Kollegen schon bei kürzester Untersuchung auf dem Computer und diesem USB-Stick gefunden haben. Wollen Sie mal sehen, Frau Polizeirätin?«

Petra Stengl betrachtete den Stick in der Plastiktüte, der in einem Anhänger in Form einer silbernen Schlange steckte. »Interessantes Teil«, sagte sie. »Dazu kommen wir später.« Sie überflog die ihr gereichten Papiere. »Das sind Konstruktionspläne von Glücksspielautomaten«, wandte sie sich an Thomas Kurz. »Damit haben Sie Sonnelach erpresst. Das sind die Beweise dafür, dass er seine Geräte manipuliert hat.«

Der Glücksspielkommissar suchte nach Worten. »Das … das sind … Also, die … die Pläne wurden mir im Laufe meiner Ermittlungen gegen Sonnelach zugespielt«, verteidigte er sich, klang aber, als habe er schon resigniert.

»Lieber Kollege, fast würde ich Ihnen glauben. Dumm nur, dass Ihr Drucker am äußersten Rand Schlieren hinterlässt, die auch auf dem Erpresserschreiben zu finden sind, das wir im Büro von Sonnelachs Tochter nach dem Tipp einer seriösen Zeugin sichergestellt haben. Oder sollte ich mich da täuschen?«

Denzlein schüttelte den Kopf. »Identisch«, stimmte er mit kurzem Blick auf die Papiere zu. »Die KTU wird das sicherlich beweisen. Auch dass das gleiche Papier verwendet wurde. Und die Nacktfotos von eurer Alpengaudi, die du mit einer versteckten Kamera aufgenommen und mit denen du Sonnelach zusätzlich unter Druck setzen wolltest, werden wir auf deinem PC auch noch finden. Selbst wenn du sie gelöscht hast.«

»Du hast nicht nur meinen Mann und die Thai-Domina umgebracht, sondern auch noch Sonnelach erpresst? Aber warum das alles? Nach meiner regulären Scheidung hätten wir doch genug Geld für ein sorgenfreies Leben gehabt.« Aus den Augen der Witwe quollen dicke Kullertränen. »Hätte ich mich bloß nie mir dir eingelassen.«

»Du … Das war also dein Plan? … Mir alles anzuhängen? … Wie kannst du nur …?«, stammelte Thomas Kurz.

»And the winner is«, Petra Stengl machte eine theatralische Kunstpause, »Michelle Besser.«

Die Witwe starrte die Polizeirätin erstaunt an. »Was soll der Mist?«, entfuhr es ihr. »Entschuldigung, Frau Stengl, aber ich verstehe nicht … Können Sie mir erklären …?

»Sie haben den Oscar für die beste Hauptdarstellerin redlich verdient. Sie sind eine gute Schauspielerin, Frau Besser. Eine sehr gute. Wir haben uns erkundigt. Sie waren bei der Landesbühne Oberfranken und haben mehrmals beim Fränkischen Theatersommer mitgespielt. Schon während Ihres Studiums haben Sie nebenher eine Schauspielausbildung gemacht. Wir haben uns auf YouTube ein paar Videos angesehen. Ganz großes Kino! Keine Schauspielerin in der Truppe konnte so schön weinen, so herzzerreißend schluchzen wie Sie.«

Michelle Besser tat überrascht. »Und?«

»Sie haben Ihren Geliebten angestiftet, Ihren Mann und Mai Li umzubringen – und auch Sonnelach zu erpressen. Sie wollten in einem Aufwasch das ganz große Geld machen. Uns haben Sie derweil die trauernde, unwissende Witwe vorgespielt. Und wenn ich ehrlich bin: Sie waren grandios in Ihrer Rolle. Der Nervenzusammenbruch in Ihrem Haus. Der anschließende Klinikaufenthalt in St. Getreu, bei dem Ihnen Ihre medizinischen Kenntnisse zugutekamen. Ihr Telefonat mit mir, als ich auf dem Weg nach Österreich war. Und ihr heutiger finaler Auftritt mit Tränen und großen Gefühlsausbrüchen. Applaus, Applaus!«

»Mit Verlaub, Frau Polizeirätin, aber wenn ich eine gute Schauspielerin bin, dann sind Sie eine schlechte. Sie bluffen doch nur. Sie haben nichts gegen mich in der Hand. Als der Sportwagen von meinem Mann in Berlin abgefackelt wurde, war ich nachweislich in Bamberg. Naturgemäß sollte sich doch die Frage stellen: Wo war Thomas? Aber das wissen Sie bereits, nicht wahr? Ich habe Alibis für die Morde an meinem Mann und Mai Li. Und Thomas? Ich bin mir sicher, er hat nicht mal eins! Und wie Sie eben schon festgestellt haben: Er hat sich zunächst von Sonnelach bestechen lassen und ihn dann auch noch erpresst.« Ihre Augen blitzten triumphierend. »Sie haben nichts gegen mich. Gar nichts.«

»Zumindest haben Sie schwere Straftaten gedeckt, dafür kriegen wir Sie auf jeden Fall dran«, sagte Denzlein.

Michelle Besser blieb cool. »In dieser Angelegenheit werden Sie von meinem Anwalt hören. Ich stand unter enormem psychischem Stress: Stellen Sie sich doch mal vor, Ihr Geliebter bringt den Vater Ihrer Tochter um und beichtet Ihnen das auch noch! Welcher Mensch ist so einer Situation schon gewachsen? Deshalb war ich ja auch zur Behandlung in St. Getreu, um mich wieder zu fangen.«

Petra Stengl musste sich eingestehen, dass Michelle Besser eine harte Nuss war. Doch jede Nuss war zu knacken. Man musste nur den richtigen Nussknacker verwenden. Dank ihrer langjährigen Berufserfahrung wusste sie, dass die meisten Tatverdächtigen bei den Vernehmungen oder spätestens nach einigen Tagen in Untersuchungshaft zusammenbrachen.

Die Witwe schien ihre Gedanken erraten zu haben. »Auch wenn ich nicht so aussehe, Frau Polizeirätin: An mir haben sich schon ganz andere die Zähne ausgebissen.«

»Und ich, Frau Besser, habe das Talent, so lange gegen die Wand zu rennen, bis sie endlich nachgibt. Freuen Sie sich also nicht zu früh. Im Moment durchsuchen Kollegen von uns auch Ihre Villa und werden sicherlich fündig werden. Ihre Mutter und ihre kleine Tochter haben uns geöffnet. Aber keine Angst: Beiden geht es gut.«

»Lassen Sie meine Mutter und Lena aus dem Spiel!«, fauchte Michelle Besser wie eine Raubkatze.

»Wir interessieren uns natürlich auch für Ihre Autos.« Die Polizeirätin ließ sich nicht beeindrucken. »Wurde mit Ihrem Porsche Cayenne vielleicht der Journalist Robert Förtsch zur ›Kunigundenruh‹ transportiert und dort auf die Straße gelegt, damit ihn ein Tanklaster überfährt?«

»Wer um alles in der Welt ist Förtsch? Und was soll er mit der Ermordung meines Mannes durch Thomas zu tun haben?«

»Wir wissen, dass auch Ihr Mann und Förtsch zusammen

Sonnelach erpresst haben«, ergriff Denzlein ruhig das Wort. »Wir haben die Daten auf dem Laptop von Förtsch, den wir in seinem Hotelzimmer sichergestellt haben, ausgewertet. Kollege Kurz war bei der Zimmerdurchsuchung dabei. Damit haben wir den Bock zum Gärtner gemacht, ohne es zu wissen. Doch schon damals habe ich mich gewundert, dass wir zwar alles Mögliche, aber keine Beweise auf dem Laptop gefunden haben, keine Hinweise auf Softwareprogramme.«

»Und was habe ich damit zu tun?« Michelle Besser schaute Denzlein gelangweilt an. »Dann war mein Mann halt nicht nur ein SM-Fetischist und Fremdgeher, sondern noch dazu ein Erpresser, na und?«

»Um Sonnelach unter Druck zu setzen, brauchte man unbedingt die Konstruktionspläne der Geldspielautomaten. Und die konnte nur einer gehabt haben – Ihr Mann.«

»Meinetwegen. Und was soll ich damit zu tun haben?

»Förtsch war ein investigativer Journalist. Er hatte Ihren Mann mit seinen Recherchen in der Hand und hat ihn unter Druck gesetzt, ihm die Pläne zu besorgen, um Sonnelach zu erpressen.«

Michelle Besser gähnte demonstrativ. »Entschuldigung«, sagte sie, »aber es ist noch ziemlich früh.«

»Nach der Ermordung Ihres Mannes haben Sie und Ihr Lover seine Unterlagen gesichtet. Dabei sind Sie auf die Pläne gestoßen und haben herausgefunden, dass Ihr Mann und Förtsch Sonnelach die Pistole auf die Brust gesetzt haben, um ihn auszunehmen.«

»Und?« Michelle Besser gähnte erneut. »Dann habe ich Ihnen eben im schlimmsten Fall verschwiegen, dass mein Mann seinen Chef erpresst hat.«

»Eins nach dem anderen, werte Frau Besser.« Denzlein lächelte. »Mit diesem Wissen haben Sie die große Chance gesehen, nicht nur die hohe Lebensversicherung Ihres Mannes zu kassieren, sondern auch noch Sonnelach dauerhaft zu melken. Dumm nur, dass Ihnen Förtsch dabei im Wege stand. Er besaß ja ebenfalls die Unterlagen. Also haben Sie gemeinsam mit ihrem Geliebten beschlossen, den Journalisten aus dem Weg zu räumen. Während uns die vorherigen Morde mit dem ganzen Hieronymus-

Bosch-Tamtam, der Jungfernhöhle und den Kerzen in die Irre führen sollten, musste es diesmal wie ein Unfall aussehen. Dafür wendeten Sie die Tampon-Methode an, die Sie während Ihres Medizinstudiums kennengelernt hatten.«

»Ich soll Tampons mit Alkohol getränkt und sie dem Journalisten in den Hintern geschoben haben? Das ist doch lächerlich!«

»Interessant, was Sie alles wissen. Davon stand nichts in den Zeitungen. Wir haben es bewusst verschwiegen«, freute sich Denzlein.

»Das habe ich auch nicht aus der Zeitung, sondern von Thomas. Er hat es mir erzählt. Tut mir leid, Herr Kommissar, wieder kein Treffer.« Michelle Besser blieb eiskalt.

Insgeheim musste Petra Stengl der Witwe für deren stählernes Nervenkostüm Anerkennung zollen. Nachdem anfangs ihre abgesprochene Taktik aufgegangen war, die beiden gegeneinander auszuspielen und zu unbedachten Äußerungen zu verleiten, hatte sich Frau Besser inzwischen wieder gefangen und ihrerseits begonnen, mit ihnen zu spielen, indem sie sich verbal äußerst geschickt ihres Geliebten entledigte und ihn ihnen ans Messer lieferte.

Die Polizeirätin wagte einen neuen Versuch. »Aus der Nummer mit Förtsch kommen Sie beide nicht mehr raus. Förtsch trug eine Kette mit einem Anhänger in Form einer handgearbeiteten silbernen Schlange. In ihr steckte ein USB-Stick mit den Daten der Automatenkonstruktionen.«

Michelle Besser und Thomas Kurz starrten die Polizeirätin entsetzt an.

»Nur die Mörder können dem Journalisten die Schlange abgenommen haben«, fuhr Petra Stengl ungerührt fort. »Denn Förtsch trug sie immer am Mann. Und nun haben wir ebenjene Schlange an Ihrem PC sichergestellt, Kollege Kurz.« Sie zeigte auf den Beutel mit dem Indiz.

»Was bist du doch für ein Idiot!«, herrschte Michelle Besser ihren Freund an. »Planst das perfekte Verbrechen und stolperst dann über ein Schmuckstück, das du unbedingt aufheben musst.«

»Jeder Verbrecher macht Fehler«, legte Denzlein den Finger in die Wunde. »Sie beide haben ein paar zu viel gemacht.«

»Ich habe überhaupt keine Fehler gemacht. Ich habe mit den Morden nichts zu tun. Schließlich haben Sie den USB-Stick und die Schlange nicht bei mir, sondern bei Thomas gefunden.«

»Lass gut sein, Michelle!«, flehte der Glücksspielkommissar seine Freundin an. »Es hat doch keinen Zweck mehr. Es ist vorbei. Die werden noch mehr finden. Auch bei dir.«

»Nichts ist vorbei!«, schrie Michelle Besser und sprang vom Sofa. »Jetzt willst du widerlicher Jammerlappen mir auch noch deine Morde in die Schuhe schieben!«

»Michelle, ich liebe dich«, flüsterte Thomas Kurz. »Wir wollten doch heiraten. Wir lieben uns doch.«

»Wir lieben uns doch!«, imitierte Michelle die weinerliche Stimme des Kripobeamten und verzog angewidert ihr Gesicht. »Ich habe dich nie geliebt! Im Bett warst du gar nicht mal schlecht. Zwei minus, würde ich sagen. Warst halt eine nette Affäre, aber nicht mehr. Du hast doch nicht im Ernst geglaubt, dass eine Frau wie ich ihr restliches Leben mit einem wie dir verbringen will?«

Thomas Kurz fiel in sich zusammen. Sein Gesicht erstarrte zur Totenmaske. Langsam hob er sein volles Glas Brandy und schüttete den Inhalt in seinen Mund, ohne die goldene Flüssigkeit jedoch hinunterzuschlucken. Er schmeckte die geschmeidige Süße und die typische Sherrynote, dann griff er mit einer schnellen Bewegung in den Barschrank und zog eine alte Wehrmachtspistole heraus.

Einen kurzen Augenblick zielte er mit der betagten Luger auf Michelle Besser, dann huschte ein erlösendes Lächeln über sein blasses Gesicht. Bevor die im Raum befindlichen Beamten reagieren konnten, steckte er sich den Lauf der 9-mm-Parabellum in den Mund und drückte ab. Die Druckwelle zerriss sein Gehirn, seine hintere Schädeldecke flog auseinander, und ein Meer aus Gehirnmasse, Blut und Brandy ergoss sich über das Poster aller oberfränkischen Brauereien, das an der Wand hing.

32

»Während sich auf anderen Gebieten Irrtümer bisweilen wiedergutmachen lassen, ist dies bei Fehlern, die man im Krieg begeht, unmöglich, weil sie sich zugleich rächen.«

Niccolò Machiavelli, florentinischer Politiker und Dichter (1469–1527)

»Wird nicht ganz einfach sein, Frau Besser eine Tatbeteiligung nachzuweisen«, sagte Petra Stengl. »In der U-Haft hat dieses Biest auf Anraten seines Staranwaltes bisher eisern geschwiegen.«

Denzlein nickte nachdenklich. »Hoffentlich werden wir das Miststück noch drankriegen.«

Das Handy der Polizeirätin läutete. Ein Kollege der Soko Studio.

»Verdammt«, fluchte Stengl, als sie das Gespräch beendete. »Das kann doch nicht wahr sein.«

»Was kann nicht wahr sein?«, fragte Denzlein, während er den Wagen auf die Autobahn steuerte.

»Der Ermittlungsrichter hat beim heutigen Haftprüfungstermin die Ermittlungsakte des zuständigen Staatsanwaltes regelrecht zerpflückt. Die Beweislage sei bei Weitem nicht ausreichend, hat er gesagt. Eine länger bestehende Inhaftierung sei nicht zu rechtfertigen, da Frau Besser über wasserdichte Alibis verfüge. Sie ist wieder auf freiem Fuß.«

»Das glaube ich nicht!«, stöhnte Nobby Denzlein auf. »Eine dreifache Mörderin auf freiem Fuß!«

»Wenn wir ehrlich sind, haben wir gegen sie kaum was in der Hand«, gab Petra Stengl zerknirscht zu. »Okay, sie hat ihren Mann gehasst, damit hat sie ein Motiv. Aber das haben andere auch. Und ihr toter Geliebter hat sie beschuldigt, kann aber nicht mehr als Zeuge auftreten.«

»Wir haben in ihrer Villa Tampons der Marke gefunden, wie sie bei der Ermordung von Förtsch verwendet wurden. Und den Stroh-Rum in ihrer Bar …« Denzlein lächelte resigniert. Er kannte die Antwort seiner Chefin schon.

»Solche Tampons werden millionenfach hergestellt und verwendet. Und Stroh-Rum ist Bestandteil jeder besseren Hausbar«, kam denn auch prompt die Erwiderung.

»Ich weiß. Aber es kann doch nicht sein, dass Michelle Besser davonkommt! Bei dem Gedanken dreht sich mir der kriminalistische Magen um.«

»Ich glaube, Nobby, du wirst dich daran gewöhnen müssen, dass unsere schöne Mörderin dir beim nächsten Besuch des ›Wilde Rose Keller‹ zulächelt und dich zu einem Bier einlädt.«

Denzlein schüttelte ärgerlich den Kopf. »Michelle Besser hat ihren Mann und seine thailändische SM-Domina gehasst. Sie hat Thomas doch nur benutzt, um die beiden zu beseitigen und durch Erpressung an das ganz große Geld zu kommen. Der Trottel war ihr hörig und hätte alles für sie getan.«

»Wenn einer einem anderen hörig ist, unterwirft er sich wie ein Sklave und lässt sich benutzen. Recht und Moral gelten dann nicht mehr. Frau Besser hat gespürt, wie sehr Thomas Kurz ihr verfallen war – und ihn wie ein ferngesteuertes Spielzeugauto gelenkt.«

»Und als letzten Liebesbeweis hat er sich auch noch eine Kugel in den Kopf gejagt.«

»So kann man das sehen.«

»Das ist doch pervers! Michelle Besser gehört in den Knast. Wir haben in ihrem Haus die Konstruktionspläne sichergestellt, mit denen ihr Mann Sonnelach erpresst hat.«

»Was soll das schon beweisen?«

Nobby Denzlein unternahm einen letzten Versuch. »Ein türkischer Schlüssel- und Schuhmacher konnte sich an Frau Besser erinnern, weil sie einen ziemlich ungewöhnlichen Schlüssel nachmachen lassen wollte, er das aber nicht konnte.«

»Ich kann dich ja verstehen, Nobby. Auch mir kommt bei dem Gedanken, dass eine eiskalte und berechnende Mörderin einfach davonkommt, die Galle hoch. Aber auch die Aussage des Türken belastet Frau Besser nicht wirklich. Schließlich war es Thomas, der in der Bamberger Unterwelt einen Schlüssel kopieren hat lassen – und so unbemerkt in Mai Lis Domina-Studio gelangen konnte. Für den Richter deutet alles auf Thomas Kurz als alleinigen Täter hin. In seinem SUV haben wir Blutspuren von Mai Li und Haare von Förtsch gefunden, der Porsche Cayenne von Frau Besser war hingegen sauber.«

»Trotzdem hoffe ich, dass alles, was wir zusammengetragen haben, für einen Indizienprozess reicht.«

»Die Hoffnung stirbt zuletzt, aber ich befürchte, dass das Verfahren schon vorher eingestellt wird.«

»Dennoch werden wir an der schönen Mörderin dranbleiben, oder? Vielleicht kriegen wir sie doch noch irgendwann, wenn sie sich sicher fühlt.«

»Wie sagt Kaiser Franz immer so schön? Schau'n mer mal.« Petra Stengl lächelte müde.

Die beiden Beamten nickten sich vertraut zu und schwiegen. Ein Job war noch zu erledigen. Auf der A 73 von Bamberg nach Coburg versuchte Petra Stengl, Ordnung in ihr grandioses Gefühlschaos zu bringen. An ihnen rauschten der fünfhundertneununddreißig Meter hohe Staffelberg mit seinen markanten Geländestufen, das ehemalige Benediktinerkloster Banz, das jetzt der CSU-nahen Hanns-Seidel-Stiftung als Tagungsstätte diente, und die barocke, von Balthasar Neumann gebaute Wallfahrtsbasilika Vierzehnheiligen vorbei. Am wolkenlosen Winterhimmel glitzerten silberne Flieger in der Sonne, ihre sich kreuzenden Kondensstreifen schienen zum Mikado-Spielen in achttausend Meter Höhe aufzufordern.

Petra Stengl hatte sich trotz einer zunehmenden Entfremdung von der katholischen Kirche einen naiven, aber unerschütterlichen Glauben bewahrt. Vielleicht lag es auch an dem Wissen, dass rund eine Milliarde Menschen ähnlich dachten wie sie – auch sie lebten in ihrem privaten Leben nicht nach den zentralen Moralvorstellungen von Papst und Kirche. Was Verhütung, Sex und Beziehungen anging, hatten sie sich längst vom Vatikan emanzipiert – und fühlten sich paradoxerweise dennoch Gott und seinem Stellvertreter auf Erden verbunden.

Die Polizeirätin ging nur noch gelegentlich in die Kirche. Eigentlich nur noch bei Hochzeiten, Todesfällen und manchmal an den Weihnachtstagen. Dennoch glaubte sie, über einen guten Draht zu »dem da oben« zu verfügen. Ihre abendlichen Gebete waren kurz, in Sprache und Inhalt ritualisiert, und gaben ihr Kraft und Zuversicht für den nächsten Tag. Als sie das erste Mal in Vierzehnheiligen gewesen war, mehr aus kunsthistorischem und kulinarischem als aus religiösem Interesse, hatte sie lange den in der Mitte des Langhauses gebauten Gnadenaltar mit seinen vierzehn Nothelfer-Statuen auf sich wirken lassen. Eine eigenartige Stimmung war von den Glaubenszeugen ausgegangen, gegen die sie sich nicht hatte wehren können. Ob die Heiligen vielleicht Ordnung in ihr Gefühlschaos bringen konnten? Petra Stengl verzog ihre Lippen zu einem schnellen Lächeln und schob den Gedanken von sich. Andererseits bewunderte sie den festen Glauben vieler Menschen an die Wirksamkeit der Nothelfer in speziellen Notlagen. Es gab spezielle Heilige für Kopf-, Bauch- und Halsschmerzen und Unterleibskrankheiten, für Unterdrückte, Landwirte, Bierbrauer und Friseure. Vielleicht sollte sie auf den heiligen Achatius bauen, der als Helfer in Lebensnöten galt? Und was anderes als eine Lebensnot war denn ihr Liebeskummer? Alternativ käme auch der gute Ägidius in Frage: Er stand seelisch Bedrängten und Sündern bei.

Mach dich nicht lächerlich, ermahnte sich Petra Stengl. Du lebst im 21. Jahrhundert und hast als moderne Frau bisher noch jedes Beziehungsmassaker überlebt. Warum nicht auch das aktuelle? Und im Übrigen, versuchte sie sich zu beruhigen, stand ja noch gar nicht fest, ob es sich überhaupt um ein solches handelte.

Aus den Augenwinkeln betrachtete sie ihren Kollegen hinter dem Lenkrad. Eigentlich unglaublich, dass sie sich noch mal wie eine alberne Teenagergöre verliebt hatte. Solche Gefühle hatte sie, wenn sie ehrlich war, für ihren letzten Freund, dem wegen Korruption im Knast sitzenden früheren Planungsdezernenten der Stadt Augsburg, nicht entwickelt. Sie hatte Berthold gemocht, sicher. Sie hatte seine Eloquenz, sein Wissen und seinen Umgang mit Menschen bewundert, hatte seinen Charme und sein jugendliches Aussehen gemocht. Er war zuvorkommend, höflich, großzügig und witzig gewesen. Und ein guter Liebhaber, Zuhörer und Plauderer. Dabei zärtlich und fordernd zugleich. Von Anfang an hatte er sie als gleichberechtigte Partnerin behandelt, aber es hatte stets dieses unglaubliche Gefühl gefehlt. Vielleicht wären sie, wenn seine Machenschaften nicht aufgeflogen wären, trotzdem zusammen alt geworden. Nobby Denzlein fehlte vieles von dem, was sie an Berthold gemocht hatte, und dennoch löste er ein viel größeres Gefühl in ihr aus. Ihre Festplatte im Kopf war sich nicht sicher, ob das der richtige Zeitpunkt für ein solches Gespräch war, doch es musste endlich geführt werden. Es war überfällig. Eigentlich schon viel zu lange.

Da fiel man übereinander her, erkundete die intimsten Stellen eines anderen Menschen, verbrachte die ganze Nacht miteinander – und dann bekam man, wieder angezogen, kein Wort heraus über das, was passiert war und was daraus folgen könnte. Mehrere Tage Schweigen. Auf beiden Seiten. Nobby hätte ja mal anfangen können, ärgerte sich die Polizeirätin. Sonst wollen die Männer ja immer alles bestimmen, aber Nobby hatte nach dem erzwungenen Aufwachen durch die Klingelattacke von Münz nur ein genuscheltes »War schön mit dir« herausgebracht. Ein bisschen wenig für das, was zwischen ihnen geschehen war. Und irritierend. Seine Bemerkung war der Anfang einer seltsamen Wortlosigkeit hinsichtlich ihrer gemeinsamen Nacht gewesen.

Petra Stengl liebte in der Liebe und beim Sex klare Worte. Wenn es nur ein guter One-Night-Stand sein sollte, dann konnte man das auch so sagen. Man traf ein Arrangement für gewisse Stunden, nahm sich das, was man brauchte, und ging anschließend auseinander, ohne große Schuldgefühle oder peinliche Liebeslügen. Oder es war mehr. In diesen Fällen war sie es gewohnt, dass man Gefühle auch zeigte und sich zu ihnen bekannte.

Okay, es war auch nicht fair von ihr gewesen, Nobby nichts von ihrer Fahrt mit Münz nach Bad Aussee zu erzählen. Und ja, dass sie seine Anrufe auf ihrem Handy nicht entgegengenommen und ihm nur eine SMS zurückgeschrieben hatte, war vielleicht auch ein Fehler gewesen. Aber sie hatte eben sichergehen wollen, dass ihre Auslandsrecherche geheim blieb.

Petra Stengl ärgerte sich über ihre eigene Sprachlosigkeit – und die von Nobby. Hatte sie sich so sehr in ihm getäuscht? War die Nacht nur ein guter Fick für ihn und zugegebenermaßen auch für sie gewesen? Oder war da mehr? Wie konnten zwei erwachsene Menschen so die Sprache verlieren? Nur sprechenden Menschen kann geholfen werden, versuchte Petra Stengl ihren inneren Schweinehund zu überreden, über seinen eigenen Schatten zu springen. Lieber Ägidius, hilf! »Nobby, ich glaube, wir müssen mal was klären«, begann sie. Ihre Stimme klang vor Aufregung gepresst. Das Radio dudelte vor sich hin.

Nobby Denzlein brummte. Seine Finger trommelten im Takt der Musik auf das Lenkrad. Bono von U2 sang irgendetwas von einem Stein im Auge, von einem Nagelbett, auf dem sie ihn warten ließ, von gebundenen Händen und einem zerschrammten Körper, um dann gemeinsam mit dem Beamten zu einem eindringlichen, aber verwirrenden *»With or without you. I can't live. With or without you«* anzusetzen.

Petra Stengl liebte die Hymne der irischen Rockband, die die Schmerzen einer unglücklichen Liebe beschrieb, doch ihr war nicht nach Mitsingen zumute. Sie rang mit den Tränen, während Denzlein den Refrain fröhlich schmetterte, als wäre der Song ein kölsches Karnevalslied. Schrecklich, diese fränkischen Männer, dachte sie. Einfach schrecklich. Kriegen den Mund nur zum Saufen, Fressen und Grölen auf. Wenn man einen Mann auf den Mond schießen konnte, warum nicht gleich alle fränkischen Männer? Doch ihr Ärger verflog genauso schnell, wie er gekommen war. »Also, als wir … Also, unsere gemeinsame Nacht.« Petra Stengl suchte nach den richtigen Worten.

Nobby Denzlein hörte abrupt auf zu singen. »Ich liebe dich«, sagte er leise.

Petra Stengl glaubte sich verhört zu haben. »Was hast du gesagt?«

Denzlein schaltete das Radio aus und räusperte sich. Es klang wie eine Caterpillar-Raupe, die über einen Glascontainer rollt.

»Ich liebe dich«, wiederholte er mit belegter Stimme. Seine Augen blickten starr geradeaus auf die Straße.

»Unglaublich«, gluckste Petra Stengl. Sie wusste nicht, ob sie lachen oder weinen sollte, hatte aber sowieso keine Wahl. Sie tat beides.

»Unglaublich?«, fragte Denzlein unsicher. Die Frage schwebte einen Moment lang im Fahrzeuginneren.

Dann antwortete Petra Stengl: »Unglaublich, weil ich dich auch.«

Denzlein strahlte über das ganze Gesicht. »Ich habe mich nur nicht –«

»Ich habe sogar die Nothelfer angefleht, damit sie uns helfen, unsere Sprachlosigkeit zu überwinden«, gab Petra Stengl zu.

»Ich glaube nicht an Gott und seine Gehilfen, es sei denn in Form von Götze oder Reus«, antwortete Denzlein mit trockenem Humor.

»Macht nix. Atheisten sind die Menschen, die sich am meisten mit Gott beschäftigen.«

»Oder die sich am meisten vor Gott fürchten. Denn wenn es ihn doch gibt, dann habe ich mich gewaltig verzockt.«

»Wir werden schon beide nicht in die Hölle kommen«, lachte ihn Petra Stengl an. »Und wenn doch, wird der Teufel wenig Spaß mit uns haben. Und jetzt fahr auf den Parkplatz da.«

»Warum?«

»Weil ich dich küssen möchte – und das geht bei hundertdreißig Kilometern pro Stunde eher schlecht.«

Auch Nobby Denzlein liefen jetzt die Freudentränen über sein Gesicht und wurden von seinem mächtigen Bart aufgesogen.

»Normalerweise weinen Männer doch nur, wenn es um Fußball geht«, lachte Petra Stengl.

Denzleins Gefühlsausbruch war schon wieder vorbei. Er hatte sich gefangen und grinste. »Die Liebe ist das Einzige, was sich verdoppelt, wenn man es teilt.«

»Du überraschst mich immer wieder – in dir steckt also auch ein kleiner Philosoph.«

»Na ja, wenn ich ehrlich bin«, gab Denzlein zu, »ist der

Spruch nicht von mir, sondern von irgendeinem ARD-›Tatort‹-Kommissar«

»Was aber nichts an der Qualität ändert, Nobby! Und jetzt bieg ab auf den Parkplatz.«

Auf ihrer weiteren Fahrt nach Coburg bekam Petra Stengl das Lächeln nicht mehr aus ihrem Gesicht, und Denzlein erging es ähnlich. Die Sonne leuchtete über der Veste und ließ die Mohrenstadt erstrahlen. Vor Sonnelachs Villa schlugen die beiden Ermittler die schweren Türen des Dienstwagens schwungvoll zu. Zwei düster ausschauende Herren in schwarzen Anzügen stoppten sie, noch bevor sie auf den silbernen Klingelknopf drücken konnten.

»Was wollen Sie?«, raunzte der Größere die beiden Bamberger Kripobeamten an. »Herr Sonnelach ist für niemanden zu sprechen.«

»Geht's auch ein bisschen höflicher?«, fragte Denzlein. Er zückte seinen Dienstausweis und hielt ihn dem Großen vor dessen breite Boxernase. »Ich hoffe doch, du kannst lesen? Wenn nicht, helfe ich dir gern. Ich bin Kriminalkommissar Denzlein, und das ist meine Kollegin, Polizeirätin Stengl. Alles kognitiv erfasst und verarbeitet, oder gibt es noch Fragen?«

Doch die Security-Leute waren nicht gewillt, sich einschüchtern zu lassen. »Herr Sonnelach pflegt um diese Zeit keine Besucher zu empfangen«, zischte der Kleinere. »Aber wenn Sie einen Termin möchten, kann ich gerne schauen, was sich machen lässt.«

»In welchem VHS-Knigge-Kurs hast du denn dein Verhalten gelernt?«, provozierte Denzlein weiter.

Der kleine, drahtige Sicherheitsmann machte Anstalten, den Kommissar am Jackett zu packen.

Denzlein riss den rechten Arm hoch, blockte die Hand seines Gegenübers schmerzhaft ab und schlug dann mit der flachen Hand zu.

Überrascht rieb sich der Security-Mann seine sich rötende Wange und pumpte sich auf. »Ich zeige Sie an! Sie dürfen mich nicht schlagen!«

»Doch«, grinste Denzlein, »das darf ich. Eine Hackfresse wie deine verdient immer entsprechenden Applaus.«

»Ich werde dich anzeigen!«, brüllte der Geschlagene.

»Das sagtest du bereits. Aber ich wette, noch nicht einmal dazu bist du in der Lage. Dein ganzes armseliges Leben lang läuft dir deine Intelligenz doch schon hinterher und hat es bis heute nicht geschafft, dich einzuholen.«

Petra Stengl hielt es für das Beste, einzugreifen, bevor die Situation weiter eskalierte. »Meine Herren, ein letzter Vorschlag zur Güte: Funken Sie Sonnelach an und teilen Sie ihm mit, dass wir mit ihm sprechen wollen. Und zwar jetzt und hier. Alternativ können Sie Ihrem Brötchengeber erklären, warum wir ihn ansonsten mit Tatütata und Blaulicht nach Bamberg zur Vernehmung eskortieren lassen.«

Die beiden Gorillas schauten sich nicht sonderlich intelligent an. Der Größere holte noch einmal tief Luft. Sein Gesicht versteinerte sich zu einer Maske der Ratlosigkeit. Mit seinen begrenzten Fähigkeiten schien er abzuwägen, wie er die verfahrene Situation lösen konnte.

Sein Kollege nahm ihm die Entscheidung ab. »Herr Sonnelach«, flüsterte er in sein am Revers angebrachtes Mikro, »hier sind eine Dame und ein Herr von der Bamberger Kripo. Sie wollen mit Ihnen sprechen. Sollen wir sie durchlassen?« Der Sicherheitsmann drückte sich seinen Knopf noch tiefer ins Ohr, dann nickte er, wohl als Zeichen, den gefunkten Befehl verstanden zu haben. Widerwillig machte er einen Schritt zur Seite. Ein leiser Summton erklang, sie konnten eintreten. Denzlein stieß die Tür auf, und der kleinere Sicherheitsmann quetschte sich an ihm vorbei. »Ich zeige Ihnen lieber den Weg, Herr Sonnelach ist im Wellnessbereich.«

Die Saunatür stand offen. Der Multimillionär kam ihnen nackt und schwitzend entgegen. Um seinen Körper waberten feinste Dampfwölkchen, auf seiner gebräunten Haut glitzerten Hunderte Schweißtröpfchen. Sonnelach legte sein Handy auf einen Badschemel, ließ sich mit einer eleganten Bewegung in das Kaltwasserbecken gleiten und tauchte mehrmals prustend unter, um sich dann am Geländer hinauszuhangeln. »Könnten Sie mir bitte das Handtuch reichen, Frau Polizeirätin?«, wandte er sich an Petra Stengl. »Sie mögen ja nackte Männer in allen Positionen, wie ich gehört habe. Auf einen mehr oder weniger kommt es da wahrscheinlich auch nicht mehr an.«

»Was erlauben Sie sich, Sie altersgeiles Schwein?«, brauste Nobby Denzlein auf.

Sonnelach knotete sich umständlich das Handtuch um die Lenden. »Neidisch auf das, was Sie gesehen haben? Oder macht der Kommissar einen auf eifersüchtigen Kollegen?« Der Automatenpapst grinste diabolisch.

Petra Stengl legte ihre rechte Hand beruhigend auf Nobby Denzleins kräftige Schultern. Ihr Kollege war kurz davor, sich auf Sonnelach zu stürzen. »Lass gut sein. An dem brauchst du dir nicht mehr die Hände schmutzig zu machen. Das werden im Knast andere Leute übernehmen, die darauf spezialisiert sind.«

Sonnelachs Gesicht verfinsterte sich kurz. »Vielleicht wollen mir die Herrschaften jetzt verraten, was mir die Ehre Ihres Besuches verschafft? Wie ich gehört habe, haben Sie endlich Ihren Mörder gefunden?«

»Plural, bitte, Herr Sonnelach«, erwiderte Petra Stengl kalt. »Wir haben mehrere Mörder gefunden.«

»Jaja, das verdammte Testosteron. Es macht aus zahmen A10-Beamten liebeshungrige und mordlüsterne Gesellen. Wie es aussieht, hat Ihr Kollege im Auftrag der guten Frau Besser mächtig aufgeräumt: zuerst den Ehemann, dann dessen Domina und zuletzt auch noch Förtsch, diesen miesen Erpresser. Ich habe mich immer wieder gefragt, warum Frau Besser unter ihrem Niveau vögelte, wenn sie es ihrem untreuen Gatten unbedingt heimzahlen wollte! Jetzt wissen wir die Antwort, nicht wahr, Frau Polizeirätin? Oder würden Sie grundlos mit einem einfachen Kripobeamten ins Bett steigen? Sicherlich nicht. Dazu haben Sie doch viel zu viel Stil.«

Petra Stengl zuckte kurz zusammen und warf Nobby Denzlein einen Nichts-kann-uns-trennen-Blick zu.

Der schluckte schwer, sein Kehlkopf hüpfte wie ein Jo-Jo auf und ab.

Petra Stengl musste sich eingestehen, dass Sonnelach bis zuletzt brandgefährlich war. Was wusste dieses Schwein von ihnen? Hatte er ihnen nachspionieren lassen? Oder war sein provokatives Gelaber einfach nur ein blöder Zufallstreffer? Nein! Bei Sonnelach passierte nichts aus Zufall! Wenn er alles von der Beziehung zwischen Thomas Kurz und Frau Besser wusste, dann wusste er auch alles von Nobby Denzlein und ihr. Aber spielte das jetzt noch eine Rolle? »Wann hatten Sie zuletzt Sex mit einer Frau, Herr Sonnelach?«

Der intime Konter traf Sonnelach wie ein unerwarteter Tritt in den Solarplexus. Er musste etwas zu bedeuten haben. Ihm schwindelte. Er presste seine Lippen fest aufeinander. »Warum?«

»Sie sollten ihn gut in Erinnerung behalten, denn es war der letzte in Ihrem Leben.«

Sonnelach hatte mit den Nachwirkungen des Treffers immer noch zu kämpfen. Sein Gehirn forderte verzweifelt Arroganz und Selbstsicherheit, doch nichts geschah. »Warum?«

»Wollen Sie erst die gute oder erst die schlechte Nachricht hören, Herr Sonnelach?«, fragte Denzlein.

Sonnelach zog es vor, zu schweigen. Er musste das hier überstehen. Irgendwie.

»Die gute Nachricht ist, dass wir Ihnen und auch Dr. Dr. Luuk van Dijk von ›Enjoy the Game!‹ die Automatenmanipulationen im großen Stil endlich nachweisen können. Kollege Kurz ist zwar ein dreifacher Mörder gewesen, aber auch ein herausragender Faktensammler. Wir haben bei ihm jede Menge Beweismaterial sichergestellt. Dieses Material, das er sich von Besser und Förtsch ein wenig widerrechtlich beschafft hat, belegt zusammen mit seinen eigenen Recherchen unanzweifelbar Ihre Manipulationen und Bestechungen. Diesmal wird Sie keine romantische Kutschfahrt mit irgendwelchen Richtern und Staatsanwälten in irgendeinem österreichischen Alpendorf mehr retten. Da werden so einige Jährchen hinter schwedischen Gardinen auf Sie warten.«

Sonnelach atmete auf. Er ballte die Fäuste, über sein Gesicht huschte das bekannte arrogante Lächeln. Gott sei Dank – er hatte es wiedergefunden! Die beiden Beamten wollten ihm Angst machen? Ein Sonnelach hatte nie Angst! Das war nicht die erste Krisensituation in seinem Leben, und er hatte sie alle überstanden. Er war nicht besser als seine Peiniger, aber abgezockter. »Es haben schon viele versucht, mir an den Karren zu fahren, mich zu erpressen oder politisch und öffentlich unter Druck zu setzen. Und was war das Ergebnis dieser Versuche? Eben, nichts! Alles, was ich angefangen habe, habe ich auch zum Erfolg geführt. Daran wird mich auch in Zukunft nichts und niemand hindern. Und Sie beide schon gar nicht. Sie sollten sich lieber schon mal überlegen, wie Sie mit dem Karriereknick klarkommen werden, den ich Ihnen verpassen werde.«

Vier Streifenbeamte, zwei Coburger Kripokommissare und die Bamberger Truppe der Spurensicherung betraten in diesem Moment schweigend den Wellnessbereich. Petra Stengl und Nobby Denzlein nickten ihnen zu. Sonnelachs Security-Leute zuckten entschuldigend mit den Schultern, doch ihr Boss beachtete sie nicht. Er war in seinem Element.

»Ach, Sie brauchen wohl Verstärkung?«, höhnte Sonnelach. »Die ganze Trachtengruppe! Haben Sie nicht mehr zu bieten? Setzen Sie sich mit meinen Anwälten in Verbindung, die werden alles klären! Im Übrigen gedenke ich, morgen mit dem Innenminister zu speisen. Dem wird Ihre unverschämte Vorgehensweise sicherlich auch nicht gefallen. Einem verdienten Unternehmer solche Dinge zu unterstellen. Ich bin mit dem Bundesverdienstkreuz erster Klasse ausgezeichnet worden und Ehrenbürger von Coburg, schon vergessen? Was ist jetzt mit Ihnen, schwimmen Sie eine Runde mit? Das wird Sie auf andere Gedanken bringen.«

»Herr Sonnelach, Sie scheinen den Ernst der Lage nicht zu begreifen«, versuchte Petra Stengl, den Umsatzmilliardär von seinen manischen Höhenflügen wieder auf den Boden des Wellnessbereichs zu bringen.

»Ziehen Sie sich aus, Frau Stengl«, ließ dieser sich nicht beeindrucken. »Ich wollte schon immer mal eine Polizeirätin sehen, wie sie die Natur geschaffen hat. Sie haben sicherlich was zu bieten, und im Gegensatz zu anderen Herren blieb mir das Vergnügen Ihres Anblicks bisher ja leider versagt.«

Petra Stengls Roboterlächeln mutierte zu einem schmalen, harten Strich.

Sonnelach riss sich das Handtuch von den Hüften und sprang kopfüber in den Pool. Das Wasser spritzte und schwappte über den Beckenablauf und über die teuren Schuhe von Petra Stengl. Sonnelach tauchte wieder auf und hielt sich am Rand fest.

»Kommen Sie sofort aus dem Becken! Sie vernichten Beweismaterial!«, blaffte ihn die Polizeirätin an.

»Machen Sie sich nicht lächerlich.«

»Sie haben eben nicht zugehört. Ich habe von mehreren Mördern gesprochen. Und damit habe ich nicht nur Frau Besser und ihren Lover von der Polizei gemeint.«

»Sondern?«

»Auch Sie.«

»Mich? Wie kommen Sie denn auf diese abstruse Idee? Ich habe weder meinen Pressesprecher noch diese Mai Dings, oder wie die Asiaten-Nutte hieß, noch diesen Schmierenjournalisten umgebracht. Ich habe für jeden Mord ein wasserdichtes Alibi. Oder behauptet etwa Frau Besser, dass ich an den Morden beteiligt war?«

»Nein.«

»Na also, damit ist ja alles geklärt. Also: Entweder ziehen Sie sich jetzt aus und kommen zu mir ins Wasser, oder Sie verlassen sofort mein Haus.«

»Weder noch. Wir haben eine männliche Leiche aus dem Rhein-Main-Donau-Kanal gefischt. Eigentlich reiner Zufall. Das Schifffahrtsamt wollte die Schleusen säubern und hat deshalb das Wasser abgelassen. Es handelt sich um einen ehemaligen Afghanistan-Soldaten, Peter Flügel, der für Herrn Münz als Detektiv gearbeitet hat. Er sollte Sie observieren.«

»Und was habe ich damit zu tun?«

»In seiner Lunge und im Magen-Darm-Trakt des Toten fand sich Wasser.«

»Es gibt immer wieder Idioten, die bei diesem Wetter in den Kanal oder in die Regnitz springen. Mal ist es ein besoffener Tourist aus England, mal ein Bräutigam, der mit seinen Kumpels

Junggesellenabschied feiern wollte. Kein Wunder, dass solche Leute ertrinken.«

»Kleine Korrektur, Herr Sonnelach. Der Mann ist nicht ertrunken, sondern war schon tot, als er nähere Bekanntschaft mit dem Kanal machte.«

»Aber Sie sagten doch was von Wasser in der Lunge?«

»Ich meinte Wasser, das er schon vor seinem Tod geschluckt hat. Allerdings in einer geringen Menge. Zu wenig für einen Tod durch Ertrinken.«

»Dafür wird es sicher Gründe geben.« Sonnelach strich sich mit der rechten Hand nervös seine nassen Haare zurück.

»Nun, laut Obduktionsbericht handelt es sich um Chlorwasser.«

»Chlor... Chlorwasser?«, stotterte Sonnelach.

»Genau genommen um Ihr Chlorwasser. Und jetzt kommen Sie endlich aus dem Becken. Wie gesagt, Sie schwimmen in einem Beweismittel.«

Denzlein reichte Sonnelach die Hand und zog ihn mit einem kräftigen Ruck aus dem Pool.

Petra Stengl warf ihm das Handtuch zu.

Zitternd hielt sich Sonnelach den Stoff vor seine Intimregion. »Aber Sie haben doch selbst gesagt, dass der Mann nicht ertrunken ist.« Seine Verteidigung wurde schwächer, er fiel immer mehr in sich zusammen. Mit einem Mal wirkte er so alt, wie er wirklich war.

»Peter Flügel ist an Herzversagen infolge schwerster Verbrennungen gestorben.«

Vor den Augen von Sonnelach begann alles zu verschwimmen.

»Wir werden jetzt beweisen, dass das Chlor aus Ihrem Becken stammt und das Wasser zur Misshandlung des Detektivs diente, vermutlich durch Waterboarding. Außerdem haben wir Fäden von einem Saunatuch in seinem Rachenraum gefunden und werden mit großer Sicherheit belegen können, dass Sie den Mann in Ihrer Sauna regelrecht zu Tode gegart haben.«

Sonnelachs Blick ging hilfesuchend in Richtung seiner Bodyguards, die er hinter den Polizisten vermutete. Entsetzt stellte er fest, dass ihnen bereits Handschellen angelegt worden waren. »Wie wollen Sie das mit der Sauna beweisen?« Er gab noch nicht auf. Ein Sonnelach hatte vor nichts und niemandem Angst!

Petra Stengl ließ sich mit der Antwort Zeit. Sie wollte Sonnelach leiden sehen. »Ihre Männer werden schon plaudern. Bisher hat bei mir noch jeder Täter gestanden. Alles nur eine Frage der Zeit. Hinzu kommt, dass wir unter den Nägeln des Toten Holzreste gefunden haben.« Petra Stengl winkte die Kriminaltechniker heran. »Untersucht die Sauna auf Kratz- und Hautspuren, nehmt Proben vom Holz und auch vom Wasser. Und sichert sämtliche Handtücher – auch im Haus.«

Sonnelach schwankte und sackte in die Knie. Transsilvanische Blässe überzog sein Gesicht. »Ein kleiner Schwächeanfall«, stammelte er. »Nur ein kleiner Schwächeanfall.«

»Brauchen Sie einen Arzt?«, fragte Denzlein besorgt.

»Nein, keinen Arzt«, flüsterte Sonnelach kaum noch vernehmbar.

Denzlein reichte ihm ein Glas Wasser und half ihm wieder auf die wackeligen Beine. Als ihn die Streifenpolizisten nach fünfzehn Minuten abführten, drehte er sich um. Er schien sich gefangen zu haben. Einen letzten Schuss hatte er noch. »Dann bin ich mal gespannt, Kommissar Denzlein, mit welchem Zeitungsartikel Sie nach diesem Fall das Schwarze Brett verschönern wollen.«

Petra Stengl schaute Nobby Denzlein entsetzt an, forderte eine klare Unschuldsbeteuerung in seinen blauen Augen. Doch nichts dergleichen geschah. Der Kommissar senkte nur beschämt den Kopf.

Petra Stengl gefror das Blut in ihren Adern. Arktisches Schweigen legte sich über das feuchtwarme Wellnessparadies. Schon wieder ein Märchenprinz, der sich in einen Frosch zurückverwandelt hatte! Sie hatte es immer gewusst – die meisten Märchen waren grausam, besonders dann, wenn sie begannen, wahr zu werden. So oft kam die Liebe auf rosa Wolken daher, nur um kurze Zeit später als schwarzer Vogel vom Himmel zu stürzen.

Danksagung

Ein Buch ist nicht von Anfang an ein glänzender Edelstein. Im besten Falle ist es zunächst ein Rohdiamant. An diesem muss kräftig geschliffen werden. Mein Dank gilt daher allen, die mich mit konstruktiver Kritik, Anregungen und Änderungsvorschlägen begleitet haben. Mein ganz besonderer Dank gilt Michael Genniges, der den Krimi vermittelt und mich ermutigt hat. Natürlich muss ich mich bei meiner Frau Irene für ihre Geduld, bei Birgit Feulner für ihre kriminalistische Beratung und bei Susanne Bartel für ihr Lektorat bedanken. Und nicht zu vergessen: Ohne das mir von nicht genannt werden wollenden Automatenaufstellern zur Verfügung gestellte Material wäre der Krimi in dieser Form nicht möglich gewesen ...